沈祖荣于1973年的留影

清真集卷上　　　　　　　　　（大鶴山人校本）

宋　周邦彥　美成

瑞龍吟　大石

章台路還見褪粉梅梢試花桃樹愔愔坊陌人家定巢燕子歸來舊處　黯凝佇因記箇人癡小乍窺門戶侵晨淺約宮黃障風映袖盈盈笑語　前度劉郎重到訪鄰尋里同時歌舞唯有舊家秋娘聲價如故吟箋賦筆猶記燕臺句知誰伴名園露飲東城閒步事與孤鴻去探春盡是傷離意緒官柳低金縷歸騎晚纖纖池塘飛雨斷腸院落一簾風絮

按吉本引花犯大石調係第二叚至此即歸騎晚以下四句再疊劉郎已下即退舊注此謂之叉叚頭屬正平調自度腔

玉平調坊陌

者為雙拽頭譜人皆以為叚數之誤已三叚也楊升菴詞品曰北里志諸妓皆居平康里入北門東迴三曲即諸妓所居之聚即此曲坊陌人家之語可證也

記元巾箱蓉齋本集鬱陳氏刊本其異同不一未可臆改庚辰前度劉郎四字句前度二字句皆作三字句其聲不叶故未敢從書此以俟精審者耳

風流子　大石

新綠小池塘風簾動碎影舞斜陽羨金屋去來舊燕土花繚繞前度莓牆（下段缺此詞見各本）

陌陌

楓林凋晚葉關河迥楚客慘將歸堂一川螮蝀晚涼人影參差酒醒後涙花銷鳳蠟幕卷金泥砧杵韻高哉　回殘夢綺羅香減衾起餘悲亭皋分襟地難堪處偏是梅面寧衣何況怨懷長結重見無期想寄恨書中銀鉤空滿斷腸聲

手抄《清真集》一頁

词学要眇
词选菁论

词之名义

词者中唐以道所兴合乐之文，上别於诗，下别於曲。至其朝义，见说文宗说之词，如许云曰：意内而言外也。段注曰：意内而言外谓之词。其司下言者，内外之意融注，田意以声意说之，其说则申为文，词之真名，没徒假而为文件之桑名，故书许说……

词之性质

凡文有體必具之质，此體质必因自面典他體相阻，人必因其獨立而后异特點，词既自成一體亦有其特殊之性质……

词学论文手稿

詞選卷上

海鹽 沈祖棻 輯錄

張志和　字子同金華人，肅宗時待詔翰林，坐事貶南浦尉，會赦還，以親既喪，不復仕，居江湖，自稱煙波釣徒，著玄真子，亦以自號。顏真卿為湖州刺史，志和來謁，真卿以舴艋既敝請更之，志和曰，願為浮家泛宅，往來苕霅間，作漁父詞。

漁歌子

西塞山前白鷺飛，桃花流水鱖魚肥，青箬笠，綠蓑衣，斜風細雨不須歸。

樂天太原人

花非花

花非花，霧非霧，夜半來，天明去，來如春夢不多時，去似朝雲無覓處。

花菲花一首，張宗橚詞林紀事引楊慎詞品云，此乃樂天自度之曲，因首句以為名，花菲花，霧菲霧，雖《高唐》《洛神》綺麗之極，頓令色香具空，絕世之姿，非可以俗士擬議其萬一也。周頤蕙風詞話云，唐賢為詞，往往麗而不流，與其詩不甚相遠也，如太白之憶秦娥，楊巨源之清平樂，可以為法矣，白香山之花非花，短調中趣味雋永，亦五代兩宋人所不能到。

江南好

江南好，風景舊曾諳，日出江花紅勝火，春來江水綠

白石詞「暗香」「疏影」說

沈祖棻

白石詞為有宋一大宗。「暗香」「疏影」二闋尤推傑構。右詞為白石自度曲，小序云：「辛亥之冬，予載雪詣石湖。止既月，授簡索句，且徵新聲，作此兩曲。石湖把玩不已，使二妓肄習之，音節諧婉，乃名之曰暗香、疏影。」辛亥，光堯紹熙二年。石湖，吳郡范成大致能所居，因以自號。「暗香」「疏影」則取義於林逋詩，即世所盛傳「疏影橫斜水清淺，暗香浮動月黃昏」之句也。陸友仁「硯北雜志」卷下亦紀其事云：「小紅，順陽公青衣也。（按「硯」「地理志」：「順陽郡，太康中置。」石湖以吳郡人，此仍載舊習以稱之也。）有色藝，順陽公之請老，姜堯章詣之。一日，授簡徵新聲。堯章製「暗香」、「疏影」兩曲，公尋以小紅贈之。其夕大雪，過垂虹賦詩曰：『自琢新詞韻最嬌，小紅低唱我吹簫。曲終過盡松林路，回首煙波十四橋。』堯章詩裏白度曲，小紅輒唱而和之。堯章後以疾歿，故蘇石（夏承燾「白石道人歌曲考證」卷三引此文校云：『當作廟』）」繹云：「辛最小紅方嫁了，不然暗雨相馬勝花」，宋時花蕊皆出東西馬勝，西馬勝皆卞名人聚處，白石沒後葬此。」所言尤為詳備也。（夏韌「古今詞話」卷上，又「御選歷代詩餘」（卷一一九）「古今詞論」載鈔較簡，不具錄，「宋史」卷三百八十六范成大傳：「成大以病請閒，進資政殿學士，再領洞霄宮。紹熙（「閒」按作「三」）三年加大學士，」按：

（樓，「石湖詞集」，道光間刻。又「宋史」藝文志，「樵」稱小。）

暗香

舊時月色，算幾番照我，梅邊吹笛。喚起玉人，不管清寒與攀摘。何遜而今漸老，都忘却、春風詞筆。但怪得、竹外疏花，香冷入瑤席。

江國正寂寂。歎寄與路遙，夜雪初積。翠樽易泣，紅萼無言耿相憶。長記曾攜手處，千樹壓、西湖寒碧。又片片、吹盡也，幾時見得。

疏影

苔枝綴玉。有翠禽小小，枝上同宿。客裏相逢，籬角黃昏，無言自倚修竹。昭君不慣胡沙遠，但暗憶，江南江北。想珮環、月夜歸來，化作此花幽獨。

猶記深宮舊事，那人正睡裏，飛近蛾綠。莫似春風，不管盈盈，早與安排金屋。還教一片隨波去，又却怨、玉龍哀曲。等恁時、重覓幽香，已入小窗橫幅。

今論者，頗為紛紜。往與諸生講說及此，嘗就舊聞，加之疏釋。比來小暇，聊援詮次，藉便初學云爾。

易安居士畫象舊藏諸城縣署中野以竹筒清季為他人裝玉雄所得

千帆子苾賢伉儷

夏承燾

寧波馮孟顓君以影片見示爰為翻製奉貽

夏承燾贈程千帆、沈祖棻夫婦的李清照畫像

岳飞《满江红》

这首词一上来就塑造出一位愤怒的英雄形象，使他突出。怒发冲冠见《史记·蔺相如传》："相如因持璧却立倚柱，怒发上冲冠。"凭阑两句，写地点和景物。正当潇潇雨歇的时候，作者凭阑远望。抬望眼三句从形体动作到内心思情，都写一位英雄形象。本来首句在意思和三句连接，凭阑两迥句相连。因为要突出英雄的形象，一上来就给读者一个鲜明深刻的印象，故将它放在首句。然后立出所在地点和当时景色，写出人物的环境，起起衬托作用。这几句已经写出了一位形容愤怒、意气昂扬、胸怀壮烈的英雄面貌和精神。这主要的原因在于作品能真实地反映了英雄的精神面貌，同时也在于词的豪放的风格，词调的激昂的声情，以及用词下字的恰当。这不仅用婉约柔柔的风格，悱恻的声情表达不出，即用词下字如不合色，也就会歪曲了所要围描绘的英雄形象图。试将抬望眼两句换成疑泪眼做关轻叹，那不变成伤春怨别的闺中少妇了吗？不说人物的作动作，即环境景色也要配合，潇潇如换做绵绵，或澌澌了，就不十分相称。所以内容到形式，从思想到艺术，是一个整体，不可分割的。三十两句，下句说转战数千里，披星戴月，日夜行军的艰苦；上句说年过三十，而功名却

宋詞賞析

沈祖棻著

1980年3月上海古籍出版社初版《宋词赏析》封面

沈祖棻全集

沈祖棻 著

张春晓 主编

宋词赏析 诵诗偶记

广西师范大学出版社
GUANGXI NORMAL UNIVERSITY PRESS
·桂林·

SONGCI SHANGXI　SONG SHI OU JI
宋词赏析　诵诗偶记

书名题签：周小英

图书在版编目（CIP）数据

宋词赏析　诵诗偶记 / 沈祖棻著. --桂林：广西师范大学出版社，2023.8
（沈祖棻全集 / 张春晓主编）
ISBN 978-7-5598-6002-6

Ⅰ. ①宋… Ⅱ. ①沈… Ⅲ. ①宋词－诗歌欣赏 Ⅳ. ①I207.23

中国国家版本馆 CIP 数据核字（2023）第 076288 号

广西师范大学出版社出版发行

（广西桂林市五里店路 9 号　邮政编码：541004）
网址：http://www.bbtpress.com

出版人：黄轩庄
全国新华书店经销
中华商务联合印刷(广东)有限公司印刷
（深圳市龙岗区平湖镇春湖工业区 10 栋　邮政编码：518111）
开本：880 mm × 1 240 mm　1/32
印张：12.875　　插页：4　　字数：302 千
2023 年 8 月第 1 版　　2023 年 8 月第 1 次印刷
定价：83.00 元

如发现印装质量问题，影响阅读，请与出版社发行部门联系调换。

编辑说明

一、本卷《宋词赏析》以1980年上海古籍出版社本为底本，参校2000年河北教育出版社本、2008年中华书局本、2008年长江文艺出版社本、2016年北京出版社本。《诵诗偶记》以河北教育出版社本为底本，参校他本和早年期刊杂志发表版本。引文部分对校诸通行本。

二、个别字词各本字形、词形不一，一般选用依从当前通行规范者。少量异体字、繁体字仍予保留。个别用字仍保留时代风貌。

三、各本标点规范略有出入，一般选用依从当前通行规范者。词中所引赋名、诗题、乐曲名统一不加书名号，释文处予以保留。

四、插页期刊图片由上海图书馆提供。

目次

宋词赏析

北宋名家词浅释

3　　**无名氏**（一首）
　　　〔菩萨蛮〕平林漠漠烟如织 / 3

9　　**范仲淹**（一首）
　　　〔渔家傲〕塞下秋来风景异 / 9

13　　**张　先**（三首）
　　　〔一丛花令〕伤高怀远几时穷 / 13
　　　〔天仙子〕水调数声持酒听 / 17
　　　〔醉垂鞭〕双蝶绣罗裙 / 20

24 **晏殊**（二首）

〔蝶恋花〕槛菊愁烟兰泣露 / 24

〔破阵子〕燕子来时新社 / 27

30 **欧阳修**（一首）

〔踏莎行〕候馆梅残 / 30

33 **柳永**（七首）

〔雨霖铃〕寒蝉凄切 / 33

〔曲玉管〕陇首云飞 / 36

〔夜半乐〕冻云黯淡天气 / 39

〔卜算子慢〕江枫渐老 / 43

〔安公子〕远岸收残雨 / 46

〔八声甘州〕对潇潇暮雨洒江天 / 48

〔望海潮〕东南形胜 / 53

60 **晏几道**（六首）

〔蝶恋花〕醉别西楼醒不记 / 60

〔阮郎归〕天边金掌露成霜 / 63

〔鹧鸪天〕小令尊前见玉箫 / 66

〔临江仙〕梦后楼台高锁 / 68

〔鹧鸪天〕彩袖殷勤捧玉钟 / 73

〔浣溪沙〕日日双眉斗画长 / 77

80　**苏轼**（二首）
　　　〔水调歌头〕明月几时有 / 80
　　　〔念奴娇〕大江东去 / 84

90　**秦观**（六首）
　　　〔八六子〕倚危亭 / 90
　　　〔满庭芳〕山抹微云 / 94
　　　〔浣溪沙〕漠漠轻寒上小楼 / 98
　　　〔望海潮〕梅英疏淡 / 101
　　　〔满庭芳〕晓色云开 / 106
　　　〔鹊桥仙〕纤云弄巧 / 109

112　**贺铸**（四首）
　　　〔芳心苦〕杨柳回塘 / 112
　　　〔横塘路〕凌波不过横塘路 / 117
　　　〔薄幸〕淡妆多态 / 122
　　　〔将进酒〕城下路 / 126

130　**周邦彦**（七首）
　　　〔瑞龙吟〕章台路 / 130
　　　〔兰陵王〕柳阴直 / 135
　　　〔夜飞鹊〕河桥送人处 / 140
　　　〔玉楼春〕桃溪不作从容住 / 144
　　　〔解连环〕怨怀无托 / 147

〔拜星月慢〕夜色催更 / 151

〔过秦楼〕水浴清蟾 / 155

162　**李清照**（五首）

〔凤凰台上忆吹箫〕香冷金猊 / 162

〔念奴娇〕萧条庭院 / 166

〔声声慢〕寻寻觅觅 / 169

〔武陵春〕风住尘香花已尽 / 174

〔永遇乐〕落日熔金 / 178

姜夔词小札

〔小重山令〕人绕湘皋月坠时 / 182

〔江梅引〕人间离别易多时 / 183

〔点绛唇〕燕雁无心 / 184

〔鹧鸪天〕京洛风流绝代人 / 184

〔鹧鸪天〕巷陌风光纵赏时 / 185

〔鹧鸪天〕肥水东流无尽期 / 186

〔踏莎行〕燕燕轻盈 / 187

〔浣溪沙〕著酒行行满袂风 / 187

〔浣溪沙〕雁怯重云不肯啼 / 188

〔霓裳中序第一〕亭皋正望极 / 188

〔齐天乐〕庾郎先自吟愁赋 / 189

〔一萼红〕古城阴 / 190
〔念奴娇〕闹红一舸 / 192
〔月下笛〕与客携壶 / 192
〔琵琶仙〕双桨来时 / 193
〔玲珑四犯〕叠鼓夜寒 / 194
〔扬州慢〕淮左名都 / 195
〔长亭怨慢〕渐吹尽、枝头香絮 / 197
〔淡黄柳〕空城晓角 / 198
〔暗香〕旧时月色 / 199
〔疏影〕苔枝缀玉 / 200

张炎词小札

〔南浦〕波暖绿粼粼 / 203
〔解连环〕楚江空晚 / 204
〔高阳台〕接叶巢莺 / 205
〔高阳台〕古木迷鸦 / 207
〔扫花游〕嫩寒禁暖 / 209
〔渡江云〕山空天入海 / 210
〔渡江云〕锦香缭绕地 / 211
〔声声慢〕寒花清事 / 212
〔声声慢〕平沙催晓 / 213
〔声声慢〕烟堤小舫 / 215

〔声声慢〕山风古道 / 216
〔绮罗香〕万里飞霜 / 217
〔壶中天〕扬舲万里 / 218
〔八声甘州〕记玉关踏雪事清游 / 219
〔八声甘州〕望涓涓一水隐芙蓉 / 220
〔台城路〕朗吟未了西湖酒 / 221
〔台城路〕十年前事翻疑梦 / 222
〔台城路〕春风不暖垂杨树 / 223
〔忆旧游〕叹江潭树老 / 224
〔满庭芳〕晴皎霜花 / 226
〔凄凉犯〕萧疏野柳鸣寒雨 / 227

后记　　程千帆 / 228
台湾版后记　　程千帆 / 230

附录　唐五代词批语残存

232　张志和（一首）
　　〔渔歌子〕西塞山前白鹭飞 / 232

233　白居易（一首）
　　〔花非花〕花非花 / 233

233 **刘禹锡**（二首）

〔忆江南〕春去也，多谢洛城人 / 233

〔忆江南〕春去也，共惜艳阳年 / 234

234 **温庭筠**（三首）

〔菩萨蛮〕小山重叠金明灭 / 234

〔菩萨蛮〕水精帘里颇黎枕 / 236

〔菩萨蛮〕蕊黄无限当山额 / 237

238 **皇甫松**（二首）

〔忆江南〕兰烬落 / 238

〔忆江南〕楼上寝 / 238

239 **张曙**（一首）

〔浣溪沙〕枕障熏炉隔绣帷 / 239

240 **韩偓**（一首）

〔生查子〕侍女动妆奁 / 240

后记　张春晓 / 241

诵诗偶记

古诗十九首讲录 / 245

阮嗣宗《咏怀》诗初论 / 266

关于苏词评价的几个问题 / 294

苏轼与词乐 / 318

白石词〔暗香〕、〔疏影〕说 / 334

读《遗山乐府》/ 346

略谈《窦娥冤》/ 356

读马致远的〔天净沙〕/ 370

清代词论家的比兴说 / 373

后记　张春晓 / 398

宋词赏析

北宋名家词浅释

菩萨蛮

无名氏

平林漠漠烟如织,寒山一带伤心碧。暝色入高楼,有人楼上愁。　玉梯空伫立,宿鸟归飞急。何处是归程?长亭连短亭。

这首词相传是李白所作,最初著录于北宋释文莹的《湘山野录》。据说,魏泰在鼎州(今湖南常德)沧水驿驿楼的墙壁上看到这首词,不知道是什么人作的。后来到了长沙,在曾布家中得见古集,才知道是出于李白之手。古集,亦作古风集,今天已经完全不知道是一种什么书。但从此,这首词就算是李白的作品了。但从明朝胡应麟的《庄岳委谈》起,就因为〔菩萨蛮〕一曲,据唐人苏鹗《杜阳杂编》的记载,始于晚唐宣宗的时候,生活在盛唐时代的李白不可能用这个调子填词,疑心它是出于晚唐人的手笔,而嫁名于李白。近人况周颐的《餐樱庑词话》则举出〔菩萨蛮〕的曲名,已见于盛唐时代人崔令钦的《教坊记》,以证其早出,可被李白采用。而浦江清先生《词的讲解》则又说

《教坊记》既系杂记教坊掌故的书,后人自然可以随时增编,并不能断定〔菩萨蛮〕曲在李白时即已存在,从而将此词的著作权归之李白。我们认为,围绕着〔菩萨蛮〕这个曲调出现的迟早进行争论,似乎难以解决此词是否属于李白这个问题。

我们可以走另外一条路,就是从词体的发展来考察,看这首词的题材、风格等是否可能出现在盛唐时代。答案是否定的。中唐文人开始偶尔填词,从韦应物以迄白居易、刘禹锡的作品,大体上是民歌的摹仿。但从温庭筠以下,就更其文人化了,而且走上了"自南朝之宫体,扇北里之倡风"(欧阳炯《〈花间集〉序》)的道路。像这首〔菩萨蛮〕中所表现的羁旅行役之感,在晚唐、五代词中是十分生疏的,其所表现的阔大高远的境界、浑厚清雅的风格,也完全摆脱了花间派以绮艳风情为主的影响。如果拿温庭筠著名的十四首和韦庄著名的五首〔菩萨蛮〕与这首词对照,就不难看出,它不但不可能出于盛唐李白之手,也不可能如胡应麟所推断的,出于晚唐温庭筠一辈人之手,而应当如浦先生所推断的,是北宋前期的产物。当时人将其嫁名李白,无非是想为这首词增高地位,使它得以流传。这一点,倒是达到了目的。

其实,这首词是否李白所作,并非重要问题。它是一首杰作,决不会因为不是李白所作而减价;李白是一位伟大的诗人,也决不会因为作了这首词而增价。我们今天只是为了这位题壁的作者没有留下他的名字而感到惋惜。

有这么一位旅客,跋涉长途,中路在鼎州沧水驿歇了下来。他在驿楼中凭高望远,引起了对于乡土的怀念和欲归不得的忧伤,于是就在墙壁上题了这首词。驿是旅客临时休息的地方,为了各种各样的事情、怀有各种各样的感情而奔走道途的人,都得在那里歇脚。墙壁上题有这样的词,是很自然的。

这首词一上来的两句没有明写这位旅客及其所在之地——驿楼,而是先展示他在楼上所看到的景色:远远的一排齐整的树林,缭绕着密密蒙蒙的烟雾;在树林背后,又露出了一带荒凉的山峰,那青碧的山色简直教人看了伤心。这里写的,不但是秋天郊野傍晚时候的风景,而且还是一位旅客眼中所看到的和心中所感到的风景。这两句虽然没有写出眺望风景的人是谁,他又在哪里眺望,但我们从作者展示的景色中已经可以知道,这决不是闺中少女所感受的牡丹亭畔的春色,也不是楼头思妇所见到的长安陌上的风光,而是一位患有怀乡病的旅客在征途中所望到的秋郊广阔的然而黯淡的暮景。这里不但描绘了自然的景色,也同时抒写了人物的心情。这就是所谓景中有情,或情融于景。

这种成功的描写固然由于作者对于生活有高度的真实感受和敏锐的洞察力,而其语言的精炼确切,也大有助于它的表达。在这两句中,作者用字遣词,不但极其确切地表现了交织在一起的自然景色和人物心情,而且也强有力地预示了以下的意境和情调。如以"平"形容"林",构成"平林"一词,不但确切地写出了是凭高望远时所见的树林,也同时表现了全词阔大高远的意境。"漠漠"和"烟如织",写出了一片迷漫冥蒙的烟景,真切如画,而这幅画面呈现的色彩又是凄黯的,与全词的情调相合。"寒山"给人带来的是寒冷和荒凉的感觉。这只能是郊野傍晚的山色,而且是这位旅客所感受到的。"碧"本是青绿色,这里用来指一般的山色。它可以随着季节、朝暮、阴晴的变化而有所不同,可以是鲜明的,也可以是黯淡的。而这里写的,无疑地是属于后者。山的碧色用"伤心"来形容，非常奇妙而新颖。因为山本是无知之物，这里却用人的感情来表现它，就显得特别深刻。一方面，人本来伤心，所以眼中的碧山似乎也抹上了一层伤心的颜色；另一方面，将山人格化，看作是有生命、有感情的东西，就觉得这种碧色，正是它伤心的表现，使人看了，更觉伤心。二者互相交感，成为一体，即所谓情景交融。此词"寒山一带伤心碧"，认为碧山伤心；李商隐《蝉》"一树碧无情"，叹息碧柳无情：相反相成，值得玩味。

　　林烟织恨，山色伤心，已经使人触景伤情，何况愈来愈晚，一片灰暗的夜色已经由外边不知不觉地进入了楼中。这，就给全部图景涂上了一层灰色，加深了这首词凄黯的情调。"暝色"不是一种实质的东西，更不能行动，这里却用"入"字来形容它的降临，就更其生动地表现出了它由外而内，逐渐加深的过程，并同时传达了这位旅客对它的感受。所以"暝色入高楼"这句，从抒情方面说，是加强了人的凄黯、迟暮、孤独的感觉和情绪；从写景方面说，是由远到近，归结到词中主人公的所在地。这样，接以"有人楼上愁"句，点明人物、地点以及人的心情，便不突然。

　　"有人楼上愁"这一句，承上启下，是全词的关键，因为整首词所写的，全是这个人在驿楼之上所见所感。它对上面三句来说，则是倒叙。按照顺序叙述，本来是有人在楼上发愁，于是凭高望远，如王粲《登楼赋》所说"登兹楼以四望兮，聊暇日以消忧"。然后看到平林烟织，寒山碧暗，反而更添了愁绪。现在却先写所见之景，后才点出人物所在地点及其心情，这就使景色及对景生愁之情表现得更为突出；同时，也使"愁"字贯上彻下，增加了它的分量。"有人",一般指他人,但在古典诗歌中,有时也用来指自己,这里就是题壁旅客自指。

换头"玉梯空伫立",承上片结句来,写旅客在楼上眺望,为时很久。"梯"是举部分以代全体,以梯代楼,避免与上"楼"字重复。金玉珠翠一类的字眼,本是诗词中用来修饰房屋器具的词藻,但与驿楼不称。这里只是借用前人现成的词语,如李商隐《代赠》"玉梯横绝月中钩"之类,并非指玉石制的阶梯或者楼台。有的本子"梯"字作"阶"。但"玉阶"系指宫殿中的玉石阶砌,南朝乐府相和歌辞楚调曲有〔玉阶怨〕一曲,内容是写宫怨的。如此词用"玉阶",则将主题由旅愁变成了宫怨,与全词都不合了。因此仍应从《湘山野录》的原文。以"空"字形容伫立,表现站立的时间虽已很久,还是徒然,有无可奈何的心情。

站了很久,天更晚了,鸟雀都急忙忙地飞回巢里投宿去了。由鸟想到人,鸟是无知的动物,还有归宿的要求,人是有感情的,终年在外漂泊、奔走,怎么能没有思归之念呢?由此,自然地引起了最后两句。"宿鸟归飞急",虽然是当前所见,而触景生情,托物喻意,就使得这句词同时具有双关的含义,丰富了它的内容。

由"宿鸟"想到"归程",凭高纵目,归路迢迢,惟有长亭短亭,互相连接,绵绵不尽。末两句采用了自问自答的方式,上句提问,引起注意,下句作答,加强气氛。庾信《哀江南赋》:"十里五里,长亭短亭。"亭也就是驿一类的设施。"长亭连短亭",就是说还不知道要像现在这样歇多少次中途站,才得到家。亭、驿既多,当然不能尽见,所以这里是以想象中的未见之亭,来补充目前已到之驿,就更显得归程甚远,归期难必。

这首词结构匀称,上片由远及近,下片由近及远;上片景为主,情为辅,景中带情,下片情为主,景为辅,情中有景。加上意境开阔,情感真挚,故所写的虽然是一个极其习见的主题,仍然非常动人。

羁旅行役之感是古典诗歌中极其习见的主题。由于近代物质文明的进步、交通工具的发达与旅途生活的改善,这类作品已经不再像以前那样容易引起共鸣。而更主要的,则是在今天的新中国,许多人都是在为美好的今天和更美好的明天而在祖国大地上奔驰。世界观的改变,已经使我们能够跳出个人的小圈子,对于所谓离乡背井、羁旅行役之感,不那么当一回事了。因此这位无名的杰出词人所提供给我们的,只是一件可供欣赏和借鉴的艺术品,而决非一部指导生活的教科书。这首词是如此,以下所要赏析的其他作品基本上也是如此。

渔家傲

范仲淹

　　塞下秋来风景异，衡阳雁去无留意。四面边声连角起。千嶂里，长烟落日孤城闭。　　浊酒一杯家万里，燕然未勒归无计。羌管悠悠霜满地。人不寐，将军白发征夫泪。

　　在北宋仁宗时代，居住在我国西北地区的党项羌族逐渐强盛起来，建立了夏国。北宋王朝和它作战，屡次失败。范仲淹于庆历元年到三年（1041—1043）奉命与韩琦等经略陕西，才算稳定了局势。他在工作当中，爱抚士兵，推诚接待羌族，使汉、羌各族得以和平相处，很得人民的爱戴。他写过几首反映边塞生活的〔渔家傲〕，都以"塞下秋来"开头。这是其中的一首。

　　这首词是写边塞的萧条景色和远离家乡、久戍边塞的将士们的沉重心情的。心情是主，景色是宾。它的结构和无名氏的〔菩萨蛮〕有共同之处，也是上片以写景为主，而景中有情；下片以抒情为主，而情中有景。景色的描写，正好衬托出人物的心情，从而更深刻地展示了他们的内心世界。

　　上片写景。它一上来就说明了，这里是边塞的秋天，与内地的秋天风景有所不同。接着，以候鸟大雁之到了季节要回南方，来坐实"风景异"。"衡阳雁去"，按照一般的语法，应当作雁去衡阳；这里是因为要合于格律，把结构颠倒了。大雁在这个地方度过了春、夏两个季节，现在要离开了。按照情理来说，人，推而至于雁,在一个地方住了相当长的时期,临别之时,总不免有些依依不舍。桑下三宿,尚且为佛徒所忌,何况两个季节呢?而竟至于"无留意",那么,可见此时此地,已经十分寒苦,实在是无可留恋了。雁的来去,完全是适应气候,出于本能,根本不存在思想感情的问题。这里说雁无留意,完全是从人的立场去设想的,因此,这事实上是写人之所感:雁犹如此,人何以堪?这是写词人所感。

第三句写边塞上的声音。泛说"边声",包括一切自然界和人类的声音,如风声、雨声、人喊、马嘶,都在其内。它们是边塞上所特有的,因而听到以后,容易引起怀乡之情。"边声"以"四面"来形容,更显得其无所不在,充满了整个空间,虽想不听,也做不到。下面再接上"连角起",更进一步写出这些凄凉的声音又还是伴随着军营中的号角一道发出来的,就更在凄凉之外加上了悲壮的气氛。这种加倍渲染的手法,也是为了加深人所感受的描写。这是写词人所闻。

第四、五句写边塞上的景色。在数不清的山峰像屏障一样的围绕之中,傍晚的时候,烟雾迷漫,即将西沉的太阳正照射着一座紧闭了门的孤零零的城堡,这是多么荒凉的景色!"长烟"的"长"字,在这里是广阔的意思,它与"落日孤城"的"落"字、"孤"字合色,都是为了形容环境的辽阔荒凉而挑出来使用的。而孤城紧闭,则又显示了戒备森严,在冷落的背后,隐隐地露出了紧张的局势。这是写词人所见。

所感、所闻、所见如此,那么,身临其境的人,不免有怀乡之念,就很自然了。

下片以抒情为主。在这种环境之中,欲归不得,惟有借酒浇愁。但是,"浊酒一杯",怎么能够排遣离家万里的乡愁呢?结果是如李白《宣城谢朓楼饯别校书叔云》中所说的,"举杯消愁愁更愁"了。"一杯"和"万里"相对为文,是强烈的对照。"家万里",点出路途遥远,回乡困难,但它却不是不能回家的主要原因。主要的原因是还没有完成朝廷交给的任务,还没有能够如东汉窦宪那样,打退匈奴统治者的侵扰,在燕然山勒石纪功,然后胜利地班师回朝。在这里,词人写出了边防将士们的责任感。在严峻的环境里,虽然对家乡非常怀念,但是,面对着侵扰者,他们是决不会放弃自己的责任的。

在完成抗击侵扰的任务以前,当然是无法回乡的,只有在这里坚持下去。傍晚之时,对景思乡,欲归不得,借酒浇愁,消磨了许多时光,已经由黄昏进入深夜,这时,听到的是悠长的羌笛,看到的是银白的浓霜,怎么能够入睡呢?词中这位人物,可以是指词人自己,也可以是泛指某一位将军或征夫,因为他们的感情是共同的。将军的年纪当然大些,久戍边城,备极辛劳,已生白发,而征夫则流出了眼泪。末句极写久戍之苦,结出主旨。

一方面,边塞寒苦,久戍思乡;另一方面,责任重大,必须担负,这是词中所描写的一对矛盾。词中篇幅绝大部分是写前一方面的,但只用"燕然未勒归无计"一句,便使后一方面突出,成为这对矛盾的主要矛盾面,正如俗话所说的"秤砣虽小压千斤"。用传统的文学批评术语来说,就是:"发乎情,止乎礼义。"

作者虽然身为将军,但并非高适《燕歌行》中所谴责的那种"战士军前半死生,美人帐下犹歌舞"的将军,所以能够体会普通将士们的思想感情,他们对家乡的怀念和崇高的责任感。

封建统治阶级对于人民的痛苦常常是漠不关心的,更不会想起戍边将士的辛苦。范仲淹在这里提出的问题,在他以前,还不曾在文人词中反映过,以后也不多,因此,是很值得重视的。贺裳《皱水轩词筌》说:"按宋以小词为乐府,被之管弦,往往传于宫掖。范词如'长烟落日孤城闭'、'羌管悠悠霜满地'、'将军白发征夫泪',令'绿树碧檐相掩映,无人知道外边寒'者听之,知边庭之苦如是,庶有所警触。此深得《采薇》、《出车》、'杨柳'、'雨雪'之意。"("绿树"二句,见吴融《华清宫二首》之一。)这话是很有见地的。

一丛花令

张先

伤高怀远几时穷?无物似情浓。离愁正引千丝乱,更东陌、飞絮濛濛。嘶骑渐遥,征尘不断,何处认郎踪? 双鸳池沼水溶溶,南北小桡通。梯横画阁黄昏后,又还是、斜月帘栊。沉恨细思,不如桃杏,犹解嫁东风。

这首词写的是一位女子在她的情人离开之后,独处深闺的相思和愁恨,仍然是一个古老的主题——闺怨。但由于它极其细致地表现了词中女主人对环境的感受、对生活的情绪,还是很有魅力。

全篇结构,上片是情中之景,下片是景中之情。一起写愁恨所由生,一结写愁恨之馀所产生的一种奇特的想法。它条理清楚,不像以后的周、秦诸家,在结构上变化多端。周济在《〈宋四家词选〉序论》中说作者的词"无大起落",这首词也可为证。

上片倒叙。本来是情人别去,渐行渐远,柳丝引愁,飞絮惹恨,因而觉得伤高怀远,无穷无尽,从而产生"无物似情浓"的念头。但它一上来却先写出由自己切身的具体感受而悟出的一般的道理,将离别之苦、相思之情,概括为"伤高怀远"。"几时穷",是问句,下面却不作正面的回答,而但曰:"无物似情浓。"所以这"几时穷",事实上乃是说无穷无尽,有"此恨绵绵"之意。因为人孰无情,只要有情,就会"伤高怀远",何况此情又是极其浓厚,无物可比的呢?

爱情自来是人类社会生活的基本内容之一。古典作家一贯珍重并且歌颂真挚、纯洁的爱情,所以许多人都对此郑重地言及,而更多的人则在其作品中表现了这一点。张先的另一首〔木兰花〕有云:"人生无物比多情,江水不深山不重。"元好问〔摸鱼儿〕有云:"问世间情是何物,直教生死相许?"汤显祖《牡丹亭》有云:"世间只有情难诉。"洪昇《长生殿》有云:"借《太真外传》谱新词,情而已。"《红楼梦》中有一付对联写的是:"厚地高天,堪叹古今情不尽;痴男怨女,可怜风月债难偿。"都是此意。斯大林在读了高尔基写的《少女与死神》以后,也肯定了他写的"爱战胜死"这个主题。当然,在阶级社会中,不同的阶段对爱情有不同的价值观念,对它在社会生活中的比重也有不同的看法,不能等同起来,一概而论。

第三句接着由一般的、概括的叙述延伸到具体的、个别的描写。"伤高怀远",无非由于离别。离愁的纷乱,用千丝杨柳来比喻,不但将情和景巧妙地结合在一起,而且将抽象的感情形象化了。柳丝撩乱,已惹离愁;何况飞絮濛濛,漫天无际,颠狂轻薄,更是恼人?所以"更东陌"两句,在写景方面是自然的联系和开拓,在写情方面则是进一层地展示了她的内心活动。古人风俗,折柳赠别,柳和离别,关系很深。这里不写别时折柳相赠,而写别后见柳相思,就摆脱了俗套。吴文英〔风入松〕"楼前绿暗分携路,一丝柳、一寸柔情",也很新颖,可以算得此词的后劲。

"嘶骑"以下,直揭愁恨的由来。叫着的马儿走远了,空望见一片扬起的路尘，再也无法辨认他的踪迹了。这三句是写别后登高，心中所想、目中所见的情景，下文"梯横画阁"可证，亦见上文"伤高"二字，并不是为了陪衬"怀远"，而随意安上去的。

下片由景及情。池水溶溶，小船来往，是户外所见。小船南来北往，各人忙着自己的事情，对于女主人的心情，是无从了解，也无暇顾及的。可是，池中又偏偏有成双成对的鸳鸯，她触景生情，就自然不能不产生人不如物之感。这里没有明写她的孤独和感慨，却为结句伏下了线索。

"梯横"二句，直接首句"伤高怀远"来。上句言黄昏之后，要想再像白天那样登高望远，也不可得，只有深闺独坐；下句言即使捱过黄昏，也无非对着斜照在帘栊上的月光，仍是无聊。"又还是"三字，下得巧妙，因为它不但点明了黄昏难遣，入夜尤其难遣，而且暗示了不但此夜难遣，夜夜也都难遣的心情。

夜夜独坐独眠，百无聊赖，不能不恨，不能不思，甚至于不能不"沉恨细思"。四字千锤百炼，千回百转，极其沉重有力，直逼出收尾两句来，就说明她是怨到极点了。而"沉恨细思"之故，仍是由于"情浓"。情若不浓，怎会怨极？这就显得首尾照应，一气贯穿。《皱水轩词筌》云："唐李益诗曰：'嫁得瞿塘贾，朝朝误妾期。早知潮有信，嫁与弄潮儿。'子野〔一丛花〕末句云：'沉恨细思，不如桃杏，犹解嫁东风。'此皆无理而妙。"所谓"无理"，乃是指违反一般的生活情况以及思维逻辑而言；所谓"妙"，则是指其通过这种似乎无理的描写，反而更深刻地表现了人的感情。在文学中，无理和有情，常常成为一对统一的矛盾。欧阳修极其推重这结尾的两句，正是因为它通过这个具体而新奇的比喻，表达了女主人极细微而深刻的心思，揭示了她在寂寞的生活中，有多少自怜自惜、自怨自艾在内。这位女主人对爱情的执着、对青春的珍惜、对幸福的向往、对无聊生活的抗议、对美好事物的追求，通过这一新奇的比喻，一下子都透漏出来了。"妙"，就妙在这里。

天仙子

张先

时为嘉禾小倅,以病眠,不赴府会。

水调数声持酒听,午醉醒来愁未醒。送春春去几时回?临晚镜,伤流景,往事后期空记省。　　沙上并禽池上暝,云破月来花弄影。重重帘幕密遮灯,风不定,人初静,明日落红应满径。

张先在嘉禾(今浙江嘉兴)做判官,约在仁宗庆历元年(1041),年五十二。据题,这首词当作于此年。但词中所写情事,与题很不相干。此题可能是时人偶记词乃何地何时所作,被误认为词题,传了下来。

这首词乃是临老伤春之作,与词中习见的少男、少女的伤春不同。一上来就写出了这一点。持酒听歌,本是当时士大夫享乐生活的一部分。可是,这位听歌的人所获得的不是乐,而是愁。这种愁,又还不是在歌、酒中偶然感触到的淡淡的愁,而是长久以来就埋藏在心底的一种深沉的、执着的愁,所以午醉虽醒,而愁仍不醒,也就是李白所谓"抽刀断水水更流,举杯消愁愁更愁"(《宣城谢朓楼饯别校书叔云》)。

下面极写致愁的原因,点明主旨。"送春"一句,明知四时变化,明年还有春天,却定要问她什么时候回来,好像毫无常识。这当中,就包含有多少低徊留恋在内。这种心情,只有临老的人才有,所以就接以"临晚镜,伤流景"。杜牧《代吴兴妓春初寄薛军事》云:"自悲临晓镜,谁与惜流年。"这里用杜诗而改"晓镜"为"晚镜",一字之差,情景全异。杜诗是《牡丹亭·惊梦》中"如花美眷,似水流年"之感,而本词则是王安石《壬辰寒食》中"巾发雪争出,镜颜朱早凋"之感。所以问"春去几时回"者,表面上是问自然界的春天,实际上是问自己生命中的青春时代。而人的青春不会再来,这也和自然界的春天会再来一样,都是无须问,也无须答的。人总是在时光的流逝中活动着。词人由流光之易逝,想到人事之无凭,回首过去,则往事成空,瞻望将来,则后期无定,因而觉得流光堪悲,人事就更堪悲了。"空记省",与"愁未醒"相应。正因为想也无益,才更觉愁之难消。

上片写人之愁闷无聊,由午及晚;下片则专写晚景。"沙上"二句,傍晚所见。"沙上并禽",用以对照自己的块然独处。"云破"一句,是千古传诵的名句。其好处在于"破"、"弄"两字,下得极其生动细致。天上,云在流;地下,花影在动:都暗示有风,为以下"遮灯"、"满径"埋下伏线。而且见出进屋之前,主人公又在池畔徘徊一阵子了。

词人在当时就有一个绰号,叫做张三影,意思是说他写过三句其中用了"影"字的名句。我们查他现存的诗词,用有"影"字的好句子,共有六句,其中一句是诗,五句是词。《华州西溪》:"浮萍破处见山影,小艇归时闻草声。"〔天仙子〕:"沙上并禽池上暝,云破月来花弄影。"〔青门引〕:"那堪更被明月,隔墙送过秋千影。"〔归朝欢〕:"娇柔懒起,帘押卷花影。"〔剪牡丹〕:"柳径无人,堕飞絮无影。"(一作"柔柳摇摇,坠轻絮无影。")〔木兰花〕:"中庭月色正清明,无数杨花过无影。"前人所指三影，句子也不尽同，无须深究。应当指出的是：一般创作中讲究炼字，主要是在虚字方面下工夫，实字方面，可以伸缩变化的馀地是不多的。从这些名句来看，主要的好处也都表现在虚字上面，或者说是用的虚字与"影"字配合极为恰当。有人认为作者以善于用"影"字出名，恐怕不完全符合实际情况。王国维《人间词话》说："'云破月来花弄影'，著一'弄'字而境界全出矣。"他不注意"影"字而注意"弄"字，很有见解。

"重重"三句，极写进屋以后，风狂人静之情景，结句仍应上"送春"，是说今晚还可以看到"花弄影"，大风之后，明天所见到的，唯有"落红满径"，春就更可伤了。

叹老嗟卑，是封建社会不得志的文人的常见的情绪，其中也包含有一些优秀人物在那种黑暗时代被迫无所作为的愤懑，对于今天的读者来说，是有其认识作用的。

醉垂鞭

张先

双蝶绣罗裙,东池宴,初相见。朱粉不深匀,闲花淡淡春。 细看诸处好,人人道,柳腰身。昨日乱山昏,来时衣上云。

　　这首词是酒筵中赠妓之作,以写其人的妆束开头,但只写了一半,即她所穿的裙子。罗裙上绣着双飞的蝴蝶,已经很漂亮了,但等到读了结句,才知道,更漂亮的、能够使人产生丰富的联想的,还不是她的裙,而是她的衣。

　　"东池"两句,记相见之地——东池、相见之因——宴,并且点明她"侑酒"的身份。"朱粉"两句,接着写其人之面貌,而着重于化妆的特征——淡妆。词人在这里,摆脱一切正面描绘,而代之以一个确切的、具体的比喻,这样,就将她的神情、风度,都勾画出来了。试想,浓丽的春光中,万紫千红之外,别有闲花一朵,带着淡淡的春色,在花丛中开放,幽闲淡雅,风韵天然,在许多"冶叶倡条"之中,显得多么出色!

　　这里涉及到欣赏中一与多的变化的问题。在一般情况下,多数女子并不浓妆(在词中,又称为严妆、凝妆),所以一个浓妆的,便显得出众。但在上层社会的行乐场所,或是贵族宫廷里,多数女子都作浓妆,一个淡妆的,就反而引人注目了。唐朝的虢国夫人便很懂得这个道理,所以常常"素面朝天"。张祜为之作诗道:"虢国夫人承主恩,平明骑马入宫门。却嫌脂粉污颜色,淡扫蛾眉朝至尊。"而裴潾咏白牡丹则写道："长安豪贵惜春残,争赏街西紫牡丹。别有玉盘承露冷,无人起就月中看。"便是讽刺那些豪贵们不懂这个道理(唐人重深色牡丹,白居易《买花》云："一丛深色花,十户中人赋。")。我们平常赞美一件东西、一个作品等,说它新奇别致,其中往往就包含了这个一与多的问题。张先显然受了张祜等的启发,但"闲花淡淡春"一句,仍然很有创造性。唐人称美女为春色,如元稹称越州妓刘采春为"鉴湖春色"。此词"春"字,也是双关。

换头三句,是倒装句法。人人都说她身材好,但据词人看来,则不但身材,实在许多地方都好,而这"诸处好",又是"细看"后所下的评语,与上"初相见"相应。柳与美女之腰,同其婀娜多姿,连类相比,词中多有。如温庭筠〔杨柳枝〕云："宜春苑外最长条,闲袅东风伴舞腰。"又〔南歌子〕云："转盼如波眼,娉婷似柳腰。"不独白居易"樱桃樊素口,杨柳小蛮腰"之诗,为世人所熟知而已。

结两句写其人的衣。古人较为贵重的衣料如绫罗之类上面的花纹,或出于织,或出于绣,或出于画。出于织者,如白居易《缭绫》："织为云外秋雁行。"出于绣者,如温庭筠〔南歌子〕："胸前绣凤凰。"出于画者,如温庭筠〔菩萨蛮〕："画罗金翡翠。"此词写"衣上云",而连及"乱山昏",可见不是部分图案,而是满幅云烟,以画罗的可能性较大。词人由她衣上的云,联想到山上的云,而未写云,先写山,不但写山,而且写乱山,不但写乱山,而且写带些昏暗的乱山,这就使人感到一朵朵的白云,从昏暗的乱山中徐徐而出,布满空间。经过这种渲染,就仿佛衣上的云变成了真正的云,而这位身着云衣的美女的出现，就像一位神女从云端飘然下降了。这两句的作用，决不限于写她穿的衣服的别致，更主要的是制造了一种气氛，衬托出并没有正面大加描写的女主人形象的优美，风神的潇洒。本来只是描写衣上花纹，却用大笔濡染，画出了一片混茫气象，并且写到这里，就戛然而止，更无多话，收得极其有力。所以周济在《宋四家词选》中，评为"横绝"。作者另一首〔师师令〕中，有"蜀彩衣长胜未起，纵乱云垂地"之句，用意略同，但不及此词之生动和浑成。

这里还涉及到欣赏中真与幻的联系的问题。将美女与云联系起来，始于宋玉《高唐赋》。赋中神女自白说："妾在巫山之阳，高丘之阻，旦为朝云，暮为行雨，朝朝暮暮，阳台之下。"又宋玉对楚王问朝云之状，有云："湫兮如风，凄兮如雨。风止雨霁，云无处所。"赋中神女，是宋玉以人间美女为模型而塑造的，就这一点来说，是真的，而她同时又是"无处所"的云，或随身环绕着云的神，则是幻的。因此，她是一个既有人的情欲，又有神的变化，又真又幻的形象，当然比一般人间的美女更吸引人。李商隐《重过圣女祠》"萼绿华来无定所"，即以另外一个仙女萼绿华来暗比巫山神女，以表现其真而又幻、仙而又凡的特点，可谓深明赋意。本词"昨日"两句，很清楚地也是脱胎于《高唐赋》，而从其人所着云衣生发，就使人看了，产生真中有幻之感，觉得她更加飘然若仙了。曹植《洛神赋》写洛神渡水云："体迅飞凫，飘忽若神，凌波微步，罗袜生尘。"在水波上走路，是幻；走路而起灰尘，则是真。而说凌波可以微步，微步可使罗袜生尘，又使真与幻统一了起来，同样显示出她同时具有人和神的特点，可为旁证。文学中这种真与幻，或人间的与非人间的情景的联系，往往能够使人物形象和景色描写更为丰满而美妙。

筵前赠妓，题材纯属无聊。但词人笔下这幅素描还是动人的。"闲花"一句所给与读者的有关一与多的启示，"昨日"两句所给与读者的有关真与幻的启示，也可供今天写诗的参考。

蝶恋花

晏殊

槛菊愁烟兰泣露。罗幕轻寒，燕子双飞去。明月不谙离别苦，斜光到晓穿朱户。　昨夜西风凋碧树。独上高楼，望尽天涯路。欲寄彩笺无尺素，山长水阔知何处？

这首词也是写离别相思之情的。时间是由夜到晓，地点是由室内、室外而到楼上。

上片写词人在清晨时对于室内、室外景物的感受，由此衬托出长夜相思之苦。首句写景物，不但点明了时令——秋天，并且描绘了环境的幽美，借以暗示人物的闲雅。菊而曰"槛菊"，则是在庭院廊庑之间。菊花笼着轻烟，兰花带有露点，则是在清晓。用"愁"来表达菊在"烟"中所感，用"泣"来解释兰上何以有"露"，说的是菊与兰的心情，实际上是通过菊与兰的人格化，来表明人的心情，亦物亦人，物即是人。这一句只有七个字，但却写出了景物、地点、季节、时间和人物的情绪、感觉，没有一个字是多余的，或可有可无的，可称精炼。假如我们将这一句写成"黄菊初开兰蕊吐"，同样是写了秋天的景物，写了菊、兰，可是形象和意境就单薄多了。即使只改成"槛菊含烟兰带露"，那也不成，因为两字之差，就抽掉了恰恰是词人所要着重表达的对景生情这一点。它就不能一开头便笼罩全篇，使读者即时体会那种充满了离愁别恨的气氛。

第二、三句写清晨燕子从帘幕中间飞了出去。古代富贵人家，堂前多垂帘或幕。燕巢梁上，进出必须穿过帘幕。"轻寒"，是新秋早晨的气候，而"双飞"则反衬人的孤独。一清早，燕子自管自地穿过帘幕，双双飞走了，却不顾屋里还有一个孤独的人，就含有燕子无情之感，从而暗中过渡到下文对明月的公然埋怨。

第四、五句写在天亮以后，还有残月的馀辉斜射房中，因而回想起昨夜的月光，竟是这样地整整照了一夜，使人无法入梦，直到现在，它还不肯罢休。它之所以这样，不正是因为不知道离别的痛苦吗？这种无理的埋怨，正是无可奈何的心情的表现。明月本是无知之物，可是作家却赋予它以生命和感情，使它为自己的创作意图服务。所以同一明月，晏殊可以说"明月不谙离别苦，斜光到晓穿朱户"，而张泌则可以说"多情只有春庭月，犹为离人照落花"（《寄人》）。同一杨柳，刘禹锡可以说"长安陌上无穷树，唯有垂杨管别离"（《杨柳枝》），而韦庄则可以说"无情最是台城柳，依旧烟笼十里堤"（《台城》）。但不管作家的感觉如何，这种艺术手段总是可以使景与情交织起来，从而更具体和深刻地表达他们自己的心情的。

下片写这首词的主人公，也就是作者，经过一夜相思之苦以后，清晨走出卧房，登楼望远。当他"独上高楼"的时候，最先收入眼底的是一片空阔，连远到天边的路也可以看到尽头，什么遮拦阻隔都没有。于是才回想起昨天那个不眠之夜里所听到的风声、落叶声，恍然悟出，是昨夜西风很厉，一夜之间，把树上的绿叶都吹落了。"高楼"伏下句"望尽"。"独上"是说人之寂寞，与上"燕子双飞"对照。三句总写登高望远，难遣离愁，境界极为高远阔大,与无名氏〔菩萨蛮〕"平林漠漠"等四句相近。

结两句承"望尽"句来。虽"望尽天涯路",终不见天涯人,那么,相思之情,只有托之于书信了。然而,要写信,又恰恰没有信纸,怎么办呢?这里"彩笺"即是"尺素"。一个家有"槛菊"、"罗幕"、"朱户"、"高楼"的人,而竟"无尺素",这显然是他自己也不相信的、极为笨拙的推托。而其所以写出这种一望而知的托辞,则又显然出于一种难言之隐。比如说,她是否变了心呢,或者是嫁了人呢?他现在是无法知道的。所以接着又说,即使有尺素,可山这样连绵不尽,水这样广阔无边,人究竟在什么地方都不明白,又何从去寄呢?这两句极写诉说离情的困难和间阻,将许多难于说,或不愿说的情事,轻轻地推托于"无尺素",就获得了意在言外、有馀不尽的艺术效果。一本"无"作"兼",则是加重语气,说是寄了"彩笺",还要寄"尺素",以形容有许多话要说,义亦可通,但不如"无"字的用意么曲折、深厚。

作者另一首〔踏莎行〕云:"碧海无波,瑶台有路,思量便合双飞去。当时轻别意中人,山长水远知何处? 绮席凝尘,香闺掩雾,红笺小字凭谁附?高楼目尽欲黄昏,梧桐叶上潇潇雨。"拿来和本词一比,我们就可以看出,其主题、题材、人物、景色、情事无不相同或极其相似。然而,在晏殊的笔下,这两首词却各自成为一个完整的、不可重复的艺术形象。古典作家这点儿本领,很可供我们借鉴。

破阵子

晏殊

燕子来时新社,梨花落后清明。池上碧苔三四点,叶底黄鹂一两声,日长飞絮轻。　巧笑东邻女伴,采香径里逢迎。疑怪昨宵春梦好,原是今朝斗草赢,笑从双脸生。

这首词写的是古代闺阁中少女们春天生活的一个片段。词人用写生的妙笔,在读者面前展开了一幅仕女图,而美丽的春光则是它的背景。景色是那么鲜明,人物是那么生动,全篇充满着青春的欢乐气息。这在古代描写妇女生活的作品中是不多的。在封建社会中,妇女们都是受压迫的,就是上层社会的妇女也不例外,因而她们的苦难是特别深重的。许多作品反映了她们悲惨的遭遇和坚决的反抗,也就显示了她们对于生活的热爱,对于美好理想的向往。而少女们又是特别富有乐观精神的,尽管在重重压迫和束缚之下,其青春活力也不会完全被封建礼教势力所窒息。这首词通过闺阁中日常生活的描绘,也从一个侧面证明了这一点。

词以上片写景,下片写人。它以一联对句开头,写景而兼点明季节。用燕子、梨花带出新社和清明两个节日。社日是祭社神——土地神的日子,有春、秋两社,新社即春社,是在春分前后的戊日。古代上层妇女是不劳动的,但平常也要做些针线活。每逢社日,就可以放下针线活,从事游玩。所以张籍的《吴楚歌词》说:"今朝社日停针线。"清明在春分后十五日,是古代上坟祭祖的日子,也是妇女们可以出门踏青挑菜的日子。从春社到清明,都是春光最好的时候。词人将人物安排在这个特定的时间里,就已经使读者感到春气的融和与春景的绚烂,仿佛置身在暖洋洋的春光中,看到燕子飞翔、梨花飘落一样了。如果我们对古代上层妇女在封建礼教压迫之下深闭幽闺的生活有所了解,体会到她们乍从闺阁走向园林、走向大自然的怀抱时,对于春天的美好和新鲜的感觉,以及得到暂时的精神解放后轻松愉快的心情,那么,我们就能够分享词中少女们的欢乐了。《牡丹亭》中杜丽娘游园时,不也是以"不到园林,怎知春色如许"这样充满惊喜的口吻开场么?

三、四两句仍用对偶,描绘出一个极其幽静的园子来。园中有个小小池塘,池边疏疏落落地点缀着那么几点青苔。在茂密的树林里,时时有黄鹂在枝叶的深处偶然啼叫那么几声,来打破这静寂的空气。歇拍(上片的结句)写春天的日子,在这幽静的环境里,更显得特别悠长。而在这寂寥的长日里,似乎一切都是静悄悄的,只有一些柳絮,在空中飘来飘去。这就将上面几句所写情景一起烘托了出来,有前人所说的"画龙点睛"之妙。

下片写人物,头两句的意思是从上片贯穿而来。在这样美好的春天、这样漫长的日子、这样寂寥的环境里,年轻人又怎么耐得住呢?于是,就想要到东边邻居家里去找女伴来游戏了。恰好,就在边走边采摘花草的小路上,那位姑娘也正带着笑容走了过来。"巧笑",写出东邻那位姑娘笑迷迷地带着聪明而调皮的神气;"采香",则暗示出下文有斗草的情事。

下面三句写两位姑娘斗草。斗草是古代妇女玩的一种游戏,体现出她们对于名花异草的知识和爱好。敦煌卷子中有〔斗百草〕四首，是唐代的大曲，可见这种游戏，唐时已盛行于民间。《红楼梦》第六十二回中也曾有详细的描写。虽然宋代的斗草和清代的斗草的细节可能有所不同，但大体上总差不多，可以参看。斗草赢了邻居，使得这位少女充满了欢乐。她忽然想起：怪不得昨天晚上做了那样一个好梦，原来是今天斗草要赢的兆头啊！越想越高兴，脸上就显出得意的笑容来了。"笑从双脸生"，将笑写得非常自然天真。这是少女的毫无做作的笑，从内心深处发出的笑。仅仅为着赢了斗草，就这么高兴，这也只有感情纯洁得像水晶一样的少女才会这样的。

　　下片人物的活动，主要是斗草，然而作者却有意避开了对于斗草场面的正面描写，而只写了人物在斗草前后的活动和心情，因为抒情诗并不是小说，更不是一本指导如何玩斗草游戏的书。这个道理不用多讲。

　　这首词纯用白描，展示了古代少女的纯洁心灵。笔调活泼，风格朴实，与主题相称。

踏莎行

欧阳修

候馆梅残，溪桥柳细，草薰风暖摇征辔。离愁渐远渐无穷，迢迢不断如春水。　寸寸柔肠，盈盈粉泪，楼高莫近危阑倚。平芜尽处是春山，行人更在春山外。

这首词写的是一个旅人在征途中的感受。上片写男性行者途中所见所感，下片写旅人想象中的女性居者对他的怀念。

它以对句开头。候馆，即旅舍。候馆、溪桥，点明征途；梅残、柳细，点明时令，在读者眼前展了一片初春景色。

第三句接着仍然写了初春景色，春风已经是暖洋洋的，原野上的春草也散发着一阵阵的香气，而旅人却正在这么吸引人的环境之中，摇动着马缰，走上征途。这句承上启下，由春景过渡到离愁。江淹《别赋》："闺中风暖，陌上草薰。"上句属女性居者，下句属男性行者。此句用江赋而小变其意，将风暖、草薰都归之于行者中途所见。

四、五两句，接写中途所感。在这么美好的春光中，不能留在家乡，和爱人一起欣赏景物，却要跋涉长途，到遥远的地方去，怎么能够不引起离愁呢？马不停地走着，离家是愈来愈远了。路程，长了；时间，久了，是不是把离愁冲淡了一些呢？词人回答说：不。相反地，它却随着空间和时间的差距而更增加了。这离愁，正像沿途经过的河流。春水是那样的无穷无尽，永远不断，眼前所见与心中所感，真是再也没有这样吻合的了。抽象的感情，在词人笔下，变成了具体的形象，这就不但使人更其容易感受，而且这种感受还极为亲切。以流水与离愁关合，是词人们常用的一种表现方式。在欧阳修以前，则如南唐李中主〔摊破浣溪沙〕云："青鸟不传云外信，丁香空结雨中愁。回首绿波三峡暮，接天流。"在他以后，则如秦观〔江城子〕云："西城杨柳弄春柔。动离忧，泪难收。……便做春江都是泪，流不尽，许多愁。"而李词浑朴，欧词真挚，秦词工巧，风格各异。至如南唐后主〔虞美人〕之"问君能有几多愁？恰似一江春水向东流"之启发了欧词，更属显而易见。

下片写行者自己感到离愁之无穷无尽，于是推想到居者也一定相同。她必然是痛心流泪，登高望远，而产生如张先词中所写的那种"嘶骑渐遥，征尘不断，何处认郎踪"的感伤了。"楼高"以下三句，是行者心中设想的居者心里的话。她说：别上楼去靠着那高高的阑干痴望了吧！人已经走得太远，望不着了。能望到的，只不过是一片长满青草的平原，即使望到了草原的尽头，又还有春山挡住了视线，而人又还在春山之外，如何看得见呢？行者由自己的离愁推想到居者的离愁，又由居者有离愁而想到她会登高望远，想到她要登高望远而又迟疑不决。层层深入，有如剥蕉。

范仲淹〔苏幕遮〕云："山映斜阳天接水，芳草无情，更在斜阳外。"本词云："平芜尽处是春山，行人更在春山外。"一向被人认为是相类的名句。它们的特征在于，将情景融成一体，在想象中更进一层。斜阳已远，而芳草更在斜阳之外；春山已远，而行人更在春山之外：就更其令人不能为怀。与这种表现手法可以比较的，则是作家们有时又不从想象而从事实着笔。张潮《江南行》云："茨菰叶烂别西湾，莲子花开犹未还。妾梦不离江上水，人传郎在凤凰山。"刘采春《罗唝曲》云："那年离别日，只道住桐庐。桐庐人不见，今得广州书。"本以为他在江水边，谁知道却跑到凤凰山去了。本以为他在桐庐，想不到却从广州来了信。这，叫人的感情怎么追得上他的脚迹呢？一写想象，一写事实，但其由于景的扩大而增加了情的容量，则正相同。

　　读这首词，特别是下片，还应当参看梁元帝的《荡妇秋思赋》。赋起云："荡子之别十年，荡妇之居自怜。登楼一望，惟见远树含烟。平原如此，不知道路几千？"下又云："妾怨回文之锦，君思出塞之歌。相思相望，路远如何！"写法基本相同。只是：景色，春、秋各异；人物，词以男性行者为主，女性居者为宾，赋则主宾互易而已（荡妇是长期在外乡流浪的人的妻子，即荡子妇，不是风流放荡的妇人的意思）。然而词自是词，赋自是赋，细玩自知。

雨霖铃

柳永

寒蝉凄切。对长亭晚,骤雨初歇。都门帐饮无绪,方留恋处,兰舟催发。执手相看泪眼,竟无语凝咽。念去去、千里烟波,暮霭沉沉楚天阔。　　多情自古伤离别,更那堪、冷落清秋节!今宵酒醒何处?杨柳岸、晓风残月。此去经年,应是、良辰好景虚设。便纵有、千种风情,更与何人说?

这首词是作者离开汴京,与情人话别之作。"寒蝉"写当前景物,点明节令,直贯下片"清秋节",不但写所闻、所见,兼写所感。"长亭"写地,暗寓别情。"晚"点明时间,为下面"催发"张本。"骤雨"是"留恋"之由,"初歇"则是"催发"之由。本来该走了,忽然下了一阵急雨,乘此机会,又留恋了一会儿,可是天色已晚,雨开始停了,这就真该走了。由"都门"字,知此词作于汴京,"帐饮"是别筵,而以"无绪"二字带过,因为满腹离愁别恨,吃,也不香,饮,也不畅,实在没有什么可说的。这就暗示了留恋之情深,别离之味苦。驾船的,"催发";乘船的,"留恋"。"留恋",则不忍别;"催发",则不得不别。主观意愿与客观形势之矛盾,使别情达到高潮。以句法论,才说"帐饮",已指明"无绪",正在"留恋",又被人"催发",好像都没有完,所以陈匪石先生在《宋词举》中称之为"半句一转"(陈石遗在《宋诗精华录》中称杨万里作诗的秘诀是"语未了便转"，也是此意）。

"执手"两句，生动、细腻、真朴，形容别情，妙到毫颠。不仅写出了分手的情侣当时的情状，而且暗示了他们极其复杂微妙的内心活动。到这个时候，不但有话说不出来，而且甚至觉得千言万语也表达不了那么多的柔情蜜意，所以无须说，结果就只有什么也不说了。苏轼〔江城子〕《乙卯正月二十日夜记梦》云："相顾无言，惟有泪千行。"与此同意，不过一个是生离，一个是死别而已。但苏词并非蹈袭，也是从生活中来。"念去去"两句，"烟波"是眼前所有，而加上"念去去"，则近景远景连成一片，有实有虚。"烟波"以"千里"形容，"暮霭"以"沉沉"形容，"楚天"以"阔"形容，都与"凝咽"的心情相契合（古时楚国在今长江中下游，故楚天即南天，此词或系作者离开汴京，前往浙江时所作）。"执手"两句写情，"念去去"两句写景，结束了话别的场面。

正面刻画话别，已经尽致，因此换头首句就推开一层，泛说离愁别恨，自古皆然，即江淹《别赋》"黯然消魂者，惟别而已矣"之意。但第二句又立刻翻进，说秋天作别尤为可悲，暗用宋玉《九辩》"悲哉，秋之为气也，……憭栗兮若在远行。登山临水兮送将归"之意，遥接上片起句。"今宵"两句，千古名句，也是设想将来，虚景实写。"酒醒"遥接上片"帐饮"，亦见虽然"无绪"，但借酒浇愁，还是沉醉了。扁舟夜发，愁醉蒿腾，忽然醒来，想必已经拂晓，所见惟有杨柳岸边的晓风残月吧！然而，人呢？把这两句摘出来看，本来就写得极好，但只有把它们作为全篇的有机组成部分，其好处才能充分显露出来，因为仅就这两句立论，就只看到眼中之景，而想不到景外之人了。

"此去"以下，放笔直写，不嫌重拙。由"今宵"想到"经年"，由"千里烟波"想到"千种风情"，由"无语凝咽"想到"更与何人说"，都是由对照而深入一层，即李商隐《无题》所谓"相见时难别亦难"之意。

曲玉管

柳永

陇首云飞,江边日晚,烟波满目凭阑久。一望关河萧索,千里清秋,忍凝眸? 杳杳神京,盈盈仙子,别来锦字终难偶。断雁无凭,冉冉飞下汀洲,思悠悠。 暗想当初,有多少、幽欢佳会,岂知聚散难期,翻成雨恨云愁?阻追游。每登山临水,惹起平生心事,一场消黯,永日无言,却下层楼。

这首词也是写离别之恨与羁旅之愁的。作者登高怀远,触景伤情,而将情景打成一片,往复交织,前后照应,针线尤为细密。

全词共分三叠。凡是三叠的词,以音律论,前两叠是双拽头,后一叠才是换头(一称过片)。故文词也每每是前两叠大体一意,后一叠另作一意,使声情相应。此词第一叠"陇首"三句,是当前景物和情况。"云飞"、"日晚",隐含下"凭阑久"。"亭皋木叶下,陇首秋云飞",是梁柳恽的名句。陇首,犹言山头。云、日、烟波,皆凭阑所见,而有远近之分。由此启下三句。"一望",不是望一下,而是一眼望过去,由近及远,由实而虚,千里关河,可见而不尽可见,逼出"忍凝眸"三字,极写对景怀人,不堪久望之意。然而上言"凭阑久",可见已经久望了,则"忍凝眸"者,乃是事后觉得望之无益,是透过一层的写法。此段五句都是写景，只用"忍凝眸"三字，便将内心活动全部贯注到上写景物之中，而使情景交融。

第一叠是先写景，后写情；第二叠则反过来，先写情，后写景。"杳杳"三句，接上"忍凝眸"来。"杳杳神京"，写所思之人在汴京；"盈盈仙子"，则写所思之人的身份。唐人诗中习惯上以仙女作为美女之代称，一般用来指娼妓或女道士。如施肩吾有《赠仙子》，仙子指娼妓；赵嘏有《赠女仙》，女仙指女道士。这里大约是指汴京的一位妓女。"锦字"是用窦滔、苏蕙夫妻故事。苻秦时，滔得罪徙流沙，蕙作回文诗，织于锦上以寄，词甚凄惋，见《晋书》。作者和这位"仙子"，并非正式夫妻，其所以用此典故，或系因应举时被仁宗放落，因而出京，与窦滔之获罪远徙，有些近似之故。文献不足，无从深考。此句是说，"仙子"虽想寄与"锦字"，而终难相会（"偶"作遇解），这是悬揣之词，并非真正收到她的信了，观下文可知。鸿雁本可传书，而说"断"，说"无凭"，则是始终不曾负担起它的任务。雁给人传书，无非是个传说或比喻，而雁"冉冉飞下汀洲"，则是眼前实事。由虚而实，体现出既得不着信又见不了面的惆怅心情，自然就不能不老是想着，放不下了。"思悠悠"三字，总结次段之意，与上"忍凝眸"遥应，而更深入一层。因第一段写景物萧索，使人不忍凝眸，第二段则写即使凝眸，其人终于难偶，不但人难偶，信也难通，所以除了相思之外，更无其他办法。

第三叠是"思悠悠"的铺叙。第一、二叠写景抒情，眼前之事，已经表现得非常丰满。而今日之惆怅，实缘于旧日之欢情，所以"暗想"四句，便概括往事，写其先相爱，后相离，既相离，难再见的愁恨心情。"阻追游"三字，横插在上四句下五句中间，包括了多少难以言说的酸辛在内。然后，笔锋一转，又从回忆而到当前。但是，在回到当前之时，却又荡开一笔，在平叙之中，略作波折，指出这种"忍凝眸"、"思悠悠"的情状，并不是这一次，而是许多次，每次"登山临水"，就"惹起平生心事"。然后再写到这回依然如此，在"黯然消魂"的心情之下，长久无话可说，走下楼来。"却下层楼"，遥接"凭阑久"，使全词从头到尾，血脉流通。刘熙载《艺概》说柳词"细密而妥溜，明白而家常，善于叙事，有过前人"。这首词，特别是其第三叠，很可以证实这一论点的正确。〔雨霖铃〕的"此去经年"以下，此词的"暗想当初"以下，都似乎平平铺直叙，没有什么技巧，但这正是柳永的特色，其他词人所难以企及的地方。

夜半乐

柳永

　　冻云黯淡天气,扁舟一叶,乘兴离江渚。渡万壑千岩,越溪深处。怒涛渐息,樵风乍起,更闻商旅相呼,片帆高举。泛画鹢、翩翩过南浦。　　望中酒旆闪闪,一簇烟村,数行霜树。残日下、渔人鸣榔归去。败荷零落,衰杨掩映,岸边两两三三,浣纱游女,避行客、含羞笑相语。　　到此因念,绣阁轻抛,浪萍难驻。叹后约丁宁竟何据?惨离怀、空恨岁晚归期阻。凝泪眼、杳杳神京路。断鸿声远长天暮。

　　这首词也分三叠。第一叠写旅途经历,第二叠写所见人、物,都是写景;第三叠抒感,是写情。它是词人浪迹浙江时所作,所以用了许多与浙江有关的地名和典故。"越溪"明指越地,不用说。"万壑千岩"出《世说新语·言语篇》,顾长康赞会稽(今浙江绍兴)山川之美说:"千岩竞秀,万壑争流。草木蒙笼其上,若云兴霞蔚。""乘兴"字出《世说新语·任诞篇》所载王子猷居山阴,雪夜乘小船到剡县访戴安道,到了门外,又不去看他,说是"吾本乘兴而行,兴尽而返,何必见戴"的故事;"怒涛"字出枚乘《七发》形容曲江之涛,"有似勇壮之卒,突怒而无畏","诚奋厥武,如震如怒","声如雷鼓,发怒庢沓"等句;"樵风"字出《后汉书·郑弘传》注引《会稽记》所载郑弘从神人求得若耶溪的顺风为他采薪后的运输提供方便的故事:都与浙江有关,足见作者用词的细密。若是囫囵看过,未免有负他的匠心。

第一叠首句点明时令,二、三句写旅中出发情况。"渡万壑"以下,都是写开船之后,乘兴在船中欣赏景物。溯江上行,景物愈来愈美,而总以"万壑千岩"括之,这是用顾长康赞美会稽一带风景的话,已见上引。只有知道这个出典,才可以引起丰富的联想。"怒涛"句承上"江渚"来,江口有涛,涛息才可行船。"樵风"句承上"扁舟"来。郑弘早上出去砍柴,要坐船由南而北,晚上运柴回来,要由北而南,所以他要求神人在若耶溪上赐与"旦,南风;暮,北风",果然如愿。故"樵风"也就含有顺风的意思。有了顺风,才能"乘兴离江渚",也才能"片帆高举"。"更闻"一句,写出商人途中之繁忙,以衬自己的孤独。"泛画鹢"句,鹢是一种水鸟,古代船家画鹢于船头以作装饰。这里即用作船的代称。"翩翩",轻快貌。"南浦"字出江淹《别赋》:"送君南浦,伤如之何!"这里已暗逗下文怨别,但总的来说,作者开始出发时,心情还是轻快的。

第二叠写所见。首句即明说"望中",以下都是望中所见,有人有物。"酒旆"三句,岸上之物;"残日"句,江中之人。鸣榔,是一种以敲木作声来捕鱼的方法。"败荷"句,又江中;"衰杨"句,又岸上。"败荷"两句,均写景;"岸边"三句,均写人。人与物,岸上与江中,往复交织,构成一幅非常生动的秋日江干暮景的画面。在极其萧飒荒凉的景物中,忽然出现一群天真活泼的、一面含羞避客一面又笑又说的浣纱姑娘,这使景物增添了生气，但也使作者牵动了离愁。这群姑娘，是无忧无虑的，可是在途中的旅客，却由于看到了她们，而想起自己心爱的人来。杜牧《南陵道中》云："南陵水面漫悠悠，风紧云轻欲变秋。正是客心孤迥处，谁家红袖凭江楼？"苏轼〔蝶恋花〕云："墙里秋千墙外道。墙外行人，墙里佳人笑。笑渐不闻声渐悄，多情却被无情恼。"写的都是这种微妙的心理。但柳词在这里只提到所见为止，而所感则留在第三叠中去写。

　　第三叠由景入情，以"到此因念"四字领起。本来是"乘兴"沿途览景，景物清佳，虽然身在旅途，而离愁尚可借佳景以资排遣，但是，一群浣纱游女的忽然出现，却打破了这种暂时宁静的心理状态，把离愁都勾引出来了。"绣阁"句，悔当初的分别，考虑不够周详；"浪萍"句，比今天的行踪，仍然漂流无定。"叹后约"以下，直抒胸臆，而以"惨离怀"句怀乡里之爱妻，"凝泪眼"句忆汴京之仙子分承。古代诗词中归期、归舟等"归"字，都是指归回家乡。柳永当时落魄江湖，以情理说，不可能携带家眷同行，更不能把家眷安置在汴京，而独自出游浙江，故知"惨离怀"与"凝泪眼"，乃是各念一人。许昂霄《〈词综〉偶评》说此词"第三叠乃言去国、离乡之感"（古人常称京为国，去国即是出京）。以去国与离乡分言，深合词意。而对此两人，又同有"绣阁轻抛"、后约无据之感，故以"断鸿"句作结，以景足情。"断鸿"之"远"、"长天"之"暮"，与"离怀"之"惨"、"泪眼"之"凝"，情调气氛，结合密切。

　　这首词前两叠平叙，从容不迫，所反映的情绪也很稳定，末叠则突然转为急促，一句一意，愈引愈深，所反映的情绪也变为激昂。前松后紧，前缓后急，前两叠之松缓，正为末叠蓄势，从而使矛盾达到高潮。可以想象得到，当时歌唱起来，也是声情相应的。

卜算子慢

柳永

　　江枫渐老,汀蕙半凋,满目败红衰翠。楚客登临,正是暮秋天气。引疏砧、断续残阳里。对晚景、伤怀念远,新愁旧恨相继。　　脉脉人千里。念两处风情,万重烟水。雨歇天高,望断翠峰十二。尽无言、谁会凭高意?纵写得、离肠万种,奈归云谁寄?

　　这首词与〔曲玉管〕主题相同,也是伤高怀远之作。上片景为主,而景中有情;下片情为主,而情中有景:也与〔曲玉管〕前两叠相近。

　　起首两句,是登临所见。"败红"就是"渐老"的"江枫","衰翠"就是"半凋"的"汀蕙",而曰"满目",则是举枫树、蕙草以概其馀,说明其已到了深秋了,所以接以"楚客"两句,即上〔雨霖铃〕篇中所引宋玉《九辩》各句的缩写,用以点出登临,并暗示悲秋之意。以上是登高所见。

　　"引疏砧"句,续写所闻。秋色凋零,已足发生悲感,何况在这"满目败红衰翠"之中,耳中又引进这种断断续续、稀稀朗朗的砧杵之声,在残阳中回荡呢?古代妇女,每逢秋季,就用砧杵捣练,制寒衣以寄在外的征人。杜甫《捣衣》:"亦知戍不返,秋至拭清砧。已近苦寒月,况经长别心。宁辞捣衣倦,一寄塞垣深。用尽闺中力,君听空外音。"又《秋兴》:"寒衣处处催刀尺,白帝城高急暮砧。"所以在他乡作客的人,每闻砧声,就生旅愁。这里也是暗寓长期漂泊,"伤怀念远"之意。"暮秋"是一年将尽,"残阳"则是一日将尽,都是"晚景"。对景难排,所以下面即正面揭出"伤怀念远"的主旨。"新愁"句是对主旨的补充,以见这种"伤"和"念"并非偶然触发,而是本来心头有"恨",才见景生"愁"。"旧恨"难忘,"新愁"又起,所以叫做"相继"。

过片接上直写愁恨之由。"脉脉",用《古诗十九首》:"盈盈一水间,脉脉不得语。"其字当作"眽眽",相视之貌(脉,繁体作脈,形近而误)。相视,则是她望着我,我也望着她,也就是她怀念我,我也怀念她,所以才有二、三两句。"两处风情",从"眽眽"来;"万重烟水",从"千里"来。细针密线,丝丝入扣。

"雨歇"一句,不但是写登临时天气的实况,而且补出红翠衰败乃是风雨所致。"望断"句既是写实,又是寓意。就写实方面说,是讲雨过天开,视界辽阔,极目所见,惟有山岭重叠,连绵不断,坐实了"人千里"。就寓意方面说,则是讲那位"旦为朝云,暮为行雨"的巫山神女,由天气转晴,云收雨散,也看不见了。"望断翠峰十二",也是徒然。巫山有十二峰,诗人用高唐神女的典故,常常涉及。如李商隐《楚宫》:"十二峰前落照微,高唐宫暗坐迷归。朝云暮雨长相接,犹自君王恨见稀。"又《深宫》:"岂知为雨为云处,只有高唐十二峰。"其馀不可悉数。这又不但暗抒了相思之情,而且暗示了所思之人,乃是神女、仙子一流人物。

"尽无言"两句,深进一层。"凭高"之意,无人可会,惟有默默无言而已。"凭高",总上情景而言,"无言"、"谁会",就"脉脉人千里"极言之。凭高念远,已是堪伤,何况又无人可诉此情,无人能会此意呢?结两句,再深进两层。第一层,此意既然此时此地无可诉、无人会,那么这"离肠万种",就只有写寄之一法。第二层,可是,纵然写了,又怎么能寄去,托谁寄去呢?一种无可奈何之情,千回百转而出,有很强的感染力。"归云"字,汉、晋人习用,如张衡《思玄赋》:"凭归云而遐逝兮,夕余宿乎扶桑。"潘岳《怀旧赋》:"仰晞归云,俯镜流泉。"据张赋,"凭归云"即乘归去之云的意思,可知柳词末句,也就是无人为乘云寄书之意。

　　《宋四家词选》曾指出此词下片在艺术表现上的特征是"一气转注,连翩而下"。这是一个细致而准确的判断。所要补充的是,其文笔虽如周济所说,但内容却反复曲折,并不平顺。它们是矛盾的统一。

安公子

柳永

远岸收残雨,雨残稍觉江天暮。拾翠汀洲人寂静,立双双鸥鹭。望几点、渔灯隐映蒹葭浦。停画桡、两两舟人语。道去程今夜,遥指前村烟树。　　游宦成羁旅,短樯吟倚闲凝伫。万水千山迷远近,想乡关何处?自别后、风亭月榭孤欢聚。刚断肠、惹得离情苦。听杜宇声声,劝人不如归去。

这首词是游宦他乡,春暮怀归之作。词人对于萧疏淡远的自然景物,似有偏爱,所以最工于描写秋景,而他笔下的春景,有的时候,也不以绚烂秾丽见长,如此篇即是。这,当然和他长年过着落魄江湖的生活、怀着名场失意的心情是有关的。

上片头两句写江天过雨之景,雨快下完了,才觉得江天渐晚,则雨下得时间很久可知。风雨孤舟,因雨不能行驶,旅人蛰居舟中,抑郁无聊更可知。这就把时间、地点、人物的动作和心情都或明或暗地展示出来了。

"拾翠"二句,不过是写即目所见。汀洲之上,有水禽栖息,而以拾翠之人已经归去,虚拟作陪,更以"双双"形容"鸥鹭",便觉景中有情。"拾翠"字用杜甫《秋兴》:"佳人拾翠春相问。"拾翠佳人,即在水边采摘香草的少女。张先〔木兰花〕也说:"芳洲拾翠暮忘归,秀野踏青来不定。"意中有人,有人的语笑;今惟馀景,景又呈现人去后特有的寂静。鸥鹭成双,自己则块然独处孤舟之中。这一对衬,就更进一步向读者展开了作者的内心活动。

"望几点"句,写由傍晚而转入夜间。渔灯已明,但由于是远望,又隔有蒹葭,所以说是"隐映"。这是远处所见。"停画桡"句,则是己身所在,近处所闻。"道去程"二句,乃是舟人的语言和动作。"前村烟树",本属实景,而冠以"遥指"二字,则是虚写。这两句把船家对行程的安排,他们的神情、口吻以及依约隐现的前村,都勾画了出来,用笔极其简炼,而又生动、真切。

过片由今夜的去程而念及长年行役之苦。"短樯"七字,正面写出舟中百无聊赖的生活。"万水"两句,从"凝伫"来,因眺望已久,所见则"万水千山",所思则"乡关何处"。"迷远近"虽指目"迷",也是心"迷"。崔颢《黄鹤楼》云:"日暮乡关何处是,烟波江上使人愁。"正与此意相同。

"自别后"以下,直接"乡关何处",而加以发挥。"风亭"七字,追忆过去,慨叹现在。昔日则良辰美景,胜地欢游,今日则短樯独处,离怀渺渺,而用一"孤"字将今昔分开,意谓亭榭风月依然,但人不能欢聚,就把它们孤负了。"刚断肠"以下,紧接上文。离情正苦,归期无定,而杜宇声声,劝人归去,愈觉不堪。杜宇无知之物,而能劝归,则无情而似有情;人不能归,而杜宇不谅,依旧催劝,徒乱人意,则有情终似无情。用意层层深入,一句紧接一句,情意深婉而笔力健拔,柳永所长,其后只有周邦彦用笔近似。

八声甘州

柳永

对潇潇暮雨洒江天,一番洗清秋。渐霜风凄紧,关河冷落,残照当楼。是处红衰翠减,苒苒物华休。惟有长江水,无语东流。　　不忍登高临远,望故乡渺邈,归思难收。叹年来踪迹,何事苦淹留?想佳人、妆楼凝望,误几回、天际识归舟。争知我、倚阑干处,正恁凝愁!

这首词主题与〔安公子〕同,但时令有异,前者是暮春所作,此首则是暮秋所作。它上片写景,下片抒情,界线比较分明,与他词上、下片中每每景情兼赅者,又别。

上片头两句,用一"对"字领起,勾画出词人正面对一幅暮秋季节、傍晚时间的秋江雨景。"暮雨"上用"潇潇",下用"洒"字来形容,就使人仿佛听到了雨的声音,看到了雨的动态。那是一阵秋天的凉爽萧疏的雨,而经过这番雨,"秋"就变得更"清"了。"秋"是不可以"洗"的,但词人却偏以为"秋"之"清"是由于"暮雨"之"洗",使人感到生动、真切,觉雨后秋空清朗之状,如在目前。《九歌·大司命》"使冻雨兮洒尘"句,可能使柳永受到启发。"洒江天",也是洒向空气中的灰尘,但由此想出"洗清秋",构思就更新颖。

接着,用一"渐"字领起下三句。一番雨后,傍晚的江边,就觉得寒风渐冷渐急。身上的感觉是如此,眼中所见也是一片凄凉。"关河"是"冷落"的，而词人所在之地，则被即将西沉的阳光照射着。景色苍茫辽阔，境界高远雄浑。苏轼一向看不起柳永，然而对这三句，却大加赞赏，认为："此语于诗句不减唐人高处。"（见赵令畤《侯鲭录》）正因这几句词不但形象鲜明，使人读之如亲历其境，而且所展示的境界，在词中是稀有的。

六、七两句接写楼头所见。看到的装饰着大自然的花木，都凋零了。与〔卜算子慢〕"江枫渐老"三句同意。不过那首词先写"败红衰翠"，后写"楚客登临"，而这首词则反过来，先写了人已登楼，再写"红衰翠减"，结构按照全词的安排，所以各有不同。歇拍两句，写在这种自然界的变化之下，人是不能不引起许多感触的，但是，却并没有明说，只以"长江水无语东流"暗示出来。"惟有"两字，包含有不但"红衰翠减"的花木在外，也包含有"登高临远"的旅人更不在内的意思。古人每用流水来比喻美好事物的消逝。高蟾《秋日北固晚望》"何事满江惆怅水，年年无语向东流"，乃是柳词所本（他如韩琮《暮春浐水送别》："绿暗红稀出凤城，暮云宫阙古今情。行人莫听宫前水，流尽年光是此声。"黄季刚师又反韩意作词云："流尽年光，流水何曾住？"都是此意）。江水本不能语，而词人却认为它无语即是无情，这也是无理而有情之一例。上片以这样一个暗喻作结，而不明写人的思想感情，是为下片完全写情蓄势。

下片由景入情。上片写到面对江天暮雨、残照关河，可见词人本是在"登高临远"，而换头却以"不忍"二字领起，在文章方面，是转折翻腾；在感情方面，是委婉深曲。"登高临远"，为的是想望故乡，但故乡太远，"爱而不见"，所闯入眼帘的，只不过是更加引起乡思的凄凉景物，如上片所描写的，这就自然使人产生了"不忍"的感情,而乡思一发,更加难于收拾了。

四、五两句,由想象而转到自念。怀乡之情虽然是如此的强烈和迫切,但是检点自己近年来还是落拓江湖,东漂西荡,究竟又是为了什么呢?这里用问句一提,就加重了语气,写出了千回百转的心思和四顾茫然的神态,表达出"归也未能归,住也如何住",即"归思"和"淹留"之间的矛盾,含有多少难言之隐在内。究竟为什么"淹留",词人自己当然明白,他在另外一首词〔戚氏〕中就说出了:"未名未禄,绮陌红楼,往往经岁迁延。……念利名、憔悴长萦绊。"从前的读书人,在没有取得功名之前,要上京应考;在已经取得功名之后,当上了官,也要在他乡任职。长期考不取,就或者是在京城住下来,准备下届再考,或者四处游谒地方长官,以谋衣食。这当中,是包含了许多生活经历中的酸甜苦辣在内的。问"何事苦淹留",而不作回答,不过是因为他不愿说出来罢了。这样,就显得含蓄,比〔戚氏〕所直接抒写的同一心情,更其动人。

由于自己的思归心切,因而联想到故乡的妻子也一定是同样地盼望自己回家。自己在外边漂泊了这样久,她必然也想望得很久了。谢朓《之宣城郡出新林浦向板桥》云:"天际识归舟,云中辨江树。"谢诗是实写江景,柳词则借用其语,为怀念自己的妻子创造了一个生动的形象。他想象她会经常地在妆楼上痴痴地望着远处的归帆,而几次三番地误认为这些船上就载着她从远方回来的丈夫。温庭筠〔梦江南〕:"梳洗罢,独倚望江楼。过尽千帆皆不是,斜晖脉脉水悠悠,肠断白蘋洲。"这是"想佳人"两句很具体的解释。

最后两句,再由对方回到自己。在"佳人"多少次的希望和失望中，肯定要埋怨在外边长期不回来的人不想家。因为"何事苦淹留"，有时连自己都感到有些茫然，则整天在"妆楼凝望"的人，自然更难于理解了。她也许还认为自己在外边乐而忘返，又怎么会知道我现在倚阑远望的时候，是如此愁苦呢？

　　本是自己望乡、怀人、思归，却从对面写"佳人"切盼自己回去。本是自己倚阑凝愁，却说"佳人"不知自己的愁苦。"佳人"怀念自己，出于想象，本是虚写，却用"妆楼凝望，误几回、天际识归舟"这样具体的细节来表达其怀念之情，仿佛实有其事。倚阑凝愁，本是实情，却从对方设想，用"争知我"领起，则又化实为虚，显得十分空灵。感情如此曲折，文笔如此变化，真可谓达难达之情了。这种为对方设想的写法，并非始自柳永，在他以前，如韦庄的〔浣溪沙〕"夜夜相思更漏残，伤心明月凭阑干，想君思我锦衾寒"，即是一例。但更著名的则是杜甫的《月夜》："今夜鄜州月，闺中只独看。遥怜小儿女，未解忆长安。香雾云鬟湿，清辉玉臂寒。何时倚虚幌，双照泪痕干。"但柳词层次更多，更曲折变化（单就这一点说，不是比较这些作品整个的高下）。梁令娴《艺蘅馆词选》载梁启超评此词，认为它的境界很像温庭筠〔菩萨蛮〕中"照花前后镜，花面交相映"两句，就是指词中所写自己与对方的情景，有如美女簪花以后，前后照镜，镜中形象重叠辉映。

　　我们还应当注意一下此词下片用的重字。说自己，是有难收的"归思"，说"佳人"，是盼天边的"归舟"。说"佳人"，是在妆楼"凝望"，说自己，是倚阑干"凝愁"。这里的"归"与"凝"，是故意重复，作强烈对照的，与一般因取其流畅自然而不避重字的不同。

结句倚阑凝愁，远应上片起句，知"对潇潇暮雨"以下，一切景物，都是倚阑时所见；近应下片起句，知"不忍登高临远"以下，一切归思，都是凝愁中所想。通篇结构严密，而又动荡开合，呼应灵活，首尾照应，如前人谈兵所云常山之蛇。

望海潮

柳永

东南形胜,三吴都会,钱塘自古繁华。烟柳画桥,风帘翠幕,参差十万人家。云树绕堤沙。怒涛卷霜雪,天堑无涯。市列珠玑,户盈罗绮竞豪奢。　　重湖叠巘清嘉,有三秋桂子,十里荷花。羌管弄晴,菱歌泛夜,嬉嬉钓叟莲娃。千骑拥高牙。乘醉听箫鼓,吟赏烟霞。异日图将好景,归去凤池夸。

经过八十多年的休养生息,北宋王朝到了仁宗在位的时代(十一世纪二十至六十年代),人民生活已较安定,生产力有较大的发展,出现了国家富庶、经济繁荣的局面。在一些大城市,尤其显得突出。柳永,由于他在这个特定的时代中长期地过着都市生活,便很自然地在他的一些词中反映了这种景象。同时,由于他本来最善于用慢词(长调)的形式和铺叙的手法,写这类的题材,也就显得非常合适。这首词正可以代表他在这方面的成就。

据罗大经《鹤林玉露》的记载,这首词是词人写来献给当时驻节杭州的两浙转运使孙何的。但主要的内容仍然是咏叹杭州湖山的美丽、城市的繁华。上片一上来两个四字对句便点明了这两方面,指出杭州地理位置的优越,它既是祖国东南一带形势重要的地区,又是三吴(吴兴郡、吴郡和会稽郡的合称)最巨大殷实的名城。紧接着,第三句又交代了这个位置在钱塘江畔的名城,历史悠久,但一直保持着繁华,不曾衰落。这一起三句,入手擒题,以阔大的气势笼罩着全篇,就为以下就这两方面进一步交错地加以铺叙铺平了道路。

"烟柳"两句,又是一对。湖上架着彩色画饰的桥梁,桥边栽着含烟惹雾的杨柳,这是城外的观赏之地;窗上悬有挡风的帘,室前挂着翠色的幕,这是城中的居住之区;而总以"参差"一句,就使人进一步体认到这个大都市物阜民康的面貌。

接着,词人要我们将注意力转向从城市东南流过的钱塘江。"云树"句,写入云的高树环绕着江堤的沙路,是江边。"怒涛"句,写奔腾的江涛翻卷着雪白的浪花,是水上。再接上"天堑"句,补足钱塘江的雄伟、广阔和险要。这就把这条大江的面貌完全刻画出来了。这三句是关于自然形胜的进一步描写。"市列"二句,则是关于社会繁华的进一步描写,它只拈出珠宝众多和服装精美两点,来形容这个消费城市的特色,其馀自可想见。

下片分两层。"重湖"三句,就西湖本身写。"重湖",指西湖兼有里湖、外湖之胜,就湖说;"叠巘",指绕湖重重叠叠的峰峦,就山说;而总以"清嘉"二字赞之。"三秋桂子",写桂子飘香之久,又和"叠巘"相应;"十里荷花",写荷花种植之广,又和"重湖"相应。湖和山、荷花和桂子、夏季和秋季,参错交织,极见匠心。"羌管"三句,就湖上居民写。笛声在晴天荡漾,菱歌在夜空飘浮。钓鱼的老汉、采莲的姑娘都面带笑容,生活得很愉快。这里写的只是城市普通人民的生活,而且多少带有粉饰的成分,却也暗示了那些达官、贵人、地主、豪商的逸乐。这六句是一层,重点地描写了西湖。

"千骑"三句,是对孙何的称颂。成千的马队拥簇着高大的牙旗,只这一句,就形容出了他煊赫的声势;而这位高官在公退之馀、醉酒之后,就听听音乐,欣赏和吟咏风景,则是写他日常行乐,从而烘托出当时太平无事的情况。最后的"异日"两句,是对孙何的良好祝愿。"凤池"即凤凰池,是唐、宋时代中央政府最高行政机关——中书省的美称。宋代实行中央集权政策,政治局势是内重外轻,所以祝愿他内调中央。但是,曾经住过杭州的人,即使高升了,又如何舍得这个美丽的城市呢?只好将它画了下来,带进京去,夸示同僚了。这五句又是一层,虽是题中应有的应酬话,但仍归结到对于杭州的赞美。也就达到了《文心雕龙·熔裁篇》所谓"首尾圆合"的要求。

　　陈振孙《直斋书录解题》赞美柳词,说它"音律谐婉,语意妥帖,承平气象,形容曲尽"。这一论点有助于对此词的理解。有人认为,这类描绘太平景象的词"没有什么意义可言"。但封建社会历朝出现的短期太平景象,也是有其物质基础的。其物质基础就是由于广大人民的斗争,生产力获得某种程度的解放,又由于人民的勤劳和智慧,才创造了丰盈的物质财富,太平景象的出现才有可能。我们从这些描写太平景象的作品中,正可以看出广大人民伟大的创造力和他们为祖国的物质文明和精神文明所作出的直接或间接的贡献。就这一方面来说,它是仍然有其认识作用的。

　　在这里,想说几句题外的话。

　　我们读了上面这几首柳词,很容易得出如下两点意见:第一,柳永是一位词人;第二,柳永爱写,而且长于写羁旅行役、男欢女爱、别恨离愁。这是对的,但又不完全对。

今天我们说某一位古代作家是词人，究竟是什么意思呢？大概也不外乎两点：一是他只写词，不写其他样式的作品，或者虽然写过，但没有流传，我们所能看到的，只有他的词；二是他也写过其他样式的作品，我们也能看到，但认为只有词写得好，对于他来说，最有代表性。根据这两点，主要的是根据第二点，就称他为词人。

但是，这只是我们今天的看法，并不完全符合历史的真实。因为词在其还与音乐结合在一起，没有分离的时候，它既是一种抒情诗，又是一种流行歌曲的唱词，而后者，在当时是更其主要的、被重视的。在我国封建社会里，并没有现代这种专业作家。作家们绝大多数都是大大小小的官吏。他们的文学活动，必须从属于政治活动，首先要适应统治阶级的政治需要。任何被我们今天称之为作家的古人，都得把他的主要精力放在统治阶级所首先需要的正统文学样式上面。在宋代，被统治阶级所重视的，仍然是骈散文、五七言诗。所以宋代作家们也得首先重视诗、文的写作，然后才以馀力来作词。这就决定了，绝大多数人决不是只会作词，他们必然会作诗、文，而且把诗、文看得比词更重要。王灼《碧鸡漫志》赞美苏词"高处出神入天，平处尚临镜笑春，不顾侪辈"，但首先却要说"东坡先生以文章馀事作诗，溢而作词曲"。刘辰翁明明知道辛弃疾也会作诗，还知道他的诗远不及他的词，而在《〈辛稼轩集〉序》中，他却说："稼轩胸中今古，止用资为词，非不能诗，不事此耳。"一个说，苏词乃其诗的馀事，而诗又为其文章的馀事。一个说，辛弃疾是不高兴作诗，否则，他的诗也会和他的词一样好。这不都正好说明词在宋人眼中的地位吗？因此，今天被称为词人的某些古代作家，除了少数一部分是只有词传世的之外，其馀大多数的就完全依据我们的判断，我们断定他的词在其作品中最有代表性，就称之为词人，而不称他为诗人或散文家、骈文家。而据以判断的标准，又主要是艺术的，而非政治的。但是，目前我们的研究工作还停滞在搜集材料的阶段，而且也还做得很不够，至于整理材料，系统地研究文学现象的变化过程及其相互关系，就更需要不断地努力。已经出版的一些文学史，论述宋代文学，除了对像欧阳修、苏轼这类大家曾比较全面论及其文、诗、词之外，像陆游，就只论其诗、词而不谈他的散文了。对秦观、李清照，则只论其词，不仅是散文，就连其写得很好的诗都不提了。这就使青年人产生一种错觉，好像他们只会作词。这显然没有如实地反映文学历史的真实。

从上述这种错觉又导致了另外一种错觉，即认为某些作家的词既可以代表其全部创作，则其词的题材、主题，也就反映这些作家全部的或至少是重要的思想感情，从而据以对之进行全面评价。这可以说，是一个更其严重的误会。这一误会的产生，一方面，是如上所述，由于没有将这些作家的现有全部作品加以考察，联系起来，全面研究；另一方面则是忽略了古代作家对于样式和题材、主题的关系，有他们传统的观点、处理的习惯。

词从中晚唐以来，逐渐上升到文人手中以后，主要是当作流行的歌曲在酒筵中供妓女歌唱的。它与酒筵中行令有关。小词称为小令、令词，即表明其出于酒令。在那样一种场合里，安排了那样一种用途，就使它不适宜容纳本来也未尝不可以容纳的更为广阔和较为严肃的题材，而常常局限于男女相悦之情、相逢之乐、相别之恨。宋人在苏、辛以前，尤其是在辛以前，词人大体沿袭了这种传统，因而在词里所表现的，就往往只是这一些。如范仲淹是一位有抱负、有功业的政治家，在著名的《岳阳楼记》里，他曾宣布过"先天下之忧而忧，后天下之乐而乐"这种崇高的思想，而在其词里，却出现了什么"残灯明灭枕头欹，谙尽孤眠滋味"（〔御街行〕）和"酒入愁肠，化作相思泪"（〔苏幕遮〕）这一类的腔调。秦观的诗，早年就被王安石和苏轼所赞赏（见《苕溪渔隐丛话》），晚年更是"严重高古，自成一家"（见《吕氏童蒙训》）；李清照的诗，具有极其强烈的反对民族压迫的感情和激烈喷薄的风格，更是有目共睹：都与其词完全不类。再就柳永而论，长久以来，由于流传的佚事和其词中所表现的内容，人们都把他看成了一个典型的风流浪子。然而他仅存的一首诗——《煮海歌》，却对苦难的盐业工人发抒了深刻的同情。这使我们知道，柳永也不完全是个对人民痛苦漠不关心，只知道谈情说爱的人；又使我们知道，在他的笔下，也出现过他在词中大加歌颂的仁宗时代太平盛世的阴暗面。叶梦得《避暑录话》说："永亦善为他文辞，而偶先以是得名，始悔为己累。"可见这位词人不但不止工于词，甚至还认为工于词对他并不是一件好事。这些事实告诉我们，作家们将某些思想感情，例如男女悲欢离合之感，写入词中，只是因为词更适合于表现这一类的生活，并不是除了这一类的思想感情之外，就再也没有被他们关心和注意的、更广泛的、更有社会意义的、愿意反映的生活了。所以，仅仅根据作家们的词来对他们进行全面评价，往往是不全面的，因而也是有欠公正的。

　　总之，理解多数词人并非只是作词，而其词中所反映的又往往并非其全部的或最有社会意义的因而应当被认为是最重要的思想感情,对于全面地评价这些作家,决非是无关紧要的。鲁迅先生告诉我们,论人要顾及全面。他曾举陶渊明为例,这位作家除了《归去来辞》、《桃花源记》以及"采菊东篱下,悠然见南山"的诗句之外,也还有《闲情赋》"愿在丝而为履,附素足以周旋,悲行止之有节,空委弃于床前"那种"大胆的"、"胡思乱想的自白","也还有'精卫衔微木,将以填沧海,形天舞干戚,猛志固常在'之类的'金刚怒目'式,在证明着他并非整天整夜的飘飘然"。他说:"这'猛志固常在'和'悠然见南山'的是一个人,倘有取舍,即非全人,再加抑扬,更离真实。"(《"题未定"草(六)》)在另外一篇文章里,他又说:"倘要论文,最好是顾及全篇,并且顾及作者的全人,以及他所处的社会状态,这才较为确凿。"(《"题未定"草(七)》)这些教导,是应当经常记住的。

蝶恋花

晏幾道

醉别西楼醒不记。春梦秋云，聚散真容易。斜月半窗还少睡，画屏闲展吴山翠。　　衣上酒痕诗里字，点点行行，总是凄凉意。红烛自怜无好计，夜寒空替人垂泪。

晏幾道是晏殊的小儿子。虽然他父亲做过宰相，但他因为如黄庭坚《〈小山词〉序》中所说的，"磊隗权奇，疏于顾忌；文章翰墨，自立规模。常欲轩轾人，而不受世之轻重。……遂陆沉于下位"，于是只好"嬉弄于乐府之馀"，即以流连歌酒自遣。由于怀才不遇，没有为国家尽力的机会，就趋于颓废，这是从信陵君以来，许多人走过的老路。这位词人与那些人不同的，是他为后代留下了许多篇动人的作品。

晏幾道晚年为自己的词集作了一篇短短的序义。这篇序，事实上是凄婉的回忆录和优美的散文诗。我们用它来对照这首作于晚年的词，对于词中的情事就看得更其清楚。这篇序和这首词的主题，都可以借用《楚辞·九章》中的一个篇名，就是《惜往日》。

自序略云："始时，沈十二廉叔、陈十君宠家，有莲、鸿、蘋、云，品清讴娱客。每得一解，即以草授诸儿。吾三人持酒听之，为一笑乐。已而君宠疾废卧家，廉叔下世。昔之狂篇醉句，遂与两家歌儿酒使，俱流转于人间。……追惟往昔过从饮酒之人，或坟木已长，或病不偶。考其篇中所记悲欢、合离之事，如幻，如电，如昨梦、前尘，但能掩卷怃然，感光阴之易迁，叹境缘之无实也。"这首词也是写离别之感，但却更广泛地慨叹于过去欢情之易逝，今日孤怀之难遣，将来重会之无期，所以情调比其他一些伤别之作，更加低徊往复，沉郁悲凉。

上片起句即点明离别。"西楼"，当时欢宴之地，此中有人。醉中一别，醒后全忘，难道是患了健忘症吗？也不过是极言当日情事"如幻，如电，如昨梦、前尘"，不可复得罢了。抚今追昔，浑如一梦，所以一概付之于"不记"。此与其〔鹧鸪天〕之"一醉醒来春又残"及〔临江仙〕之"梦后楼台高锁，酒醒帘幕低垂"，同一意境。

二、三两句承上说，但觉当时之聚，今日之散，无凭无定，竟如春梦秋云，即所谓"感光阴之易迁，叹境缘之无实"。白居易《花非花》云："花非花，雾非雾。夜半来，天明去。来如春梦不多时，去似朝云无觅处。"这首诗写得迷离惝恍，据诗中"朝云"字，当是为南朝小乐府中所谓"夜度娘"一类人物而作。此处改"朝云"为"秋云"，修辞更为工整。而所谓"春梦秋云"之聚散，乃指莲、鸿、𬞟、云之始在沈、陈两家，后来流转人间，仍甚分明。其情事当然也包括沈死、陈病在内。

四、五两句，是说由于聚散之感，怅触于怀，以至"斜月半窗"，而仍不能入梦，则愁思之深可见。人方多恼，屏却无情。它悠闲地将一片翠色的吴山展示在这不眠人的面前，使人更增加无穷的遐想。这个"闲"字很关重要。有这一个字，才能衬托出人的心烦意乱，主观地认为画屏恼人，因而人也恼画屏的无聊心情。

过片写胜游欢宴既不可再，怀念旧人，检点旧物，则惟见"衣上酒痕"。这沾在衣上的一点一滴的酒痕，乃是西楼欢宴的陈迹。"酒痕"应上"醉"字。还有"诗里字"，这写在纸上的一行一行字，就是当时的"草授诸儿，吾三人持酒听之，为一笑乐"的"狂篇醉句"。今日观之，无非凄凉之意而已。

结尾两句，不说自己寒夜无眠，不说自己"自怜无好计"，不说自己"垂泪"，而将这一切归之于红烛。意思是要说，连红烛都为我的"凄凉意"而受感动，则我自己的哀伤也就可想而知。杜牧《赠别》："蜡烛有心还惜别，替人垂泪到天明。"晏词即从杜诗受到启发，但形象更为丰满，青出于蓝。画屏、蜡烛，一翠一红，一无情，一有情，相映成趣，亦见结构巧妙。温庭筠〔更漏子〕"玉炉香，红蜡泪，偏照画堂秋思"，也为前人所称，但"蜡泪"与人的"秋思"、"离情"，没有发生有机联系，比起这两句来，是有差距的。

唐圭璋先生说："这首词，虚字尤其传神，如'真'、'还'、'闲'等字，用得自然而深刻；'总是'、'空替'，则极概括。"很扼要地指出了它在用字方面的特点。

阮郎归

晏幾道

天边金掌露成霜,云随雁字长。绿杯红袖趁重阳,人情似故乡。　　兰佩紫,菊簪黄,殷勤理旧狂。欲将沉醉换悲凉,清歌莫断肠。

这首词是汴京重阳宴饮之作。起两句写秋景。《三辅黄图》载汉武帝曾造神明台,台上有铜铸仙人像,仙人舒掌,捧铜盘、玉杯,以承接云端的露水。武帝用这露水和玉屑服用,以求仙道。"天边金掌"即指此事,但其物是在长安,而不在汴京。"露成霜",用《诗经·秦风·蒹葭》:"蒹葭苍苍,白露为霜。所谓伊人,在水一方。"所以这一句并非实写,不过是借指汴京已到深秋而已。次句则实写秋空。秋风多厉,秋云易散,故雁字横空,而云也随之而长。这两句通过气候与景物的变化,暗示他乡离索、秋水伊人之感。

第三、四句由秋天写到重阳。时值佳节,有美酒,有佳人,应当可以尽欢了,而忽出一"趁"字,则也无非是随俗应景,借以遣日而已。他乡作客,本极无聊,而在"绿杯红袖"之间,仍然趁此过节,不欲坚拒,为什么呢?作者回答说,是因虽系客居,而主人情重,使人感到很像在家乡的缘故。吴白匋先生说:"作者是临川人,而此词作于汴京,非其故乡,而有故乡之感,故用'似'字。"所论极是。这两句写作客心情,吞吐往复,情感真挚,故况周颐《蕙风词话》云:"'绿杯'二句,意已厚矣。"

过片两个三字句，写筵中裙屐之盛，而但以佩戴应时花朵略作点染，因为这本非本词重点所在。"兰佩紫"句，出《离骚》"纫秋兰以为佩"及《九歌·少司命》"秋兰兮青青，绿叶兮紫茎"。"菊簪黄"句，出杜牧《九日齐山登高》"尘世难逢开口笑，菊花须插满头归"，都是切的秋景与重阳。

"绿杯红袖"，"佩紫""簪黄"，人物之盛，服饰之美，都说明这个节日安排得很好，自己虽然客居无聊，但也引起了已经属于过去的疏狂情绪。这种情绪，并不是现在具有的，所以要鼓起兴致来才行，即所谓"理旧狂"。但由于客居多感，情怀太坏，能否鼓起兴致，终不敢必，所以又不但要"理旧狂"，而且要"殷勤理旧狂"才行。处境是无可奈何，在情是不得而已。这一句，是申言"趁重阳"的内心活动，极写满腹牢骚，排遣无方。所以《蕙风词话》接着解释说："'殷勤理旧狂'，五字三层意。狂者，所谓'一肚皮不合时宜'，发见于外者也。狂已旧矣，而理之，而殷勤理之，其狂若有甚不得已者。""一肚皮不合时宜"，是苏轼的侍妾王朝云说的话，她是说苏轼与当时社会上的庸俗风气格格不入。就晏幾道来说，这就是指他"仕宦连蹇，而不能一傍贵人之门"，"论文自有体，不肯一作新进士语"，"费资千百万，家人寒饥，而面有孺子之色"，以及"人百负之而不恨，已信人，终不疑其欺己"等等黄庭坚所谓"痴"的性格。

在多年被屈抑之后，这些"痴"或"狂"都收敛起来了，虽然偶逢佳节，人情又好，但这些"狂"真能够借暂时舒畅的心情而"重理"起来吗？词人自己也是否定的，所以，"殷勤理旧狂"的结果只是"悲凉"而已,那就只好借此"绿杯红袖",把"悲凉"换成"沉醉",也就是把"旧狂"再次埋葬掉吧。所以《蕙风词话》说:"'欲将沉醉换悲凉',是上句注脚。"

结句承上句来,是说虽想以"沉醉换悲凉",但恐一听座中"红袖"的"清歌",仍然有"断肠"之痛。着一"莫"字,则又有预先自慰自宽之意在内。《世说新语·任诞篇》:"桓子野每闻清歌,辄唤'奈何'。谢公闻之,曰:'子野可谓一往有深情。'"此反用其意。《蕙风词话》说:"'清歌莫断肠',仍含不尽之意。此词沉着厚重,得此结句,便觉竟体空灵。"这是因为通篇写的虽是在无聊生活中的抑郁心情,而最后并不以绝望语作结,因而在风格上也有所反映的缘故。

陈匪石先生《宋词举》云:"小山多聪俊语,一览即知其胜。此则非好学深思,不能知其妙处。"我们认为,如果不深入地体会一下,不仅是本词,连况评也是难以理解的。

鹧鸪天

晏幾道

小令尊前见玉箫，银灯一曲太妖娆。歌中醉倒谁能恨？唱罢归来酒未消。　　春悄悄，夜迢迢，碧云天共楚宫遥。梦魂惯得无拘检，又踏杨花过谢桥。

这首词也是怀人之作，上片写昔时相见，下片写今日相思。起句前四字点明歌筵酒席，乃所见之地，后三字用唐人小说中人名，点明所见之人。范摅《云溪友议》所载韦皋和姜辅家中的婢女玉箫两世姻缘故事，是大家所熟知的。以玉箫称此人，即所以说明她乃是莲、鸿、蘋、云之流，或者就是她们中间的一个。

次句，"银灯"点夜宴，"一曲"承"小令"来，"见"是初见，因是初见，前所未睹，故用一"太"字来形容其"妖娆"出众，因而一见钟情，生出下面许多文字。一曲又一曲地唱着，要花许多时间。在听她歌唱的时候，竟醉倒了，但谁能因之感到遗恨呢？她唱完以后，馀音在耳，回到家里，酒还没有醒，又可见得真是醉得可以。两句着力写她歌声之妙，不独美艳动人而已。上片都属回忆。

过片写别后的情景。春夜孤栖，故觉"悄悄"；久不成寐，故觉"迢迢"。这不是一般春夜的感觉，而是某一个春夜极其怀念已经与自己相距很远的"玉箫"时的感觉，所以接写天遥地远,再见为难,惟有托之梦寐。"楚宫"字,也是暗示其巫山神女的身份,且为下入梦张本。李商隐《过楚宫》云:"巫峡迢迢旧楚宫,至今云雨暗丹枫。微生尽恋人间乐,只有襄王忆梦中。"词人很可能从此诗得到一些启发。

结尾两句写相思之极,寤寐求之,以见钟情之深,用意是深入一层,用笔则是宕开一层。"梦魂"牵惹,非常迫切,但却有其"无拘检"的好处,即不比实际的人生会有许多间阻。由于没有这种或那种间阻,非常自由,故用"惯得"以拟议之。"过谢桥"而以"踏杨花"作陪衬,不独与上文"春悄悄"相应,而且合于梦魂缥缈之情景。着一"又"字,则可见梦里相寻,已非一次,与上"惯得无拘检"也相应。谢桥,指谢娘家之桥,犹谢家指谢娘之家。张泌《寄人》:"别梦依依到谢家,小廊回合曲阑斜。多情只有春庭月,犹为离人照落花。"诗意与此词下片相似。谢娘即谢秋娘,唐时名妓。

相传和晏幾道同时的道学家程颐,也很欣赏"梦魂"两句,笑道:"鬼语也。"(邵博《邵氏闻见后录》)这句话不能直译为"这是鬼话",只能意译为:"这样的词,只有鬼才写得出来!"连这个老顽固都被感染了,也说明这两句的确富于魅力。

临江仙

晏幾道

梦后楼台高锁，酒醒帘幕低垂。去年春恨却来时。落花人独立，微雨燕双飞。　记得小蘋初见，两重心字罗衣。琵琶弦上说相思。当时明月在，曾照彩云归。

这首词的内容与上一首相同，不过布局则正相反，是先写今日相思，后写当时相见。

上片以两个六言对句起头，写出梦回酒醒，很是孤凄，不由自主地怀念起久别的小蘋来，而揣想到当日胜游欢宴之地，如今一定是"楼台高锁"，"帘幕低垂"了。这也就是"君宠疾废卧家，廉叔下世"之后的情况。当日常在一起的朋友和小蘋等人，如今或生离，或死别，岂能没有"其室则迩，其人甚远"的感慨？这"梦后"与"酒醒"，所包含的时间很广，它从去年乍别之初直贯到今年作词之日。这"梦"，可以是真有所梦，也可以是指"浮生若梦"，或者双关，即可以认为是实写，也可以认为是虚写，或虚、实兼赅。总之是"楼台"、"帘幕"，当时经常往还之地，一梦之后，便成为咫尺天涯了。我们不知道陈病沈死，是否同在一年，但此词必作于这些事情发生之后第二年的春天。

乍读起头两句，总以为是写当时醉梦之后顿成乖隔的痛苦心情，等到读到第三句，才知道上文所写离别，已经是去年春天的事情。去年过去了的春天，今年又来到了人间，去年的春恨，自然也随着来到了人的心上。所以"去年春恨却来时"一句，乃是承上启下。它说明楼空人去，已是去年的恨事，今年回忆，此恨依然，从而过渡到当前的春景。

"落花"两句，正面描写今年春景。"落花"，则春光将尽；"微雨"，则天色长阴。在这种景物之前，以"独立"之"人"，对"双飞"之"燕"。无知之燕，犹得双飞；有情之人，反而独立，是何等难堪的事！然而词人并没有说出自己的难堪，而只是把这些呈献在读者面前，让读者自己作出与他的感情必然相合的结论。这就叫做含蓄。我们知道，含蓄是一种强有力的暗示，它往往比直接说出来的艺术效果更强。

这首词是晏幾道最出名、最为人们传诵的篇章之一，而这两句又是它的精华所在，因为写来融情入景，景中有情，景极妍美，情极凄婉，所以谭献《复堂词话》评它们是"名句，千古不能有二"。

但是，我们检查文献，却发现了一个很有趣味，同时又值得深思的事实。原来这被人赞叹不已，被称为"千古不能有二"的"名句"，竟然并非晏幾道自己创作的，而是从别的诗人那里借来的，说得直率一点，就是抄来的。五代翁宏《春残》云："又是春残也，如何出翠帷？落花人独立，微雨燕双飞。寓目魂将断，经年梦亦非。那堪向愁夕，萧飒暮蝉辉。"这首诗就是这两句词的老家。尽管如此，我们拿晏词和翁诗作一比较，就不难看出，它们之间，不仅全篇相比，高下悬殊，而且这两句放在诗中，也远不及放在词中那么和谐融贯。作一个跛脚的比喻，就好像临邛的卓文君，只有再嫁司马相如，才能扬名于后世一样。在翁诗里，这么好的句子，由于全篇不称，所以有句无篇，它们也随之被埋没了；而由于晏词的借用，它们就发出了原有光辉，而广泛流传，被人称道。由此可见，我们如果对某一句诗进行评价，除了它本身所达到的艺术高度之外，还必须看其与全篇的有机联系如何。把某一句，或甚至某一个字孤立起来评定优劣，不仅不能如实地理解它、欣赏它、评价它，而且往往还会导致错误的结论。鲁迅先生教人论文"最好是顾及全篇"，正由于此。

晏殊的一首〔浣溪沙〕中有"无可奈何花落去，似曾相识燕归来"两句，也是非常出名的。这原是他的一首题为《示张寺丞、王校勘》的七言律诗的第三联。所以《四库提要》说他"爱其造语之工，故不嫌复用"。但就全篇而论，也是诗不如词，因而一般读者也就不记得那首七律，而只记得这首小令了。二事相类，可以互证。

翁诗用在小晏词里就好，大晏的诗用在他自己词里也比原作好，除了与全篇情调、结构等等方面是否相称、相合之外，还有一个诗、词风格不同的问题。在我国古典文学中，风格不仅因人而异，因时代、地域而异，也因文学样式而异。诗的风格就不同于词的风格。即使词中的豪放派作品，也与诗中的豪放作品不同。小晏词用翁诗，以前的词论家没有注意到，因此也没有论及。至于大晏诗、词的区别和优劣，则颇有人谈到。如沈际飞云："'无可奈何花落去'，律诗俊语也，然自是天生一段词，著诗不得。"（《草堂诗馀》正集）张宗橚云："细玩'无可奈何'一联，情致缠绵，语调谐婉，的是倚声家语，若作七律，未免软弱矣。"（《词林纪事》）王士禛也说，"无可奈何"一联，"定非《香奁》诗"（《花草蒙拾》）。这些意见都是对的。风格学是比较难于掌握，然而研究文学的人又非掌握不可的一门学问。它不但使欣赏能具真知灼见，使创作能别开生面，而且在确定作品的主名和时代等方面，能够起到考证学所不能起的作用。因此，必须认真地对之进行探索。

换头承上写对景生情，见物怀人，而着重于更在去年以前的和小蘋"初见"时留下的深刻印象。生活告诉我们，初次的印象，对于人与人之间以后的观感或关系的发展都很重要。作家们在这方面往往是注意加以处理和反映的。在前面，我们已读过张先的"东池宴，初相见"和晏幾道的"小令尊前见玉箫"，本词也是写的"记得小蘋初见"。再以著名的戏剧小说为例，则如《西厢记》中对于张生初见莺莺的大段描写，从"正撞著五百年前风流业冤"开始，反复形容，而以"你道是河中开府相公家，我道是南海水月观音现"结束；《三国演义》中为了诸葛亮的登场，先花费了大量的篇幅来写三顾茅庐：都无非是使观众对这位绝代佳人，读者对这位卓越的政治家，增强初见的印象。抒情诗的具体表现手法当然不同于戏剧、小说，但道理却是一样的。

"小蘋初见"，可记者甚多，因此，又只能在保留的深刻印象中挑出几点有代表性的来写。词人在这里写了她的衣服、技艺和感情。"心字罗衣"，旧有两种解释，或谓指罗衣之领屈曲像个心字，或谓指心字香熏过的罗衣。心字香又有两说，或谓指一种用茉莉、素馨等花和沉香薄片相间制成的香，或谓指以香末萦篆成心字的香。这些地方，无须烦琐考证，只要知道是一种式样很美或香气很浓因而使人难于忘怀的衣服就可以了。"琵琶"句写其演奏之妙，能够传达相思之情，与白居易《琵琶行》"低眉信手续续弹，说尽心中无限事"同意。一面说自己今年和去年的"春恨",一面说"小蘋初见"就从琵琶弦上说出"相思"之情,则两人互相爱悦,彼此都是一见倾心可知,别后又互相思念也可知。

结两句总收见、别、忆三层。彩云,是美女即小蘋的代称。李白《宫中行乐词》:"只愁歌舞散,化作彩云飞。"白居易《简简吟》:"大都好物不坚牢,彩云易散琉璃脆。"这里不但用其词,而且用其意。小蘋本是家妓,但不知属陈家还是属沈家。她可能属甲家,而到乙家"侑酒",宴毕仍回甲家,这一"归"字,当作如此解释。这是回想她宴罢踏着月色归去的情景。当时明月,曾经照着她回去,如今明月仍在,而人呢,却已"流转于人间",不知所终了。这里也和上片"落花"两句一样,没有正面说出自己的情绪。

此词善于照应。下片"记得"两字,直贯到底,"当时"、"曾照",抚今追昔,上下通连。"月在"、"云归",也回应上片"梦后""酒醒"、楼锁帘垂的情境。语言似乎平淡,感情实很深挚,反映在风格上,便如陈廷焯在《白雨斋词话》中所说的"既闲婉,又沉着"。

鹧鸪天

晏幾道

彩袖殷勤捧玉钟，当年拚却醉颜红。舞低杨柳楼心月，歌尽桃花扇底风。　　从别后，忆相逢。几回魂梦与君同？今宵剩把银釭照，犹恐相逢是梦中。

词人多写相别之悲，写重逢之喜的篇章较少。这首词却是描写和情人久别重逢的快乐的。但它并没从正面来写这一点，而是从分别以前的欢乐、分别以后的怀念和重逢乍见时的惊喜，将这种感情烘托出来，用意非常巧妙，不仅其"舞低"一联，语言工丽，为前人所叹赏而已。

起句七字，容量很大。酒钟以玉制成，已非凡品，何况此钟又非自举，而有人捧？又何况"捧玉钟"时极其"殷勤"？更何况这殷勤地捧着玉钟的人衣有"彩袖"？酒钟都如此贵重，则酒醇可知。殷勤捧钟相劝，则情多可知。捧钟之手出于彩袖，则其人服装、容貌都很漂亮可知（"彩袖"指衣，是以部分代全体，又以指穿衣之人，则是以物代人）。"当年"遇到此景、此人、此情，那么"拚却醉颜红"，便成为很自然的事情了。

三、四句也是作者的名句。这形容歌舞盛况的七言对句，不仅极其工整、细致、美丽，而且极其生动地、准确地揭示了舞筵歌席那样一种典型环境。如果没有实际生活体验的人，绝对写不出来。不断地起舞，直到照着杨柳阴中的高楼上的月亮都低沉了；不断地唱歌，直到画着桃花的扇子底下回荡的歌声都消失了，所以说"舞低"、"歌尽"。

这两句，上句好懂，下句需要一点说明。扇，在这里是歌扇的简称。它是古代歌妓拿在手上的，近于一种道具。那时的扇子是团扇，而不是折扇。它可以用来遮脸障羞，又可以将歌曲的名字写上备忘，当然求其美观，也可以在上面画花，如本词所说桃花扇。杨柳、桃花、月、风，都是当时景物，用以表现这个美丽的春夜。但杨柳和月是实景，桃花和风则是虚写。字面虽对得极为工巧，意思则有虚有实。所以虽工整而并不呆板。

说桃花和风是虚写，是因为这桃花不是楼前所栽，而是扇上所画，尽管楼前也多半实有桃花。至于这个"风"字，不大好讲，它既不是吹来的自然界的春风（若是吹来的，怎么会刚刚是在扇底，不在别处？），也不是这位姑娘用桃花扇扇出来的风（她在唱歌，扇风干什么？），而且，风也是不可能"歌尽"的。所以，这个"风"字，并非真风，而只是指悠扬宛转的歌声在其中回荡的空气。歌声在空气中回荡，歌声停了，音波就消失了，似乎风也歌尽了。唱时有时以扇掩口，其声发于扇底。总起来，就是"歌尽桃花扇底风"。将"风"字这样用，晏幾道是从温庭筠那里学来的。温的〔菩萨蛮〕"双鬓隔香红，玉钗头上风"，写美女簪花，花的芳香在头上扩散，也正与此词写美女唱歌，歌的旋律在扇底回荡相同。他们注意到了空气（风）能够传播气味和音响的物理学作用，而在文学创作中利用了这种作用来成功地表现了各自想要表现的意境。

上片全写别前的欢娱，下片则写相思之苦与重见之乐。至于分别的场面，则把它推到舞台后面作为暗场处理了。因为善于体会的读者,并不难于从已写出来的前前后后的情景,而想象出作者所省略了的那个场面。

下片全是这对情人重逢以后互相诉说之词,分两层:前三句,离别之后的怀念;后两句,重逢之时的惊喜。"与君同"的"君"字,是第二人称,可以指女方,也可以指男方,事实上是时而指女方,时而指男方。试想,如果一方尽管说个不停,另一方却老不开口,那算是什么情人呢?所以必然是你一言我一语地互相诉说。抒情诗不是叙事诗,更不是戏剧、小说,当然不能把双方所说详细分别言之,只能如此写法。

"从别后,忆相逢",中有无限情事在内,但以六个字作了概括,看来容易,其实很难。接着写彼此曾经多次互相梦见,即别后逢前的各种情事中最具有代表性的内容,举此一端,则其馀都可想见。这三句感情真挚,语气真率,纯用白描,与上片"彩袖"、"玉钟"、"杨柳楼"、"桃花扇"之着色秾艳,正相映射,从而显示了感觉的变化与风格的变化之间的有机联系。

结尾两句,写重逢。重逢可写的也很多,还是挑出最有代表性的心情来写,即写彼此的惊喜之情。由于相思,曾经多次做梦,今天夜里是真的见面了,却反而疑惑起来,以为又在梦中。为了解除这个是真还是幻的疑问,只好把银灯尽管拿着照了又照,才放下心来。从前是以梦为真,今天却将真疑梦,写得极其细腻曲折。这么一结,就和上面所写的别前之欢乐、别后之怀念、重逢之渴望,都贯通了。所有前此所写,都有力地烘托了这两句所表现的惊喜心情,换句话说,全首九句词,前七句为后两句蓄足了势,所以这两句就显得更其有力了。假如我们另外换一个写法,例如一上来就写重逢,然后是相别、相思,就反而平淡无力。

前人诗中写意外重逢真如梦境的诗句不少,如戴叔伦《江乡故人偶集客舍》"还作江南会,翻疑梦里逢",司空曙《云阳馆与韩绅宿别》"乍见翻疑梦,相悲各问年";但都不及杜甫《羌村》中的"夜阑更秉烛,相对如梦寐"。"今宵"两句,情景与杜诗最为接近。但杜作是五古,风格浑朴,而这两句是词,写得动荡空灵,仍然各有千秋。刘体仁《七颂堂词绎》曾举此两例,以为这也是"诗与词之分疆",不为无见。

浣溪沙

晏幾道

日日双眉斗画长，行云飞絮共轻狂。不将心嫁冶游郎。　溅酒滴残歌扇字，弄花熏得舞衣香。一春弹泪说凄凉。

在古代封建社会中，歌儿舞女是统治阶级的特殊奴隶，是达官贵人的玩物。她们被强迫地过着一种物质享受相当丰盛，可是精神世界极度空虚的生活，表面上承恩受宠，实质上被侮辱，被损害。她们当然也要爱情，但难得有人真正地爱过她们；她们当然也有人格，但难得有人真正地把她们当人看待。这样，尽管住的是高楼大厦、曲室洞房，穿的是绫罗，戴的是珠翠，饮的是美酒，吃的是佳肴，她们的心仍然是痛苦的、寂寞的。这首词写的正是这种情形。

在贵人们的要求之下，梳妆打扮，争妍取怜，就成了她们最关心的事情，所以词也就从这里写起。这"日日双眉斗画长"一句，是从秦韬玉《贫女》"不把双眉斗画长"来。但根据主题的需要，反用其意。它写这位姑娘每天每日仔仔细细地画着自己的一双长长的眉毛，为什么呢？是为了一心一意地要赛过她的同列。只用一个"斗"字，就将她在那样一种特定的环境中，不得不和另外一些姑娘争妍比美的心情刻画了出来。不要小看了这一个字。这个字重有千斤。它把她全部生活中的酸甜苦辣都暗示给我们了。

次句写她（也包括她们）的命运、踪迹和心情都是随人摆布的，飘浮不定，显得轻狂，就如同天空的云彩，枝头的柳絮随风而动一样。"行云"，暗用《高唐赋》巫山神女"且为朝云，暮为行雨"，"云无处所"之意。"飞絮"，用杜甫《绝句漫兴》"颠狂柳絮随风舞，轻薄桃花逐水流"之意，不但象征她的命运、踪迹、心情，而且也暗示了她的身份。因为神女、云雨、柳絮、桃花，从唐以来，久已用来作为形容妓女的词汇。但是，这一句并不代表词人对她的评价，而只是反映了一般的世俗之见，观下文自明。

第三句是一个陡然的转折。既然她是那么"轻狂"，难道还能够用严肃的态度对待爱情问题吗？是的，正是这样。由于身份和职业的关系，她是无法拒绝和那些玩弄女性的公子哥儿，即"冶游郎"交往的，甚至于有时还不得不委身于他们；然而在内心里，她是决不肯将爱情献给这样一种人的，因此，"身"虽然嫁了，"心"却没有嫁。李商隐《无题》云："寿阳宫主嫁时妆，八字宫眉捧额黄。见我佯羞频照影，不知身属冶游郎。"李诗是写一个上层妇女，在糊里糊涂的情况之下，将身子嫁给了一个冶游郎；晏词则是写一个下层妇女，在清醒的情况下，"不将心嫁冶游郎"。两两相形，显示了卑贱者的聪明和阶级敌意。这一句语气坚决，而笔力沉重足以达之。

换头转入写这位姑娘的日常生活。因为经常在筵席之前劝酒唱歌，所以有酒溅在歌扇之上，将写在扇子上记曲名的字迹都弄得模糊了。而陪着贵人们游赏园林，又往往徘徊花丛，玩弄花朵，也使得穿的舞衣都染上了香味。于良史《春山夜月》"掬水月在手，弄花香满衣"，是"弄花"一句所本。"歌扇"、"舞衣"，点明身份；"溅酒"、"弄花"，描摹情态。全词没有一句是正面描写这位姑娘的容色的，但通过这两句，却在我们面前呈现了一个娇美可爱的形象。唐代大画家周昉善于画背面美人，此词也正是如此。

这种生活，该是繁华热闹、舒适快乐的吧，然而词的结句却告诉我们，她整个春天都在那里挥泪，对着万紫千红、和风暖日，诉说自己的"凄凉"。向谁诉说，词人没有交代，大半是自己对自己诉说吧。这又是一个陡然的转折。这样，就不仅画出了一幅比较完整的美丽、善良，并有一定程度反抗性的古代艺妓的肖像，而且激发了我们对那个不合理的旧社会的憎恨心情。

古来写妓女，写和妓女相爱的词很多，其中不少写得相当出色。但以深厚的同情来体会她们的内心世界，哀怜她们的不幸遭遇如这首词，却极少见。这和作者那种"痴"的个性，和"陆沉于下位"的政治命运，都有关系。

晏幾道还有一首〔蝶恋花〕："笑艳秋莲生绿浦，红脸青腰，旧识凌波女。照影弄妆娇欲语，西风岂是繁华主？　可恨良辰天不与，才过斜阳，又是黄昏雨。朝落暮开空自许，竟无人解知心苦。"表面上咏荷花，实际上也是哀怜妓女们的命运。根据他喜欢把她们的名字写入词句的习惯（如"记得小蘋初见"，"小蘋若解愁春暮"，"手拈香笺忆小莲"，"小莲若解论心素"之类），则此词也可能是为小莲而作，可与本词合读。

水调歌头

苏轼

丙辰中秋，欢饮达旦，大醉，作此篇，兼怀子由。

明月几时有？把酒问青天。不知天上宫阙，今夕是何年？我欲乘风归去，又恐琼楼玉宇，高处不胜寒。起舞弄清影，何似在人间！　转朱阁，低绮户，照无眠。不应有恨，何事长向别时圆？人有悲欢离合，月有阴晴圆缺，此事古难全。但愿人长久，千里共婵娟。

如题所示，这首词是神宗熙宁九年（1076）中秋节写的。那时，作者正任密州（今山东高密）太守，他的弟弟苏辙（子由）则在济南，不见已经七年。欢度佳节的愉快和牵挂爱弟的情怀，乃是这首词的基调。但是，由于他高旷的胸襟、丰富的想象和奇妙的艺术构思，却使得它所展示的形象更为广阔、深刻。它反映了作者所体验到的天上和人间、自然景物和社会生活之间的矛盾。旷达的个性和政治上的失意使他面对着神奇的、永恒的宇宙，很自然地产生了出世思想，而现实生活的魅力又强烈地吸引着他，使他终于不能不得出人间更为可爱、不忍离开的结论来。这样，他就进一步地借自然界的现象来宽解其离愁别恨，并寄托了自己对于生活的美好祝愿。

上片写对月饮酒。起句陡然发问，真是奇思妙语，破空而来。虽然在苏轼以前，李白在《把酒问月》中已有"青天有月来几时？我今停杯一问之"的句子，但李语舒缓，苏语峭拔，风格自别。"不知"两句，继续发疑。唐韦瓘所撰而托名于牛僧孺的小说《周秦行纪》载诗云："香风引到大罗天，月地云阶拜洞仙。共道人间惆怅事，不知今夕是何年。"这是其用语所自出，但经过改组，已与起首二句紧密结合。"天上宫阙"（已非指"大罗天"而改指月宫），承上"明月"来。"今夕是何年"，承上"几时有"来，针线很密。两句体现了作者对于理解自然现象的追求，同时也体现了他不愿局促于现实社会的豪迈性格。

人间今夕，天上何年？天上是否胜似人间呢？那只有上了天才知道，所以接以"我欲"一句。上天而称"归去"，是因为古人迷信有才学的人都是天上的星宿谪降凡尘的，上天有同归家。"乘风"两字出《列子》，就是后来小说中所说的腾云驾雾，这里则反映了苏轼飘然若仙的精神状态（苏轼这种精神状态在当时很突出，所以人们都称之为坡仙）。"又恐"两句一转，月宫虽然是"琼楼玉宇"（语出《拾遗记》[1]："翟乾祐于江岸玩月。或问：'此中何有？'翟笑曰：'可随我观之。'已而月现中天，琼楼玉宇烂然。"），皎洁空明，但位置既高，气候必冷，去了恐怕受不了吧。郑处诲《明皇杂录》曾载有方士叶静能邀唐玄宗游月宫，玄宗到了那里，非常寒冷，禁受不住的传说。这里正是暗用此事。这两句的妙处不在于虚摹了天上的广寒宫殿，而在于通过这种描写，暗示了中秋之夕月色的明丽，夜气的清寒，同时又强烈地抒发了作者对人间的热爱。

---

[1] 宋人笔记以下多引作《拾遗记》，现学界通常认为典出唐段成式《酉阳杂俎》，语句略异，如"琼楼玉宇烂然"作"琼楼金阙满焉"等。

"起舞"两句再转,仍从李白诗中得到启发。李白《月下独酌》"我歌月徘徊,我舞影凌乱",也是写的酒后月下独自起舞,情景略同。"何似"句与上"我欲"句对照,既然天上是"高处不胜寒",那还不如在人间对月起舞哩。虽然只是一个人,可是总还有个影儿伴着。这样,思想感情又从幻境回到了现实。两次转折,而一气贯注,显示了作者笔力的雄健。

下片写对月怀人。换头仍然承上写月,并由月而及月下的人。夜,渐渐地深了。月光移动着,转过了朱红色的楼阁,低低地穿过了雕花的窗户,照到了房中迟迟未能入睡的人。住在"朱阁"、"绮户"中的人,当然不愁衣食,可为什么也失眠呢?不外是为了伤离怨别,对月怀人。这个"无眠"的人,乃是泛指,以见这种社会现象的普遍存在。

花好月圆,是幸福的象征。月圆而人不圆,自然不免令人感到惆怅,因此接下来便有"不应"两句。月是自然之物,不该有什么愁恨,但偏偏老是在人离别的时候圆了起来,这就使人在相形之下,更加重自己的离恨了。用"何事"作问句,言外有埋怨明月无情之意。问得无理,可是有情。

"人有"三句,又推开一层说。人事固多变化,月轮也有亏盈。人有恨,月难道就没有?这原是从古以来就难得完全的事啊!这样,又变为对月同情,为月开脱,终于达到人月同其遭遇,同其感受,显见得这是个长久以来就存在的、难以圆满解决的问题了。这三句写了人与月、古与今、人间与天上,将物理和人事等量齐观,实质上还是为了强调对于人事的达观,同时寄托了对将来的希望,所以结以"但愿"两句。

尽管物理、人事,自古难全,可是总希望人能够长久而健康地生活着。"古难全",是事实;"人长久",是希望。两相对立,而统一于作者的感情中。若是能够如愿,那么,即使相隔千里,也就能够共赏明月,不致因离别而忧伤了。谢庄《月赋》"美人迈兮音尘阙,隔千里兮共明月",是这两句所本。"婵娟",指嫦娥,用作月的代语。没有出场的"美人"则指子由。很显然,作者这种美好的祝愿,已经不只是对他弟弟一人而发,而是变为一切热爱幸福生活的人的共同希望了。

念奴娇

苏轼

赤壁怀古

大江东去，浪淘尽、千古风流人物。故垒西边，人道是、三国周郎赤壁。乱石穿空，惊涛拍岸，卷起千堆雪。江山如画，一时多少豪杰！　　遥想公瑾当年，小乔初嫁了，雄姿英发。羽扇纶巾，谈笑间、樯橹灰飞烟灭。故国神游，多情应笑我，早生华发。人间如梦，一尊还酹江月。

这首词是作者在神宗元丰五年（1082）写的。那时他已四十七岁，因反对新法被贬谪在黄州（今湖北黄冈）已经两年多了。

古典诗歌中咏史、怀古一类的作品，一般都是古为今用，借对史事的评论、对古迹的观赏来发抒自己的怀抱。这首词也不例外。他想到古代"风流人物"的功业，引起了无限的向往，同时就引起了自己年将半百，"四十五十而无闻焉，斯亦不足畏也已"（《论语》）的感慨。

一起头二句，是词人登高眺远，面对长江的感受。江水不停地东流，波涛汹涌，气势奔放，自然使人不可能不想起过去那些历史上留下了丰功伟绩，因而与祖国的壮丽山河同样永远保留在后人记忆里的英雄们。当然，这些人是属于过去的了，就像沙砾被波浪所淘汰了一样。但是不是他留下的历史遗产也被"淘尽"了呢？那可不是的。"风流人物"的肉体虽已属于过去，而他们的事功却是不会磨灭的，它属于现在，也属于将来。这两句，江山人物合写，不但风格雄浑、苍凉，而且中含暗转，似塞实通，有"山重水复疑无路，柳暗花明又一村"之妙。否则，我们一看，"风流人物"都被"浪淘尽"了，那就没有什么可说的了，还有什么下文呢？

正因为暗中有此一转，所以才可由泛泛的对于江山、人物的感想，归到赤壁之战的具体史迹上来。未写作战之人，先写作战之地，因为是游其地而思其人的。江、汉一带，地名赤壁的有好几处。发生在汉献帝建安十三年（208）那一场对鼎足三分的政治形势具有决定性作用的大战，事实上发生在今湖北省蒲圻县境内，而不在黄州。博学如苏轼，当然不会不知道。但既然已经产生了那次战争是在黄州赤壁进行的传说，而他又是游赏这一古迹而不是来考证其真伪的，那么，也就没有必要十分认真地对待这个在游赏中并非十分重要的问题了。其地虽非那一次大战的战场，但也发生过战争，尚有旧时营垒，所以用"人道是"三字，以表示认为这里是"三国周郎赤壁"者，不过是传闻而已。"赤壁"而冠以"三国周郎"，为的是突出其历史意义，并为下面写周瑜先伏一笔。

第五句以下，正面描摹赤壁风景。"乱石"一句，山之奇峭高峻；"惊涛"两句，水之汹涌澎湃。江、山合写，而以江为主，照应起结。"石"而曰"乱"，"空"而可"穿"，"涛"而曰"惊"，"岸"而可"拍"，"雪"而可"卷"，虚字都用得极其生动而又精确（吴白匋先生云："孟郊《有所思》诗中有'寒江浪起千堆雪'之语，是苏词'卷起'句所本。"）。

眼前所见，美不胜收，难以尽述，故总赞之曰"江山如画"。人们凡是见到最美的风景（或人物），往往赞曰"如画"，而见到最美的绘画（或其他造型艺术），又往往赞曰"逼真"。如画之画，并非特指某一幅画；逼真之真，也非特指某地、某物。它们只是存在于欣赏者想象中的最真、最美、最善的典型事物或情景。所以逼真亦即如画，如画和逼真并不矛盾。如果我们问苏轼，你说"如画"，是像哪一幅画，他是无从回答的。因为，谁也答不上来。

歇拍由这千古常新的壮丽江山，想起九百年前在这个历史舞台上表演过非常威武雄壮的戏剧的许多豪杰来。说"多少豪杰"，是兼赅曹、孙、刘三方而言。在这场大战中，得胜者固然是豪杰，失败了的也不是窝囊废。"江山"两句，仍是江山、人物合写，与起头两句相同，但前者包括"千古风流人物"，后者则仅指"一时""豪杰"。电影的镜头移近了，范围也就缩小了。

换头再把镜头拉得更近一些，就成了特写。作者选中了周瑜，把他摄入这首〔念奴娇〕的特写镜头。从"千古风流人物"到"一时""豪杰"，再到"公瑾"，一层层缩小描写的范围，从远到近，从多到少，从概括到具体，从一般到个别，于是，周瑜作为一个典型的"风流人物"和"豪杰"而登场了。

周瑜在孙策手下担任将领时，才二十四岁。人们看他年轻，称为"周郎"。他性情温厚，善于和人交友。人们赞赏说："与周公瑾交，如饮醇醪。"他精通音乐，如果演奏发生错误，他立刻就会察觉。人们说："曲有误，周郎顾。"他的婚姻很美满，娶的是当时著名的美女，乔家的二姑娘——小乔。他在三十四岁的时候，与二十八岁的诸葛亮，统率孙、刘联军，在赤壁大战中,用火攻战术,将久历戎行,老谋深算,年已五十四岁的曹操打得一败涂地。这样的人物,在苏轼眼中,当然是值得向往的了。因此,面对如画江山,他活跃地开展了对于这位历史人物的想象。

换头"遥想"以下五句,从各个不同的方面刻画了周瑜,"小乔"两句,写其婚姻。由于美人的衬托,显得英雄格外出色,少年英俊,奋发有为。"英发"两字,本是孙权用来赞美周瑜的言谈议论的,见《吴志·吕蒙传》,词里则改为赞美他的"雄姿",乃是活用。"羽扇"句,写其服饰。虽然身当大敌,依然风度闲雅,不着军装。"谈笑"句写其韬略。由于胸有成竹,指挥若定,从容不迫,谈笑之间,就把曹操的舰队一把火烧得精光。这里,不但写出了周瑜辉煌的战功,而且写出了他潇洒的风度、沉着的性格。在词人笔下,这一英雄形象是很饱满的。

宋人傅榦注苏词,曾引《蜀志》,有诸葛亮"葛巾毛扇,指挥三军"之语。此文《太平御览》曾引用,但不见于今本《三国志》。而在后来的小说、戏剧中,"羽扇纶巾"乃是诸葛亮的形象的不可分割的一部分。因此,有人认为此词"羽扇纶巾"一语,也是指诸葛亮的。这是一个误会。这个误会是由于既不明史事,又不考文义而产生的。魏、晋以来,上层人物以风度潇洒、举止雍容为美,羽扇纶巾则代表着这样一种"名士"的派头。虽临战阵,也往往如此。如《晋书·谢万传》载万"著白纶巾、鹤氅裘"以见简文帝;《顾荣传》载荣与陈敏作战,"麾以羽扇,其众溃散";《羊祜传》载祜"在军尝轻裘缓带,身不被甲":皆是其例。诸葛亮固然曾经"羽扇纶巾",苏轼在这里,根据当时的风气,不论周瑜是否曾经作此打扮,也无妨写他手持羽扇,头戴纶巾,以形容其作为一个统帅亲临前线时的从容镇静、风流儒雅。而此文从"遥想"以下,直到"烟灭",乃是一幅完整的画面,其中心形象就是"当年"的"公瑾",不容横生枝节,又岔出一个诸葛亮来,何况这几句还与上文"周郎赤壁"衔接。因此,这种说法是不可取的(张孝祥〔水调歌头〕《汪德邵无尽藏楼》下片有句云:"一吊周郎羽扇,尚想曹公横槊,兴废两悠悠。"吴白匋先生还举出王象之《舆地纪胜》卷四十九"黄州"条所引四六文亦有"横槊酾酒,悼孟德一世之雄;挥扇岸巾,想公瑾当年之锐"诸语,可见宋人也多以"羽扇"句是指周瑜)。

以上是写的作战之地、作战之人,是"怀古"的正文,"故国"以下,才转入自抒怀抱。"故国",即赤壁古战场。作者临"故国",思"豪杰",精神进入了想象中的当时环境里面,想到周瑜在三十四岁的时候,便建立了那样惊天动地的功业,而自己呢,比他大十多岁,却贬谪在这里,没有为国为民做出什么有益的事来,头发也很早就花白了,相形之下,是多么的不同啊!头发变白,是由于多情,即不能忘情于世事。然而这种自作多情,仔细想来,又多么可笑!所以说"多情应笑我"。"故国神游",即神游故国;"多情应笑我",即(我)应笑我多情,都是倒装句法。

江山依旧,人事已非,沦落无聊,徒伤老大,于是引起"人间如梦"的感慨,认为既是如此,还不如借酒浇愁吧。"酹"本是将酒倒在地上,表示祭奠的意思,但末句却是指对月敬酒,即李白《月下独酌》中"举杯邀明月"之意。所邀乃江中月影,在地不在天,所以称为"酹"。

这首词在内容上,表现了作者用世与避世或入世与出世思想之间的矛盾，这是封建社会的知识分子具有的普遍性的矛盾，既然没有机会为国为民做出一番事业，就只有在无可奈何的心情之下，故作达观。所以它在赞赏江山、人物之馀，最后仍然不免趋于消极。但总的说来，最后这一点消极情绪，却掩盖不了全词的豪迈精神，所以读者还是可以从其中吸收一些有益的成分。

  在艺术上，这首词也有它的独特成就。其中最突出的一点就是它将不同的，乃至于对立的事物、思想、情调有机地融合在一个整体中，而毫无痕迹。这里面有当前的景物与古代人事的融合，有对生活的热爱、对建功立业的渴望与达观、消极的人生态度的融合，有豪迈的气概与超旷的情趣的融合。而描写手段则虚实互用，变幻莫测，如："人道是、三国周郎赤壁"，是实的地方虚写；"遥想公瑾当年"，是虚的地方实写。有"人道是"三字，则其下化实为虚，对黄州赤壁并非当日战场作了暗示。有"遥想"二字，则其下虽所咏并非原来的战场，而且还掺入了虚构的细节，仍然使人读去有历史的真实感。

八六子

秦观

　　倚危亭,恨如芳草,萋萋刬尽还生。念柳外青骢别后,水边红袂分时,怆然暗惊。　无端天与娉婷。夜月一帘幽梦,春风十里柔情。怎奈向、欢娱渐随流水,素弦声断,翠绡香减,那堪片片飞花弄晚,濛濛残雨笼晴。正销凝,黄鹂又啼数声。

　　这也是一首写离别相思之情的词。它一上来就以"倚危亭"三字领起,点明地点。这座位置很高的亭子,就是词中主人公所在的地方。接着,展开了他登高临远时所见所感的情景。作者的登览,本来是为了观赏风景,抒散胸襟的,但首先闯入他眼中的,却不是别的,而是一碧无际的、散发着芳香的春草,这就反而勾起了他无限的愁思来。因为春草的生命力非常顽强,虽然每年被人刬除得一干二净,但到了第二年,依旧生长,依旧茂盛。这正像离人心中的愁恨不易排除,纵然暂时消遣,而触绪纷来,反而不断地滋长着。

　　恨是一种抽象的思维活动,要生动地表现它,必须借助于具体的形象。何况作者的恨又是那么悠久而深切,就更非有极其恰当的比喻,难以形容。在这里,他选择了"刬尽还生"的"芳草"来比喻自己的"恨",就将一直为这种感情所苦恼,想借游赏来抒散,而结果适得其反,依然"对景难排"的这种内心活动,非常明白而生动地表达出来了。

这两句的意象和一些古典作品具有渊源。它远从汉无名氏《饮马长城窟行》的"青青河边草,绵绵思远道"和白居易《赋得古原草送别》的"野火烧不尽,春风吹又生。远芳侵古道,晴翠接荒城",近从李后主〔清平乐〕的"离恨恰如春草,更行更远还生",融铸变化而出,而意思更为丰满。

作者触景生情,感到像芳草一样划除不尽的恨,乃是离别之恨。此恨既然无法划除,就必然会在脑海中浮现别时情景,这就有了"念柳外"等三句。用一"念"字领起,知以下皆属念念不忘之事。"青骢",骑青马的人,指己;"红袂",穿红衣的人,指她。袂即衣袖,并排行坐,衣袖挨在一起,称为连袂。人离别了,衣袖也分开了,称为分袂。"柳外"、"水边",记地兼写景;"青骢"、"红袂",指人兼着色。分别场面,如见画图。

回想别时难舍、别后独归之情事,使人不能忘怀。而当时却因为某种原因,不得不分手。由于如李后主所说的"别时容易见时难",事后回想,终不能没有晏殊所说的"当时轻别意中人"的懊悔。时愈久,悔愈深,甚至于觉得当时轻别,乃是做了一件大不该做的蠢事。光阴无法倒流,离人不能重聚,往事难以挽回,每一念及"柳外青骢"、"水边红袂",就不觉猛地一惊,怆然伤神了。"怆然暗惊"一句,虽然很短,但句短情长,其中包含了多少别前的恩爱、别时的悲伤、别后的思念和悔恨在内。它的容量是很大的。

过片更由分别的时候追溯到分别以前,仍从上片的"念"字贯串下来。想到所别之人是那样的美好,所以别后的相思就格外缠绵而深沉;转而又想到倘若她不是那样的美好,那么,自己的愁恨也许就要减轻一些了吧。词人于是忽然异想天开，归罪于老天爷，怪起"无端天与娉婷"来了。老天爷为什么无缘无故地要让她长得这么好呢？将惹恨的根源，推向老天爷，怪得没有道理；而今天的愁恨，又确实由于其人，如白居易赞美杨贵妃的话，是"天生丽质"，则又似乎怪得多少有点儿道理。这句话，妙就妙在它处于有理、无理之间。前人评诗词，往往有"无理而妙"的说法，正是指的这类情况。

"夜月"两句，从正面写欢娱之情，用杜牧《赠别》"春风十里扬州路，卷上珠帘总不如"之意。杜诗原是赠别妓女之作，这就暗示了那位姑娘的身份。同时，杜诗中说在扬州的十里长街上，家家户户都卷上了珠帘，人们却在其中找不出一个赛得过所分别的这位姑娘的，词用诗语，也就补充了对于她美丽的描摹。在和煦的春风中，繁华的街市里，遇到了这样容貌既美丽、性格又温柔的人，两相爱悦，在静夜满帘的月光下，浸沉在幽梦之中，这种生活该是多么美满啊！但正在这个时候，忽然分散了。于是词句一下子也转到描写别后的情形。

用"怎奈向"三字作转折，是疑问，也是惊叹（"怎奈"即怎奈何之意。"向"字是语尾虚词，用来加强语气，无实义）。欢娱易逝，有如流水；不仅她弹奏的乐曲不可复闻，就连临别时她所赠送的碧色丝巾上的香气也渐渐减退了。这一切，都只能付之于"怎奈向"，也就是无可奈何。而现在所接触到的，则是晚风之中，落花片片，乍晴之后，残雨濛濛。这样的景色，也就使人觉得"那堪"，即不堪了。不说风吹花落，而说飞花嬉弄于晚风之中，不说阴晴不定，而说残雨笼罩了晴光，"弄"字和"笼"字，用得极其富于想象力，而又生动、新颖。这是所看到的景色。正在销黯凝伫，也就是心情抑郁伤感而呆呆地站着的时候，不知趣的黄鹂，却偏又来耳边啼唤，就更其使人烦恼了。这是所听到的声音。词写到这里，戛然而止，其潜台词是：久倚危亭，伤今念昔，已是难堪，何况所见所闻，又无一不使人烦恼呢？它以景语作结，而情自在景内。

满庭芳

秦观

山抹微云,天粘衰草,画角声断谯门。暂停征棹,聊共引离尊。多少蓬莱旧事,空回首、烟霭纷纷。斜阳外,寒鸦万点,流水绕孤村。　　消魂!当此际,香囊暗解,罗带轻分。漫赢得青楼,薄幸名存。此去何时见也?襟袖上、空惹啼痕。伤情处,高城望断,灯火已黄昏。

这首词写的是一个别离的场面,随着情事的发展,细致地刻画了当时的生活环境和人物的内心活动。它一上来是写一位旅客将要乘船远行,情人赶来饯别,于是暂缓开船,一起饮酒。这时候所看到的是:远处被一些浮云遮掩着的隐约起伏的山峰,从近处一直延伸到天边的枯草。这一切给人的印象是黯淡的、萧瑟的,是深秋郊外的、与人物别离时的心情相一致的景色。

在这里,作者用"抹"字形容那轻轻地飘浮在山上的一层层薄薄的云彩,用"粘"字表现那一望无际的、与远天逐渐衔接的已经枯萎了的秋草,就好像云是流质,可以抹在山上,草有粘性,可以粘住天体。两句非常精炼、自然,又极其传神("粘",宋本作"连"。"粘"字或是后人所改,但更好些。前人如钮琇、毛晋均有辨论。钮说见《词林纪事》,毛说见汲古阁本《淮海词》附注)。这首词当时已到处传唱,这头两句尤其为人所赞赏。苏轼因此曾经开玩笑地给作者起了一个别号,称之为"山抹微云君"。而蔡绦《铁围山丛谈》中还记载着：作者的女婿范温曾经参加某一贵人的宴会。贵人有一歌妓，爱唱秦词，当筵唱了许多，其中当然有这一首。她起初并没有注意范温，后来才问他是什么人。范回答说："某乃'山抹微云'女婿。"座中的人不禁大笑起来。可见此词，尤其是其起句被人爱重的情形。

"山抹"两句，是当时所看到的景物，而当时所听到的，则是本在城楼门边吹着而渐渐在晚空中消失的号角声。不但角声之悲凉引起了分手的情侣更多的离绪，而且画角吹罢之后，时间也就更晚了。

一对情侣正是在这个地方、这个时候、这种情景之中，停船饮酒的。但船是即将远行的"征棹"，酒是借以解忧的"离尊"，"征棹"无非"暂停"，"离尊"只是"聊共"，这就如实地表达了两人无可奈何的惆怅心情。

接着，作者写这位旅客也就是他自己在将要离开此时所在地会稽（今浙江绍兴）时，不由自主地回想起在这里生活的一段时期中所发生的"多少""旧事"来。"蓬莱"，点明本事。严有翼《艺苑雌黄》云："程公辟守会稽，少游客焉，馆之蓬莱阁。一日，席上有所悦，自尔眷眷不能忘情，因赋长短句，所谓'多少蓬莱旧事，空回首、烟霭纷纷'也。"（蓬莱阁旧址在今绍兴市龙山下。）此词就是和那位姑娘分手时所作。别离在即，旧事难忘，回想起来，真像烟雾一般，渺茫得很。平常说往事如烟，本来只是个比喻，但此刻身在水边，江天在望，烟水迷离，就又将心中所感之情结合目前所见之景融成一体了。因此，"回首"两句可以是虚指情，也可以是实指景，妙在双关。

回思往事已如烟雾，极目前程，又只见寒鸦、斜阳、流水、孤村，情景本已萧瑟，何况又是从满腹离愁的旅人眼中看出，就更加不是味儿了。"斜阳外"三句也是传诵千古的名句。作者的朋友晁补之评论说："虽不识字人，亦知是天生好言语。"（见《苕溪渔隐丛话》）这正是赞其善于白描，形象鲜明，使人历历如见。隋炀帝断句："寒鸦千万点，流水绕孤村。"作者完全袭用其语，但这正如晏几道用翁宏的"落花人独立，微雨燕双飞"两句一样，放在全篇中非常合适，极其自然，已成为整首词不可分割的有机组成部分。

换头三句，写别前的幽欢和留恋。古人以解带暗示幽欢。如权德舆《玉台体》："昨夜裙带解，今朝蟢子飞。铅华不可弃，莫是藁砧归。"（古人迷信，认为妻子的裙带自解，是远出的丈夫要回家的兆头。）贺铸〔薄幸〕："向睡鸭炉边，翔鸾屏里，羞把香罗暗解。"《西厢记》第四本第一折〔寄生草〕："今宵同会碧纱厨，何时重解香罗带？"香囊是佩饰，解以赠行，作为纪念。繁钦《定情诗》中也曾说："何以致叩叩，香囊系肘后。"三句以"消魂"两字领起，用江淹《别赋》"黯然消魂者，惟别而已矣"。这说明，解带赠囊皆属别情。苏轼曾讥讽"消魂，当此际"句为"学柳七作词"（见黄昇《花庵词选》），就是因这种笔墨不够雅正，近乎柳词市井之风的缘故。

"漫赢得"两句，用杜牧《遣怀》"落魄江湖载酒行，楚腰纤细掌中轻。十年一觉扬州梦，赢得青楼薄幸名"之意。不但感叹一切欢爱都成过去，而且更多地是担心后会难期，终于不免在风月场中空留下负心郎的名声。"漫"字含有随随便便的意思。自己哪里会愿意留下这么一个名声？但却随随便便地留下了，暗示此别之于势有所不得已。

哭哭啼啼,为的是不知今天一别,何时再见。但无论怎样伤感,也无从决定重见之期,那么,即使是衣襟衣袖上都招惹了许多泪水,留下啼痕,也仍然是"空"的。所以"此去"二句乃是由此时相别想到今后相思,由今后相思想到相思无益,是对离恨透过两层的描写,更显深刻。

画角吹残,归鸦成阵,天气向晚,船要开了,送客的人就是那位舍不得分手的姑娘也已经回去,看不见了,用"伤情处"三字郑重点出。而唐欧阳詹别太原妓申氏姊妹之后,在题为《初发太原途中寄太原所思》的诗中说"高城已不见,况复城中人",则为秦词所本。"高城望断"之意,屡见于宋词,如晁补之〔忆少年〕"南山尚相送,只高城人隔",姜夔〔长亭怨慢〕"望高城不见,只见乱山无数",皆是。这一传统意象,加上黄昏景色,就将虽然非分手不可却仍然流连惜别的心情曲折地表达了出来,从情又归到景,与篇首以景起对应。

周济《宋四家词选》说这首词"将身世之感打并入艳情"。这是一个很敏锐的观察。此词当作于元丰二年(1079)秋末,即作者要离会稽时。这年他三十一岁。前一年,因"举乡贡不售"来会稽作客。在书剑飘零中偶与名姝相爱,旋又分携。名场与情场之失意,情境相似。但功名上的失意却只通过爱情上的失意淡淡透漏出来。周济之评正说明其构思上的特点。

本篇及下〔望海潮〕篇,祖棻所考定作词年代及地点均有误,承喻志丹先生指教,得以改正,谨志于此,以表谢意。——程千帆,一九八二年一月记。

浣溪沙

秦观

漠漠轻寒上小楼,晓阴无赖似穷秋,淡烟流水画屏幽。　自在飞花轻似梦,无边丝雨细如愁,宝帘闲挂小银钩。

这首词写的是春愁,是春天所感到的一种轻轻的寂寞和淡淡的哀愁。它是那样一种细微幽渺的、不容易捉摸的感情,但经过词人以具体的景物描写和形象的比喻,却将它表现出来了。

起句中的"小楼"点明词中主人公所在之地。随着他的上楼,词中展示了他在楼上所看到和所感到的一切情景。

它一开始写,上了小楼而感到春寒。这气候并不太冷,所以只是轻轻的寒意。"轻寒"而以"漠漠"来形容,就有寥廓冷落的感觉,接着登高一望,则是一个阴天,没有太阳,天色阴沉,竟和深秋一样。不说人情之无聊,反说晓阴之无赖,就加倍地渲染了使人发烦的景色,衬托了对景生愁的心情。

凭阑远望,既感景色凄冷如秋,无可玩赏,于是只好回身进来。但反顾室内,则又见画屏闲展,屏上所画,乃是"淡烟流水",幽幽的风景。这就更显得无论楼外室内,远观近瞩,所见所感,无往而非萧疏的景色,只能使人更增寂寞。

过片一联,正面形容春愁。它将细微的景物与幽渺的感情极为巧妙而和谐地结合在一起,使难以捕捉的抽象的梦与愁成为可以接触的具体形象。所以梁启超称之为"奇语"(梁令娴

《艺蘅馆词选》）。它的奇，可以分两层说。第一，"飞花"和"梦"，"丝雨"和"愁"，本来不相类似，无从类比。但词人却发现了它们之间有"轻"和"细"这两个共同点，就将四样原来毫不相干的东西联成两组，构成了既恰当又新奇的比喻。第二，一般的比喻，都是以具体的事物去形容抽象的事物，或者说，以容易捉摸的事物去比譬难以捉摸的事物。这是很自然的，因为前者比后者更为人所习见习知。但词人在这里却是反其道而行之。他不说梦似飞花，愁如丝雨，而说飞花似梦，丝雨如愁，也同样很新奇。他这样写，并没有损害预计要达到的艺术效果，其秘密在于这两组比喻之间的关联，是在"轻"和"细"上面。虽然"梦"和"愁"比较抽象，而"轻"和"细"，则是任何人在生活中都能体会的概念；而"飞花"之"轻"与"丝雨"之"细"，又属于常识范围，即使不用"梦"与"愁"来加以形容，也决不会妨碍人们的理解。而另外一方面，则由于词人在看到"飞花"之前，已经有"梦"；看到"丝雨"之前，已经有"愁"。"梦"与"愁"，先有为主；"花"与"雨"，后见为宾。所以这样"颠之倒之"，反而合情合理，有助于表现作者的心境。而表现这种心境，对于作者来说，是更其主要的。就抒情诗而言，写景，其极终目的也还是为了借景抒情。

"飞花"用"自在"来形容，"丝雨"用"无边"来描画，就愈使人觉得春梦自遥，闲愁无尽。春去花飞，使人为之惋惜、感叹，而它自己却满不在乎，反而无忧无虑，自由自在地那么飘来荡去，岂不显得毫无情思，格外使人觉得恼恨。春雨如丝，已足惹愁，更何况它没完没了地、无边无际地老是下着呢？

在描写许多景物的同时，表达了词中主人公的像轻寒一样冷漠的感觉、晓阴一样黯淡的心情、飞花一样渺茫的梦想、丝雨一样细微的哀愁，此之谓情景交融。

既然所见无可相慰，则惟有不见为净，只好放下帘子。银钩所以卷帘，银钩闲挂，表示帘已垂下。结句只写垂帘，不及其他，含蓄不尽。

这首词写春愁。这愁，既没有涉及政治，又没有涉及爱情、友谊，或者其他什么。它其实只是写了一种生活中的空虚之感。这种空虚之感，岂但秦观，就连伟大的李白有时都不免会从其作品中流露出来。为什么呢？就是：古典作家是生活在那样一个令人感觉空虚的时代，那个时代不独为他们提供了那么一个客观环境，而且还助长了他们基于阶级地位和世界观所产生的主观弱点，即思想感情上的弱点。这也正如同涅克拉索夫的诗歌里充满了悲哀，是由于他那样一个有弱点的人而又生活在那样一个令人感觉悲哀的时代一样。

望海潮

秦观

梅英疏淡,冰澌溶泄,东风暗换年华。金谷俊游,铜驼巷陌,新晴细履平沙。长记误随车。正絮翻蝶舞,芳思交加。柳下桃蹊,乱分春色到人家。　西园夜饮鸣笳。有华灯碍月,飞盖妨花。兰苑未空,行人渐老,重来是事堪嗟!烟暝酒旗斜。但倚楼极目,时见栖鸦。无奈归心,暗随流水到天涯。

这首词,宋本《淮海居士长短句》无题,汲古阁本《淮海词》题为《洛阳怀古》。细玩词意,乃感旧而非怀古;且作词之地为汴京而非洛阳。至其作期则在绍圣元年春,即旧党下台,新党再起,他因此贬官即将去京之时。

秦观曾于元丰五年及八年两度入京应试,但只在元祐五年制举及第后才留京供职五年,得以参与当时名公的文酒之会,而元祐七年的赐宴,则是他印象最深的一次。《淮海集》载《西城宴集》诗序云:"元祐七年三月上巳,诏赐馆阁官花酒,以中浣日游金明池、琼林苑,又会于国夫人园。会者三十有六人。"这是当时罕有的盛举,所以作者后来贬谪处州(今浙江丽水)作〔千秋岁〕词,还提及"忆昔西池会,鹓鹭同飞盖",而致慨于"日边清梦断,镜里朱颜改"。此刻更是记忆犹新,怎么舍得不在贬官去国之时,重游其地,让两年前的事再现心头、形诸笔墨呢?

这首词的结构有些特别。一般的词都从换头处改变作意，如上片写景，下片写情，或上片写今，下片写昔等。此词也是今昔对比，但先写今，再写昔，然后又归到今。忆昔是全篇重点，通贯上下两片，而不从换头处换意。

上片起头三句写初春景物。梅花渐渐稀疏，结冰的水流已经溶解，在东风煦拂中，冬天悄悄走了，春天不声不响来了。"暗换年华"指眼前自然界的变化，但对于自己荣辱穷通所关至巨的政局变化即寓其中。此种双关的今昔之感，直贯结句思归之意。

从"金谷俊游"以下一直到下片"飞盖妨花"为止共十一句，都写旧游，而以"长记"两字领起。"误随车"固在"长记"之中，即前三句所写在金谷园中、铜驼路上的游赏，也同样在内。但由于格律关系（此词四、五句要实对），就把"长记"这作为领起的字移后了。读时不可误会，以为"金谷"三句是写今而非忆昔。只要仔细一点，就不难看出此三句所写都是欢娱之情，与下片后半所写今日的感伤心绪很不和谐，显然不是一时之事。

在汴京居住达五年之久，"长记"之事当然可说者甚多，而这首词只写两年前春天的那一次游宴。金谷园是西晋石崇的花园，在洛阳西北。铜驼路是西晋洛阳皇宫前一条繁华街道，以宫前立有铜驼而得名。人们每以金谷、铜驼代表洛阳的名胜古迹。但在本篇里，金谷园和铜驼路却是借指北宋都城汴京的金明池和琼林苑，与下面西园非实指曹魏邺都（在今河北临漳西）曹氏兄弟的游乐之地而是指金明池（因它位于汴京西）相同。古人诗词中出现的名胜古迹名称，或为实指，或为借喻，要根据诗中情事具体分析。如骆宾王《艳情代郭氏答卢照邻》"铜驼路上柳千条,金谷园中花几色",或系实指;刘禹锡《杨柳枝》"金谷园中莺乱飞,铜驼陌上好风吹",则为泛指。而元人雅琥《汴梁怀古》云"荆榛无月泣铜驼",则显然以洛阳之典来咏汴京,与秦词全然相同。总之,"金谷"三句,是说前年上巳适值新晴,游赏幽美名园,漫步繁华街道,缓踏平沙,非常轻快。

由于记起当年在大道上、名园中"细履平沙",因而连带想起最令人难忘的"误随车"那件事来。"误随车"出韩愈《游城南十六首》中的《嘲少年》"直把春偿酒,都将命乞花。只知闲信马,不觉误随车";而李白的《陌上赠美人》"白马骄行踏落花,垂鞭直拂五云车。美人一笑搴珠箔,遥指红楼是妾家",以及张泌的〔浣溪沙〕"晚逐香车入凤城,东风斜揭绣帘轻,慢回娇眼笑盈盈。　消息未通何计是?便须佯醉且随行,依稀闻道太狂生",则都可作随车的注释。不过有有意之随与无心之误的区别而已。士女倾城,春游极盛,在"车如流水马如龙"的盛况下,"误随车"是完全可能的。尽管那次只是"误随",但却引起词人温柔的遐想,使他对之长远地保持着美好的记忆,在心里萦回不已,难以忘怀。

"正絮翻蝶舞"四句写春景。时间已由初春到了艳阳天,所以春色也就更浓丽了。"絮翻蝶舞","柳下桃蹊",正面形容浓春。春天的气息到处洋溢着,人在这种环境中自然也就"芳思交加",即心情充满青春的快乐。而且,这浓丽春光并非作者所能独占,而是被纷纷地送到沿着"柳下桃蹊"住着的许多人家。这个"乱"字下得极好,它将春色无所不在、乱烘烘地呈现着万紫千红的图景,出色地反映了出来。

换头"西园"三句,从美妙的景物写到愉快的饮宴,时间则由白天到了夜晚，以见当时的尽情欢乐。西园借指西池，已见前。曹植的《公宴》写道："清夜游西园，飞盖相追随。明月澄清景，列宿正参差。"曹丕《与吴质书》云："白日既匿，继以朗月。同乘并载，以游后园。舆轮徐动，参从无声。清风夜起，悲笳微吟。"又云："从者鸣笳以启路，文学托乘于后车。"词用二曹诗文中意象写日间在外游玩后，晚间又到国夫人园中饮酒，听乐。各种花灯都点亮了，使得明月失去了光辉；许多车在园中飞驰，也不管车盖擦损路旁的花枝。写来使人觉得灯烛辉煌，车水马龙，如在目前。"碍"字和"妨"字，不但显出月朗花繁，而且还显出灯多而交映，车众而并驰的盛况。

以上十一句写旧游。把过去写得愈热闹就愈衬出现在的凄凉寂寞。"兰苑"二句暗中转折，逼出"重来是事堪嗟"，点明怀旧之意，与上"东风暗换年华"相呼应（兰苑指金谷、西园之类）。追忆前游，是事可念，而"重来"旧地，则"是事堪嗟"，感慨深至。

当年西园夜饮，何等意气？今天酒楼独倚，何等消沉！烟暝旗斜，暮色苍茫，既无飞盖而来的俊侣，也无鸣笳启路的豪情，极目所至，已经看不到絮、蝶、桃、柳这样一些春色，只是"时见栖鸦"而已。这时当然早已没有了交加的芳思，而宦海风波，仕途蹉跌，也使词人不得不离开汴京，于是归心也就自然而然地，同时也是无可奈何地涌上心来了。

这首词的主旨是感旧，感时之意即寓其中，由感旧而思归，则盛衰之异自见，故以今昔对照为其基本表现手段。它用大量篇幅写旧游之乐以反衬今日之牢落衰老。这也就是周济《宋四家词选》所说的"两两相形"。如酒楼和金谷、铜驼、西园、兰苑，"烟暝旗斜"和"华灯碍月，飞盖妨花"，"倚楼"和"随车"，"栖鸦"和"蝶舞"，"归心"和"芳思"，"暗随"和"乱分"，"天涯"和"人家"，无往而非两两相形，以见今昔之殊，而抒盛衰之感。

满庭芳

秦观

晓色云开,春随人意,骤雨才过还晴。古台芳榭,飞燕蹴红英。舞困榆钱自落,秋千外、绿水桥平。东风里,朱门映柳,低按小秦筝。　　多情,行乐处,珠钿翠盖,玉辔红缨。渐酒空金榼,花困蓬瀛。豆蔻梢头旧恨,十年梦、屈指堪惊。凭阑久,疏烟淡日,寂寞下芜城。

这首词当是作者在扬州追念汴京旧游而作。起笔三句,写天气之好。拂晓之前,落过一阵急雨,雨若不停,就妨碍了春游,可是,随着晓色的出现,云也开了,天也晴了,所以说"春随人意"。天气之佳,心情之好,融成一片。

"古台"四句,写景物之美,仍然将心情之好贯注其中。在游赏的"古台芳榭"之间,看到的是飘落的花片和榆钱,燕子回来了,河中的绿水也已高涨到与桥相平了。这都是暮春的景象。在一般情况下,词人们是要惜春、伤春、送春的,而惜、伤、送,都不免带有凄凉的情绪。但由于作者心情之好,就另有一番感受。燕子在坠落的花片中飞来飞去,为的是衔泥筑巢。有的人对于这种景物是有惋惜之情的,如周邦彦〔浣溪沙〕:"新笋已成堂下竹,落花都上燕巢泥,忍听林表杜鹃啼。"然而作者在这里却认为燕子是在踢着花片儿玩哩。榆钱老了,随风飘堕,同样有人认为这是春光寥落的表现,如李商隐《江东》:"今日春光太飘荡,谢家轻絮沈郎钱。"然而作者在这里却认为是榆树舞蹈得太累了,榆钱自然地落了下来。总之,一切都与感伤情调不沾边。秋千是古代女子玩的游戏,苏轼〔浣溪沙〕中"彩索身轻常趁燕"句可证。它都是安置在花园之中,所以秋千乃是作者在围墙之外所见,启下所闻。

"东风里"三句,写人情之乐。东风之中,朱门之内,垂柳拂墙,佳人理曲(时在午前,非宴饮之时,筝为低按,非奏技之状,故知是理曲),"东风"与上文"飞燕蹴红英,舞困榆钱自落"相应,"朱门"与上文"古台芳榭"及"绿水"相应,"柳"与上文"红英"、"榆钱"相应,"秦筝"与上文"秋千"相应,构成了一幅完整而富艳的行乐图。

因此,过片便紧接"多情,行乐处",而以"珠钿"两句补足,以极写京国春游之盛,见出良辰、美景、赏心、乐事,四者皆备(谢灵运《〈拟魏太子邺中集诗〉序》:"天下良辰、美景、赏心、乐事,四者难并。")。古代女子乘车,男子骑马。"珠钿翠盖"指车,代表女子;"玉辔红缨"指马,代表男子。宋祁〔鹧鸪天〕"画毂雕鞍狭路逢",或王国维〔蝶恋花〕"细马香车,两两行相近",可以移注两句。

"渐酒空"两句一转,从昔日之繁华欢乐转到今天之寂寞悲凉。但这变化,也有一个过程,故两句用一"渐"字领起,以示非一朝一夕之故。独自凭阑,旧游如梦,屈指一算,不觉十年,真是使人惊心动魄。杜牧《赠别》:"娉娉袅袅十三馀,豆蔻梢头二月初。春风十里扬州路,卷上珠帘总不如。"又《遣怀》:"落魄江湖载酒行,楚腰纤细掌中轻。十年一觉扬州梦,赢得青楼薄幸名。""豆蔻梢头"两句,即用其意。但要注意的是,这被比为豆蔻未开的姑娘,仍是汴京旧识,而非扬州新知。作者此时身在扬州,回思汴京前事,故用本地风光,来作比喻。

"凭阑久"以下,今日心情,然而完全写景,但言倚阑久立,惟见傍晚时分薄薄的雾气和淡淡的阳光向城墙落下而已。不写情而情自在其中,司空图《诗品》所谓"不着一字,尽得风流"以及《文心雕龙·隐秀篇》所谓"隐之为体,义生文外",即是此意。

这首词与〔望海潮〕同一机杼,也不从换头处换意。但只有昔与今两层,而不像前者之分今、昔、今三层来写。它从起笔直到"屈指堪惊",都是写汴京旧事,而以"渐酒空"二句略作转折。金樽之酒,蓬瀛之花,仍承上来,但用"空"、"困"两字,就承上而又启下。两句之上,冠以"渐"字,便不突兀。这结尾几句,也就是作者另一首〔满庭芳〕中"多少蓬莱旧事,空回首、烟霭纷纷"之意,可以参照。蓬瀛与蓬莱同意,故知词乃追忆汴京旧游。芜城乃扬州别名,故知词乃旅居扬州之作(南朝宋竟陵王刘诞据扬州叛乱,平定以后,城邑荒芜,鲍照登故城有感,作《芜城赋》,故后人称扬州为芜城)。

陈廷焯《白雨斋词话》说:"少游〔满庭芳〕诸阕,大半被放后作。恋恋故国,不胜热中,其用心不逮东坡之忠厚,而寄情之远、措语之工,则各有千古。"这一意见与周济认为这类词是"将身世之感打并入艳情"相同。这也就是说,它们也含有词人在政治上失意的感伤在内,不独是追念过去的享乐生活而已。这种看法,还是有其一定的根据和理由的。

鹊桥仙

秦观

纤云弄巧，飞星传恨，银汉迢迢暗度。金风玉露一相逢，便胜却、人间无数。　柔情似水，佳期如梦，忍顾鹊桥归路？两情若是久长时，又岂在、朝朝暮暮？

《四库全书总目》在沈端节《克斋词》的《提要》中，曾论及词调和词题的关系。它说："考《花间》诸集，往往调即是题，如〔女冠子〕则咏女道士，〔河渎神〕则为送、迎神曲，〔虞美人〕则咏虞姬之类。唐末、五代诸词，例原如是。后人题咏渐繁，题与调两不相涉。"这就是说，最初的词，调和题是统一的，词调既与音乐有关，也和文辞有关；但后来则分了家，词调只是代表乐曲，不再涉及内容了；如果对内容要有所说明，就得另加题目。宋词绝大多数是属于后者，但这首词却是属于前者。〔鹊桥仙〕原是为咏牛郎、织女的爱情故事而创作的乐曲，本词的内容，也正是咏此事。

牛郎、织女故事是我国古代人民依据天象所创造的传说。织女星在银河之北，牵牛星在银河之南，隔河相对。农历七月，两星相距最近。因而产生了每年七月七日夜间由乌鹊搭桥让这对夫妇相会的情节。鹊桥仙，即指这对终年分离，只有这一夜才能会合的夫妇。

这个传说产生于汉代，为人民大众所喜爱。历代诗人用它作为素材进行创作，或作为典故写入创作中的都不少，但多半是为这对仙侣的爱情生活受到天帝的无理干涉，致使他们不得不长期分居而感到悲哀。同情他们，为他们代诉相思之苦，成为多数有关这一题材的创作的基调。著名的《古诗十九首》中有一篇，可为例证："迢迢牵牛星，皎皎河汉女。纤纤擢素手，札札弄机杼。终日不成章，泣涕零如雨。河汉清且浅，相去复几许？盈盈一水间，脉脉不得语。"但这首词，却是一篇出色的翻案文章。

它上片以两个对句写七夕的景色，景中有情，而且是这个民间佳节特有的景和情。纺织是古代妇女主要的劳动项目，所谓男耕女织。传说中的织女则是织锦的能手，所以在七夕这一天，女孩儿们都要陈设瓜果，向渡河的织女乞巧，希望她赐给她们以高度的工艺技巧。而在初秋七月，气候晴朗，空中云彩，纤细清晰，很像是织女显示她的技巧而织出的锦。诗人对色彩鲜艳复杂的云和锦之间产生联想，由来已久，以云状锦或以锦状云而形成的"云锦"一词，也为他们所习用，如李白《庐山谣》的"屏风九叠云锦张"，即是一例。这里说"纤云弄巧"，也就是天空的云锦乃是织女所表现的技巧的意思。这就将初秋的云和织女的巧联系起来，成为特定的情景了。飞星即流星。星既然在飞动，就仿佛能够传递什么似的。而在七夕，那当然应当是给牛郎、织女传递离别之恨了。这就将飞流的星和牛郎、织女的恨联系起来，而使"飞星传恨"一语，同样成为特定的情景。这两句所描写的，只能见之于七夕之夜、银河之边，又只能用之于咏叹牛郎、织女之事，所以不流于一般化。

第三句交代主要的情节。按照天帝的无理规定，牛郎、织女只能在这一夜渡河相会。"暗度"，是指在世人不知不觉之中渡过天河（银汉），因为人们实在也没有看见他或她如何渡河。"迢迢"不但形容相距之遥远，而且同时形容相思之迢递，与下文"柔情似水"相呼应。

第四、五两句，表明了词人对这一对仙侣长年分居、一年一会的看法。一般人都认为他们会少离多，枉自做了仙人，还不如人间的普通夫妇，但词人却认为在这样秋风白露的美好的夜晚，相逢一次，也就不但抵得，而且还胜过人间的无数次了。金风，即秋风或西风。古人以五行、五方和四季相配，秋天于五行属金，五方属西。玉露即白露。古代诗人常以金风、玉露作对，以形容秋天，如唐太宗《秋日》："菊散金风起，荷疏玉露圆。"

过片也是两个对句，写牛郎、织女相爱之长久与相会之匆促。他们温柔的感情就像天河中的水那样永远长流，无穷无尽。写情而以眼前的河水比喻，就显出本地风光，情中带景。同时，会晤又是如此的短暂，简直像做了一场梦一样。离别，是长的；感情，是深的；会见，是短的。这就逼出下面一句来，怎么忍心去看要往回走的那一条路呢？看都不忍看，那走，不消说，就更不忍走了。不说不忍走，只说不忍看，意思就更为深厚。如果说"忍向鹊桥归路"，那就差多了。

以上三句写这对仙侣离别之苦，还没有什么特别出色的地方，但接着一转，却推陈出新，大放异彩。"朝朝暮暮"，用《高唐赋》，已见前。

这首词上、下片的结句，都表现了词人对于爱情的不同一般的看法。他否定了朝欢暮乐的庸俗生活，歌颂了天长地久的忠贞爱情。这在当时，是难能可贵的。它用笔比较平直，在艺术技巧上，不太突出，但内容方面值得肯定。

芳心苦

（即〔踏莎行〕）

贺铸

　　杨柳回塘，鸳鸯别浦，绿萍涨断莲舟路。断无蜂蝶慕幽香，红衣脱尽芳心苦。　　返照迎潮，行云带雨，依依似与骚人语：当年不肯嫁春风，无端却被秋风误。

　　这首词是咏荷花的，暗中以荷花自比。诗人咏物，很少止于描写物态，多半有所寄托。因为在生活中，有许多事物可以类比，情感可以相通，人们可以利用联想，由此及彼，发抒文外之意。所以从《诗经》、《楚辞》以来，就有比兴的表现方式。词人也不在例外。

　　起两句写荷花所在之地。"回塘"，位于迂回曲折之处的池塘。"别浦"，不当行路要冲之处的水口（小水流入大水的地方叫做浦。另外的所在谓之别，如别墅、别业、别馆）。回塘、别浦，在这里事实上是一个地方。就储水之地而言，则谓之塘；就进水之地而言，则谓之浦。荷花在回塘、别浦，就暗示了她处于不容易被人发现，因而也不容易为人爱慕的环境之中。"杨柳"、"鸳鸯"，用来陪衬荷花。杨柳在岸上，荷花在水中，一绿一红，着色鲜艳。鸳鸯是水中飞禽，荷花是水中植物，本来常在一处，一向被合用来作装饰图案，或绘入图画。用鸳鸯来陪衬荷花之美丽，非常自然。

第三句由荷花的美丽转入她不幸的命运。古代诗人常以花开当折，比喻女子年长当嫁，男子学成当仕，故无名氏所歌《金缕衣》云："劝君莫惜金缕衣，劝君惜取少年时。花开堪折直须折，莫待无花空折枝。"而荷花长在水中，一般都由女子乘坐莲舟前往采摘，如王昌龄《采莲曲》所写："吴姬越艳楚王妃，争弄莲舟水湿衣。来时浦口花迎入，采罢江头月送归。"但若是水中浮萍太密，莲舟的行驶就困难了。这当然只是一种设想，而这种设想，则是从王维《皇甫岳云溪杂题·萍池》"春池深且广，会待轻舟回。靡靡绿萍合，垂杨扫复开"来，而反用其意。以荷花之不见采由于莲舟之不来，莲舟之不来由于绿萍之断路，来比喻自己之不见用由于被人汲引之难，被人汲引之难由于仕途之有碍。托喻非常委婉。

第四句再作一个比譬。荷花既生长于回塘、别浦，莲舟又被绿萍遮断，不能前来采摘，那么能飞的蜂与蝶该是可以来的吧。然而不幸的是，这些蜂和蝶，又不知幽香之可爱慕，断然不来。这是以荷花的幽香，比自己的品德；以蜂蝶之断然不来，比在上位者对自己的全不欣赏。

歇拍承上两譬作结。莲舟不来，蜂蝶不慕，则美而且香的荷花，终于只有自开自落而已。"红衣脱尽"，是指花瓣飘零；"芳心苦"，是指莲心有苦味。在荷花方面说，是设想其盛时虚过，旋即凋败；在自己方面说，则是虽然有德有才，却不为人知重，以致志不得行，才不得展，终于只有老死牖下而已：都是使人感到非常痛苦的。将花比人，处处双关，而毫无牵强之迹。

过片推开一层，于情中布景。"返照"二句，所写仍是回塘、别浦之景色。落日的馀辉，返照在荡漾的水波之上，迎接着由浦口流入的潮水。天空的流云，则带着一阵或几点微雨，洒向荷塘。这两句不仅本身写得生动，而且还暗示了荷花在塘、浦之间，自开自落，为时已久，屡经朝暮，饱历阴晴，而始终无人知道，无人采摘，用以比喻在自己的生活经历中，也遭遇过多少世事沧桑、人情冷暖。这样写景，就同时写出了人物的思想感情乃至性格。

"依依"一句，显然是从李白《渌水曲》"荷花娇欲语，愁杀荡舟人"变化而来。但指明"语"的对象为骚人，则比李诗的含义为丰富、深刻。屈原《离骚》："制芰荷以为衣兮，集芙蓉以为裳。不吾知其亦已兮，苟余情其信芳。"正因为屈原曾设想采集荷花（芙蓉也是荷花，见王逸《注》）制作衣裳，以象征自己的芳洁，所以词中才也设想荷花于莲舟不来，蜂蝶不慕，自开自落的情况之下，要将满腔心事，告诉骚人。但此事究属想象，故用一"似"字，与李诗用"欲"字同，显得虚而又活，幻而又真。王逸《〈离骚经〉章句序》中曾指出："《离骚》之文，依《诗》取兴，引类譬喻。故善鸟、香草，以配忠贞，……宓妃、佚女，以譬贤臣。"从这以后，香草、美女、贤士就成为三位一体了。在这首词中，作者以荷花（香草）自比，非常明显，而结尾两句，又因以"嫁"作比，涉及女性，就同样也将这三者连串了起来。

"当年"两句，以文言，是想象中荷花对骚人所倾吐的言语；以意言，则是作者的"夫子自道"。行文至此，花即是人，人即是花，合而为一了。"当年不肯嫁春风"，是反用张先的〔一丛花令〕"沉恨细思，不如桃杏，犹解嫁东风"，一看即知，而荷花之开，本不在春天，是在夏季，所以也很确切。春天本是百花齐放、万紫千红的时候，诗人既以花之开于春季，比作嫁给春风，则指出荷花之"不肯嫁春风"，就含有她具有一种不愿意和其他的花一样地争妍取怜那样一种高洁的、孤芳自赏的性格的意思在内。这是写荷花的身份，同时也就是在写作者自己的身份。但是，当年不嫁，虽然是由于自己不肯，而红衣尽脱，芳心独苦，岂不是反而没由来地被秋风耽误了吗？这就又反映了作者由于自己性格与社会风习的矛盾冲突，以致始终仕路崎岖，沉沦下僚的感叹。

南唐中主〔浣溪沙〕云："菡萏香销翠叶残，西风愁起绿波间。"王国维《人间词话》认为"大有众芳芜秽，美人迟暮之感"（"惟草木之零落兮，恐美人之迟暮。""虽萎绝其亦何伤兮，哀众芳之芜秽。"均《离骚》句）。这位著名的文学批评家是敏感地察觉到了这个偏安小国的君主为自己不可知的前途而发出的叹息的。晏幾道的〔蝶恋花〕咏荷花一首，如前所说，可能是为小莲而作。其上、下片结句"照影弄妆娇欲语，西风岂是繁华主"和"朝落暮开空自许，竟无人解知心苦"，与本词"无端却被秋风误"和"红衣脱尽芳心苦"的用笔用意，大致相近，可以参照。

由于古代诗人习惯于以男女之情比君臣之义、出处之节，以美女之不肯轻易嫁人比贤士之不肯随便出仕，所以也往往以美女之因择夫过严而迟迟不能结婚以致耽误了青春年少的悲哀，比贤士之因择主、择官过严而迟迟不能任职以致耽误了建立功业的机会的痛苦。曹植《美女篇》："佳人慕高义，求贤良独难。……盛年处房室，中夜起长叹。"杜甫《秦州见敕目薛、毕迁官》："唤人看骥騄，不嫁惜娉婷。"陈师道《放歌行》："春风永巷闭娉婷,长使青楼误得名。不惜卷帘通一顾,怕君着眼未分明。""当年不嫁惜娉婷,抹白施朱作后生。说与旁人须早计,随宜梳洗莫倾城。"虽立意措词有所不同,但都是以婚媾之事,比出处之节。本词则通体以荷花为比,更为含蓄。

《宋史·文苑传》载贺铸"喜谈当世事,可否不少假借。虽贵要权倾一时,少不中意,极口诋之无遗辞。人以为近侠。……竟以尚气使酒,不得美官,悒悒不得志"。这些记载,对于我们理解本词很有帮助。

横塘路

（即〔青玉案〕）

贺铸

凌波不过横塘路，但目送，芳尘去。锦瑟华年谁与度？月桥花院，琐窗朱户，只有春知处。　　飞云冉冉蘅皋暮，彩笔新题断肠句。试问闲愁都几许？一川烟草，满城风絮，梅子黄时雨。

作者晚年退隐苏州，住在横塘附近。此词当是其时其地所作。它表面似写相思之情，实则是发抒悒悒不得志的"闲愁"。上片，情之间阻；下片，愁之纷乱。上是宾，下是主。

起三句用曹植《洛神赋》"凌波微步，罗袜生尘"之语。凌波微步，不过横塘，是其人没有来；面对芳尘，只能目送，是自己也不能去。"但"，犹言仅、只。她没有来，已不能去，则极目远望，只能从所见到的一片芳尘之中，想象其"凌波微步"的美妙姿态而已。

"锦瑟"一句提问，直用李商隐《锦瑟》："锦瑟无端五十弦，一弦一柱思华年。"问她美好的青春与谁共度，亦即悬揣其无人共度之意。点出盛年不偶，必致"美人迟暮"，暗暗关合到自己的遭际。

"月桥"两句，是想象中其人的住处。"只有"句是说其地无人知，自然也就更无人到。"月桥花院"写环境之幽美，"琐窗朱户"写房室之富丽，由外及内，而结以"只有春知处"，就从绚烂繁华的时间和空间里,显示出其人的寂寞来。这三句,共有两层意思:其一,其人深居独处,虚度华年,非常值得同情和怜惜;其二,深闺邃远,除了一年一年的春光之外,无人能到,自己当然也无从寄与相思、相惜之情。这也完全与词人自己沉沦下僚,一辈子不被人知重的情况相吻合。

过片"飞云冉冉",是实写当前景色,同时暗用江淹《休上人怨别》"日暮碧云合,佳人殊未来",以补足首句"凌波不过"之意。"蘅皋暮",是说在生长着杜蘅这种香草的泽边,徘徊已久,暮色已临,也是实写,同时又暗用曹植《洛神赋》"尔乃税驾乎蘅皋,秣驷乎芝田"。曹植就是中途在那儿休息,才遇到洛神宓妃的。这就补充了词中没有写出的第一次和其人见面的情节。细针密线,天衣无缝。

"彩笔"一句,承上久立蘅皋,伊人不见而来。由于此情难遣,故虽才情富艳,有如江淹之曾得郭璞在梦中所传的彩笔,而所能题的,也不过是令人伤感的诗句罢了。提起笔来,惟有断肠之句,都是由万种闲愁而起,所以紧接着就描写闲愁。先以"几许"提问,引起注意,然后以十分精警和夸张的比喻作答,突出主旨,结束全篇。

这首词当时非常出名。黄庭坚寄作者诗云:"少游醉卧古藤下,谁与愁眉唱一杯?(秦观〔好事近〕:"醉卧古藤阴下,了不知南北。")解作江南断肠句,只今唯有贺方回。"诗作于秦观死后,意思是说,当今词手,就只有他了。而结尾三句,尤其为人传诵,以致作者被称为"贺梅子"(见周紫芝《竹坡诗话》)。

结尾之好,历来批评家多有论及,现加以概括,列举如下:

首先，它们是用具体而生动的景物表现了抽象的、无迹可求和难以捉摸的细致感情，使这种感情转化为可见的、可闻的，因而是可信的事物，使读者可以从闲愁的形象中受到它的感染。本是言情，而作者却借景抒情，而所写之景，又极其鲜明而且多样化，使人觉得此愁简直充塞天地，无所不在。沈谦《填词杂说》所云："不特善于喻愁，正以琐碎为妙。"正是此意。

其次，这些比喻都不沿袭前人。罗大经《鹤林玉露》云："诗家有以山喻愁者，杜少陵云：'忧端如山来，澒洞不可掇。'赵嘏云：'夕阳楼上山重叠，未抵闲愁一倍多。'是也。有以水喻愁者，李颀云：'请量东海水，看取浅深愁。'李后主云：'问君能有几多愁？恰似一江春水向东流。'秦少游云：'落红万点愁如海。'是也。贺方回云：'试问闲愁都几许？一川烟草，满城风絮，梅子黄时雨。'盖以三者比愁之多也，尤为新奇，兼兴中有比，意味更长。"所谓新奇，即富于创造性。所谓兴中有比，即不仅比闲愁之无尽，亦以兴身世之可悲，因为三者都属于暮春和初夏，即"春去也"的光景，对于词人的晚境欠佳，是有其象征性的。

其三，如罗大经所略举，他人言愁，或以山喻，或以水喻，大都只限于用一个比譬，本词却连设三喻；而且这三个比譬，又都不是单纯的事物如山或水，而是复合的景色。草是烟雾中的草，而且是一望无际的平原上的烟草（一川即满川，川在这里是平原之意，即杜甫《乐游园歌》中"秦川对酒平如掌"之川）。絮是在空中飞动的絮，而且是韩翃《寒食》中"春城无处不飞花"之花絮。雨是梅子黄时下个不停的、如雾如烟的雨（《潘子真诗话》尝举寇准"杜鹃啼处血成花，梅子黄时雨如雾"之句，以为是贺词所本）。这都是它们跨越了前人同类句子的地方。所以沈际飞在《〈草堂诗馀〉正集》中评为"真绝唱"。

顺便提到，像以多种事物比譬一件事物这样的夸张手法，虽在文人词中少见，写得像本词这样新奇的更是不多，但这却是民间文学中常见的。由汉代民歌一直到清代京戏剧本中都有。如《铙歌》中汉代民间诗人所写的《上邪》："上邪！我欲与君相知，长命无绝衰。山无陵，江水为竭，冬雷震震，夏雨雪，天地合，乃敢与君绝！"又敦煌卷子中唐代民间词人所写的〔菩萨蛮〕："枕前发尽千般愿，要休且待青山烂。水面上秤锤浮，直待黄河彻底枯。　白日参辰现，北斗回南面。休即未能休，且待三更见日头。"前者以高山变平、江水变干、冬天打雷、夏天落雪、天地合并等五种绝对不可能发生的事情，后者以青山烂坏、秤锤浮水、黄河干枯、参辰昼见、北斗南回、三更见日等六种绝对不可能发生的事情来比譬爱情之不可能"绝"和"休"，其联想之丰富，比拟之奇特，感情之深沉，风格之浑厚、纯朴、刚健，又把贺铸这三句比下去了。虽然这三句更其工巧，而且仍不失为佳作。

其四，这三句本是虚景实写，目的在于用作比譬，但所写又确系春末夏初横塘一带的景物，它本足以引起纷乱的愁绪，所以写来就显得亦景亦情，亦虚亦实，亦比亦兴，融成一片。先著《词洁》评本词为"工妙之至，无迹可寻"，正是指的这种地方。

作者大概是在横塘附近曾经偶然见到过那么一位女子，既不知其住址，也无缘与之相识，甚至也没有一定想要和她相识，但在她身上，却寄托一些遐想、一些美人迟暮的悲哀。《蓼园词选》说此词下片"言幽居肠断，不尽穷愁，惟见烟草、风絮、梅雨如雾，共此旦晚，无非写其境之郁勃岑寂耳"。这一见解是符合词意的。所以，它虽写了相思，却并非以爱情为主题的作品。

薄幸

贺铸

　　淡妆多态，更的的、频回眄睐。便认得、琴心先许，欲缔合欢双带。记画堂、风月逢迎，轻颦浅笑娇无奈。向睡鸭炉边，翔鸳屏里，羞把香罗暗解。　　自过了、烧灯后，都不见、踏青挑菜。几回凭双燕，丁宁深意，往来却恨重帘碍。约何时再？正春浓酒困，人闲昼永无聊赖。厌厌睡起，犹有花梢日在。

这首词是怀念情人之作，上片写往事，下片写今情。

　　它一上来用两句介绍了人，比较简略，而把篇幅保留了下来，铺叙其相逢相会之事。"淡妆"为什么使人感到可爱，在前张先词中已讲过，这里不重复。本已"多态"，而又长着一双灵活的眼睛，就更动人了。《洛神赋》形容宓妃之美，也突出了"明眸善睐"这一点。"的的"，娇美之貌，即后来通俗小说中的"娇滴滴"。对于这个人，只说了妆之淡、态之多、眸之明，就足以概其馀，因此，以下就转而写其相逢之事。

　　大家都知道，眼睛是会说话的，眼神所表达的语言，虽然无声，却往往比口中说出的有声的语言更富于暗示性。她"频回眄睐"，当然就是如《九歌·少司命》中所说："满堂兮美人，忽独与余兮目成。"所以以下便用"琴心"的典故，以进一步写出彼此目成心许，一见倾心之情。卓文君新寡，司马相如弹琴去挑逗她，她就和他相好了。合欢是一种象征和合欢乐的花纹图案，凡其上有这种花纹的物品，均以合欢为名，如合欢扇、合欢被、合欢襦等。由于认得琴心，遂有合欢之意，因此，以下就进而写其欢会。

从"记画堂"以下一直到歇拍，都是回忆当日相会的情形，由堂而室。"画堂"，是写所在之幽美；"风月逢迎"、"轻颦浅笑"，则极写相遇之款洽。"颦"、"笑"、"娇"都从上"态"来，而"轻"、"浅"、"无奈"，则使"多"更为具体，更其形象化。"炉边"、"屏里"，点明内室，正写欢情。"睡鸭"，指熏炉的形状，"翔鸾"，指屏风的画饰，借富丽的陈设，以衬托其人之美艳。曰"羞"、曰"暗"，仍是"多态"。

过片以"自过了"三字从过去挽到现在。烧灯、踏青、挑菜，都是古代风俗。农历正月，赏玩花灯。十五日（上元）是正日子，在这以前玩灯，叫做试灯，又名预赏。正月十五以后，继续赏玩。到了二月十五，便把灯烧了，告一结束，叫做烧灯。春天草长以后，出郊游赏，叫做踏青，具体日子，各书记载不同，有正月初八、二月初二、三月初三各种说法。挑菜，事实上是古代妇女郊游的一种形式，也有的书上记载二月初二是挑菜节。我国幅员广大，历史悠久，各地气候、各代风俗自然难以尽同。但如词所叙，是烧灯在前，踏青挑菜在后，则假定烧灯在二月，踏青挑菜在三月比较合于词中事实。总之，是说从烧灯之夜欢会以后，就再也没有看到其人的踪迹了。

就假定是从二月十五到三月初三吧，也只有十七八天，是很短暂的；在踏青挑菜的日子，她不曾出游，错过了重见的机缘，也是寻常的。但对于一个朝思暮想,度日如年的情人来说,却形成一种沉重的负担了。相思而无从相见,就想传递消息,而又无人可托,只好"凭双燕丁宁深意",虽然如此,而又为"重帘"所"碍",因此归到:"约何时再?"燕子筑巢堂中梁上,故诗云:"海燕双栖玳瑁梁。"(沈佺期《独不见》)堂前有帘,帘子卷起,燕子才能进出,故词云:"穿帘海燕双飞去。"(晏殊〔蝶恋花〕)重帘复幕,不只一层,消息自更无从传达了。事虽不能,情终不忍,所以不作绝望之辞,而以疑问的口气顿住。

"正春浓"两句,以"春浓"、"酒困"、"人闲"、"昼永"四层来形容人之"无聊赖"。结尾两句,补足上意。既"无聊赖",则唯有付之一睡。但心事重重,睡亦不酣。一觉醒来,无精打采,以为睡了不少时候,岂知日在花梢,时间还早,则如此长日,又何以排遣呢?前两句已用四层意思极写长日无聊,而又接以这两句,非情思深厚,笔力雄健,难以做到。

以全词论,它上片追叙前欢,从目成、心许到画堂逢迎、鸾屏幽会,有几许情事、几许曲折在内,而笔势却是一气直下。过片以"自过了"三字承上启下,从烧灯而踏青挑菜,而丁宁双燕,又有多少情事、多少曲折在内,然后直到当前之春浓、酒困、人闲、昼永、睡起、日在,又一层深似一层,仍是一事接一事,一句接一句,贯串而下。整首从头至尾,似乎一泻无馀,但又铺叙详尽,情致委曲。这是北宋慢词在艺术上所达到的很高的造诣,为柳永所擅长。此词亦从柳出。

周济《宋四家词选》评本词云:"耆卿于写景中见情,故淡远。方回于言情中布景,故秾至。"又其《介存斋论词杂著》云:"耆卿熔情入景,故淡远。方回熔景入情,故秾丽。"所言柳、贺两家之别，极为有见。柳词大段写景，每每见景生情，景中见情，熔情入景，以前所析，不难覆按。贺词著意写情，景为情用，故情中布景，熔景入情，如前首"月桥"两句，"一川"三句都是，而本首几乎通体如此。淡远，是由于远取诸物，先景后情。秾至（秾丽），则由于近取诸身，先情后景。周济在这里为我们提出了一个风格学中的新课题，即风格的形成，不独是基于个性，而且还受到艺术手段的制约，很值得认真思考。显然，在这一点上，我们所知道的还很贫乏。

将进酒

（即〔小梅花〕）

贺铸

　　城下路，凄风露，今人犁田古人墓。岸头沙，带蒹葭，漫漫昔时流水今人家。黄埃赤日长安道，倦客无浆马无草。开函关，掩函关，千古如何不见一人闲？　　六国扰，三秦扫，初谓商山遗四老。驰单车，致缄书，裂荷焚芰接武曳长裾。高流端得酒中趣，深入醉乡安稳处。生忘形，死忘名，谁论二豪初不数刘伶？

　　这首词也是一篇以咏史来咏怀的作品，但所咏史事，并非某一历史事件，而是一种在古代社会中带有普遍性的历史现象；所咏怀抱，也并非与这一历史现象相契合，而是与之相对立，所以与多数的咏史即咏怀的作品的格局、命意都有所不同。

　　封建社会的统治阶级为了实现自己的野心和贪欲，总是不断地争城夺地，至少也是争名夺利。这种争夺的结果，不但使广大人民遭殃，也使统治阶级中某些道德和才能出众的成员受到压抑和排斥。贺铸就是其中的一个。他这类的作品，就是针对这种普遍存在的历史现象而发出的不平之鸣。作品中所表现的对于那样一些统治者及其帮忙、帮闲们的鄙视，是有其进步意义的。但由于阶级性和世界观的限制，他又只知道向"醉乡"中逃避，即采取不合作的态度，这种消极的生活态度和思想感情又显示了这种进步意义的局限性很大。

　　以愤慨、嘲讽的口吻来描写历史上那些一生忙着追求权势和名利的人，占了这首词的大部分篇幅。但起笔却从人事无常写起，这样，就好比釜底抽薪，把那些热中于富贵功名的人都看得冷淡了，从而为下文揭露这些人的丑态，埋下伏线，同时，也为作者自己最后表示的消极逃避思想埋下伏线。

　　自然界的变化，一般比人事变化迟缓。如果自然界都发生了变化，那人事变化之大就可想而知了。沧海桑田的典故，就是说的这种情况。本词一上来六句，也是就自然与人事两方面合写这个意思。词句用顾况《悲歌》"边城路，今人犁田昔人墓；岸上沙，昔时流水今人家"，而略加增改。前三句写陆上之变化，墓已成田（用《古诗》"古墓犁为田"之意），有人耕；后三句写水中之变化，水已成陆，有人住。下面"黄埃"二句也从顾况《长安道》"长安道，人无衣，马无草"来，接得十分陡峭。看了墓成田，水成陆，人们该清醒了吧，然而，不。他们依旧为了自己的打算，不顾一切地奔忙着。函谷关是进入长安的必由之路。关开关掩，改朝换代，然而长安道上还是充满了人渴马饥的执迷不悟之徒。歇拍用一问句收束，讥讽之意自见。

　　过片两句，"六国扰"，概括了七雄争霸到秦帝国的统一，"三秦扫"，概括了秦末动乱到汉帝国的统一。"初谓"四句，是指在秦、汉帝国通过长期战争而完成统一事业的过程中，几乎所有人都被卷进去了。是不是也有人置身局外，即没有在这种局势中为自己作些打算的人呢？词人说，他最初还以为商山中还留下了东园公、甪里先生、绮里季、夏黄公这四老。谁知道经过统治者写信派车敦请以后，就也撕下了隐士的服饰，一个跟着一个地穿起官服，在帝王门下行走起来了（商山四皓最初不肯臣事汉高祖，后被张良用计请之出山，保护太子，见《史记·留侯世家》。南齐周彦伦隐居钟山，后应诏出来做官，孔稚珪作《北山移文》来讥讽他，中有"焚芰制而裂荷衣，抗尘容而走俗状"之语。又汉邹阳《上吴王书》中句："何王之门不可曳长裾乎？"）。这四句专写名利场中的隐士，表面上很恬淡，实则非常热中。隐居，只是他们的一种姿态、一种向统治者讨价还价的手段，一到条件讲好，就把原来自我标榜的高洁全部丢了。上面的"初"字、"遗"字和下面的"裂"字、"焚"字、"接"字、"曳"字，不但生动准确，而且相映成趣，既达到嘲讽的目的，也显示了作者的幽默感。不加评论，而这般欺世盗名的人物的丑态自然如在目前。

"高流"以下，正面结出本意。《醉乡记》，隋、唐之际的王绩作，《酒德颂》，晋刘伶作，都是古来赞美饮酒的著名文章。在《记》中，王绩曾假设"阮嗣宗、陶渊明等十数人并游于醉乡，没身不反，死葬其壤，中国以为酒仙"。在《颂》中，刘伶曾假设有贵介公子和缙绅处士各一人，起先反对饮酒，后来反而被专门痛饮的那位大人先生所感化。高流，指阮、陶、刘、王一辈人，当然也包括自己在内。末三句是说，酒徒既外生死、忘名利，那么公子、处士这二豪最初不赞成刘伶那位先生，又有谁去计较呢？肯定阮、刘等，也就是否定"长安道"上的"倦客"、"裂荷焚芰"的隐士（"生忘形"，用杜甫《醉时歌》："忘形到尔汝，痛饮真吾师。""死忘名"，用《世说新语·任诞篇》载晋张翰语："使我有身后名，不如即时一杯酒。"均与"高流端得酒中趣"切合）。方伯海《〈文选〉集成》评《酒德颂》云:"古人遭逢不幸,多托于酒,谓非此无以隐其干济之略,释其悲愤之怀。"这首词以饮酒与争权势、夺名利对立,也是此意。

张耒《〈东山词〉序》曾指出贺词风格多样化的特点:"夫其盛丽如游金、张之堂,而妖冶如揽嫱、施之袪,幽洁如屈、宋,悲壮如苏、李,览者自知之。"这首词和前几首截然不同,也可证明此点。从这些地方,我们可以看出,苏轼的作品在词坛出现以后,其影响是相当广泛的。

瑞龙吟

周邦彦

　　章台路,还见褪粉梅梢,试花桃树。愔愔坊曲人家,定巢燕子,归来旧处。　　黯凝伫,因念个人痴小,乍窥门户。侵晨浅约宫黄,障风映袖,盈盈笑语。　　前度刘郎重到,访邻寻里,同时歌舞,惟有旧家秋娘,声价如故。吟笺赋笔,犹记燕台句。知谁伴、名园露饮,东城闲步?事与孤鸿去。探春尽是,伤离意绪。官柳低金缕。归骑晚,纤纤池塘飞雨。断肠院落,一帘风絮。

　　这首词写重游旧地,但已看不到旧日情人的怅惋之情。对于作者来说,也许是一次新的生活经验,但这却是一个古老的主题,所以周济《宋四家词选》说它只是崔护《题都城南庄》"去年今日此门中,人面桃花相映红。人面不知何处去,桃花依旧笑春风"一诗的"旧曲翻新"。

　　词的起笔便表明了这旧日情人乃是汴京的一位妓女。章台本是西汉京城长安一条繁华热闹的街名,见《汉书·张敞传》,而闹市往往为妓女所聚居,所以又借指"坊曲人家"("坊曲",各本作"坊陌"。郑文焯校本云:"杨升庵云:'俗改曲为陌。'案:唐人《北里志》有'海论三曲中事',盖即平康里旧所聚居处也。当时长安诸倡家谓之曲;其选入教坊者,居处则曰坊。故云'坊曲人家',非泛言之也。本集〔拜星月慢〕云:

'小曲幽坊月暗'，可证'坊曲'为美成习用。"）。这里则借长安闹市以指汴京坊曲。"褪粉梅梢"，是写梅花已将凋谢，故褪去花粉；"试花桃树"，是写桃花方始开放，故称为试花。二语点明季节，而领以"还见"两字，则是说明章台花树，本是当年常来之地、常见之物，今日地、物依然，可是，人呢？这一起只从正面写了地、物仍旧，而实际上却已暗示了物是人非之感。

"愔愔"三句，进一步发抒了这种感慨。由"章台路"写到"坊曲人家"，重来的地点更具体了；由路旁的花树写到屋中的燕子，重见的事物也更具体了。"定巢"，犹言安巢。杜甫《堂成》"频来语燕定新巢"，是用字所本。燕子依人定居，可是它们又是不理会人事的变迁，认屋不认人的，所以人虽换了，依然来"旧处""定巢"。点明旧处，可见燕子也是当年常见的旧侣。燕子今年还能够回来定巢，可是，人呢？这就见得物是人非之感更深了。第一叠本是写词人初临旧游之地所见所感，但通体只说物，不说人，只暗说，不明说，就显得感情沉郁，有待抒发，直逼出后面的文字来。

第二叠还是不直接抒写自己的"人面桃花"之感，却因景及情，因物及人，描绘了自己初见那位姑娘时一直保留在记忆中的美好印象。在行文方面，这乃是一种顿挫。这印象是如此新鲜而深刻，以致当他在旧游之地凄黯地伫立徘徊的时候，就自然而然地涌上心来。所以"黯凝伫"三字，是拉开回忆的幕布的契机；就结构上说，则起了承上启下的作用。

"因念"以下，是关于那位姑娘的直接描写。"个人"，即那人。"痴小"，形容她年纪还轻，天真烂漫。"浅约宫黄"，犹后来所谓薄施脂粉，也就是淡妆。以黄涂额，谓之约黄，本是古代宫廷妇女的一种打扮，后来民间也加以仿效。"障风映袖"从"乍窥门户"来，从"清晨"来。由于她一清早就打扮好了，在门口看街（古代妓女习惯于在门口看街，这可能和招揽客人有关。《史记·货殖传》载有"刺绣文，不如倚市门"的谚语。许𫖮《彦周诗话》："诗人写人物态度，至不可移易。元微之《李娃行》云：'髻鬟峨峨高一尺，门前立地看春风。'此定是娼妇。"皆可证），初春馀寒尚存，晓风多厉，不得不以袖遮风，因而晨妆后鲜艳的容颜，就掩映在衣袖之间了。"盈盈笑语"则是"痴小"的具体表现。这一切，都是词人在从前某一个可纪念的清晨所铭刻在心底的不可磨灭的印象，而这一印象的重新浮现，显然是旧地重游，情人不见，黯然伫立时，被勾引起来的。

以上两叠，是双拽头，写忆旧；第三叠才是过片，写伤今，也是声情相应。"前度刘郎重到"，点明情事。这"重到"，按时间顺序说，是在"还见"和"因念"之先，可是最后才说出来。这是周词讲究铺叙腾挪之处。此语虽然出自刘禹锡《再游玄都观》"种桃道士归何处，前度刘郎今又来"，以与前文"试花桃树"关合，但实质上却是用刘义庆《幽明录》所载东汉刘晨入天台山遇仙女故事，这个故事中也有桃树（详后〔玉楼春〕篇）。我们也可以说，是两典合用，成语用前者，故事用后者。注家们只引刘禹锡诗，是不全面的。由于情人不见，就很自然地想到寻访她旧日的邻居，打听她的消息，从而知道了当时那些坊曲人家风流济楚的人物，大都离散消沉，只有从前那位姑娘，虽然不住在原处了，却至今仍然保持着很高的声价（"旧家"，即从前的意思，是当时口语。秋娘是贞元、元和时代在长安负盛名的一位妓女，其名屡见于元稹、白居易诗中，如元稹《赠吕三校书》"竞添钱贯定秋娘",白居易《江南喜逢萧九彻因话长安旧游》"巧语许秋娘",所以用来作比。此人并不是见于段安节《乐府杂录》的谢秋娘,也不是杜牧诗中的杜秋娘,不可弄混了)。这就暗示了自己的情人在歌台舞榭中的声名、地位。那位姑娘虽然声价依旧,但人却已虽可闻,不可见,而在自己这一方面,还分明记得当时两相爱慕的情形,故有暗用李商隐诗中故事的"吟笺"两句。

据李集《柳枝》诗序所载,柳枝是洛阳的一位姑娘,她因听到李商隐的堂兄吟咏商隐的《燕台诗》,产生了爱悦之情,可是后来因故没有能够结合(第二叠"障风映袖"也是略用诗序中语)。因此,这两句不只是写双方相识相好的经过,而且还暗示了对方的爱才之心与自己的知己之感,以至于今日怀念旧情的时候,不能不连带想起自己过去曾经打动过她的心弦的"吟笺赋笔"来。

正因为这是追念昔日的知音,所以下面"知谁伴"的问句,才显得更有分量。和那位姑娘在名园的露天之下饮酒,在东城一带散步,这在当年,本来都是自己的事,但现在是谁在陪伴她呢?这就写出了无限难堪之情和今昔之感,风格也显得沉郁了。杜牧《题安州浮云寺楼寄湖州张郎中》:"恨如春草多,事与孤鸿去。"词即直用杜诗原句,以表惜别之情。"事"虽指"露饮"、"闲步"而言,自然也包括了更多的往事在内。这一句结束了上面的回忆,使人回到清醒的现实中来,而不露痕迹,所以周济说它是"化去町畦"。这样,"探春尽是,伤离意绪"这点明主旨的句子就很自然地接着出现了。所探之春,不只是季节上的春天,而且是感情上的春天,这是很清楚的。

北宋名家词浅释　　133

由"凝伫"而"访"、"寻",由回忆而清醒,最后只有踏上归途。所以"归骑晚"以下,就直写归途的景色。"归骑"着一"晚"字,可见徘徊之久、留恋之深。而一路之上,官柳低垂,池塘飞雨,更增添了春愁、别恨。归家以后,沉沉院落,风絮满帘,也无非令人肠断而已。"断肠"回应上面的"凝伫"、"因念"、"伤离意绪",结束全篇。

　　这首词首写旧地重游所见所感,次写当年旧人旧事,末写抚今追昔之情,处处以今昔对衬。虽然层次分明,但曲折盘旋,不肯用一直笔,在艺术结构上煞费匠心,所以周济要我们看它的"层层脱换,笔笔往复处"。

兰陵王

周邦彦

柳

柳阴直，烟里丝丝弄碧。隋堤上，曾见几番，拂水飘绵送行色。登临望故国。谁识，京华倦客？长亭路，年去岁来，应折柔条过千尺。　　闲寻旧踪迹，又酒趁哀弦，灯照离席。梨花榆火催寒食。愁一箭风快，半篙波暖，回头迢递便数驿，望人在天北。　　凄恻，恨堆积。渐别浦萦回，津堠岑寂。斜阳冉冉春无极。念月榭携手，露桥闻笛。沉思前事，似梦里，泪暗滴。

这首词的题目是咏柳，实则借柳赋别，与一般咏物之作不同。如作者〔六丑〕咏谢后蔷薇，即与此有别。折柳赠别，是宋以前早就形成的风俗。因而在古典诗歌中，写离别的作品，常常涉及柳树。本词题为咏柳，而实际上则写离情，也由于此。

一起两句，直点本题。只一"直"字，就将一道长堤、两行垂柳画了出来，与王维《使至塞上》"大漠孤烟直"的"直"字，一写横，一写纵，各极其妙。高柳垂阴，烟中弄碧，千丝万缕，依依有情，已经为下文开拓局面。两句正面写柳，缴足题面。这样起头，正因为以后着重的是离情而非柳树，所以似直而实曲，并非开门见山，一览无馀。

隋堤是隋炀帝时所筑汴河之堤，也是人们由水路离开汴京的出发点,所以词人也就不止一次地看见过堤上这些柳树"拂水飘绵"地送走行人(行色,指行人出发时的情景。古人用"色"字,意义较现代为广泛,可参看《文心雕龙·物色篇》)。这也就是说,知道这些长堤上的柳树,曾经无数次地抱着同情,做过离情别绪的见证人。"曾见",是下面"登临望故国"的"京华倦客",也就是词人所曾见,是倒叙。这本属旁观,然而这位旁观者却也正是个已经厌倦了京城的客居生活,在登临之际,怀念故乡的人,又有谁知道呢?用笔沉郁顿挫。杜甫《秋兴》:"故国平居有所思。"故国即指故乡,古典诗词中习见。登临而望故国,正是在京华作客已倦的证明。这两句从咏柳树转到写离情,从而提出了词中主人公的久客思家之感。本词是写离情,写居者送行者,而这位居者又是客中送客,所以在送别人的时候,不能不想到自己也同样是客人,而且还是欲归不得的客人。"隋堤上"以下诸句,正是非常有特征地描摹了这样一种不是味儿的心理状态。

接着,又从离情关合杨柳,词人的心灵转入了更其细微的活动。他忽然对这些离别场面的见证人——柳树也满怀着同情了。他想到,在这长亭路上,年年岁岁,往往来来,每一次分离,都得折下柳条以表离情,那么,被折下的柔软的枝条该有多少啊!设想措词,新颖深婉。在这以前,我们读过李商隐《离亭赋得折杨柳》中的"人世死前惟有别,春风争拟惜长条","为报行人休尽折,半留相送半迎归"。在这以后,我们又读过元好问〔江城子〕《观别》中的"万古垂杨,都是折残枝"。这都是一些奇想、奇语,而各不相犯,可以细加比较、玩味。

以上第一叠,主要的是咏柳,因柳而及一般的别情,虽然这也是词人目中所见、心中所想，但他还是处在旁观者的地位。从第二叠起，才转入自己当前情事。

"闲寻旧踪迹"，承上面的"登临"来，包括了"隋堤上"和"长亭路"的所见所感在内。今天来到此地，并非为了寻觅旧日踪迹，而是为了送人，但既来之后，由于所见所感，不免对于旧日踪迹发生回忆，而华灯照席，哀弦劝酒，离筵已经开始，才迫使人从追想之幻，回到眼前之真来。实则两者时虽异而情则同，故用一"又"字关合。"梨花"一句，点明时令。旧俗：清明节前一天或两天为寒食节，禁火；朝廷于清明节取榆、柳之火以赐近臣。这里只是用以说明送别的时候，正值梨花盛开，榆火将赐的寒食节前，而其用意则在于揭示一种惘惘不甘的心情：在这浓春烟景的时候，为什么不能共度韶光，却要独唱骊歌呢？

"愁一箭风快"以下四句，如周济所说的，是词人"代行者设想"之词。正在将别未别之时，却预先代人愁着水涨风快，南行之船急如飞箭，一下子就离开了几驿路程，回望送行的人，已在远远的北边了。这四句是想象中情景，是虚摹而非实事，布局变幻莫测，而放笔直写，又极伤离赠别、人我两方之情，所以周济说这几句"词笔亦'一箭风快'"。这种翻进一层，从想象中着笔的手法，是周邦彦所最擅长的。他如〔满庭芳〕《夏日溧水无想山作》云："地卑山近，衣润费炉烟。"〔大酺〕《春雨》云："行人归意速，最先念、流潦妨车毂。"都与此同一机杼。谭献在其《复堂词》自序中曾将其拈出，并要作词的人"试于此消息之"，值得我们注意。

以上第二叠，主要的还是当筵观感。第三叠才转入别后情怀,正面抒写离恨。

"凄恻"两句,直陈恨之深重,乃是上叠"愁"字深化的后果,因为那时还不过是愁其离去,而这时却竟已离去,无可挽回了。以下两句,再由虚摹而转入实写。"别浦"即津堠所在之地,"津堠"是水滨可供戍守住宿的房屋,亦即上文之水"驿"。这里掉换字面,是为了调谐声律和避免重复。"萦回",谓船行后水波之荡漾;"岑寂",指送行处气氛之冷落。用一"渐"字领起,就非常精确地体现了居者看着行者由将去而竟去,然后独自留下来在水边、驿畔凝望、徘徊的过程。

于是,在怅惘之际、岑寂之中,极目四顾,从而产生了"斜阳冉冉春无极"的感觉。这是周词的名句。谭献在《〈词辨〉评》中极为推赏,但所加评语却很玄妙:"微吟千百遍,当入三昧,出三昧。"照我们看来,这句词写别浦、津堠之间离人去后的当前景色,而景中见情,其造语是非常工巧而深刻的。以所写景色而论,"春无极",即春色无边,固引起绵邈之思;"斜阳冉冉",即斜阳欲下,却又有苍茫之感。词人巧妙地将这两种不同的景色有机地融合在一起,就形成了一种如梁启超在《艺蘅馆词选》评语中所说的"绮丽中带悲壮"的艺术效果。再以所寓情思而论,春色无穷,固引起人的惆怅之意;黄昏将近,也触发人的迟暮之悲。这样,自不能不由离别相思之恨,而引申到自己作为一个"京华倦客"的因春惆怅、惋惜年华上来,所以其含蕴的感情也相当复杂。好在由景生情,情景融成一片。

由于伤春伤别,自然就忆起了旧人旧事。"念月榭"两句,即下文的"前事",而"沉思"则从"念"字来,是念的深化。

"沉思前事"之馀,而结以"似梦里,泪暗滴",初看似乎不免草率,实则即况周颐在其《蕙风词话》中所提倡的重拙之笔,它表现了词人极其真挚深厚的感情。通篇构思措辞都很工巧,独以重拙之笔作收,愈见浑厚。

夜飞鹊

周邦彦

别情

河桥送人处，良夜何其？斜月远堕馀辉。铜盘烛泪已流尽，霏霏凉露沾衣。相将散离会，探风前津鼓，树杪参旗。花骢会意，纵扬鞭、亦自行迟。　　迢递路回清野，人语渐无闻，空带愁归。何意重经前地，遗钿不见，斜径都迷。兔葵燕麦，向残阳、影与人齐。但徘徊班草，欷歔酹酒，极望天西。

这首词题为《别情》，更其具体地说，则是描摹在别后回忆分携时的情况和情绪。

起笔从送人处写入，接着，便以疑问语点明送人的时间。"良夜何其？"明用《诗经·小雅·庭燎》："夜如何其？"（其，音基，语尾助词，无实义。）同时，也暗用苏轼《后赤壁赋》："月白风清，如此良夜何？"美好的夜晚，应该是用来欢聚的，现在却用来分离，岂不令人惆怅吗？用《诗经》语而易"夜如"为"良夜"，有此用意，不独于律当作平去而已。这两句直贯下文许多情事。

"斜月"三句，是景语。斜月将落，只剩馀光；盘烛已残，空堆红泪：足见离筵之久，絮语之多。但"斜月"、"烛泪"、"凉露"，又是一些带有凄清情调的事物，都暗示了离别时忧郁的气氛。因此，虽属景语，却没有一句不可以当作情语来看，从而起了景中带情，使人见景生情的作用。

用一时间的问句领起下文，接着便对夜景加以铺叙，这一手法，使我们想起苏轼的〔洞仙歌〕"试问夜如何？夜已三更，金波淡，玉绳低转"诸句来。沈义父《乐府指迷》说周词"下字运意，皆有法度，往往自唐、宋诸贤诗句中来"。这就是运意方面效法前人的一例。

酒阑烛尽，夜色已深，其势则不可留，其情则不忍别。在这时候，所希望的，只是能多留一会便多留一会。"相将"三句，就是这一情景的写真。"相将"，当时口语，犹言行将。明明知道离筵将散，可还是恋恋不舍，不时地用耳朵去"探"听渡头报时的更鼓，用眼睛去"探"看树梢上移动的星辰（"参旂"，星名，见《晋书·天文志》），只这一"探"字，就将匆匆行色、依依别绪都突出来了。

时间飞快，已由夜半而到黎明。行者终于上了船，居者呢，也上了马，各自东西了。推想居者这时的情绪，他骑在马上，只可能如白居易《长恨歌》中所写唐玄宗回长安时的情景："东望都门信马归"，而不可能如孟郊《登科后》所写的"春风得意马蹄疾"。所以"花骢"三句，全属虚拟之词。其意无非是，马且行迟，人意可想；马犹如此，人何以堪？上文的"铜盘烛泪已流尽"，我们比较容易地看出，它是暗用杜牧《赠别》"蜡烛有心还惜别，替人垂泪到天明"。而这里其实也同样是效法小杜此诗透过一层的写法，不过将垂泪的蜡烛换成了行迟的花骢而已。这，就是前人所谓"偷意"，其运用之妙，是较难察觉的。

上片从以"良夜何其"句提问起，写半夜，写黎明，写筵会，写分别，层次分明，愈转愈深，已经把"送人"的情事都说完了，所以换头就写归途所见所感。

下片头三句，写河桥上喧闹的声音渐渐听不见了，但感到道路的漫长。原来转瞬之间，一切都已成为过去，只是独自一人空带着满怀的愁恨，踏上了归途。这对于当事人来说，乃是一个沉浸在刚才激动心弦的别离场合而返到清醒的过程；对于我们来说，则读到这里，才知道到此所写一切，都是追叙过去之事，而以下却又是一番情景。承前启后，用笔极其变幻。所以陈洵《海绡说词》云："换头三句，将上阕尽化烟云，然后转出下句。"

"何意重经前地"以下，都是前地重游、闲寻旧迹情景。这一句出语似觉平常，用意却非常哀怨，大有羊昙醉后痛哭西州之意。"遗钿"，就其小者言；"斜径"，就其大者言。"遗钿"为物很小，无处可寻，是容易理解的。"斜径都迷"，则是说连当时送别的道路都已经迷糊，那就更证明了相别之久，相思之深也就不言而喻了。花钿是女子的面饰，故周邦彦另一首〔六丑〕亦以女子遗钿比喻蔷薇凋谢，云："钗钿堕处遗香泽。"到了这里，才将行者的性别点明，原来是一位姑娘，这也正是词人弄笔的狡狯之处。

我们读了换头三句，方才知道，上片的分别场面，都是追写，却想不到再读到"何意"以下，才又明白，下片起头三句，也还是一种回忆。幻中有幻，变化无端，而别久思深之情，却由于这种布局，更为明显。

"兔葵"两句，略用刘禹锡《再游玄都观》诗序"惟兔葵燕麦，动摇于春风"之意，以表物色、人事之变迁，并以补充"斜径都迷"之故，因为植物长高了，才看不出路来。上片言"凉露"，可见送人之时是在秋天；这里说葵麦之影，与人同高，则已在春夏之交。有此三句，久别深思就又得到了进一步的刻画。同样通体都是写景，而情也自在景中。梁启超以此两句与柳永〔雨霖铃〕中的"今宵酒醒何处？杨柳岸、晓风残月"两句相比，称赏其为"送别词中双绝"，正因为在熔情入景这一点上，彼此一致。

"但徘徊班草"以下，直抒无可奈何之情。此时此地，情人不见，也只有徘徊歇歠于以前铺草饮酒之地，极望其人所去之西方，以表一往情深而已。一结凄婉，有馀不尽。

玉楼春

周邦彦

桃溪不作从容住，秋藕绝来无续处。当时相候赤阑桥，今日独寻黄叶路。　　烟中列岫青无数，雁背夕阳红欲暮。人如风后入江云，情似雨馀粘地絮。

这首词是作者在和他的情人分别之后，重游旧地，怅触前情而写下的。它用一个人所习知的仙凡恋爱故事即刘晨、阮肇遇仙女的典故起头。据《幽明录》载，东汉时，刘、阮二人入天台山采药，曾因饥渴，登山食桃，就溪饮水，于溪边遇到两位仙女，相爱成婚。半年以后，二人思家求归。及到出山，才知道已经过去三百多年了。这种由于轻易和情人分别而产生的追悔之情，在古典诗歌中，是常用天台故事来作比拟的。如元稹《刘阮妻》云："芙蓉脂肉绿云鬟，罨画楼台青黛山。千树桃花万年药，不知何事忆人间？"就是"桃溪"一句最好的注释。温庭筠《达摩支曲》"拗莲作寸丝难绝"，是"秋藕"一句所本，不过反用其意。第一句叙述委婉，是就当时的主观感情说，这是因；第二句言辞决绝，是就今日的客观事实说，这是果。一用轻笔，一用重笔，两两相形，就将无可挽回的事态和不能自已的情怀和盘托了出来。

三、四两句，由今追昔。"当时"，应首句；"今日"，应次句。当时在赤阑桥边，因为等候情人而更觉其风光旖旎；今日到黄叶路上，因为独寻旧梦而愈感其景色萧条。赤阑、黄叶，不但着色浓烈，而且"赤阑桥"正好衬托出青春的欢乐，"黄叶路"也正好表现出晚秋的凄清。这不只是为了点明景物因时令而有异，更重要的是为了象征人心因合离而不同。在景物的色调上固然是强烈的对照，在词人的情调上也同样是强烈的对照。今日的黄叶路边，也就是当时的赤阑桥畔，地同事异，物是人非。将这两句和上两句联系起来看，则"相候赤阑桥"的欢惊，正证明了"不作从容住"的错误；"独寻黄叶路"的离恨，也反映了"绝来无续处"的悲哀。这就显示出其事虽已决绝，其情仍旧缠绵。文风亦极沉郁之致。

　　换头两句，直承"今日"句来。明明知道此事已如瓶落井，一去不回，但还是在这里闲寻旧迹，这就清晰地勾画出了一个我国古典文学中所谓"志诚种子"的形象。在黄叶路上徘徊之馀，举头四望，所见到的只是烟雾中群山成列，雁背上斜阳欲暮而已。这两句写得开阔辽远，而其用意，则在于借这种境界，来展示人物内心的空虚寂寞之感。如果单纯地将其当作写景佳句，以为只是谢朓《郡内高斋闲坐答吕法曹》"窗中列远岫"，以及温庭筠《春日野行》"鸦背夕阳多"两句的袭用和发展，就不免"买椟还珠"。如果更进一步加以探索，还可以发现，上句写烟中列岫，冷碧无情，正所以暗示关山迢递；下句写雁背夕阳，微红将坠，正所以暗示音信渺茫。与头两句联系起来，又向我们指陈了桃溪一别，永隔人天，秋藕绝来，更无音信这样一个严酷的事实，而"独寻黄叶路"的心情，也就更加可以理解了。列岫青多，夕阳红满，色彩绚丽，又与上面的"赤阑桥"、"黄叶路"互相辉映，显示了词人因情敷彩的本领。

结尾两句，以两个譬喻来比拟当前情事。过去的情人，早像被风吹入江心的云彩，一去无踪；而自己的心情，始终耿耿，却如雨后粘在泥中的柳絮，无法解脱。两句字面对得极其工整，但用意却相衔接。这一结，词锋执拗，情感痴顽，为主题增加了千斤重量。陈廷焯《白雨斋词话》说："美成词有似拙而实工者，如〔玉楼春〕结句……上言人不能留，下言情不能已，呆作两譬，别饶姿态，却不病其板，不病其纤。"这一评语是中肯的。正因其对仗工巧而意思连贯，排偶中见动荡，所以使人不感到板滞；同时，又不是单纯地追求工巧，而是借以表达了非常沉挚深厚的感情，所以又使人不觉得纤弱。

这一词调的组织形式是七言八句，上、下片各四句，原来的格局就倾向于整齐。作者在这里，没有像其他词人或自己另外填这一调子时所常常采取的办法，平均使用散句和对句，以期方便地形成整齐与变化之间的和谐，却故意全部使用了对句，从而创造了一种与内容相适应的凝重风格。然而由于排偶之中，仍具动荡的笔墨，所以凝重之外，也兼备流丽的风姿。这是我们读这首词时，特别值得加以思索之处。

解连环

周邦彦

怨怀无托。嗟情人断绝,信音辽邈。纵妙手、能解连环,似风散雨收,雾轻云薄。燕子楼空,暗尘锁、一床弦索。想移根换叶,尽是旧时,手种红药。　　汀洲渐生杜若。料舟依岸曲,人在天角。漫记得、当日音书,把闲语闲言,待总烧却。水驿春回,望寄我、江南梅萼。拚今生、对花对酒,为伊泪落。

此词首句,即是主题,而此无可寄托、难于消遣之"怨怀",则由于"情人断绝"而引起。它写的是一个"负心女子痴心汉"的小小悲剧,与他篇之多写互相怀念者不同。

起句总挈全篇,以下依次细写"怨怀无托"之故和别后情事。不但行踪断绝,音信也都没有了,怎么能够不使人嗟叹呢?二、三两句,乃是对起句的补充,点明了"怀"之何以"怨","怨怀"之何以"无托"。因为如果人虽不见,音信犹通,则就是有托而非无托了。

"纵妙手"三句,巧妙地用了一个典故,来暗示对方之负心。战国时,秦王将一枚玉连环送给齐君王后,说:齐国的聪明人很多,能够将它解开吗?君王后将它拿来和群臣商议,都认为无法解开。君王后立刻用铁椎将连环打破,告诉秦国的使者说:已经解开了。事见《国策》。这是历史上一个不按照常规办事而解决了问题的著名事例,并且出自一个有决断的女子之手。这里用"妙手能解连环"来比譬对方主动想方设法,断然地拒绝了自己的爱情,就显得非常恰当。可知词人在选择曲调的时候,也是有其用意的。连环本不可解,犹如缠绵往复、无法分开的爱情,可是由于"妙手",竟然"解"了。连环既解,则过去的一切,也就像风雨云雾一扫而光,天空之中,一碧无际,更无所有了。以云雨比喻所爱的女子,以雨散云飞比喻和她的分离,诗人习用。如张又新《赠广陵妓》:"云雨分飞二十年,当时求梦不曾眠。今来头白重相见,还上襄王玳瑁筵。"窦巩《宫人斜》:"离宫路远北原斜,生死恩深不到家。云雨今归何处去?黄鹂飞上野棠花。"皆是。所以这里以"风散"等为比,不但形容感情之变化,也表现了踪迹之乖隔。周邦彦还在一首〔浪淘沙慢〕中云"连环解,旧香顿歇",与此同意。这三句写的是"断绝"之故。

　　"燕子"以下,直至歇拍,都是想象中其人旧居的情景。关盼盼是唐张愔的爱妓,张死后,盼盼念旧爱而不嫁,一直在彭城(今江苏徐州)燕子楼中孤单地住着。这件事,使当时的张仲素、白居易以及后代的苏轼都很感动,为她写了诗词。苏轼〔永遇乐〕《彭城夜宿燕子楼,梦盼盼,因作此词》云:"燕子楼空,佳人何在?空锁楼中燕。"张仲素《燕子楼诗》云:"瑶瑟玉箫无意绪,任从蛛网任从灰。"即此所本。"燕子楼空"一句,直用苏词,暗含"佳人何在"之意,且点明其人亦属己之爱妓。"暗尘"一句,是张诗改写,而更工致。"暗尘"是为时已久,于不知不觉中蒙上的灰尘。"一床弦索"是满架子的乐器,即"瑶瑟玉箫"之类。"一床弦索"本非"暗尘"可

"锁"之物,而词人独独挑上这样一个字将两者联系起来,以形容弦索虽存,久已无人拨弄,竟好比被暗尘锁住了一般,则人去楼空、人亡物在、室迩人遐之感就更其清楚了。张诗言"无意绪",言"任从",是就关盼盼的主观情感言;本词言"空",言"锁",是就自己所见到的客观事实言。但盼盼是念旧爱而不嫁于张愔的死后,其人却是弃旧爱而思迁于自己的生前,正好相反,故张仲素与自己所感,也正好相异。"想移根"两句,由楼内而想到楼前,由人之去而想到物之换。阶前的红芍药花,是她当日亲手所种,但其人离去已久,则旧时花草,也必都已更新。人既久离,物也非故,就使得感慨更深一层了。

换头由旧时红药想到新生的杜若,由楼中想到汀洲,由自己目前处境想到对方情况。古人有采折芳香的花草寄赠远人以表情意的风习,杜若也属可赠之物,故《九歌·湘夫人》云:"搴汀洲兮杜若,将以遗兮远者。"自己此时虽想到杜若渐生因而有采芳赠远之意,但其人乘船而去,现在何地,不得而知,只能料想她沿途时或停泊于岸曲,时或行驶于水中,愈走愈远罢了。

"漫记得"以下,续念旧情。想到断绝之后,今天固然是"信音辽邈",然在以前一段时期,还是常常有书信往来的。不但常有书信,而且还是如晏殊〔清平乐〕中所写的"红笺小字,说尽平生意"那种深盟密意的情书。这些情书,当时写得如此郑重,如此缠绵,而今天事过情迁,看起来真不过是"闲语闲言"即无关紧要的连篇废话而已,还不如拿来一起烧掉,不留痕迹,以免睹物思人,徒增苦恼。设想至此,真觉心灰气短,一切皆空,话也说尽了。

可是,爱情这个东西,有时真具有如李商隐《无题》中所说的"春蚕到死丝方尽,蜡炬成灰泪始干"那样一种顽强的力量。情场失意的词人,写到这里,心思一转,又在绝望之中,迸发出希望来。盛弘之《荆州记》载:吴陆凯曾从江南将梅花寄到长安,送给他的好友范晔,并赠诗云:"折梅逢驿使,寄与陇头人。江南无所有,聊赠一枝春。"现在春天又回来了,她的心是不是也会像春天一样回转来呢?她会不会像陆凯一样,也寄一枝梅花给我,以表情意呢?对方舟行无定,故自己欲寄杜若而势有不能,而自己则定居未动,她只要想寄梅花,总是可以随着水驿而寄到的。问题是她愿不愿寄,肯不肯寄。

前面一上来,就指出"情人断绝,信音辽邈",以此推知,则"望寄我、江南梅萼"者,终于不过是一厢情愿而已,所以笔锋放开之后,又重新收缩回来,由幻想仍归现实。一方决绝,一方缠绵,则缠绵的一方,也只有一辈子虽在良辰美景之中,"对花对酒",为怀念决绝的一方而伤心落泪而已。这种尽其在我的想法,即前人所谓痴顽,也还是"怨怀无托"之意,回应篇首,总结全词。

这首词的句法规定了要在许多地方用一个单字领起下文。作者都使用得极好,如"纵"、"想"、"料"、"望"、"拚"诸字,都使感情深化,文势转折,有助于达难达之情。

〔玉楼春〕与此词同是写与情人断绝之悲,但前者是写己之未留,后者是写人之竟绝;同是写一种执着痴顽之情,但前者即景抒情,缘情布景,后者写情为主,略点景物,故其风格前者精丽,后者朴素,也各不相同。

拜星月慢

周邦彦

夜色催更,清尘收露,小曲幽坊月暗。竹槛灯窗,识秋娘庭院。笑相遇,似觉、琼枝玉树相倚,暖日明霞光烂。水盼兰情,总平生稀见。　画图中、旧识春风面。谁知道、自到瑶台畔,眷恋雨润云温,苦惊风吹散。念荒寒、寄宿无人馆,重门闭、败壁秋虫叹。怎奈向、一缕相思,隔溪山不断。

这首词所咏情事,略同〔瑞龙吟〕,但并非重游旧地,而是神驰旧游。作为一位工于描写女性的词人,在这篇作品中,作者为读者绘制了一幅稀有的动人的画像。

为了要使词中女主人的登场获得预期的应有的效果,词人在艺术构思上是煞费苦心的。他首先画出背景。在一个月色阴沉的晚上,更鼓催来了夜色,露水收尽了街尘,正是在这样一个极其幽美的时刻,他来到了她所居住的地方;阑槛外种着竹子,窗户里闪着灯光,正是在这样一个极优雅的地方,他会见了这位人物。与杜甫《佳人》之写"天寒翠袖薄,日暮倚修竹"用意相同,这时的竹槛、灯窗,也是以景色的清幽来陪衬人物之淡雅的。

先写路途,次写居处,再写会晤,层次分明,步步逼近。下面却忽然用"笑相遇"三字概括提过,对于闻名乍见、倾慕欢乐之情，一概省略。这样，就将以后全力描摹人物之美的地步留了出来。在这里，可以悟出创作上虚实相间的手法。

"似觉"以下四句，是对美人的正面描写，又可以分为几层：第一、二句，乍见其光艳；第三句，细赏其神情；第四句，总赞。写其人之美，不用已为人所习见的"云鬟花颜"、"雪肤花貌"，而用"琼枝玉树"、"暖日明霞"来形容，就不熟滥，不一般化；用两个长排句，四种东西作比，也更有分量（吴白匋先生云："'琼枝'，见沈约《古别离》：'愿一见颜色，不异琼树枝。''玉树'，见杜甫《饮中八仙歌》：'皎如玉树临风前。'"）。上句说像琼枝和玉树互相交映，是写其明洁耀眼；下句说像暖日和明霞的光辉灿烂，是写其神采照人。两句写入室乍见之初，顿时感到光芒四射，眼花撩乱，尤其因为这次见面是在夜间，就使人物与背景之间，色彩的明暗对比更为显著。在用这种侧重光觉的比喻之先，路途中所见的暗淡月色与庭院中所见的隐约灯光的描写，也对之起了一种很好的衬托作用。如果不仔细研究全词的布局，对于这种使我们容易联想到一些优秀的电影导演的艺术处理手段的巧妙构思，是很容易被忽略过去的。两句写其人之美，可谓竭尽全力，而犹嫌不足，于是再加上"水盼兰情"一句。韩琮《春愁》"水盼兰情别来久"，是用字所本。"水盼"，指眼神明媚如流水；"兰情"，指性情幽静像兰花。这句虽也是写其人之美，但已由乍见其容光而转到细赏其神态了。这已是进了一层。但美人之美，是看不够、写不完的，所以再总一句说："总平生稀见。"这才画完了这幅美人图的最后一笔。

换头一句，从抒情来说，是上片的延伸；从叙事来说，却是更进一步追溯到"笑相遇"以前的旧事。杜甫《咏怀古迹》咏王昭君云："画图省识春风面。"词句即点化杜诗而成,意思是说:在和其人会面之前,就已经知道她的声名,见过她的画像了。从而也看出了,这次的会晤,乃是渴望已久之事,而终于如愿以偿,欢乐可想。

　　从这以下,才正面写到离情。"谁知道"二句则是这一幕小小悲剧的转折点。"瑶台"是美女所居。《离骚》："望瑶台之偃蹇兮,见有娀之佚女。"王逸注："佚,美也。"但这里却兼用李白《清平调》："云想衣裳花想容,春风拂槛露华浓。若非群玉山头见,会向瑶台月下逢。"这就暗示了这位姑娘有着如李白所形容的杨玉环那样神仙般美丽风姿,作为上片实写其人之美的补充。云雨习用,而"雨"以"润"来形容,"云"以"温"来形容,则化臭腐为神奇,其人性情之好,爱悦之深,由此两字,都可想见,且与上文"兰情"关合。但这叙述两相爱悦的幸福的句子"自到瑶台畔,眷恋雨润云温",却以"谁知道"领起,以"苦惊风吹散"收束,就全部翻了一个面。惊风吹散了温润的云雨,正如意外的事故拆散了姻缘,通体用比喻说明,处理得极其含蓄而简洁。读到这里,我们才发现,原来在这以上所写,都是追叙。行文变化莫测,与〔夜飞鹊〕同。

　　"念荒寒"以下,折入现在。独自寄宿在荒寒的空屋里,关上重重门户,听着坏了的墙壁中秋虫的叫声,这种种凄凉情景,用一"念"字领起,就显得更加沉重。因为无人可语,才只好自思自念。不写人叹,而以虫鸣为叹,似乎虫亦有知,同情自己。如此落墨,意思更深。这三句极力描摹此时此地之哀,正是为了与上片所写彼时彼地之乐作出强烈的对比。

北宋名家词浅释　　153

末以纵使水远山遥，却仍然隔不断一缕相思之情作结，是今昔对比以后，题中应有之义，而冠以"怎奈向"三字，就暗示了疑怪、埋怨的意思，使这种相思之情，含义更为丰富。

《宋四家词选》评云："全是追思，却纯用实写。但读前阕，几疑是赋也。换头再为加倍跌宕之。他人万万无此力量。"周济此说，很能阐明本词在布局方面的特点。

过秦楼

周邦彦

水浴清蟾,叶喧凉吹,巷陌马声初断。闲依露井,笑扑流萤,惹破画罗轻扇。人静夜久凭阑,愁不归眠,立残更箭。叹年华一瞬,人今千里,梦沉书远。　　空见说、鬓怯琼梳,容消金镜,渐懒趁时匀染。梅风地溽,虹雨苔滋,一架舞红都变。谁信无聊为伊,才减江淹,情伤荀倩。但明河影下,还看稀星数点。

这首词也是写别情的,词人一上来就把自己沉浸在生动的回忆里。

那是一个初秋之夜,月儿像水洗过一般的清亮,凉风在树叶中飒飒地喧闹(古代神话:嫦娥奔月,化为蟾蜍,故以清蟾为明月的代语。凉吹即凉风,吹读去声)。其时,巷陌中行人渐少,马的嘶声、蹄声也开始断绝了。一起这三句,着墨无多,但既写了那位回忆中人物住处的门外景色,又写了那个值得回忆的季节和时间。

次三句由写景逐步转入写情,由写门外的自然景色转而写门内的人物神态。在秋凉夜静的时候,清幽的庭院中,那位姑娘闲着没有事干,就在露井(没有井亭覆盖的井)旁边,笑着追扑飞动着的萤火虫,甚至于把手中的画罗扇子都弄破了,足见其人之天真活泼,还不知道忧愁。"笑扑"二句,用杜牧《秋夕》"银烛秋光冷画屏,轻罗小扇扑流萤"意。

以上写自己和情人共同欢乐地度过的美好夜晚,回忆当时的时间、地点和情事。"人静"以下,则由过去的回忆转入今日的相思。夜深人静,还是无法入睡,只好靠着阑干,看着计时器(铜壶)上的指针(更箭)不停地移动,时间不觉已经很长了。这"立残更箭"的过程,也就是回忆与相思的过程。这三句写的是今日的时间、地点和情事。以今昔对写,原是作者惯用的手法,但在这首词里,却表现得特别显露,如以今日自己之"凭阑"与昔日其人之"依井"相对,以今日自己之"愁"与昔日其人之"笑"相对,以今日自己之"立残更箭"与昔日其人之"笑扑流萤"相对,都是。

在这种两两相形、今非昔比的情况之下,自然不能不生出许多感慨来,这就有了写今天感慨的"叹年华"等三句。青春在飞逝中,情人在千里外,旧梦消沉,音书辽远,怎么不使人难受呢?"梦沉"承"年华一瞬","书远"承"人今千里",而总付之一叹,故以"叹"字领起。

总的说来,上片是以今昔对比的手法处理的。首六句写昔时之乐;"人静"三句写今日之哀;"叹年华"三句抒今昔异同之感。

下片则换了一种手法,从彼此对比来写。

换头三句,先将自己的相思暂时搁在一边,而从传闻中所听到的对方消息写起。这是一层曲折顿挫。写所听到的对方消息,又不直写对方的相思之情,而只写对方由于相思而引起的日常生活的变化。这又是一层曲折顿挫。"见说",犹言听说。听说她茂密的头发逐渐稀疏,以至于连琼玉的梳儿都怕用了;美丽的容颜日益消瘦，青铜的镜子也可以出面证明；这样，就渐渐地更其懒得作时新的打扮了（"匀染"，指傅粉施朱，亦即梳妆打扮）。但对于自己这方面来说，就是听到了这些，又有什么办法、什么用处呢？还不是白白地听了吗？以"空见说"三字领起"鬓怯"以下三语，其辞含蓄，其情凄惋。

接着，词笔又从人事宕开，转到景物。在黄梅天，地面总是湿漉漉的；一会儿下雨，一会儿出虹，青苔也就愈长愈多。这时，院落之中，一架红花也已随风飞舞，变色了，凋谢了。这和从前的"清蟾"、"凉吹"、"轻扇"、"流萤"，是多么的不同啊！这三句明写春色阑珊，暗喻欢情消歇，借物言情，是二是一，故周济评为"意味深厚"。

在这以下，才正面写出自己的离情。《南史·江淹传》载淹少时梦见郭璞给了他一管五色笔，因此变得非常会写诗文，后来又梦见郭璞将笔收回，创作水平就大为降低，时人称为"才尽"。《世说新语·惑溺篇》载荀奉倩的妻子曹氏极美，曹氏死后，奉倩精神上所受刺激过大，不久也就去世。词人在这里用了这两个典故，意思是说：谁肯相信我的抑郁无聊是为了她以至于像江淹那样才思减退、荀奉倩那样神情伤耗呢？这也正是由于对方的音信，自己尚可得之于传闻；而自己的感情，对方却恐怕无从知道，所以才这么说。"谁信"，其实是怕对方不信，但也说得非常委婉含蓄。

"空见说"三句，写对方的相思之情，却从自己听到一些传闻落笔；"谁信"三句，写自己的离别之感，却从恐怕对方不知、不信着想，愈见彼此间阻之苦、愁恨之深。

结尾两句，谓抚今追昔，无可奈何之馀，只有在天河——不要忽略,这就是那条年年岁岁证明着牛郎、织女永远不变的爱情的天河——的光影之下,独自凝望着天畔的几点星星而已。写景即以抒情,语尽而情不尽。

陈洵在《海绡说词》中云:"换头三句,承'人今千里','梅风'三句,承'年华一瞬',然后以'无聊为伊'三句结情,以'明河影下'两句结景。篇法之妙,不可思议。"对于此词结构的分析,很是细致、正确。

对于周邦彦《清真集》的评价,古今论者分歧较多,甚至同一个人在不同的时间里也会作出截然相反的结论来。如王国维在其《人间词话》中对周词评价并不太高,而后来作《清真先生遗事》,竟将他比作诗中"集大成"的杜甫,就是一例。我们认为:这种矛盾大体上反映了周词本身窄狭贫乏的思想内容和其精美复杂的艺术技巧之间的矛盾。若就内容而论,就难以对它肯定过多;如以技巧而言,则周词上承柳永,下开史达祖、吴文英,在语言的运用、篇章的组织诸方面,确有独到之处。如果要对它作出全面的评价,这两方面都是应该顾到的。

以上这几首词,无论就题材或技巧来说,都是周词中习见的。通过对于它们的分析,大致可以知道:沉溺在日常生活,特别是个人爱情生活的狭小圈子里,不能自拔,使得这位很有才华,并在艺术上用过苦功的词人,只能给我们留下一些虽然精美绝伦,但却缺乏重大社会意义的作品。在技巧上,他善于挑选和锤炼语言,在前人的遗产中找到自己合用的字句,虽然有所自来,却并不生搬硬套;他善于安排结构,不仅首尾呼应,而且层次曲折,给人以既完整而又变化的美感。其风格虽然纯属婉约一派,但并不以纤巧妥溜见长,而是时有沉郁顿挫、深厚质重之处，每于精丽中见浑成。这些，又都值得加以肯定和借鉴。

我们读了北宋婉约派诸名家的一些作品，不难看出，他们的词在题材和主题方面，描写男女悲欢离合之情，占有很大的比重，而这些作品中的女主人，即词人的恋爱对象，又大多是妓女。关于词何以多写男女爱悦之情，我们在讲柳词时，已略作说明。这里，试就后一点再作一点简单的解释。

反映在文学上的这一现象，也是历史的产物。在《家庭、私有制和国家的起源》中，恩格斯曾经为我们指出过在古代（对于我们所涉及的具体历史范畴来说，则是中国封建社会时代）的婚姻和恋爱这些人类社会生活中的一些主要特征。首先，他指出，对于统治阶级来说，"结婚是一种政治的行为"，"起决定作用的是家世的利益，而决不是个人的意愿"；因而"在整个古代，婚姻的缔结都是由父母包办，当事人则安心顺从"。这在我国旧社会中，流行的说法和做法如所谓"门当户对"，"龙配龙，凤配凤"，"父母之命，媒妁之言"等等，正是如此。其次，他还指出，由于上述情况，"古代所仅有的那一点夫妇之爱，并不是主观的爱好，而是客观的义务；不是婚姻的基础，而是婚姻的附加物"。这在我国封建社会的伦理观念中，对于夫妻关系，重敬而不重爱，可以得到证明。梁鸿和孟光，相敬如宾，历来都被认为是一对模范夫妻，而张敞给妻子画过眉毛，就被人从汉代一直笑骂到清代。班昭《女诫·敬顺篇》说："夫妇之好，终身不离。房室周旋，遂生媟黩。媟黩既生，语言过矣。语言既过，纵恣必作。纵恣既作，则侮夫之心生矣。"这就说得很清楚，防止产生和加深情爱，是为了维护和加强夫权。在这种制度和观念的控制之下，"妻子和普通的娼妓不同之处，只在于她不是像雇佣女工计件出卖劳动那样出租自己的肉体,而是一次永远出卖为奴隶"。这样,作为婚姻的义务和附加物的夫妻之间的爱情,自然就更难于得到培植和滋生的机会了。其三,在进入文明社会以后产生的一夫一妻制,在男性中心社会中,事实上只是限制了妻子,而决没有限制丈夫。所以对于男性方面来说,群婚制依然存在。"凡在妇女方面被认为是犯罪并且要引起严重的法律后果和社会后果的一切,对于男子却被认为是一种光荣,至多也不过被当作可以欣然接受的道德上的小污点。"在我国封建社会中,由皇帝的三宫六院到士人的一妻一妾的制度固然有法律明文规定,官妓、家妓以及其他形式的这种行业也都是公开的。一方面,婚姻不是爱情的产物,反之,爱情却是婚姻的附加物;另一方面,男性又有在自己的妻子以外公然地和广泛地接触另外一些女子的权利和机会,这样,就必然使得男女之间,由于"体态的美丽、亲密的交往、融洽的旨趣等等"所构成的互相爱悦的条件,在非婚姻关系中更容易得到满足。所以,第四,恩格斯又指出:"现代意义上的爱情关系,在古代只是在官方社会以外才有。……而在奴隶的爱情关系以外,我们所遇到的爱情关系只是灭亡中的古代世界的崩溃的产物,而且是与同样也处在官方社会以外的妇女——艺妓,即异地妇女或被释放的女奴隶发生的关系。"当然,我国与欧洲的具体历史情况有所不同,但他所说的现代观念的爱情关系,并不存在于由于正式婚姻而结合的夫妻之间,却反而往往存在于男性与之并无婚姻关系的妓女之间,则与我国封建社会的实际的(以及通过文学所反映的)情况相符合。

恩格斯上述的辉煌的分析,对于我们理解古典文学中有关写与妓女的爱情的作品是极端重要的。因为它不但告诉了我们,作家们所写与妓女恋爱的作品有其历史背景与客观原因，而且告诉了我们，在这些作品中，所写的悲欢离合之情往往并不是虚伪的而是真挚的（当然，作品本身也证明了这一点），因为他们之间的结合是自愿的，是以恩格斯所说的"体态的美丽、亲密的交往、融洽的旨趣等等"互相吸引为前提的。他对她们可以进行选择，而她对他们也是一样（虽然她们的选择性可能小一些，有时纵然被迫不能选择，还可以"不将心嫁冶游郎"，而不至于受到像一个正式的妻子因此而受到的那种制裁、谴责和鄙视）。所以，归根到底，这些作品以及这些作品中所表现出来的思想感情，乃是在封建制度之下，人们对于爱情的正当要求的不正当表现。

恩格斯在说到这种现象时，还曾经预言："随着生产资料转归社会所有，雇佣劳动、无产阶级、从而一定数量的——用统计方法可以计算出来的——妇女为金钱而献身的必要性，也要消失了。卖淫将要消失，而一夫一妻制不仅不会终止其存在，而且最后对于男子也将成为现实。"在现代的我国，恩格斯的预言已经部分实现。在中国共产党领导之下，妇女已经翻身，卖淫已经消灭，一夫一妻制已对双方都成为现实。我们在读这样一些作品时，就不仅体会到它们具有借鉴和认识上的作用，并且同时还在今昔对比之下，充满了一种作为新中国人民的自豪感了。

凤凰台上忆吹箫

李清照

　　香冷金猊,被翻红浪,起来慵自梳头。任宝奁尘满,日上帘钩。生怕离怀别苦,多少事、欲说还休。新来瘦,非干病酒,不是悲秋。　　休休!这回去也,千万遍阳关,也则难留。念武陵人远,烟锁秦楼。惟有楼前流水,应念我、终日凝眸。凝眸处,从今又添,一段新愁。

　　这首词是作者早期和她丈夫赵明诚分别时写的。从《〈金石录〉后序》中,我们大体上可以知道他们夫妇之间感情极好,趣味相同,所以即使是一次短暂的分别,词人在心灵上所承受的负担也是很沉重的。全篇从别前设想到别后,充满了"离怀别苦",而出之以曲折含蓄的口吻,表达了女性特有的深婉细腻的感情。

　　上片一起两个对句是写她起来以后的情景。铜制的狮形熏炉冷了,红色的锦缎被子掀了,上言时之已晚,下言人之竟起。证以作者在另一首词〔念奴娇〕中的"被冷香消新梦觉,不许愁人不起",可见躺着既难成睡,起来也觉无聊。第三句接写虽然已经起床,可是什么也不想做,甚至于连头都不想梳了。《诗经·伯兮》:"自伯之东,首如飞蓬。岂无膏沐?谁适为容?"是写丈夫出征之后,妻子在家懒得梳妆打扮。这里却是写丈夫准备走,还没有走,她就已经懒得梳头,就比前文深入一层。古代妇女是很讲究梳头的,从诗歌中描写美人每多涉及头发,可以证明,所以起来就要梳头,梳头则要费掉许多心思和时间,就当时的具体社会情况来说,是正常的。连头都不想梳,那么,其心绪不佳,就可想而知了。由于不梳头,所以镜奁也就让它盖满灰尘,不想拂拭。这时,太阳也就渐渐升高,一直可以照射到比人还高的帘钩上了。这里说了五件事:炉冷却;被掀开;头不梳;奁未拂;日已高:都是写人之"慵"。

"生怕"两句,进而写自己的内心活动。本来有许许多多的心事,要想说给爱人,但是怕引起彼此离别的痛苦,话到口边,又忍住了。这种自我克制,是包含有许多曲折、许多苦恼在内的。它还暗示了,这种"离怀别苦",也并非自今日始,而是已经经历了一个时期,所以接以下面的"新来瘦"三句。近来,人为什么变瘦了呢?词中避免了作正面的回答,而只是说,既不是因为如欧阳修在〔蝶恋花〕中所说的"日日花前常病酒,不辞镜里朱颜瘦",也不是如她自己在〔醉花阴〕中所说的"莫道不消魂,帘卷西风,人比黄花瘦"。当然,中酒而病,逢秋而悲,究其终极,也无非是个借口,主要的还是由于人的心情不好,才瘦了下来。但若连这点可以借口的缘由都排斥了,那么,其变瘦之故就更可想而知了。这里一面用"非干"、"不是"来作反衬,另一面仍然不说出真实的原因,就使上面的"欲说还休"一句含意更为丰满。这种吞吐往复,文势既有波澜,感情也更深挚。所以陈廷焯在《云韶集》中评为"婉转曲折,煞是妙绝"。赵、李夫妇的美满姻缘,在爱情只是婚姻的义务和附加物的封建社会中,是不多见的,而作者又是一个才华妍妙、性格活泼的人。她这里所反映的感情,以及所使用的反映其感情的艺术手段,也正

北宋名家词浅释　163

体现了她的性格与社会习俗之间的矛盾。

换头用叠字起，以加重语气。休，即罢休，犹口语算了。《阳关三叠》是伤离之曲，取王维《送元二使安西》"劝君更尽一杯酒，西出阳关无故人"之意谱成。纵使歌唱千万遍《阳关》，也无法挽回行者，那也就只好算了。分别既成定局，不可变更，因此以下就转而从别前想到别后。"武陵"，在宋词、元曲中有两个含义：一是指陶渊明《桃花源记》中的渔父故事；一是指刘义庆《幽明录》中的刘、阮故事。如黄庭坚〔水调歌头〕"瑶草一何碧，春入武陵溪。溪上桃花无数，花上有黄鹂"，即用陶《记》之典。而韩琦〔点绛唇〕"武陵凝睇，人远波空翠"及韩元吉〔六州歌头〕"前度刘郎，几许风流地，花也应悲。但茫茫暮霭，目断武陵溪，往事难追"，则用刘《录》之典（"武陵"本应专指前典，但何以与后典混同起来，将天台也称武陵，则除了两典中都有桃花之外，还找不出其他的理由。但自从宋人这样用了以后，元人戏曲中就都沿袭了。王季思先生《〈西厢记〉校注》曾引叶德均说，举《北词广正谱》中所载〔醉扶归〕"有缘千里能相会，刘晨曾误入武陵溪"及《误入桃源》中〔殿前欢〕"这时节武陵溪怎暗约，桃花片空零落，胡麻饭绝音耗"，以证元曲中武陵系指刘、阮入天台事，甚确，惜未注意到宋词已如此用）。这里也是以刘、阮之离天台（武陵）比拟赵明诚之离家的。"秦楼"即凤台，是仙人萧史与秦穆公的女儿弄玉飞升以前所住的地方（见《列仙传》），这里用以指词人自己的住所，不但暗示他们的婚姻美满，有如仙侣，而且还暗含相传为李白所作的〔忆秦娥〕词中"箫声咽，秦娥梦断秦楼月。秦楼月，年年柳色，霸陵伤别"之意。所以"武陵人远，烟锁秦楼"八字，简单说来，就是人去楼空。但不抽象地说人去楼空，而用两个著名的仙凡恋爱的故事形象地加以表达，意思就更丰富、深刻。我们知道，作者用典故，是为了使读者懂得更多、更深、更透，而不是相反。如果产生了相反的效果，那或者是由于作者不善于用典，或者由于读者不熟习，或不善于体会所用之典，而不是不该使用这种手段。"武陵"两句，是用一"念"字领起的，此字一直贯到结尾，都是写想象中人去楼空之情景。

终日相伴的人走远了，自己则被隔绝在这座愁烟恨雾的妆楼里，有谁知道我终日在凝视着远方呢？恐怕只有楼前的流水了。柳永〔八声甘州〕"想佳人、妆楼凝望，误几回、天际识归舟"，与此同意，而柳词是写人在"想"，此词则是写水在"念"。前者推己及人；后者推人及物，措意更其巧妙深永。由上文人之"念"推而及于下文水之"念"，又更进一层。

结句写"终日凝眸"之必然结果。"从今又添，一段新愁"者，自从听了他要走的消息，就产生了新愁，这是一段；他一走，"清风朗月，陡化为楚雨巫云；阿阁洞房，立变为离亭别墅"（《〈草堂诗馀〉正集》载沈际飞评语），这又是一段也。

念奴娇

李清照

萧条庭院，又斜风细雨，重门须闭。宠柳娇花寒食近，种种恼人天气。险韵诗成，扶头酒醒，别是闲滋味。征鸿过尽，万千心事难寄。　　楼上几日春寒，帘垂四面，玉阑干慵倚。被冷香消新梦觉，不许愁人不起。清露晨流，新桐初引，多少游春意。日高烟敛，更看今日晴未？

这首词也是写别情，与上首同一主题，但它只对这点略为涉及，旋即放过，而着重于描写春天景物以及在这种景物中的心情，将伤别、伤春之感从侧面流露出来，与上首正面极写"离怀别苦"者，手法全异。

它一上来写庭院之中春寒犹重，离万紫千红、芳菲满眼的时候，还隔着一段时间，故以萧条形容之。庭院本已萧条，何况又加上斜风细雨，得把重重门户都关上呢？"萧条庭院"，本已无足观赏；风雨闭门，更是不能观赏：这就显示了环境和气氛。用一"又"字，则可见斜风细雨，近来常有，感到烦闷，绝非偶然。

细数季节，已近寒食，也就是到了"宠柳娇花"的时候。被爱曰"宠"，可爱曰"娇"，本来是形容人的字眼，这里却将它们用在柳、花之上，这就密切了它们与人的关系，加重人对它们的珍视。前人评"宠柳娇花"之语为"奇俊"（黄昇《花庵词选》),为"新丽"(王世贞《艺苑卮言》),是不错的。由于春寒,花未放,柳未舒,应当来临的浓春美景,却被一片萧条、几番风雨代替了。因春寒而犹觉萧条,是一种;因风雨而倍感沉闷,是一种;风雨且非一次,是一种:所以说"种种恼人天气"。这种天气,又并不是在秋冬之际,而是在本来应当是满目芳菲的春天,就更为可恼了。

因为烦恼,所以须要排遣。赋诗饮酒,是人们常用来排遣的方法。我们的词人也是这么尝试了的。她不但作诗,还作了很难作的险韵诗(以生僻的或不适合于作韵脚的字协韵的诗);不但喝酒,还喝了很易醉的扶头酒(一种烈性酒)。可是,险韵诗作成了,扶头酒也醒了,仍然觉得空荡荡的。觉得天气不好,觉得排遣无方,闲得无聊,归根到底,还是由于自己有一件没有说出来的心事。李后主〔相见欢〕云:"剪不断,理还乱,是离愁。别是一般滋味在心头。"这里所说的"别是闲滋味",说破了,就是这个意思。

经过以上一番铺叙腾挪,然后才把别情正面提出,然而才一提到,便又放过。要说的是心事,要寄的在远方,归雁虽能寄书,而且不断飞过,但心事万千,何能尽寄,所以终于也只能"多少事欲说还休"了。

上片所写,都是近来情事。过片则从近来转到当天。古代建筑,有的楼房,室在中间,四面有廊,廊外有阑,帘即挂于室外廊上阑边。连日春寒,四面的帘子都放下了。由于心事重重,懒得倚阑眺远(即柳永〔八声甘州〕"不忍登高临远"之意),以致当天天气已有转好的征兆的时候,帘子也都还没有卷起来。这三句写春寒,也写人懒。

"被冷"两句，依照事情发生的顺序，应在"玉阑干慵倚"之前。由于被也冷了，香也消了，梦也醒了，只好起来。"不许"两字，说明老是躺着，既很无聊，再不起来，也无办法。虽然被迫起了床，可是什么也不想做，当然也不想倚阑，所以四面的帘子，就仍然让它垂着了。"慵倚"承"帘垂"，"被冷"承"春寒"，"慵"承"愁"。以上皆当日一时情事。

以下，另作一意，笔势也忽然宕开。"清露晨流，新桐初引"，语出《世说新语·赏誉篇》，这里用以描摹庭院中风雨已过、天色渐开的景物。一面不想倚阑，一面又想游春，形容心情矛盾。一会儿，太阳也高了，雾气也散了，分明已经转晴，却还要"更看今日晴未"，正是极写其久雨幽居的苦闷。她在天气转晴以后是出门游春呢？还是仍旧闭门枯坐，连阑干都不倚呢？让读者来回答这个问题吧。

《蓼园词选》云："只写心绪落寞，近寒食更难遣耳，陡然而起，便尔深邃；至前段云'重门须闭'，后段云'不许（愁人不）起'，一开一合，情各戛戛生新。起处雨，结句晴，局法浑成。"所论本词结构很是，可正《〈词综〉偶评》以为它是"有句无章"之误。

古代诗歌中所写女性的相思之情，多由男性代为执笔，虽然有许多也能体贴入微，但总不如她们自己写得那么真挚深刻，亲切动人。从这两首在艺术手段上很不相同的作品中，我们不难看到这位杰出的女作家在这一方面的成就。

声声慢

李清照

寻寻觅觅,冷冷清清,凄凄惨惨戚戚。乍暖还寒时候,最难将息。三杯两盏淡酒,怎敌他、晚来风急?雁过也,正伤心,却是旧时相识。　满地黄花堆积,憔悴损,如今有谁堪摘?守着窗儿,独自怎生得黑?梧桐更兼细雨,到黄昏、点点滴滴。这次第,怎一个愁字了得?

宋钦宗靖康二年(1127),女真族建立的金国攻陷北宋首都汴京,汉族政权南迁。这一重大的政治事件在非常广阔的范围内影响了当时各阶层人民的生活,对于文学,同样产生了非常深刻的影响。李清照词,也以这一重大政治事件为界线,在其前后明显地有所不同。虽然她对于词的创作,具有传统的看法,因而把她所要反映的严肃重大的题材和主题只写在诗文里,但她和当时多数人所共同感到的国破家亡之恨、离乡背井之哀,以及她个人所独自感到的既死丈夫、又无儿女,晚年块然独处、辛苦艰难的悲痛,却仍然使得她的词的境界比前扩大,情感比前深沉,成就远远超出了一般女作家的和她自己早期的以写"闺情"为主要内容的作品。

这首词是她南渡以后的名篇之一。从词意看,当作于赵明诚死后。通篇都写自己的愁怀。她早年的作品也写愁,但那只是生离之愁、暂时之愁、个人之愁,而这里所写的则是死别之愁、永恒之愁、个人遭遇与家国兴亡交织在一处之愁，所以使人读后，感受更为深切。

起头三句，用七组叠字构成，是词人在艺术上大胆新奇的创造，为历来的批评家所激赏。如张端义《贵耳集》云："此乃公孙大娘舞剑手。本朝非无能词之士，未曾有一下十四叠字者。……后叠又云'梧桐更兼细雨，到黄昏点点滴滴'，又使叠字，俱无斧凿痕。"张氏指出其好处在于"无斧凿痕"，即很自然，不牵强，当然是对的。元人乔吉〔天净沙〕云："莺莺燕燕春春，花花柳柳真真。事事风风韵韵，娇娇嫩嫩，停停当当人人。"通篇都用叠字组成。陆以湉《冷庐杂识》就曾指出："不若李之自然妥帖。"《白雨斋词话》更斥为"丑态百出"。严格地说，乔吉此曲，不过是文字游戏而已。

但说此三句"自然妥帖"，"无斧凿痕"，也还是属于技巧的问题。任何文艺技巧，如果不能够为其所要表达的内容服务，即使不能说全无意义，其意义也终归是有限的。所以，它们的好处实质上还在于其有层次、有深浅，能够恰如其分地、成功地表达词人所要表达的难达之情。

"寻寻觅觅"四字，劈空而来，似乎难以理解，细加玩索，才知道它们是用来反映心中如有所失的精神状态。环境孤寂，心情空虚，无可排遣，无可寄托，就像有什么东西丢掉了一样。这东西，可能是流亡以前的生活，可能是丈夫在世的爱情，还可能是心爱的文物或者什么别的。它们似乎是遗失了，又似乎本来就没有。这种心情，有点近似姜夔〔鹧鸪天〕所谓"人间别久不成悲"。这，就不能不使人产生一种"寻寻觅觅"的心思来。只这一句，就把她由于敌人的侵略、政权的崩溃、流离的经历、索漠的生涯而不得不担承的、感受的、经过长期消磨而仍然留在心底的悲哀，充分地显示出来了。心中如有所失，要想抓住一点什么，结果却什么也得不到，所得到的，仍然只是空虚，这才如梦初醒，感到"冷冷清清"。四字既明指环境，也暗指心情，或者说，由环境而感染到心情，由外而内。接着"凄凄惨惨戚戚"，则纯属内心感觉的描绘。"凄凄"一叠，是外之环境与内之心灵相连接的关键，承上启下。在语言习惯上，凄可与冷、清相结合，也可以与惨、戚相结合，从而构成凄冷、凄清、凄惨、凄戚诸词，所以用"凄凄"作为由"冷冷清清"之环境描写过渡到"惨惨戚戚"之心灵描写的媒介，就十分恰当。由此可见，这三句十四字，实分三层，由浅入深，文情并茂。

"乍暖"两句，本应说由于环境不佳，心情很坏，身体也就觉得难以适应。然而这里不说境之冷清，心之惨戚，而独归之于天气之"乍暖还寒"。"三杯"两句，本应说借酒浇愁，而愁仍难遣。然而这里也不说明此意，而但言淡酒不足以敌急风。在用意上是含蓄，在行文上是腾挪，而其实仍是上文十四叠字的延伸，所谓情在词外。

"雁过也"三句，将上文含情未说之事，略加点明。正是在这个时候，一群征雁，掠过高空。在急风、淡酒、愁绪难消的情景中，它们的蓦然闯入，便打破了当前的孤零死寂，使人不无空谷足音之感，但这感，却不是喜，而是"伤心"。因为雁到秋天，由北而南，作者也是北人，避难南下，似乎是"旧时相识"，因而有"同是天涯沦落人"之感了。《漱玉词》写雁的有多处，以此与她早年所写〔一剪梅〕中的"云中谁寄锦书来？雁字回时，月满西楼"以及南渡前所写〔念奴娇〕中的"征鸿过

北宋名家词浅释　　171

尽，万千心事难寄"对照，可以看出，这两首虽也充满离愁，但那离愁中却是含有甜蜜的回忆和相逢的希望的，而本词则表现了一种绝望，一种极度的伤心。

过片直承上来，仰望则见辽天过雁，俯视则满地残花。菊花虽然曾经开得极其茂盛，甚至在枝头堆积起来，然而现在又却已经憔悴了。在往年，一定是要在它盛开的时候，摘来戴在头上的，而现在，又谁有这种兴会呢？

急风欺人，淡酒无用，雁逢旧识，菊惹新愁，所感所闻所见，无往而非使人伤心之事，坐在窗户前面，简直觉得时间这个东西，实在坚固，难以磨损它了。彭孙遹《金粟词话》云："李易安'被冷香消新梦觉，不许愁人不起'，'守着窗儿，独自怎生得黑'，皆用浅俗之语，发清新之思，词意并工，闺情绝调。"所论极是。这个"黑"字，是个险韵，极其难押，而这里却押得既稳妥，又自然。在整个宋词中，恐怕只有辛弃疾〔贺新郎〕中的"马上琵琶关塞黑"一句，可以与之比美。

"梧桐"两句是说，即使捱到黄昏，秋雨梧桐，也只有更添愁思，暗用白居易《长恨歌》"秋雨梧桐叶落时"意。"细雨"的"点点滴滴"，正是只有在极其寂静的环境中"守着窗儿"才能听到的一种微弱而又凄凉的声音；而对于一个伤心的人来说，则它们不但滴向耳里，而且滴向心头。整个黄昏，就是这么点点滴滴，什么时候才得完结呢？还要多久才能滴到天黑呢？天黑以后，不还是这么滴下去吗？这就逼出结句来：这许多情况，难道是"一个愁字"能够包括得了的？（"这次第"犹言这种情况，或这般光景，宋人口语。）文外有多少难言之隐在内。

此词之作，是由于心中有无限痛楚抑郁之情，从内心喷薄而出,虽有奇思妙语,而并非刻意求工,故反而自然深切动人。陈廷焯《云韶集》说它"后幅一片神行,愈唱愈妙"。正因为并非刻意求工,"一片神行"才是可能的。

武陵春

李清照

风住尘香花已尽,日晚倦梳头。物是人非事事休,欲语泪先流。　闻说双溪春尚好,也拟泛轻舟。只恐双溪舴艋舟,载不动许多愁。

这首词是宋高宗绍兴五年(1135)作者避难浙江金华时所作。当年她是五十三岁。那时,她已处于国破家亡之中,亲爱的丈夫死了,珍藏的文物大半散失了,自己也流离异乡,无依无靠,所以词情极其悲苦。

首句写当前所见,本是风狂花尽,一片凄清,但却避免了从正面描写风之狂暴、花之狼藉,而只用"风住尘香"四字来表明这一场小小灾难的后果,则狂风摧花,落红满地,均在其中,出笔极为蕴藉。而且在风没有停息之时,花片纷飞,落红如雨,虽极不堪,尚有残花可见;风住之后,花已沾泥,人践马踏,化为尘土,所馀痕迹,但有尘香,则春光竟一扫而空,更无所有,就更为不堪了。所以,"风住尘香"四字,不但含蓄,而且由于含蓄,反而扩大了容量,使人从中体会到更为丰富的感情。次句写由于所见如彼,故所为如此。日色已高,头犹未梳,虽与〔凤凰台上忆吹箫〕中"起来慵自梳头"语意全同,但那是生离之愁,这是死别之恨,深浅自别。

三、四两句,由含蓄而转为纵笔直写,点明一切悲苦,由来都是"物是人非"。而这种"物是人非",又决不是偶然的、个别的、轻微的变化，而是一种极为广泛的、剧烈的、带有根本性的、重大的变化，无穷的事情、无尽的痛苦，都在其中，故以"事事休"概括。这，真是"一部十七史，从何说起"？所以正要想说，眼泪已经直流了。

前两句，含蓄；后两句，真率。含蓄，是由于此情无处可诉；真率，则由于虽明知无处可诉，而仍然不得不诉。故似若相反，而实则相成。

上片既极言眼前景色之不堪、心情之凄楚，所以下片便宕开，从远处谈起。这位女词人是最喜爱游山玩水的。据周煇《清波杂志》所载，她在南京的时候，"每值天大雪，即顶笠、披蓑，循城远览以寻诗"。冬天都如此，春天就可想而知了。她既然有游览的爱好，又有须要借游览以排遣的凄楚心情，而双溪则是金华的风景区，因此自然而然有泛舟双溪的想法，这也就是上一首所说的"多少游春意"。但事实上，她的痛苦是太大了，哀愁是太深了，岂是泛舟一游所能消释？所以在未游之前，就又已经预料到愁重舟轻，不能承载了。设想既极新颖，而又真切。下片共四句，前两句开，一转；后两句合，又一转；而以"闻说"、"也拟"、"只恐"六个虚字转折传神。双溪春好，只不过是"闻说"；泛舟出游，也只不过是"也拟"，下面又忽出"只恐"，抹杀了上面的"也拟"。听说了，也动念了，结果呢，还是一个人坐在家里发愁罢了。

王士禛《花草蒙拾》云："'载不动许多愁'与'载取暮愁归去'、'只载一船离恨向西州'，正可互观。'双桨别离船，驾起一天烦恼'，不免径露矣。"这一评论告诉我们，文思新颖，也要有个限度。正确的东西，跨越一步，就变成错误的了；

美的东西，跨越一步，就变成丑的了。像"双桨"两句，又是"别离船"，又是"一天烦恼"，惟恐说得不清楚，矫揉造作，很不自然，因此反而难于被人接受。所以《文心雕龙·定势篇》说："密会者以意新得巧，苟异者以失体成怪。""巧"之与"怪"，相差也不过是一步而已。

李后主〔虞美人〕云："问君能有几多愁？恰似一江春水向东流。"只是以愁之多比水之多而已。秦观〔江城子〕云："便做春江都是泪，流不尽许多愁。"则愁已经物质化，变为可以放在江中，随水流尽的东西了。李清照等又进一步把它搬上了船，于是愁竟有了重量，不但可随水而流，并且可以用船来载。董解元《西厢记诸宫调》〔仙吕·点绛唇缠令·尾〕云："休问离愁轻重，向个马儿上驼也驼不动。"则把愁从船上卸下，驼在马背上。王实甫《西厢记》杂剧〔正宫·端正好·收尾〕云："遍人间烦恼填胸臆，量这些大小车儿如何载得起。"又把愁从马背上卸下，装在车子上。从这些小例子也可以看出文艺必须有所继承，同时必须有所发展的基本道理来。

这首词的整个布局也有值得注意之处。欧阳修〔采桑子〕云："群芳过后西湖好，狼藉残红，飞絮濛濛，垂柳阑干尽日风。　笙歌散尽游人去，始觉春空，垂下帘栊，双燕归来细雨中。"周邦彦〔望江南〕云："游妓散，独自绕回堤。芳草怀烟迷水曲，密云衔雨暗城西，九陌未沾泥。　桃李下，春晚未成蹊。墙外见花寻路转，柳阴行马过莺啼，无处不凄凄。"作法相同，可以类比。谭献《复堂词话》批欧词首句说："扫处即生。"这就是这三首词在布局上的共有特点。扫即扫除之扫，生即发生之生。从这三首的第一句看，都是在说以前一阶段情景的结束，欧、李两词是说春光已尽，周词是说佳人已散。在未尽、未散之时，芳菲满眼，花艳惊目，当然有许多动人的情景可写，可是在已尽、已散之后，还有什么可写的呢？这样开头，岂不是把可以写的东西都扫除了吗？及至读下去，才知道下面又发生了另外一番情景。欧词则写暮春时节的闲淡愁怀，周词则写独步回堤直至归去的凄凉意绪，李词则写由风住尘香而触发的物是人非的深沉痛苦。而这些，才是作家所要表现的，也是最动人的部分，所以叫做"扫处即生"。这好比我们去看一个多幕剧，到得晚了一点，走进剧场时，一幕很热闹的戏刚刚看了一点，就拉幕了，却不知道下面一幕内容如何，等到再看下去，才发现原来自己还是赶上了全剧中最精彩的高潮部分。任何作品所能反映的社会人生都只能是某些侧面。抒情诗因为受着篇幅的限制，尤其如此。这种写法，能够把省略了的部分当作背景，以反衬正文，从而出人意外地加强了正文的感染力量，所以是可取的。

永遇乐

李清照

　　落日熔金，暮云合璧，人在何处？染柳烟浓，吹梅笛怨，春意知几许！元宵佳节，融和天气，次第岂无风雨？来相召、香车宝马，谢他酒朋诗侣。　　中州盛日，闺门多暇，记得偏重三五。铺翠冠儿，捻金雪柳，簇带争济楚。如今憔悴，风鬟雾鬓，怕见夜间出去。不如向、帘儿底下，听人笑语。

　　这首词是作者晚年流寓临安（今浙江杭州）时某一年元宵节所写。上片写今，写当前的景物和心情；下片从今昔对比中见出盛衰之感。

　　它以两个四字对句起头。所写是傍晚时分的"落日"、"暮云"，本很寻常，但以"熔金"、"合璧"来刻画它们，就显出日光之红火、云彩之鲜洁，并且暗示出入夜以后天色必然晴朗，正好欢度佳节的意思。

　　"人在何处？"突以问语承接。此"人"字，注家或以为是指她死去的丈夫，即王维《九月九日忆山东兄弟》中"每逢佳节倍思亲"之意。但从全篇布局乃是今之临安与昔之汴京对比来看，则"人"字似应指自己，"何处"则指临安。分明身在临安，却反而明知故问"人在何处"，就更加反映出她流落他乡、孤独寂寞的境遇和心情来，而下文接写懒于出游，就使人读之怡然理顺了。如果在上文、下文都是景语的情况下,中间忽然插一句问话:"我那心爱的人现在在什么地方呢?"问过以后,就搁置一边,再也不提。这,不但于情理上说不过去,就是在文理上也说不过去。

"染柳"两句,仍是写景,但起两句是写傍晚之景,是属于一天之中的某段时间;这两句是写初春之景,是属于一年之中的某个季节,所以并不犯重。元宵节是正月十五日,正在初春,有时春来得迟,天还很冷,但今年不但晴朗,而且暖和,大有春意,这就更为可喜。初春柳叶刚刚出芽,略呈淡黄色,但由于烟雾的渲染,柳色似也很深,故曰"染柳烟浓"。梅花开得最早,这时开始凋谢,而笛谱有〔梅花落〕曲,故李白《听黄鹤楼上吹笛》云:"一为迁客去长沙,西望长安不见家。黄鹤楼中吹玉笛,江城五月落梅花。"作者流徙异乡,怀念旧京,见梅之凋落,而思及李诗,故曰"吹梅笛怨"。接以"春意知几许",则是对春之早、景之妍的赞叹之词。

这样一来,她是不是又有"多少游春意"呢?然而,也许年龄更老、忧患更深了吧,她这回却产生了另外一种想法:尽管今天的天气如此之好,难道转眼之间,就不会刮风下雨吗?("次第"在这里是转眼的意思,与前面"这次第"的意思有别。)这就显示了她历尽沧桑之后,对于一切都感到变幻难测,因而顾虑重重的心理状态。既然如此存心,对于一些贵妇人来邀请她出去游赏和赋诗饮酒,当然就只能婉言谢绝了(李清照晚年社会地位、经济情况都一落千丈,但仍然和一些上层人士有交往,绍兴十三年〔1143〕,她还曾代亲戚中的一位贵妇人撰《端午帖子词》进献朝廷,可证)。

下片分两层：前六句忆昔；后五句伤今。"中州"以下，从眼前的景物和心情，想到汴京沦陷以前的繁华世界。那时节，不但社会显得繁荣，自己也很闲空，对每年的元宵是十分重视的（《古诗十九首》之十七："三五明月满，四五蟾兔缺。"三五，指十五日；四五，指二十日）。由于"多暇"，所以头上戴着翡翠冠子，还插上应景的首饰，插戴得十分漂亮，才出门游赏（"铺"，嵌镶。"翠"，指翡翠鸟的羽毛。"冠儿"，即冠子，一种女式帽。"拈金雪柳"，据《武林旧事》记述"元夕节物：妇人皆戴珠翠闹蛾，玉梅雪柳"，只知是一种妇女头饰，形制不详。"簇带"，插戴或装饰。"济楚"，漂亮）。可是，现在呢，完全不同了。所以"如今"以下，又转回眼前。人，憔悴了，蓬头散发地，谁还愿意"夜间出去"呢，还"不如向帘儿底下，听人笑语"算了。这一结，不但有今昔盛衰之感，还有人我苦乐之别，所以更觉凄黯。

李清照晚年的词，非常具体地、生动地反映了她精神生活方面的变化，而对于她物质生活的变化，则涉及很少。这首词却给我们透露了一些。首先是她说"中州盛日，闺门多暇"，这就反证了南渡暮年，闺门少暇。归来堂中的赌书泼茶，建康城上的戴笠寻诗，恐怕早已被琐屑的家务劳动代替了。由于贫困，不能不亲自操作，就忙了起来，这是可推而知之的。其次是她说"向帘儿底下，听人笑语"，这决不是住在深宅大院、有重重门户的大户人家所可能，也决不是上层妇女的行为。只有一般市民，居宅浅狭，开门见街，妇女才有垂下帘子看街上动静和听行人说话的习惯。而她竟然也是如此，则其生涯之潦倒，就更可想见了。

宋末刘辰翁曾和此词，小序云："余自乙亥上元，诵李易安

〔永遇乐〕，为之涕下。今三年矣。每闻此词，辄不自堪，遂依其声，又托之易安自喻，虽辞情不及，而悲苦过之。"乙亥是公元1275年，到1279年，南宋就亡了。刘辰翁正是从这首词中即小见大，即从其所写的个人过元宵节时的今昔之感，看到国家的兴亡、广大人民丧乱流离的痛苦的。

姜夔词小札

小重山令

赋潭州红梅

人绕湘皋月坠时,斜横花树小、浸愁漪。一春幽事有谁知?东风冷,香远茜裙归。　　鸥去昔游非。遥怜花可可、梦依依。九疑云杳断魂啼,相思血,都沁绿筠枝。

首句点潭州。"斜横"句点梅。"一春"句因景及情。"东风"两句,因物及人,并点题"红"字。过片因今思昔。"鸥",应上"湘皋"、"愁漪"。"九疑"三句,用湘妃事,以竹之红斑比梅之红花,从贾岛《赠人斑竹拄杖》"莫嫌滴沥红斑少,恰是湘妃泪尽时"来,仍关合潭州,又点"红"字。即梅即人,一结凄艳。

江梅引

丙辰之冬,予留梁溪,将诣淮南不得,因梦思以述志。

人间离别易多时。见梅枝,忽相思。几度小窗幽梦手同携?今夜梦中无觅处,漫徘徊。寒侵被,尚未知。　　湿红恨墨浅封题。宝筝空,无雁飞。俊游巷陌,算空有、古木斜晖。旧约扁舟心事已成非。歌罢淮南春草赋,又萋萋。漂零客,泪满衣。

上片冬留梁溪,下片诣淮不得,因梦述志。"见梅枝"两句,从卢仝《有所思》"相思一夜梅花发,忽到窗前疑是君"来。"歌罢"两句用淮南小山《招隐士》"王孙游兮不归,春草生兮萋萋",仍是离别之感,绾合起句。

离别之难,相思之苦,似应度日如年矣,而言"易多时",是一拗。既已多时,似不相思矣,而承以"忽相思",又是一转。相思在"见梅枝"之后,似见花而怀人,然证之"几度"一句,则固未尝一日忘也。或谓"几度小窗幽梦"亦可在"见梅枝"之后,然其下紧接"今夜梦中",作一对比,则此"几度",固谓"今夜"以前。

点绛唇

丁未冬，过吴松作。

燕雁无心，太湖西畔随云去。数峰清苦，商略黄昏雨。　　第四桥边，拟共天随住。今何许？凭阑怀古，残柳参差舞。

首二句言本无容心，自然超脱；次二句则未免有情，仍苦执着也。过片应首二句，盖己之欲共天随住，浪迹江湖，与燕雁之"无心""随云"，亦略同也。"今何许"三句，首三字一提，其下绾合"数峰"二句，更进一层。"凭阑"所以眺远，"怀古"即是伤今，气象阔大。柳舞本属纤柔，而"柳"上着"残"字，"舞"上着"参差"字，便觉悲壮苍凉，有"俯仰悲今古"之意。白石结处每苦力竭，此则力透纸背，有馀不尽。

燕雁或者有知，而以"无心"为说；山峰纯属无知，而以"商略"为言：此便是夺化工处。

"数峰"二句，最是白石本色。

鹧鸪天

己酉之秋，苕溪记所见。

京洛风流绝代人，因何风絮落溪津？笼鞋浅出鸦头袜，知是凌波缥缈身。　　红乍笑，绿长颦，与谁同度可怜春？鸳鸯独宿何曾惯，化作西楼一缕云。

上片，首句容仪，次句身世，三句装束，四句总赞。过片两句着色。"红"，樱口；"绿"，翠眉。"乍笑"，乐少；"长颦"，愁多。"与谁"句，贺铸〔青玉案〕所谓"月桥花院，琐窗朱户，只有春知处"也。"鸳鸯"句从杜诗《佳人》"合昏尚知时，鸳鸯不独宿"出，而化实为虚。"化作"句，暗用《高唐赋》。下片皆自"风絮落溪津"生发。

鹧鸪天

正月十一日观灯

巷陌风光纵赏时，笼纱未出马先嘶。白头居士无呵殿，只有乘肩小女随。　　花满市，月侵衣，少年情事老来悲。沙河塘上春寒浅，看了游人缓缓归。

"笼纱"句，《蕙风词话》云："七字写出华贵气象。"是也。先出此句，则后"白头"两句之清冷自见。"纱笼喝道"，见《梦粱录》，即呵殿也。过片两句，言风光依旧。"少年"句，言心境情事都非，徒增忉怛耳。章颖〔小重山〕所谓"旧游无处不堪寻，无寻处，惟有少年心"也，朱服〔渔家傲〕所谓

"寄语东阳沽酒市，拚一醉，而今乐事他年泪"也。"沙河"二句，秦观〔金明池〕所谓"纵宝马嘶风，红尘拂面，也只寻常归去"也。

鹧鸪天

元夕有所梦

肥水东流无尽期，当初不合种相思。梦中未比丹青见，暗里忽惊山鸟啼。　春未绿，鬓先丝，人间别久不成悲。谁教岁岁红莲夜，两处沉吟各自知。

水流无尽，重见无期，翻悔前种相思之误。别久会难，惟有求之梦寐；而梦境依稀，尚不如对画图中之春风面，可以灼见其容仪，况此依稀之梦境，又为山鸟所惊，复不得久留乎？上片之意如此。下片则言未及芳时，难成欢会，而人已垂垂老矣，足见别之久、愁之深。夫"黯然消魂者，惟别而已矣"，而竟至"不成悲"，盖缘饱经创痛，遂类冥顽耳。然而当"岁岁红莲夜"，则依然触景生情，一念之来，九死不悔，惟两心各自知之，故一息尚存，终相印也。

戴叔伦《湘南即事》云："沅湘日夜东流去，不为愁人住少时。"鱼玄机《江陵愁望寄子安》云："忆君心似西江水，日夜东流无歇时。"可与首二句比观。

踏莎行

　　自沔东来,丁未元日至金陵,江上感梦而作。

　　燕燕轻盈,莺莺娇软,分明又向华胥见。夜长争得薄情知,春初早被相思染。　　别后书辞,别时针线,离魂暗逐郎行远。淮南皓月冷千山,冥冥归去无人管。

　　首两句,人。"分明"句,梦。"夜长"两句,感梦之情。上片言己之相思。过片两句,醒后回忆。"离魂"句,言人之相思。"淮南"两句,因己之相思,而有人之入梦,因人之入梦,又怜其离魂远行,冷月千山,踽踽独归之伶俜可念。上片是怨,下片是转怨为怜,有不知如何是好之意,温厚之至。

　　燕燕莺莺连用,本苏轼《张子野年八十五尚闻买妾述古令作诗》:"诗人老去莺莺在,公子归来燕燕忙。"

浣溪沙

(序略)

　　著酒行行满袂风,草枯霜鹘落晴空,销魂都在夕阳中。　　怅入四弦人欲老,梦寻千驿意难通,当时何似莫匆匆。

姜夔词小札

起二句意境高旷。第三句凄黯。第四句入人。第五句，虽千驿而不辞梦寻，虽梦寻而意仍难通，情愈深而愈苦，逼出结句，晏殊〔踏莎行〕所谓"当时轻别意中人，山长水远知何处"也。

浣溪沙

丙辰岁不尽五日，吴松作。

雁怯重云不肯啼，画船愁过石塘西，打头风浪恶禁持。　春浦渐生迎棹绿，小梅应长亚门枝，一年灯火要人归。

"春浦"句，客中之景，谓可以归矣。"小梅"句，家中之景，谓待人归去。

霓裳中序第一

（序略）

亭皋正望极，乱落江莲归未得。多病却无气力，况纨扇渐疏，罗衣初索。流光过隙，叹杏梁双燕如客。人何在？一帘淡月，仿佛照颜色。　幽寂，乱蛩吟壁，动庾信清愁似织。沉思年少浪迹，笛里关山，柳下坊陌。坠红无信息，漫暗水涓涓溜碧。漂零久，而今何意，醉卧酒垆侧。

起句，伤高怀远之意。次句，见时之晚、客之久。"多病"句，更进一层。"况纨扇"四句，流连光景。"人何在"以下，羁旅之中更感别离之苦。过片实写羁情。"沉思"五句，同是作客，而少年羁旅，犹胜投老江湖，今之幽寂凄清，亦逊昔之疏狂豪放，虽欲求如昔之年少浪迹，岂可得乎？意愈深而情愈悲矣。结三句，即作者在另一首〔浣溪沙〕中所云"老夫无味已多时"也。

此词多用杜诗。"江莲"，出《巳上人茅斋》"江莲摇白羽"。"一帘"二句，出《梦李白》"落月满屋梁，犹疑照颜色"。"笛里关山"，出《洗兵马》"三年笛里关山月"。"坠红"，出《秋兴》"露冷莲房坠粉红"，应上"乱落红莲"。"暗水"，出《夜宴左氏庄》"暗水流花径"。

齐天乐

（序略）

庾郎先自吟愁赋，凄凄更闻私语。露湿铜铺，苔侵石井，都是曾听伊处。哀音似诉。正思妇无眠，起寻机杼。曲曲屏山，夜凉独自甚情绪？　西窗又吹暗雨。为谁频断续，相和砧杵？候馆吟秋，离宫吊月，别有伤心无数。豳诗漫与。笑篱落呼灯，世间儿女。写入琴丝，一声声更苦。

　　起句写人。庾郎，自况。次句写蟋蟀。以下皆人、蛩夹写。先自听者说起，未闻之前，已"先自吟愁赋"，则何堪"更闻"耶？以"私语"状蛩鸣，甚切而新。"更闻"应上"先自"，透进一层。"露湿"二句，听蛩之地。"哀音"应"私语"，"语"非独"私"也，其"音"亦"哀"，又透进一层。"正思妇"二句，听蛩之人。"曲曲"二句，似问似叹，亦问亦叹，益见低徊往复之情。过片为张炎所赏，以其"曲之意脉不断"（《词源》）也。"暗雨"应上"夜凉"，"夜凉"已是"独自甚情绪"，况"又吹暗雨"耶，再透进一层。"为谁"二句，更作一问，理愈无愈妙，情愈痴愈深。"豳诗"句，周济所谓"补凑处"（《〈宋四家词选〉序论》），陈锐所谓"太觉呆诠"（《裒碧斋词话》）者也。其病在与下文不连。若李清照〔凤凰台上忆吹箫〕，于武陵、秦楼之下，续以"惟有楼前流水"，则通体皆活矣。一结又绾合"私语"、"哀音"，有馀不尽。收尾蛩"声更苦"，亦与开头人"先自吟愁赋"呼应。

　　此词下片，当与王沂孙同调《咏蝉》比观。

一萼红

　　丙午人日，予客长沙别驾之观政堂。堂下曲沼，沼西负古垣,有卢橘、幽篁,一径深曲。穿径而南,官梅数十株,如椒,如菽,或红破白露,枝影扶疏。著屐苍苔细石间,野兴横生。亟命驾登定王台,乱湘流,入麓山。湘云低昂,湘波容与,兴尽悲来,醉吟成调。

　　古城阴,有官梅几许,红萼未宜簪。池面冰胶,墙腰雪老,云意还又沉沉。翠藤共、闲穿径竹,渐笑语、惊起卧沙禽。野老林泉,故王台榭,呼唤登临。　　南去北来何事?荡湘云楚水,目极伤心。朱户粘鸡,金盘簇燕,空叹时序侵寻。记曾共、西楼雅集,想垂杨、还裛万丝金。待得归鞍到时,只怕春深。

起三句点题,序所谓"官梅数十株,如椒,如菽"也。"池面"三句,写时,写梅未开之景,补足上三句。"翠藤"以下,写当前情境。"翠藤共、闲穿径竹"与下"记曾共、西楼雅集",周济谓是"复处",然"翠藤"为实写现在,"西楼"乃回忆过去,周说殆非也。下片宕开。"南去"三句,就空间说,伤漂流之无定。"朱户"三句,点人日(《荆楚岁时记》"人日贴画鸡于户"),就时间说,叹光阴之易迁。"记曾"句,回忆以前。"想垂杨"句,由回忆而惋惜现在。"待得"两句,由现在而设想将来。末数语,由过去想到将来,春初想到春深,极沉郁。蒋捷〔绛都春〕云:"纵然归近,风光又是,翠阴初夏。"与此同意。王沂孙〔高阳台〕云:"何人寄与天涯信,趁东风、急整归鞍。纵飘零、满院杨花,犹是春前。"翻用亦好。

念奴娇

（序略）

闹红一舸，记来时、尝与鸳鸯为侣。三十六陂人未到，水佩风裳无数。翠叶招凉，玉容销酒，更洒菰蒲雨。嫣然摇动，冷香飞上诗句。　　日暮青盖亭亭，情人不见，争忍凌波去？只恐舞衣寒易落，愁入西风南浦。高柳垂阴，老鱼吹浪，留我花间住。田田多少，几回沙际归路。

首二句，泛舟赏荷。"三十"二句，荷之盛。"翠叶"三句，花之艳冶。"嫣然"二句，香之蓊勃。过片是花是人，殆不可辨。"只恐"二句，自盛时想到衰时，温厚。"高柳"以下，言盛时不再，虽高柳、老鱼，亦解劝人少住，惜此芳时；虽游人日暮，不得不归，而在归途，犹时有田田莲叶萦人情思，尤可念也。"多少"，应上"无数"。

月下笛

与客携壶，梅花过了，夜来风雨。幽禽自语，啄香心、度墙去。春衣都是柔荑剪，尚沾惹、残茸半缕。怅玉钿似扫，朱门深闭，再见无路。　　凝伫，曾游处。但系马垂杨，认郎鹦鹉。扬州梦觉，彩云飞过何许？多情须倩梁间燕，问吟袖、弓腰在否？怎知道、误了人，年少自恁虚度。

首言本欲排愁，而风雨无情，既催花谢，幽禽自语，更啄花去，所见皆可恨可悲、无可奈何之景；纵观四周，既触目而伤怀，反顾一身，又睹物而念远，将何以为情耶？花之谢，人之隔，固明知其不可"再见"，然于"曾游处"，仍不能不"凝伫"。上片愈说得明白，愈说得斩钉截铁，愈见下片"凝伫"之痴绝、之一往情深。然纵一再"凝伫"，所得再见者，亦惟有"垂杨"、"鹦鹉"而已。杨能"系马"，鹦能"认郎"，物愈有情，人愈伤感。"彩云"句一问，"吟袖"句再问，问之不已者，情之所不能已也。末用拙重之笔作收，所谓愈朴愈厚也。

"春衣都是柔荑剪，尚沾惹、残茸半缕"，即苏轼〔青玉案〕之"春衫犹是，小蛮针线，曾湿西湖雨"也，与贺铸〔半死桐〕之"空床卧听南窗雨，谁复挑灯夜补衣"，情境自别。

琵琶仙

（序略）

双桨来时，有人似、旧曲桃根桃叶。歌扇轻约飞花，蛾眉正奇绝。春渐远、汀洲自绿，更添了、几声啼鴂。十里扬州，三生杜牧，前事休说。　　又还是、宫烛分烟，奈愁里匆匆换时节。都把一襟芳

姜夔词小札　　193

思，与空阶榆荚。千万缕，藏鸦细柳，为玉尊、起舞回雪。想见西出阳关，故人初别。

"双桨"四句，画船自远而近，其中有人，乍睹之，似曲中旧识，谛视之，虽非，而其妖冶固相同也。"春渐远"以下，先点时序景物，以谓春光之渐远，正如旧梦之渐遥。旧游远矣，当前则惟有啼鴂引人离恨，前事何堪再说耶？换头两句，谓风景节序依然，而年华暗换。"都把"以下，谓前事既不忍说，则满怀情思，何异满地榆钱，亦惟有付之而已。而回忆当时，细柳犹知为离尊起舞，飞絮漫天，情何堪乎？"长安陌上无穷树，唯有垂杨管别离。"（刘禹锡《杨柳枝》）故因柳而复忆及别时情味。"蛾眉"虽自"奇绝"，而属意终在"故人"，所谓"任他弱水三千，我只取一瓢饮"也。

玲珑四犯

越中岁暮，闻箫鼓感怀。

叠鼓夜寒，垂灯春浅，匆匆时事如许。倦游欢意少，俯仰悲今古。江淹又吟恨赋，记当时、送君南浦。万里乾坤，百年身世，惟有此情苦。　扬州柳垂官路。有轻盈换马，端正窥户。酒醒明月下，梦逐潮声去。文章信美知何用？漫赢得、天涯羁旅。教说与，春来要、寻花伴侣。

起三句，扣题。"倦游"四句，"倦游"是一层，"欢意少"又是一层。总之，俯仰宇宙，本已抑郁寡欢，何堪又吟《恨赋》，忆当时别况耶？"万里"三句，言空间虽大、时间虽久，而于此混沌渺茫之中，惟此一点不变之情足以苦人耳。收缩"万里"、"百年"于方寸之间，则此情之厚、此苦之深，断可知矣。过片谓彼美虽"轻盈"、"端正"，然当月下酒醒，旧梦已逐潮声而去矣。此亦杜牧"十年一觉扬州梦"之感。"文章"二句，沉痛。"教说与"二句，质直中见深婉，执拗得妙，痴顽得妙，以见此"要"字乃从肺腑中来，当知此所要之"寻花伴侣"，即南浦所送之"君"，故非要不可也。

"换马"，"换"或作"唤"，非。《爱妾换马》，本乐府古辞，今不传，见《乐府解题》。唐人诗、赋亦有以之为题者，如张祜即有《爱妾换马》之诗。此以"换马"为美女之代语，与"窥户"同。"窥户"，见周邦彦〔瑞龙吟〕"因念个人痴小，乍窥门户"。

扬州慢

淳熙丙申至日，余过维扬。夜雪初霁，荠麦弥望。入其城，则四顾萧条，寒水自碧，暮色渐起，戍角悲吟。余怀怆然，感慨今昔，因自度此曲。千岩老人以为有黍离之悲也。

淮左名都，竹西佳处，解鞍少驻初程。过春风十里，尽荠麦青青。自胡马、窥江去后，废池乔木，犹厌言兵。渐黄昏、清角吹寒，都在空城。　　杜郎俊赏，算而今、重到须惊。纵豆蔻词工，青楼梦好，难赋深情。二十四桥仍在，波心荡、冷月无声。念桥边红药，年年知为谁生？

首两句，周济指为"俗滥处"，不知于天下名胜、昔日繁华，特郑重言之，益见"荠麦青青"、"废池乔木"、"黄昏清角"种种荒凉之不堪回首，乃有力之反衬，非漫然之滥调也。"过春风"两句，序所谓"黍离之悲"。十里长街，惟馀荠麦，则屋宇荡然可知。"废池乔木，犹厌言兵"，则居人心情可知。"渐黄昏"两句，点明时刻，补足荒寒景况。下片用杜牧诗意，而以"重到须惊"四字翻进一层。"俊赏"与起两句绾合，"须惊"、"难赋"与"过春风"以下绾合，昔之繁盛，今之残破，俱在其中；而上片着重景色，下片着重情怀，意虽接连，词无重复。"二十四桥"两句，与"黄昏"相应，又以"仍在"二字点出今昔之感。结句言昔之"名都"，今则"空城"，纵"桥边红药"，年年自开，岂复有春游之盛？"知为谁生"，叹花固不知，人亦不知也。

清初蒋超《金陵旧院》云："锦绣歌残翠黛尘，楼台已尽曲池湮。荒园一种瓢儿菜，独占秦淮旧日春。"词中荠麦，即诗中瓢儿菜也。

长亭怨慢

……桓大司马云:"昔年种柳,依依汉南。今看摇落,凄怆江潭。树犹如此,人何以堪?"此语,予深爱之。

渐吹尽、枝头香絮,是处人家,绿深门户。远浦萦回,暮帆零乱、向何许?阅人多矣,谁得似、长亭树?树若有情时,不会得、青青如此。　日暮,望高城不见,只见乱山无数。韦郎去也,怎忘得、玉环分付。第一是、早早归来,怕红萼、无人为主。算空有并刀,难剪离愁千缕。

小序桓大司马云云,见庾信《枯树赋》。《世说新语·言语篇》:"桓公北征,经金城,见前为琅琊时种柳,皆已十围。慨然曰:'木犹如此,人何以堪!'攀枝执条,泫然流泪。"赋即用其语,特加繁富耳。吴衡照《莲子居词话》乃云:"非桓温语。"岂未见《世说》耶?

首句记时,二、三句记地,即苏轼〔蝶恋花〕"枝上柳绵吹又少,天涯何处无芳草"意,同为一往情深。四、五两句写景,景中有情。"阅人多矣",语出《左传》。文姜云:"姜阅人多矣,未有如公子者。"以下翻用庾赋,语意新奇,感情深挚。换头"日暮"二字,写天色,亦暗点心情,"望高城"两句谓关山间阻,会合无由,但远望高城,聊抒离恨,已极可悲,况并此高城,亦望而不见,所见者惟有乱山重叠而已。高城且不可见,又况此城中之人乎?"韦郎"以下,谓对景难排,无非为去时玉环有约耳。"第一是"两句，乃分付之语，没齿难忘，情蕴藉而语分明，而愈蕴藉愈缠绵，愈分明愈凄苦，则虽有并州快剪刀，其于"离愁"，亦还是"剪不断，理还乱"也。

淡黄柳

客居合肥南城赤阑桥之西，巷陌凄凉，与江左异。惟柳色夹道，依依可怜。因度此阕，以抒客怀。

空城晓角，吹入垂杨陌。马上单衣寒恻恻。看尽鹅黄嫩绿，都是江南旧相识。　正岑寂，明朝又寒食。强携酒、小乔宅。怕梨花落尽成秋色。燕燕飞来，问春何在？惟有池塘自碧。

首二句，巷陌凄凉，"马上"句，晓寒客况。"看尽"两句，杨柳虽如旧识，而地异情殊。换头正面点出客怀。客怀难遣，况明朝又值寒食，惟有强欢自解耳。"强携酒"，"强"字一转。然而又恐当前芳景，转瞬成愁，"怕梨花落尽"，"怕"字再转。此句用李贺《河南府试十二月乐词》"梨花落尽成秋苑"，惟易一字耳。"燕燕"三句，更进一层，谓恐玄鸟来时，春光已去，惟有无情流水，一池自碧而已。"岑寂"属今日，"明朝"以下，皆悬拟之词。

郑文焯校本谓"乔"当作"桥"，云："此所谓'小桥'者，即题序所云'赤阑桥之西'，客居处也，故云'小桥宅'。

若作'小乔',则不得其解已。"按:乔姓本作桥,后人改之,学者已有考证。此词作"乔"或"桥",均不误。白石曲中所识,实有姊妹二人,故其〔解连环〕云:"为大乔能拨春风,小乔妙移筝,雁啼秋水。"又〔琵琶仙〕云:"双桨来时,有人似旧曲桃根桃叶。"此小乔,亦即桃根也。郑说不独拘泥,且与上文"强携酒"意不连贯,既客居"赤阑桥之西"矣,又何自而携酒至桥西己宅耶?真令人"不得其解"也。

暗香

辛亥之冬,予载雪诣石湖,止既月,授简索句,且征新声。作此两曲,石湖把玩不已,使工妓隶习之,音节谐婉,乃名之曰〔暗香〕、〔疏影〕。

旧时月色,算几番照我,梅边吹笛。唤起玉人,不管清寒与攀摘。何逊而今渐老,都忘却、春风词笔。但怪得、竹外疏花,香冷入瑶席。　江国,正寂寂。叹寄与路遥,夜雪初积。翠尊易泣,红萼无言耿相忆。长记曾携手处,千树压、西湖寒碧。又片片、吹尽也,几时见得?

首三句从题前说起,极言情境之美。"唤起"两句,承上,仍是旧时情事。梅边月下,笛声悠扬,当斯时也,复唤起玉人,犯寒摘花,月色笛声,花光人影,融成一片,试思此何等境界、何等情致；而"何逊"两句，笔锋陡落，折入现状，又何等衰飒。此周济《宋四家词选》所谓"盛时如此，衰时如此"，周尔墉《〈绝妙好词〉评》所谓"以'旧时'、'而今'作开合"也。旧梦词心，都归遗忘，而续以"但怪得"两句，则竹外疏花，冷香入席，又复引人幽思。未免有情，谁能遣此耶？下片仍从盛衰见脉络。换头起笔即用"江国，正寂寂"，点出衰时。"叹寄与"两句，谓欲寄相思，则路遥雪积，极尽低徊往复、忠爱缠绵之情。"翠尊"两句，则此情欲寄无从，但馀悲泣，"红萼无言"，殆已至无可说之境地，然终耿耿不忘。其情深至，其音凄厉。"长记"两句，复苦忆当时之盛，结二句又陡转入此日之衰。周济所谓"想其盛时，感其衰时"也。"又片片"句，谓一片一片，吹之不已，终至于尽。"几时见得"，斩钉截铁之言，实千回百转而后出之，如瓶落井，一去不回，意极沉痛。

疏影

苔枝缀玉，有翠禽小小，枝上同宿。客里相逢，篱角黄昏，无言自倚修竹。昭君不惯胡沙远，但暗忆、江南江北。想佩环、月夜归来，化作此花幽独。　　犹记深宫旧事，那人正睡里，飞近蛾绿。莫似春风，不管盈盈，早与安排金屋。还教一片随波去，又却怨、玉龙哀曲。等恁时、重觅幽香，已入小窗横幅。

此词"昭君不惯胡沙远"之语，前人多谓乃指靖康之祸，徽、钦二帝及后宫北徙。张惠言《词选》云："以二帝之愤发之。"邓廷桢《双砚斋词话》云："乃为北庭后宫言之。"郑文焯校本云："此盖伤二帝蒙尘，诸后妃相从北辕，沦落胡地，故以昭君托喻，发言哀断。考唐王建《塞上咏梅》诗曰：'天山路边一株梅，年年花发黄云下。昭君已没汉使回，前后征人谁系马？'白石词意当本此。"刘弘度丈则举徽宗北行道中闻番人吹筇笛声口占〔眼儿媚〕词中"春梦绕胡沙。家山何处？忍听羌笛，吹彻《梅花》"诸句，其中分明有"胡沙"、"梅花"之语，以为即姜词所指，其说尤为可信。靖康之祸，创巨痛深，故直至南宋末年，如刘克庄、高观国诸人之词，仍有追踪此作，托梅发愤者。此咏物之作，而忽及二帝之愤者，则亦犹有人登栖霞、赏红叶，而忽忆及庚子之乱，珍妃投井，晚清词流多假咏落叶以吊之，于作词时，因亦阑入其事。意者，白石既止石湖弥月，酒边纵谈，或及靖康之事，逮其索句，遂亦涉笔及之。《文心雕龙·神思篇》云："寂然凝虑，思接千载；悄焉动容，视通万里。"此之谓也。

首句，写梅之姿色；"翠禽"二句，写翠禽安适之状。此宴安鼎盛之时。"客里"三句，言客中相见，时值日暮天寒，虽缀玉枝头，而横枝篱角，无言倚竹，已自凄凉。"客里"，有播迁意；"篱角"，有江山一角意；"倚修竹"，有翠袖单寒，伶俜可怜意。此南渡偏安之局。"昭君"二句，发二帝之愤，以"胡沙"及"江南江北"对照点出。用"暗忆"字，尤见去国之悲乃所不敢明言，惟暗忆耳。"想佩环"二句，谓故国难归，惟有"环佩空归月下魂"而已。昭君之魂，化作梅花，亦犹望帝之魂，化作杜宇，再次将眼前梅花与徽宗词中"吹彻《梅花》"绾合。四句已极伤感。换头"深宫"，谓汴京之宫，"旧事"，谓靖康二年以前之事。"那人"二句，以前沉酣睡梦之情。"莫似"三句，惜花之心，即忠爱之意。"还教"二句，谓虽有惜花之意，而终事与愿违，落花终自随波，护花心事亦惟同付东流而已。谭献《复堂词话》谓此二句"跌宕昭彰"，因其已将心事和盘托出。周济则谓"莫似"以下五句，乃谓"不能挽留，听其自为盛衰"，所见亦是。花已随波，护花无计，然闻笛声之哀，又不能不怨，极吞吐难言之苦。结句谓虽欲重觅幽香，而徒馀画幅。盛时难再，陈迹空存。行文至此，戛然而止，所谓"发言哀断"也。此词善用虚字，周济谓"以'相逢'、'化作'、'莫似'六字作骨"，是也。他如"还教"、"又却"、"已入"，亦转折翻腾，莫不入妙。

〔暗香〕、〔疏影〕虽同时所作，然前者多写身世之感，后者则属兴亡之悲，用意小别，而其托物喻志则同。

张炎词小札

南浦

春水

波暖绿粼粼,燕飞来、好是苏堤才晓。鱼没浪痕圆,流红去、翻笑东风难扫。荒桥断浦,柳阴撑出扁舟小。回首池塘青欲遍,绝似梦中芳草。　和云流出空山,甚年年净洗,花香不了。新绿乍生时,孤村路、犹忆那回曾到。馀情渺渺,茂林觞咏如今悄。前度刘郎归去后,溪上碧桃多少!

起三句写景如画,便觉春光骀荡,春水溶溶,如在目前。咏物之最上乘,所谓取神者也。"鱼没"句,体物极工细。"流红去"句,翻陈出新,用意更进一层。"荒桥"二句,暗点荒凉,其宋邦沦覆以后之作欤?"回首"二句,用谢灵运梦惠连而得"池塘生春草"之句事,如此活用,极融化变幻之奇,刘熙载《艺概》所谓"实事虚用"也。换头处不断曲意,最是作者所长,此"和云"二句,亦复如是。如《莲子居词话》所云,"刻画精巧，运用生动，所谓空前绝后"者也。"新绿"二句，亦宛然在目。"馀情"以下，皆作者自谓"用事不为事使"之例。《词源》云：咏物之词，"体认稍真，则拘而不畅；模写差远，则晦而不明。要须收纵联密，用事合题，一段意思，全在结句，斯为绝妙"。此作及下咏孤雁，庶几近之。

解连环

孤雁

楚江空晚。怅离群万里，恍然惊散。自顾影、欲下寒塘，正沙净草枯，水平天远。写不成书，只寄得、相思一点。料因循误了，残毡拥雪，故人心眼。　　谁怜旅愁荏苒？漫长门夜悄，锦筝弹怨。想伴侣、犹宿芦花，也曾念春前，去程应转。暮雨相呼，怕蓦地、玉关重见。未羞他、双燕归来，画帘半卷。

起句写出一黯淡空阔之境界，以衬雁之孤单。"怅离群"二句，点出孤雁及其离群之恨，叙事兼抒情。"自顾影"句，单栖自怜，栩栩欲活，于用笔则是顿挫处。"正沙净"二句，谓空江离群，寒塘欲下，本欲别谋栖止，而不知依然寥廓也。"写不"二句，刻画孤雁，用雁飞成字及雁足传书二事，融化为一，不惟精巧绝伦，亦自情思宛转。然玉田词不徒以巧见长，世人多爱〔清平乐〕"只有一枝梧叶，不知多少秋声"及此二句，未为知音也。"料因循"三句，苍凉悲壮，用苏武事，殆指文文山一辈人。此与上二句，同用一事，而词意皆无复重，周济所谓"以意贯串，浑化无迹"（《〈宋四家词选〉序论》）者也。换头三句，亦雁亦人，融成一片。杜牧《早雁》云："长门灯暗数声来。"李商隐《昨日》云："十三弦柱雁行斜。"故得以锦筝雁柱与长门雁声相绾合，将人、雁之怨，一齐写出。"想伴侣"三句，作者代孤雁着想，孤雁又代伴侣着想。孤雁由自己想到对方，又由对方之栖止，想到对方之心情；不自怜己身之漂泊寒塘，而独念伴侣之"犹宿芦花"；不言己之思归求伴，而言伴侣之曾念"去程应转"：思曲而情深，其有感于六宫北辕之事乎？"暮雨"二句，望之至深至切，翻成疑惧，即李频《渡汉江》"近乡情更怯，不敢问来人"之意，谓亡国遗民，不堪重见也。末二句或指留梦炎一辈人。"道不同，不相为谋。"故虽"重见"，亦"未羞"也。"寒塘"、"画帘"，穷达自见。

高阳台

西湖春感

接叶巢莺，平波卷絮，断桥斜日归船。能几番游？看花又是明年。东风且伴蔷薇住，到蔷薇、春已堪怜。更凄然，万绿西泠，一抹荒烟。　　当年燕子知何处？但苔深韦曲，草暗斜川。见说新愁，如今也到鸥边。无心再续笙歌梦,掩重门、浅醉闲眠。莫开帘,怕见飞花,怕听啼鹃。

起二句写出春深,美景良辰,韶华秾丽。"接叶",叠韵;"平波",双声。以叠对双。自杜甫律诗每以双、叠互对或自对,诗人多效之者,然于词不多觏,盖文辞之声律与音乐之声律,不尽相同,词供歌唱,不但因双、叠而美听也。"断桥"句,谓春游尽日,薄晚归来。当兹湖山信美,景物争妍,似应无所愁苦矣,而接以"能几番"二句,文情陡变,转念芳时之难留、烟景之不再,悲从中来,不可断绝。虽极感慨,却仍以蕴藉出之。谭献谓为"运掉虚浑"(《复堂词话》),盖指其命意虽有变迁,而用笔则空灵而不露圭角也。"东风"二句,由赋而比,字字凄咽,不辨是墨、是泪、是血,其当帝昺、帝昺之时乎?既明知春已不可留,而苦留之,其间若有甚不得已者。此甚不得已者,即至深之情,而至妙之文所由生也。留之固不可得,即万一东风且住,而花事开到蔷薇,亦近尾声,况未必住乎?因春到蔷薇,芳时已晚,而有春尽之感;因春尽之感,故留东风且住;而即使东风竟住,春光亦觉堪怜。低徊往复,如环无端,此真无可奈何之境,万不得已之情矣。"更凄然"三句,与起笔遥应。杜诗所谓"国破山河在,城春草木深"(《春望》)也。着一"更"字,则"堪怜"之意,更进一层。换头假燕子之失故居,以见山河之改变,暗用刘禹锡《乌衣巷》诗意。"韦曲",唐长安胜地,诸韦所世居;"斜川",则晋陶潜所尝游而为之赋诗者。盖一指贵游之所栖宅,一指隐沦之所盘桓,而今则苔深草暗,一例荒芜,虽燕子重来,更无定巢之处。夫燕本依人,故屋毁则燕亦不知何处，若鸥则托迹烟波，忘机世外，而亦不得不为新愁所苦，益见天翻地覆，至此皆无所逃矣。燕乃一般泛说，兼赅贵贱仕隐，鸥则自喻，以见兴亡盛衰之感，无不相同。"无心"以下，复由比而赋，谓虽有笙歌，何心再续旧梦，亦惟有独掩重门，付之醉眠而已。然此浅醉闲眠，亦出于万不得已，岂真能漠然忘情哉？故重帘不卷，以帘卷则飞花入目，鹃啼盈耳，又复引人愁思，不如不闻不见之为愈。然虽不闻不见，愁岂真忘？则此帘亦姑妄垂之而已。层层逼入，又层层翻出。《白雨斋词话》云，此词"凄凉幽怨，郁之至，厚之至"，固的评也。《艺蘅馆词选》引麦孺博云："亡国之音哀以思。"亦确。

高阳台

庆乐园即韩平原南园，戊寅岁过之，仅存丹桂百馀株，有碑记在荆榛中，故末有"亦犹今之视昔"之感，复叹葛岭贾相之故庐也。

古木迷鸦，虚堂起燕，欢游转眼惊心。南圃东窗，酸风扫尽芳尘。貂飞入平原草，最可怜、浑是秋阴。夜沉沉，不信归魂，不到花深。　　吹箫踏叶幽寻去，任船依断石，袖裹寒云。老桂悬香，珊瑚碎击无声。故园已是愁如许，抚残碑、却又伤今。更关情，秋水人家，斜照西泠（秋水观，贾相行乐处）。

起二句写出荒芜凄迷之景。木古明岁久,堂虚明无人。"迷"字、"起"字,传神。"欢游"句,六字两段。"欢游"是以前,"惊心"是现在,而以"转眼"关合,包括今昔多少情事在内,转折极陡峭。"南圃"二句,言园林屋宇之深广,其中芳尘,亦已为酸风扫尽,何况其他。"酸风"字出李贺《金铜仙人辞汉歌》,亦即悲风,用之与全章情境相称,所谓合色也。"鬓貂"二句,华屋山丘之感,"浑是"者,谓天时、人事,无非秋阴耳。"夜沉沉"三句,反振有力。侂胄死后,函首送金,故有"归魂"之语,非泛下也。过片撇开感慨,更事幽寻,而断石、寒云,依然荒寂,于文为欲擒故纵。"老桂"二句,"悬香"字亦出李贺同诗,"珊瑚"本以刻画桂枝,而暗用石崇与王恺斗富,击碎珊瑚事,盖以庆乐比金谷,而韩、石俱不得其死,亦相同也。"故园"二句,由韩过渡到贾,谓抚庆乐之残碑,而伤今日之"秋水人家"也。结二句入伤今意。

韩侂胄于宁宗朝专权虐民,邀功误国,卒致兵败身死,为天下笑骂。作者过其故居,为此词以吊之,又因昔及今,连类而及于理宗、度宗朝之贾似道者,盖不独此二人事迹略同,且戊寅即端宗昰景炎三年,其年四月,端宗逝世,帝昺继立,五月改元,六月即迁厓山,次年二月,宋即为元所灭。此词作于戊寅秋季,正当宋室灭亡之前夕,大好河山,仅存厓山一角,念韩相之开衅、贾相之讳败,于宋末大势,所关至深巨,故油然而生《黍离》之感。序称"亦犹今之视昔",固明言之矣。

扫花游

台城春饮，醉馀偶赋，不知词之所以然。

嫩寒禁暖，正草色侵衣，野光如洗。去城数里，绕长堤是柳，钓船深舣。小立斜阳，试数花风第几。问春意，待留取断红，心事难寄。　　芳讯成拈指，甚远客它乡，老怀如此！醉馀梦里，尚分明认得，旧时罗绮。可惜空帘，误却归来燕子。胜游地，想依然、断桥流水。

起句，天气。二、三句，时令、景色。"去城"三句，地点。"小立"以下，入情。以上稍涉平板，因从虚处着笔，以灵动救之。用红叶题诗事，而不呆诠，故妙。换头谓年光易逝，应上"花风第几"，而以感叹出之。"远客"二句，无限悲凉。他乡作客，情已不堪，况复人老，又无好怀耶？一层深一层。旧事如尘，早付遗忘，而醉后梦中，不克强制，欲忘不得，罗绮仍复上心，且甚分明，则可悲尤甚。盖能忘之不足悲，欲忘不能，斯足悲也。"醉馀"二句，从现实折入回忆；"可惜"二句，又从回忆转到现实。虽醉梦思旧，如在目前，而酒醒梦回，仍但有空帘耳。虽燕子亦为所误，而况人乎？结二句则谓虽清醒矣，犹神驰于旧日胜游，既难忘，仍要想，则比上"醉馀"之意，更进一层。此词用意行文，大类剥蕉，《世说新语》所叹"风景不殊，举目有山河之异"也，而自想象着笔，故尤见情之深切。此词殆是北游南归以后之作。"旧时罗绮"，喻前朝；"归来燕子"，则自喻也。

渡江云

　　山阴久客，一再逢春，回忆西杭，渺然愁思。

　　山空天入海，倚楼望极，风急暮潮初。一帘鸠外雨，几处闲田，隔水动春锄。新烟禁柳，想如今、绿到西湖。犹记得、当年深隐，门掩两三株。　　愁余！荒洲古溆，断梗疏萍，更漂流何处？空自觉、围羞带减，影怯灯孤。常疑即见桃花面，甚近来、翻笑无书？书纵远，如何梦也都无？

　　起句写景空阔，是登高所望。次句是倒装，盖"山空天入海"乃"倚楼望极"之所见也。"风急"以下，仍写所见，承"倚楼"来。"雨"、"潮"应上"天"、"海"。"几处"以下，由田里春锄，而想到湖边春柳。"想"字是关键，触景生情，无时无地不想，故其下承以"犹记得"二句。"记得"即自"想"来。想是如今，记是过去。想是悬揣之词，记则是确切之念。由昔证今，由今忆昔，不明说今昔兴亡之感，而此意故在其中。思念旧游，即是眷怀故国。依依杨柳，自遗民视之，与离离禾黍何殊哉？换头由景及情，由物及人，写出感慨。"愁余"二字，承上启下，概括一切。"荒洲"三句，漂流之苦。"空自觉"二句，带围写瘦损，灯影写孤寂，而冠以"空自觉"，则见更无人关情及之，仍是漂流之苦也。"常疑"以下，句句转换，层层推进，乍读之似觉新颖可喜，细玩之则浮薄少味，盖由于不换意而仅换字，故空疏而不紧凑，滑易而不警峭。周济评张词"不肯换意"（《介存斋论词杂著》），戈载亦谓其"笔不转深,则其意浅"(《七家词选》),此类是也。

渡江云

次赵元父韵

　　锦香缭绕地,凉灯挂壁,帘影浪花斜。酒船归去后,转首河桥,那处认纹纱?重盟镜约,还记得、前度秦嘉。惟只有、叶题堪寄,流不到天涯。　　惊嗟!十年心事,几曲阑干,想萧娘声价。闲过了、黄昏时候,疏柳啼鸦。浦潮夜涌平沙白,问断鸿、知落谁家?书又远,空江片月芦花。

　　起即写出绮罗弦管之地。"凉灯"二句,水阁之景。"凉"字从"浪花"生出。"酒船"三句,酒阑人散,将以上繁华,一笔勾销。"河桥"应上"浪花"。"纹纱"应上"帘影"。"叶题"二句,翻用唐人御沟题叶事。天涯已远,题叶已苦,况"流不到"乎?二句又将"酒船归去"、"转首河桥"一笔勾销。可见不独"帘影"、"凉灯",都为陈迹,即"河桥"、"酒船",亦是回忆;"前度"、"重盟",无非过去情事,今则间阻于叶流不到之天涯矣。用笔夭矫,变幻莫测,清真之嗣响也。换头点明旧事。天涯,地之远。十年,时之久。故惟有"想"而已。"想萧娘声价",亦自周词"惟有旧家秋娘,声价如故"来。"闲过了"二句,写出孤寂无聊。"浦潮"句,应上"流不到天涯",启下"空江片月"。"断鸿"应上"叶题",前写去书,此写来书,去书"不到天涯",来书"知落谁家",则两边皆落空矣。总是杜诗"寄书长不达"之意。

声声慢

为高菊墅赋

寒花清事,老圃闲人,相看秋色霏霏。带叶分根,空翠半湿荷衣。沅湘旧愁未减,有黄金、难铸相思。但醉里,把苔笺重谱,不许春知。　　聊慰幽怀古意,且频簪短帽,休怨斜晖。采摘无多,一笑竟日忘归。从教护香径小,似东山、还似东篱?待去隐,怕如今、不似晋时。

菊墅,别本作菊涧。江昱《〈山中白云〉疏证》云:"高菊涧,宋孝宗时人。味此词意,作于元时。别本误。"其说是也。

起两句,"寒花"切菊,"老圃"切墅,亦如黄庭坚《宿旧彭泽怀陶令》之"潜鱼愿深眇,渊明无由逃",以名字藏句中,盖游戏之笔也。"清事"、"闲人",点明身份。"相看"三句,人菊合写。"沅湘"以下,故国之思。卢仝《与马异结交诗》:"白玉璞里斫出相思心,黄金矿里铸出相思泪。"此用之(玉田〔琐窗寒〕悼王碧山亦云:"那知人弹折素弦,黄金铸出相思泪。")。"沅湘"、"荷衣",以屈原自况。愁已旧矣,而仍未减，盖忠爱之情，九死其犹未悔，故虽有黄金之矿，亦难铸相思之泪，如卢仝所云也。但醉中自写幽怀，以摅忠愤，然亦不许世人知之耳。菊生秋日，故云"不许春知"。此春殆指元朝，与后面〔满庭芳〕《小春》一首同意。换头所谓"幽怀古意"，即"不许春知"者，承上句来，而推开一层说。"且频簪"以下，故作排遣之词，似真旷达，无所容心矣。结二句又将上意一笔抹杀。舒岳祥序《山中白云词》云："宋南渡勋王之裔子玉田张君，自社稷变置，凌烟废堕，落魄纵饮。北游燕蓟，上公车，登承明有日矣。一日，思江南菰米、莼丝，慨然襆被而归。……"事虽不详，其为俊裔，与潜之为侃后，不欲屈身新朝者略同，而卒不免公车北上，其所遇似更不如潜之能遂其志。末语云云，殆非无因。则此词之作，其在将事北游燕蓟之时乎？"东山"用谢安隐居东山，终于复出之事，与陶潜之采菊东篱相对，而两以"似"字发问，知其出处之际，有难言者也。

声声慢

北游答曾心传惠诗

平沙催晓，野水惊寒，遥岑寸碧烟空。万里冰霜，一夜换却西风。晴梢渐无坠叶，撼秋声、都是梧桐。情正远，奈吟湘赋楚，近日偏慵。　　客里依然清事，爱窗深帐暖，戏拣香筒。片霎归程，无奈梦与心同。空教故林鹤怨，掩闲门、明月山中。

春又小,甚梅花、犹自未逢?

此词题目,《疏证》本作《都下与沈尧道同赋》。曾心传名遇,以元世祖至元二十七年(1290)自杭州赴大都(今北京市)写泥金字藏经。沈钦,字尧道,号秋江。作者北上,乃与沈、曾同行,入都后亦有唱和,详本词及〔壶中天〕《夜渡古黄河与沈尧道、曾子敬同赋》诸篇《疏证》。此词之作,盖曾先有惠张诗,而张与沈同赋〔声声慢〕以和之,故题之文字虽有歧异,而事实则无矛盾也。

起三句写北游道中景色,水寒烟空,是冬日,是晴天。"万里"二句,即邓剡〔唐多令〕"堪恨西风催世换"之意。"冰霜"则酷寒可畏,"万里"则寸土皆然,盖此时上距宋亡,已逾十载矣。"晴梢"二句,叹倡义之士已稀,恢复之情渐减,一切政令设施,悉属新朝,天下一统矣。"情正远"三句,谓旧情日远,大势难回,故虽有屈原、贾谊"吟湘赋楚"之心,亦觉其慵矣。过片推开,说客中清事,亦有可喜,然"虽信美而非吾土兮,曾何足以少留"(王粲《登楼赋》),梦中心上,惟归程是念耳。"片霎"二句,己之思归。"空教"二句,由己之思归,想家山之念己。结两句谓客中春小梅迟,益念江南风景,总结怀归之意。

声声慢

题梦窗自度曲〔霜花腴〕卷后

烟堤小舫，雨屋深灯，春衫惯染京尘。舞柳歌桃，心事暗恼东邻。浑疑夜窗梦蝶，到如今、犹宿花深。待唤起，甚江蓠摇落，化作秋声？　　回首曲终人去，黯消魂忍看，朵朵芳云。润墨空题，惆怅醉魄难醒。独怜水楼赋笔，有斜阳、还怕登临。愁未了，听残莺、啼过柳阴。

起三句写其生前游赏之迹；次两句写其生前声伎之奉。"舞柳"，四印斋本作"舞竹"，误。此用小晏词"舞低杨柳楼心月，歌尽桃花扇底风"也。"浑疑"两句，知其已逝，疑其犹存，情不能忘也。以"梦窗"二字，嵌入句中，与其〔琐窗寒〕悼王碧山作"断碧分山"句同，虽见巧思，然终是小家数，不足为法。"待唤起"三句，谓虽疑其犹在而欲唤之，然词魄难招，但有江蓠摇落，秋声一片而已。换头点词卷，以湘灵鼓瑟喻其词声律之美，以韦陟署名喻其卷书迹之工。"润墨"以下，悼其人，怜其才，人琴之痛深矣。触景生情，故怕登临对斜阳而伤逝也。末句以景结情。

声声慢

别四明诸友归杭

山风古道,海国轻裾,相逢只在东瀛。淡泊秋光,恰似此日游情。休嗟鬓丝断雪,喜闲身、重渡西泠。又溯远,趁回潮拍岸,断浦扬舲。　　莫向长亭折柳,正纷纷落叶,同是飘零。旧隐新招,知住第几层云。疏篱尚存晋菊,想依然、认得渊明。待去也,最愁人、犹恋故人。

起五句,四明之游;景色、时令、心情皆在其内。"休嗟"以下,归杭州;归途风物、羁愁老境皆在其内。虽曰"休嗟",所嗟深矣;虽曰"闲身",奈心事难遣何?换头谓恐引起离恨,故不教折柳。然纵不折柳,暂蠲别愁,而落叶纷纷,仍足动人漂泊之感。"旧隐"以下,谓纵归杭州,而旧国故家,无非禾黍,一身如寄,落叶何殊,而见其时"焚芰制而裂荷衣,抗尘容而走俗状"(孔稚珪《北山移文》)之徒,归命新朝者,则已青云直上矣,惟有东篱之菊,尚是晋物,或依然认得渊明之为晋人耳,岂不更愁人乎?当此之际,当更念在四明之故人矣。

此词上、下片皆分前后两层。前,当时情景;后,悬揣之辞。章法整饬。

绮罗香

红叶

万里飞霜，千山落木，寒艳不招春妒。枫冷吴江，独客又吟愁句。正船舣、流水孤村；似花绕、斜阳归路。甚荒沟、一片凄凉，载情不去载愁去。　　长安谁问倦旅，羞见衰颜借酒，飘零如许。漫倚新妆，不入洛阳花谱。为回风、起舞尊前，尽化作、断霞千缕。记阴阴、绿遍江南，夜窗听暗雨。

首句写天候之严冷，喻新朝之威势。次句写百卉之凋零，喻故国之沦亡。三句写红叶，自喻。"枫冷"二句点题，用崔信明"枫落吴江冷"句，兼抒独客之愁。"正船舣"两句，刻画红叶，用流水对，活而不滞。"甚荒沟"两句，翻用题红事，用意更进一层，倍觉凄苦。换头写人。"借酒"，四印斋本作"醉酒"，误。此用陈师道《除夜对酒赠少章》："发短愁催白，颜衰酒借红。"陈诗又自郑谷《乖慵》"衰鬓霜供白，愁颜酒借红"来。此处写人，实亦写叶，不独人之酒面与叶同红，且人之旅况、老怀，亦与飘零落叶，同其命运也。"漫倚"二句，自喻孤怀，亦以讽附元者。"为回风"二句，仍是飘零之感。结二句不忘盛时。夜窗暗雨，眷怀故国，情味概可知矣。

壶中天

夜渡古黄河,与沈尧道、曾子敬同赋。

扬舲万里,笑当年底事,中分南北。须信平生无梦到,却向而今游历。老柳关河,斜阳古道,风定波犹直。野人惊问:泛槎何处狂客? 迎面落叶萧萧,水流沙共远,都无行迹。衰草凄迷秋更绿,惟有闲鸥独立。浪挟天浮,山邀云去,银浦横空碧。扣舷歌断,海蟾飞上孤白。

一起气势甚盛。"笑当年"二句,即张孝祥〔六州歌头〕"追想当年事,殆天数,非人力"意,而张词结以"有泪如倾",此词则冠以"笑"字,以表示无可奈何之意,真柳宗元所谓"嬉笑之怒,甚乎裂眦,长歌之哀,过乎痛哭"(《对贺者》)也。"须信"句,反跌下句有力。"老柳"三句,雄浑阔大,自是初游北地所见情景。换头三句,写景极萧疏空阔之致。"衰草"二句,独立之闲鸥,与仆仆征途之北游诸人正相映射。"惟有闲鸥独立",则其外皆不能闲、不能独立可知,亦赋亦比。"浪挟"三句,极精炼而仍壮阔。结句亦警策,仍从张孝祥〔念奴娇〕《过洞庭》"扣舷独啸,不知今夕何夕"来。此词甚类东坡,于集中为别调。

八声甘州

　　辛卯岁,沈秋江同余北归。秋江处杭,余处越。越岁,秋江来访寂寞,晤语数日,又复别去。赋此饯行,并寄曾心传。秋江名尧道。

　　记玉关踏雪事清游,寒气脆貂裘。傍枯林古道,长河饮马,此意悠悠。短梦依然江表,老泪洒西州。一字无题处,落叶都愁。　　载取白云归去,问谁留楚佩,弄影中洲?折芦花赠远,零落一身秋。向寻常、野桥流水,待招来、不是旧沙鸥。空怀感、有斜阳处,却怕登楼。

以追叙前游起笔,一"记"字直贯五句,一气呵成,极健拔("寒气脆貂裘",吴白匋先生云:"周济《宋四家词选》改'脆'作'敝',误。此出岑参《北庭贻宗学士道别》:'容鬓老胡尘,衣裘脆边风。'")。"短梦"折入现在,一句点醒。老泪西州,存亡之感,不独如羊昙之哭谢公,亦《诗》所云"人之云亡,邦国殄瘁"也。"一字"二句,亦翻用题红事,而较"惟只有、叶题堪寄,流不到天涯"及"甚荒沟、一片凄凉,载情不去载愁去",又进一层,意更凄苦,辞更精警。换头改出以疏宕之笔。"问谁留"二句,故作摇曳,亦以疏间密。"一字"二句,精警极矣,其下又出"折芦花"二句,与之颉颃,是何等力量!"向寻常"二句,谓"野桥流水"依然,而"沙鸥"非旧,寄托遥深。此中有人,非独鸥也。结句点明感慨,暗用李商隐《登乐游原》"夕阳无限好,只是近黄昏"意作结,到底不懈。

此词文字极为警策，而以疏宕之气行之，故流畅而不纤，浑厚而不滞，玉田词中上乘也。

八声甘州

次韵李筠房

望涓涓一水隐芙蓉，几被暮云遮。正凭高送目，西风断雁，残月平沙。未觉丹枫尽老，摇落已堪嗟。无避秋声处，愁满天涯。　一自盟鸥别后，甚酒瓢诗锦，轻误年华。料荷衣初暖，不忍负烟霞。记前度、剪灯一笑，再相逢、知在那人家？空山远、白云休赠，只赠梅花。

起即写凭高所见之景，"凭高"句倒装。"西风"二句，仍承"凭高"来。此与前〔渡江云〕一首，起数句结构略同。"未觉"二句，秋气摇落之状。"无避"二句，意新句警，辞愈婉曲，情愈凄楚矣。换头叹年华之虚度。而承以"料荷衣"二句者，欲其坚岁寒之约耳。"记前度"以下，遥寄相思之意。"白云"，用陶弘景《答（梁武帝）诏问"山中何所有"》："山中何所有，岭上多白云。只可自怡悦，不堪持赠君。""梅花"，用陆凯《寄范晔》："折梅逢驿使，寄与陇头人。江南无所有，聊赠一枝春。"谓已遁空山，山中自有白云，不劳持赠，但冀聊寄梅花，以见在远不遗耳。

台城路

送周方山游吴

朗吟未了西湖酒,惊心又歌南浦。折柳官桥,呼船野渡,还听垂虹风雨。漂流最苦。况如此江山,此时情绪。怕有鸱夷,笑人何事载诗去。　　荒台只今在否?登临休望远,都是愁处。暗草埋沙,明波洗月,谁念天涯羁旅?荷阴未暑。快料理归程,再盟鸥鹭。只恐空山,近来无杜宇。

起句从别前着笔。次句谓良会未阑,离歌遽唱也。"折柳"二句,送别情景。"还听"句点明游吴。"漂流"以下,直赋行迹。"此时情绪",由"如此江山"来。江山如此,情绪安得而不如此耶?鸱夷子皮功成身退,浪迹五湖烟水,盖与亡国遗黎,苦乐悬殊,故恐其见笑也。换头三句,登高念远,吊古伤今,无非愁恨。〔声声慢〕《北游答曾心传惠诗》"万里冰霜,一夜换却西风",〔八声甘州〕《次韵李筠房》"无避秋声处,愁满天涯",及此"登临休望远,都是愁处",寓意均同,盖指宗社沦亡,已无寸土可供栖托,亦即上文"如此江山,此时情绪"之延伸也。"暗草"三句,谓不但漂流,而且寂寞。"暗"、"埋"、"明"、"洗"诸字,均下得极炼。"荷阴"三句,盼其早日归杭,春去而夏返也。亡国之恨,漂流之苦,非登临所可排遣,故不如退隐盟鸥之为得计。数句虽似闲情,出以轻快之笔,然实从极沉痛中来,盖寓沉痛于悠闲也。结句更作翻腾,劝归无鸟,益见"料理归程"之不容缓矣。其〔忆旧游〕("记开帘过酒"）以"纵忘却归期，千山未必无杜鹃"句作结，与此正相反，可悟一意化两之法，所谓横说竖说，无所不可也。

台城路

　　庚寅秋九月之北，遇汪菊坡，一见若惊，相对如梦。回忆旧游，已十八年矣。因赋此词。

　　十年前事翻疑梦，重逢可怜俱老。水国春空，山城岁晚，无语相看一笑。荷衣换了。任京洛尘沙，冷凝风帽。见说吟情，近来不到谢池草。　　欢游曾步翠窈，乱红迷紫曲，芳意今少。舞扇招香，歌桡唤玉，犹忆钱塘苏小。无端暗恼。又几度流连，燕昏莺晓。回首妆楼，甚时重去好？

杜甫《羌村》"夜阑更秉烛，相对如梦寐"，晏幾道〔鹧鸪天〕"今宵剩把银釭照，犹恐相逢是梦中"，皆是前事分明，重逢疑梦；此则重逢俱老，极为真确，而前事旧游，翻疑梦寐。前者是惊喜之情，庆慰当前；后者是悲感之怀，叹惜过去。故国湮沦，旧游渺邈，而水国山城，老来重见，又值春空岁晚之时，此时此地，此情此境，尚有何话可说，则惟有"相看一笑"而已。此笑乃是无声之叹、无泪之哭，盖较之痛哭流涕，为尤沉痛，亦与前〔壶中天〕（"扬舲万里"）之"笑当年底事，中分南北"之笑同也。既已换了荷衣，则于富贵功名更无关涉，故虽"京洛多风尘，素衣化为缁"（陆机《为顾彦先赠妇》），亦"任"之而已。心事全非，吟情自减，故虽见池塘春草，亦不能如谢客之得佳句也。欢游虽属可念，芳意今已无多，惟钱塘苏小之舞扇、歌桡，尚偶然忆及。夫岂真忆舞扇、歌桡哉？亦忆承平故国耳。忆钱塘苏小，盖忆故都犹胜忆故人。"几度流连"，有多少情事在内，多少时光在内。"回首妆楼"，仍是眷恋钱塘，盖即屈原之"临睨夫旧乡"耳。

台城路

> 杭友抵越，过鉴曲渔舍会饮。

> 春风不暖垂杨树，吹却絮云多少？燕子人家，夕阳巷陌，行入野畦深窈。筹花斗草。记小舫寻芳，断桥初晓。那日心情，几人同向近来老？　消忧何处最好？夜深频秉烛，犹是迟了。南浦歌阑，东林社冷，赢得如今怀抱。吟惊暗恼。待醉也慵听，劝归啼鸟。怕搅离愁，乱红休去扫。

起两句曰"春风"，曰"杨树"，曰"絮云"，如何骀荡融和，而以"不暖"、"吹却"绾合之，遂觉凄冷如秋，物情人意，同其萧飒。"燕子"三句，不独鉴曲渔舍，乃王姓别业，故用刘禹锡《乌衣巷》诗以切之，而兴亡之感亦寓焉。"筹花"三句，本意聊以花草助春游逸兴，而反由此忆及当时西湖寻芳之乐，故国之悲油然上心。"那日"两句，谓"近来"已非"那日"，不特人老，心情亦同老矣。过片点题。会饮，所以"消忧"也，然而"迟了"。"如今怀抱"，岂可"消"乎？"吟惊"三句，承"歌阑"、"社冷"来。啼鸟虽自劝归，而天壤茫茫，无一寸土，何处可归者？故慵听耳。结两句谓"乱红"虽然可扫，而"离愁"终属难排，恐扫乱红，反搅离愁，故曰"休去扫"，终是"此情无计可消除"耳。

忆旧游

余离群索居，与赵元父一别四载。癸巳春，于古杭见之。形容憔悴，故态顿消。以余之况味，又有甚于元父者，抑重余之惜，因赋此调，且寄元父。当为余愀然而悲也。

叹江潭树老，杜曲门荒，同赋飘零。乍见翻疑梦，对萧萧短发，都是愁根。秉烛故人归后，花月锁春深。纵草带堪题，争如片叶，能寄殷勤？　重寻，已无处，尚记得依稀，柳下芳邻。伫立香风外，抱孤愁凄惋，羞燕惭莺。俯仰十年前事，醉后醒还惊。又晓日千峰，涓涓露湿花气生。

"树老"、"门荒"，写出今昔之感、盛衰之异、飘零之苦。山河已改，景物全非，故国黍离，故家乔木，惟有"同赋飘零"耳。久别乍见,翻疑梦寐("乍见"句,直用司空曙《云阳馆与韩绅宿别诗》),彼此情况,不问可知,无可相慰,惟有相哀而已。短发萧萧,已见忧伤憔悴,而况此为"愁根"乎?发乃与生俱来,有生则有发,有发则有愁,有生之年,此愁更无摆脱处,故曰"愁根"也。李白《秋浦歌》:"白发三千丈,缘愁似个长。"一短、一长,均极善喻;而一实、一虚,又自不同。辞新意苦,不堪多读。且夫当与元父聚首之时,犹思及时行乐,以释愁怀,秉烛夜游,聊忘隐痛,而故人旋别,离群索居,则虽值春光浓丽,月夕花晨,亦无可共游共遣者矣。"花月"、"春深",乃芳时美景,而以一"锁"字联系之,则芳时美景,皆与己无与矣,则惟有如题红故事,托片叶以寄殷勤耳。旧游往事,既已无处重寻,惟馀"柳下芳邻",依稀可记,此明所以赋寄之故也。独抱孤愁,谓己山河之痛;香风莺燕,谓人攀附之荣。故对之而凄惋、而羞惭,惟有避之,立于此风之外而已。十年前事,久成过去,醒时或可不记,醉后故自难忘,故"还惊"也。此词作于元世祖至元三十年(1293),上距宋亡已十四年,言十年,举成数也。凄凉前事,终成陈迹,而恼人春色,则在目前。晓日千峰,露痕花气,固足赏心悦目,然自愁人视之,则徒令人心烦意乱。留恋者,偏如此恍惚;厌恼者,偏如此分明:是真无可奈何矣。以景结情,深婉之至。

满庭芳

小春

晴皎霜花，晓融冰羽，开帘觉道寒轻。误闻啼鸟，生意又园林。闲了凄凉赋笔，便而今、懒听秋声。消凝处，一枝借暖，终是未多情。　　阳和能几许？寻红探粉，也恁忪人。笑邻娃痴小，料理护花铃。却怕惊回睡蝶，恐和他、草梦都醒。还知否？能消几日，风雪灞桥深。

起三句言天候由寒转暖。"误闻"两句，谓啼鸟喧晴，园林似大有生意矣，而以"误闻"冠之，则讽意显然。"闲了"两句，谓虽欲如欧阳修之赋《秋声》，而无此心情，声且懒听，岂能执笔作赋乎？小春乃深秋之续，似春而实冬，故咏小春而及秋声也。前引舒岳祥序《山中白云词》云："北游燕蓟，上公车，登承明有日矣。一日，思江南菰米、莼丝，慨然襆被而归。"考之集中作词年月，盖以至元二十七年庚寅九月北上，翌年辛卯即归，而其词眷怀故国，始终如一，则北游当是被迫成行，有所不得已，故得间即南旋。"一枝"两句，盖暗指新朝招隐，无非市恩，一枝之借，非己所欲受也。换头仍承上意。阳和有限，而大肆渲染，似已春色盎然，遂使痴小邻娃，争勤春事，以比趋附之徒，不自知其愚昧也。"却怕"两句，谓此辈贪图富贵，亦如庄周梦蝶，及其既醒，则一切皆空。结句言小春借暖，终非可久，风雪将临，痴娃、睡蝶，奈之何哉？江氏《疏证》云："此词似以小春喻元朝。"其说是也。

凄凉犯

北游道中寄怀

萧疏野柳鸣寒雨，芦深还见游猎。山势北来，甚时曾到，醉魂飞越。酸风自咽，拥吟鼻、征衣暗裂。正凄迷、天涯羁旅，不似灞桥雪。　　谁念而今老，懒赋长杨，倦怀休说。空怜断梗，梦依依、岁华轻别。待击歌壶，怕如意、和冰冻折。且行行、平沙万里尽是月。

首句，"柳"上冠"野"字，"野柳"上复冠"萧疏"字，"雨"上冠"寒"字，而以一"鸣"字缀合之，则北道凄凉之状，宛然在耳目间矣。次句，时值高秋，游猎深芦之中，亦北俗也。"山势"三句，岩峦之雄壮。"酸风"二句，旅途之艰苦。"正凄迷"二句，《全唐诗话》称郑綮善诗，"或曰：'相国近为新诗否？'对曰：'诗思在灞桥风雪中驴子上。此何以得之？'"此暗用其意，言举目有山河之异，故全无吟兴也。换头承上，谓不特中途无吟诗之兴，入都亦无献赋之情。扬雄献赋，见《汉书》、《文选》。李颀《寄司勋卢员外》云："早晚荐雄文似者，故人今已赋长杨。"此反其意，亦见其北游，非出自愿也。"空怜"以下，感身世，惜华年。击壶，用晋王敦酒后咏魏武乐府"老骥伏枥，志在千里，烈士暮年，壮心不已"，以如意击唾壶为节，壶口尽缺之事，而易为"怕如意、和冰冻折"，以状北地严寒，非独新奇可喜，且亦见仍有用世之心，特不欲献赋新朝耳。末句亦以景结情，"月"与起句"雨"对应。

后记

这是亡妻沈祖棻的一部遗稿,是从她多年从事教学和研究工作积存下来的有关宋词的著述中选录出来的。

《北宋名家词浅释》是一部没有写完的讲课笔记。好些年前,她曾经有个机会和几位青年教师、研究生一起学习宋词。他们之中有人说:有的宋词不大好懂,特别是婉约派的艺术表现手法方面;同样,古代词论家对于这些词的批评也不大好懂;要批判其思想内容比较容易,要肯定其艺术技巧则比较困难。她感到这些话很有意思,也很中肯綮,因而就根据他们提出的具体要求和篇目比较详细地为他们讲说了一个时期。由于这些同志都已经在大学中文系毕业,有较丰富的文学史知识,也具有较强的批判能力,所以她在讲课时,就侧重在每一篇词的艺术技巧的分析方面,也侧重于婉约派的作品;同时也由于当初并没有想将这个课程当作一般的词选来讲,而主要是企图解决学习者所遇到的问题,所以入选各家篇目的多寡,并不完全反映其在词史的地位。大家如苏轼,也只讲了两篇,就是因为同志们觉得苏词比较好懂,不须多讲的缘故。当时讲完李清照以后,就因另有任务,没有继续讲下去。现在所能整理出来的,就只有这四十来篇。为了符合内容,现将题目标明北宋。

姜、张两家词札记是从她手批的四印斋本《双白词》中辑录出来的。她的批语有的很简略,有的则比较详细。现在只把较详的录出,因为这一部分对于一般读者的帮助可能大些。张炎《山中白云》文字,她曾用《彊村丛书》本江昱《疏证》校订过,批时择善而从,现即据以抄写,故与各本均不尽同。

附录的关于苏轼等三篇专题论文[1],是她在几个院校的科学讨论会上提出来宣读的,有的曾经发表过,但后来都经她作了补充修改。

陶渊明诗云:"奇文共欣赏,疑义相与析。"这些文章以赏奇析疑为主,故此书以《宋词赏析》为名。

程千帆

一九七八年二月

---

1 即《关于苏词评价的几个问题》、《苏轼与词乐》、《清代词论家的比兴说》,本书收入《诵诗偶记》中。

台湾版后记

呈献在读者面前的这本小书是亡妻沈祖棻的遗著。它初版于一九八〇年三月，到一九八八年二月，已印行了四次，累计印数为三十一万二千册。但由于十多年前海峡两岸文化交流还不多，台湾读书界中看到它的人是有限的。现在，有人愿意印行此书台版，使她的学术能有机会向台湾同胞显示，我是很高兴的。

当人们从十年浩劫那场噩梦中清醒过来以后，倾心于祖国深厚优美的文化传统，向其复归，这是可以理解的，也是值得重视的文化思潮。近一个时期，人们对古典文学著作的热爱，这也许是很重要的客观原因。而另一方面，她的这本小书之所以赢得很多的读者，还有其个人因素，即主观原因。她首先是一位诗人、作家，其次才是一位学者、教授。她写短篇小说，写新诗和旧诗，主要的写词，这是她的事业，而教文学则只是她的职业。她是以自己丰富的创作经验来欣赏、体会、理解古代作品的，她接触那些名著，主要是依仗心灵，而不是，至少不仅是可以触摸的语言文字，所以往往能够形成妙达神旨的境界。简单地说，她讲得好是因为她作得好。这一点也许是读这本小书时所不应忽略的。

程千帆
一九九五年四月，南京

附录
唐五代词批语残存

渔歌子

张志和

西塞山前白鹭飞,桃花流水鳜鱼肥。青箬笠,绿蓑衣,斜风细雨不须归。

此词写景如画,色彩鲜明,梅圣俞所谓"状难写之景如在目前"者。圣俞又称严维"柳塘春水漫,花坞夕阳迟",则"天容时态,融和骀荡,岂不如在目前乎?"晁无咎谓"少游词'斜阳外寒鸦数点,流水绕孤村',虽不识字人,亦知是天生好言语",皆谓写景如在目前也。

花非花

白居易

花非花，雾非雾。夜半来，天明去。来如春梦不多时，去似朝云无觅处。

文学作品有写明显之美者，有写朦胧之美者。前者鲜明如图画，后者要眇如音乐；前者"状难写之景如在目前"，后者"含不尽之意见于言外"。《介存斋论词杂著》所谓"神理超越，不复可以迹象求"。又云："天光云影，摇荡绿波；抚玩无斁，追寻已远。"此词似之。

忆江南

刘禹锡

春去也，多谢洛城人。弱柳从风疑举袂，丛兰裛露似沾巾，独坐亦含颦。

首句写春去，次句因春及人。盖感春之易逝，故寄声洛城之人，庶几共惜此韶华耳。"弱柳"、"丛兰"承春来，"举袂"、"沾巾"从人来。感物思人，即借物以喻人，将人物情景融成一片。杜诗《狂夫》"风含翠筿娟娟静，雨裛红蕖冉冉香"仅状物态，此则以物写人。梦窗之"垂柳不萦裙带住"，清真之

"终不似、一朵钗头颤袅,向人欹侧"皆从此变化,而益工致。结句指洛城人,春昼日长,独坐当亦含颦耳。

忆江南

刘禹锡

春去也,共惜艳阳年。犹有桃花流水上,无辞竹叶醉尊前,惟待见青天。

次句点明共惜芳时。"犹有"一联承上意来,句法自杜诗《九日》"竹叶于人既无分,菊花从此不须开"来。即古诗"为乐当及时",及"不如饮美酒"意。杜诗《曲江》"且看欲尽花经眼,莫厌伤多酒入唇"亦同。而此设色工丽。至小山"彩袖殷勤"四句,益为精美。于此可悟诗词华朴之辨。结句言惟望风日晴和,得以及时行乐耳。

菩萨蛮

温庭筠

小山重叠金明灭,鬓云欲度香腮雪。懒起画蛾眉,弄妆梳洗迟。　照花前后镜,花面交相映。

新贴绣罗襦，双双金鹧鸪。

"小山"有三说，一指枕，一指额，一指屏，皆可通，今作屏解。首句言朝日透窗照耀屏山，金碧辉映，光彩明灭。古之屏帷与床枕相连，日光耀眼，床上之美人香梦惊觉，应为起身梳洗时矣。如此解，则于时光、天气、室内陈设一一描绘，含意较多，且由朝日兴起美人。古乐府"日出东南隅，照我秦氏楼"，亦以朝日兴起好女。而与下之懒起妆迟亦有照应，较作山枕，或山额解为胜。朝日照屏，本应起梳妆，而犹留滞衾枕间，鬓云撩乱，掩映香腮，此不但写人之未起，而鬓发如云，肌理胜雪，亦俱写出。"度"字传神，益见春风鬓影微漾于黛眉粉靥间之生动姿态，虽画亦不能到也。待起而懒，则长夜之少睡，心事之无聊可见。蛾眉谁惜，何必早起而画之？长夜之无聊，固已领略，而长日之无聊亦可推测，更又何必早起耶？然懒起而终不能不起，慵妆而仍是要妆，故"弄妆"而"迟"。一"弄"字，千回百转而出之，不但见长日无聊之况，且见顾影自怜之情。换头二句，写镜中人面如花，益见盛年独处之难堪，韶华虚度之可惜。而罗襦乍换，复见鹧鸪双双，物犹如此，人何以堪！感物伤情，怨慕之意益深矣。下阕用薛逢"云髻罢梳还对镜，罗衣欲换更添香"意，亦颇同《还魂记》"惊梦"折。

菩萨蛮

温庭筠

水精帘里颇黎枕,暖香惹梦鸳鸯锦。江上柳如烟,雁飞残月天。　藕丝秋色浅,人胜参差剪。双鬓隔香红,玉钗头上风。

俞平伯谓以想象中最明净之境界起笔,与李义山诗"水精簟上琥珀枕"略同,而李诗"水精如意玉连环"与此尤近。写室内陈设,由帘及枕,而及衾褥。孤枕生寒,固觉长宵之难度;暖香惹梦,益怜独宿之何堪。譬之冷雨凄风,固能生感;而春花秋月,倍易撩人。鸳鸯虽属衾褥之类常用语,亦以双飞反衬独处也。三四句宕开,写帘外夜景,而隐寓别离之感。刘禹锡《杨柳枝》"长安陌上无穷树,唯有垂杨管别离",薛道衡《人日思归》"人归落雁后,思发在花前"。十四首中多以杨柳写离别,而"雁飞"又与下阕"人胜"关合,均在有意无意之间轻轻点逗。张惠言《词选》原注:"'江上'以下,略叙梦境。人胜参差,玉钗香隔,言梦亦不得到也。"恐非是。他首"杏花含露"、"牡丹花谢",亦均从远处泛写夜景,皆非梦境。前首三四句写半夜及清晓醒来情形,犹可勉强解作梦境,而后首固明言相忆,梦境难成也。此二首章法相同,由远处景物而及室内情景,此词则先写帘内情景,然后宕开写远景,虽有先后之异,而立意用笔固相同也。可证此二句非梦境,而景特美妙。《莲子居词话》所谓"作小令不似此着色取致,便觉寡味"也。下阕写妆成服饰之盛,用"人胜"尤见节序之感。人归雁后,思发花前,离愁春思见于言外。结二句，写双鬟簪花，"香"字从"风"字来，不但花气萦绕，亦见人胜摇动。温诗《咏春幡》"玉钗风不定，香步独徘徊"与此略同。

菩萨蛮

温庭筠

蕊黄无限当山额，宿妆隐笑纱窗隔。相见牡丹时，暂来还别离。　　翠钗金作股，钗上双蝶舞。心事竟谁知，月明花满枝。

古时女妆皆用额黄。《木兰诗》"对镜帖花黄"，义山诗"八字宫眉捧额黄"，飞卿诗"额黄无限夕阳山"与此同。首句写妆，即以见人。次句"宿妆"写人、写妆，"隐笑"写态、写情，"纱窗隔"写地、写事。七字之中写尽人物体态、时地、情事。宿妆者，隔宿之妆，晨起犹未理新妆也，早起可见，而相思之切、相见之欢，均于言外见之。第三句点出相见，"牡丹"记其时，并见春光已暮，相见之迟亦见于言外。第四句仍归到别离来，曰暂别离，曰还可见，别少离多，别易会难，而情爱之深，相思之苦，均在其中。承上句极写相别之速，益见难堪。清郑文焯《浣溪沙》"暂见不如成久别，旧欢无计破新愁"从此出，而有自然工巧之别。"翠钗"二句承起句写妆，托物起兴，即借物喻情。襦上鹧鸪，钗头蛱蝶，感物生情，心事凄苦，故下接以心事谁知。而对此月明满院，繁花满枝，良辰美景，益难为怀矣。

忆江南

皇甫松

兰烬落，屏上暗红蕉。闲梦江南梅熟日，夜船吹笛雨潇潇，人语驿边桥。

起首二句写灯残屏暗，描绘夜景，并见夜色之深。"闲梦"以下写梦境：江南梅雨，烟水迷离，驿桥夜泊，风雨潇潇。写景本极幽冷，而曰"吹笛"，曰"人语"，则静中有动，景中有情矣。如此幽静淡远之景，见之梦中，益觉其凄迷惝恍矣。

忆江南

皇甫松

楼上寝，残月下帘旌。梦见秣陵惆怅事，桃花柳絮满江城，双髻坐吹笙。

首句点明楼上夜眠，次句写夜深。第三句点明梦见，地则秣陵，情则惆怅。"桃花"二句，梦中所见。"桃花"句写景之明媚，"双髻"句写人之明艳。花下吹笙，本为乐事，徒托之梦寐，故堪惆怅耳。陈与义"杏花疏影里，吹笛到天明"，情景与此仿佛，亦追忆往事，下接以"二十馀年如一梦"，点明陈迹不可复寻。此则先说明梦见，同用"梦"字，而亦有虚实不同。

浣溪沙

张曙

枕障熏炉隔绣帷，二年终日苦相思。杏花明月尔应知。　天上人间何处去？旧欢新梦觉来时。黄昏微雨画帘垂。

首句言人之远也。"二年"言时之久，"终日"言情之切，相思无时或忘也。第三句言此情无人能知，惟花月或知之耳。以有情托之无情，其情可伤；以无情认作有情，其事乃益可悲矣。"天上"句言空间至广至远，无处追寻；"旧欢"句言时间无论为久为暂，终成梦幻。"何处去"已无限凄凉怨慕，"觉来时"更一切粉碎空虚。结句以景结情，欢迹已陈，旧情难觅，而当前现实之境，则惟黄昏微雨，画帘静垂耳。黄昏已使人愁，何况微雨，何况画帘长垂，人迹不到耶？帘外之暮色如此黯淡，帘内之心情如此凄凉，均见之言外矣。少游"宝帘闲挂小银钩"从此出。

生查子

韩偓

侍女动妆奁，故故惊人睡。那知本未眠，背面偷垂泪。　懒卸凤凰钗，羞入鸳鸯被。时复见残灯，和烟坠金穗。

首二句是静中所闻所感。曰"故故"，曰"惊睡"，是人本应早已入睡，侍女意中所料应已入睡，自己心中所觉亦应入睡。接下来哪知一转，固侍女所不知，亦己所不料也。"本未眠"点明曰"背面"，曰"偷垂泪"，则侍女所不知而以为入睡者也。"懒卸"句写无绪，"羞入"句写有思。此二句写一夜无眠，辗转反侧之苦，而全不说明，但于景中见情，含言外之意有馀不尽。此贺黄公所以称为"含情无限"也。

后记

  《宋词赏析》自一九八〇年初版以来，早已成为经典的诗词鉴赏读物。在二〇〇〇年出版的全集中，曾因收入《唐五代词批语残存》（刊发于《古典文学知识》一九九八年第五期），而将书名更改为《唐宋词赏析》，程千帆并因此在初版的后记中增补了一段文字，说明这部分书稿是沈祖棻多年教课所用的讲义，稿本上反复批注许多蝇头小楷，可惜在十年动乱中仅幸存数页。

  现本卷仍按《宋词赏析》书名及顺序编排，将《唐五代词批语残存》后置于附录以全原书面貌，特撰后记以为说明。

张春晓
于杭州之江浙大高研院
二〇二三年四月

诵诗偶记

古诗十九首讲录

汉无名氏所为古诗，今存者尚数十篇，其中十九首已为萧统选入《文选》，故尤盛行于世，大体东京作也。至李善始为之注，历祀增华，今人隋树森又编为《古诗十九首集释》一书，颇便寻检。今绎此诗，平亭诸家之说，故但举姓氏，不更详标书名卷帙，以省烦冗。

（一）行行重行行

行行重行行，与君生别离。相去万馀里，各在天一涯。道路阻且长，会面安可知？胡马依北风，越鸟巢南枝。相去日已远，衣带日已缓。浮云蔽白日，游子不顾反。思君令人老，岁月忽已晚。弃捐勿复道，努力加餐饭。

首句四"行"字中介一"重"字，言行之不止，极写其远。第二句点出别离之悲。"相去"四句，申足首二句意，极言会见之难，道路之远。"各"字与"一"字相呼应。前六句一直赋去,七八句忽插比兴语,以为回旋,以喻各在一方,永无见期之意。物犹有不忘本及同类相亲之情,人将何以堪邪?"日已远"二句,言空间之远,时间之久,并言别离之苦,相思之瘦。上承"相去"四句,下启"思君"二句。"浮云"二句,忠厚之意。吴淇谓"'白日'比游子,'浮云'比谗间之人。见此不返顾者,非游子本心,应有谗人蔽之耳"。张玉榖曰:"浮云蔽日,喻有所惑。"方东树曰:"'白日'以喻游子,'云蔽'言不见照也。"诸家之解皆是。"思君"句用《小雅》"维忧用老",比"衣带"句更深一层;"岁晚"比"日远"更紧一层。吴氏曰:"彼衣带之缓曰'日已',逐日抚髀,苦处在渐;岁月之晚曰'忽已',兜然警心,苦处在顿。"其说甚精。见以前之别离,岁月虽久,而终以为尚可有待,然卒无望,而岁月竟已晚矣,故觉陡然惊心。"思君令人老"之"老",尚是虚写,与下相连,则真觉岁晚人老,游子终不返矣,逼出"弃捐"二字,此为全篇主意。早分弃捐,而终不忍明明道出,至岁晚人老,方始说出,而又以"勿复道"轻轻撇开。此句是决绝语,而以"加餐"收转,忠厚之至。结句有二说,一解为自逸之辞,一解为勉人之语。以诗人忠厚之旨,及人情语气推之,以后说为长。或解为贤臣被逐而不忘君,或解为室思,今释从本意。

(二)青青河畔草

青青河畔草,郁郁园中柳。盈盈楼上女,皎皎当窗牖。娥娥红粉妆,纤纤出素手。昔为倡家女,今为荡子妇。荡子行不归,空床难独守。

李因笃曰："起二句意彻全篇，盖闺情惟春独难遣也。"方廷珪曰："以物之及时，兴女之及时。"是也。二句写景，触景所以生情，有思远伤别之感。乐府《饮马长城窟行》亦云："青青河边草，绵绵思远道。""盈盈"四句写人，春既如此芳菲，人又如此明艳，难乎其为情也。芳辰无人共度，新妆无人鉴赏，宁不辜负此时、此际、此景、此人？故此当前一刻尤难遣也。"昔为"四句情事，前二句指出身份，上句写过去地位，下句写现在生涯。何焯曰："梁邓铿《月夜闺中》诗云：'谁能当此夕，独宿类倡家。'可用以释此诗。"黄先生云倡女独宿时多，故邓铿诗云云。此则无论过去、现在，终是独处寂寞。"荡子"句是许久以来之事实，"空床"句则当前一刻之情思也，是失望之馀说出怨意，为后来一切闺怨之本。惟结句情太质直显露，故为后人所诟病，或隐讳耳。此诗多解为比兴或讽刺，或以为刺轻于仕进而不能守节者，及士人自炫自媒者。陈祚明曰："当窗出手，讽刺显然。"此亦谭复堂所谓"作者之用心未必然，而读者之用心何必不然"之意。

（三）青青陵上柏

青青陵上柏，磊磊磵中石。人生天地间，忽如远行客。斗酒相娱乐，聊厚不为薄。驱车策驽马，游戏宛与洛。洛中何郁郁，冠带自相索。长衢罗夹巷，王侯多第宅。两宫遥相望，双阙百馀尺。极宴娱心意，戚戚何所迫？

起二句以柏、石之长存，反衬人生之短促。人生如寄，是过客也。"远行客"言暂居不久。因人生之不常，故思不如及时行乐，斗酒虽薄，固不妨聊以为厚，以相娱乐。被酒驱车，出游宛洛，而见洛中繁华，盛极一时。"极宴"与"斗酒"对照，一则穷奢极欲，一则聊以自娱。"冠带相索"与"游戏宛洛"对照，一则势利相求，一则偶然游戏。"第宅"、"驽马"亦遥遥相对，以见两种生活兴趣之不同。端居多忧，既感人生之如寄，应及时而行乐，驱车出游，又见京都之繁盛，实是极宴以娱心。因念以往自苦之非，世人适意之是，亦当效法众人及时行乐。戚戚似有所迫，果何为哉？末以反问作结，意在言外。以之自问，亦以劝人，愈见无聊，愈见沉痛。此二句诸家多解为言世人不达，为忧虑所迫，不知极宴娱心，及时行乐。王元美曰，"此旷远之士，能不以利禄介怀者"，近之而未是也。陆时雍曰："物长人促，首四语言之可慨。'极宴娱心意，戚戚何所迫？'故为排荡，转入无聊之甚。"陈祚明曰："此失志之士强用自慰也。"李因笃曰："宴娱在前，忧从中来。古惟达人多情，可与言此。"诸家之说皆有所会。

（四）今日良宴会

今日良宴会，欢乐难具陈。弹筝奋逸响，新声妙入神。令德唱高言，识曲听其真。齐心同所愿，含意俱未申。人生寄一世，奄忽若飙尘。何不策高足，先据要路津？无为守穷贱，轗轲长苦辛。

起二句写当前，欢乐多至不能备述。"弹筝"、"新声"承上，于今日欢乐之中，特举弦歌二事，以概其馀。"令德"、"高言"说者不一，而以吕延济之"'令德'，谓妙歌者；'高言'，高歌也"，于前后文义最为贯通切合，说亦简明。"齐心"二句插入作一顿，此乃人人所同之愿望，含意而未能表达者，而令德唱之，知音识之，此益见令德高言之可贵，识曲知音之难遇也。"人生"六句，即令德所唱，识曲所听，众人所愿，作者所感。盖正言若反，似劝实讽也。"何不"反问，与上首"何所迫"同意，解为正意。钟惺曰："欢宴未毕，忽作热中语，不平之甚。"沈德潜曰："'据要津'，诡辞也。古人感愤，每有此种。"李因笃曰："与《青青陵柏》篇感寄略同，而厥怀弥愤。"姚鼐曰："此似劝实讽，所谓谬悠其词也。"陈沆曰："其寄意在后六句，故曰'识曲听其真'，恐听曲者但知声词，不知其心意也。后皆反言之而益明，乃代齐心者申含意也。杜子美诗'长安卿相多少年，富贵应须致身早'，子美岂羡富贵者哉？反言若正，则言之者无罪，此所望于识曲者之难也。"诸家之说皆得之。

（五）西北有高楼

西北有高楼，上与浮云齐。交疏结绮窗，阿阁三重阶。上有弦歌声，音响一何悲！谁能为此曲，无乃杞梁妻？清商随风发，中曲正徘徊。一弹再三叹，慷慨有馀哀。不惜歌者苦，但伤知音稀。愿为双鸣鹤，奋翅起高飞。

一起点出其地，一二句写楼之高，三四句写屋之深，无非即目所见。或谓西北乾位，君之居也；或以为清河王怿舍宅立冲觉寺，西北有楼即此，皆固于说诗。"上有"二句，连下"清商"四句，是驻足所闻。"谁能"二句，中间插入听者意中所拟，承"音响一何悲"来，极写其音之悲。"不惜"二句，听者心中所感，歌者意中之言也。"愿为"二句，乃伤知音难遇，而欲远举高飞，仍是歌者之意。张庚谓乃听者不惜歌者之苦，但伤其如此声音竟不得一知者，乃慨然欲与歌者化为双鹤奋翅俱飞。虽亦可通，而语轻情浅，不如前解之意伤心苦，中情迫切，感慨深长，言之沉痛也。此诗乃伤知遇之难。"不惜"二句，千古同慨，历来说者均解为比兴，谓为贤者忠言不用，而思远引之辞。盖知音难遇之感，用之文艺，用之男女，用之君臣，其事相类，其情相通，其感相同，见仁见智，固无不可也。吴淇谓"十九首中，惟此首最为悲酸。如后《驱车上东门》、《去者日已疏》两篇，何尝不悲酸，然达人读之，犹可忘情。惟此章似涉无故，然却未有悲酸过此者也"。此言得之。

（六）涉江采芙蓉

涉江采芙蓉，兰泽多芳草。采之欲遗谁？所思在远道。还顾望旧乡，长路漫浩浩。同心而离居，忧伤以终老。

此行者怀归之辞。首二句言欲采芳赠远，而不惜涉江之劳，与《楚辞》"被石兰兮带杜衡，折芳馨兮遗所思"，"折疏麻兮瑶华,将以遗兮离居"之意略同。既采芙蓉,复多兰草,然当馨香盈把,又复爽然自失。三四句一折,言虽欲采芳遗人,非无人可赠,乃所思在远道,是仍不能遗之也。既所思在远,遂回望其地,冀作会面之图。而还顾旧乡,但觉长路漫漫,终无希望,是更进一层失望无聊,非与上复或申言之也。故下乃于毫无希望之馀,觉虽为同心而终离居,惟有忧伤以终老耳。"而"字包括种种困难,反折有力;"以"字则明甘心无怨,绝无两意,分长忧以终老也。吴淇云:"'思君令人老','老'字顿,其难堪在前;'忧伤以终老','老'字渐,其难耐在后。"

(七)明月皎夜光

　　明月皎夜光,促织鸣东壁。玉衡指孟冬,众星何历历。白露沾野草,时节忽复易。秋蝉鸣树间,玄鸟逝安适?昔我同门友,高举振六翮。不念携手好,弃我如遗迹。南箕北有斗,牵牛不负轭。良无磐石固,虚名复何益?

　　起二句写秋夜见闻,而秋月光更皎洁。毛诗曰:"七月在野,八月在宇,九月在户,十月蟋蟀入我床下。"张庚云:"东壁向阳,天气渐凉,草虫就暖也。"则亦有暗示时节之意。"玉衡"二句,仰视所见,暗点时令。"白露"句俯视,亦指节候。"时节"一句,总括点明以上五句并从时节之变,伏下交谊之变。"秋蝉"二句,接写时节之易秋日景物,而寓比兴之意。自如寒蝉之悲鸣,友如玄鸟之何适,又伏下之"振翮"、"遗迹"。张庚谓秋蝉喻友之得所高鸣，玄鸟喻己之失所无归，则与下不一致。"昔我"四句，始言正意，用二比与前关合。"南箕"二句，复作二比，又应上"众星"句。"磐石"句说明交谊之不固，而仍作一比。结句总上三句，点明正意。此诗各段似不相接，而实处处回合照应，有蛇灰蚓线之迹，藕断丝连之妙。"玉衡"二句与首句同类相从，"白露"、"野草"亦与"明月"、"众星"对照，一仰观所见，一俯视所知。"秋蝉"、"玄鸟"则与上"促织"类及，"振翻"、"遗迹"则暗应上"秋蝉"二句，"南箕"二句复应"众星"。结句点明正意，并与"昔我"句作一起讫关照。钟惺曰："此首'明月皎夜光'八句为一段，'昔我同门友'四句为一段，'南箕北有斗'四句为一段，似各不相蒙，而可以相接。历落颠倒，意法外别有神理。"陈祚明曰："古诗妙在章法转变，落落然若上下不相属者，其用意善藏也。贫贱失志，慨友人之不援，而前段只写景，萧条满目，失志人尤易感也。'秋蝉'二句，微寓兴意：寒苦者留，就暖者去。此段以不言情，故若与下不属。'玉衡'、'众星'赋也，'箕斗'、'牵牛'比也，各不同而故杂用列宿，如相应者然。"则均知此诗章法之妙也。此诗中有"玉衡指孟冬"句，李善注说"孟冬"是夏历七月，因为汉初历法是将夏历的十月作为正月的。后人据此以为西汉诗。1948年金克木先生撰《古诗"玉衡指孟冬"试解》，已论证"玉衡指孟冬"并不指月份及节候，与汉初历法无关，故今不之及。[1]

---

[1] 此文今载金克木《旧学新知集》第26—40页，三联书店1991年版。

（八）冉冉孤生竹

冉冉孤生竹，结根泰山阿。与君为新婚，菟丝附女萝。菟丝生有时，夫妇会有宜。千里远结婚，悠悠隔山陂。思君令人老，轩车来何迟？伤彼蕙兰花，含英扬光辉。过时而不采，将随秋草萎。君亮执高节，贱妾亦何为？

吴淇谓此诗为"怨婚迟之作"，是也。首二句以比喻起，"冉冉孤竹"，喻己之柔弱孤零；"结根泰山"，喻得托身君子，此一喻也。"与君"二句，"菟丝"、"女萝"仍为比喻。方廷珪曰："此为新婚只是媒妁成言之始，非嫁时也。""菟丝"之喻，一为有所托，二有缠绵固结之意，此二喻也。中以"与君"句贯通上下两喻，虽同喻有托，而前喻泰山，有稳固可靠、坚定不移意；后喻有缠绵固结，及时而花意。"菟丝"二句，以菟丝起兴，言婚姻之当及时，反跌下文。"千里"四句正意，点明路远婚迟。"伤彼"四句又作一喻，即《楚辞》"惟草木之零落兮，恐美人之迟暮"意。"含英扬光辉"，李周翰曰："此妇人喻己盛颜之时。"吴淇曰："'含英扬光'，多少自负，诚欲及时见采，不甘与草木同萎。"此三喻也。前四句言未能及时，此四句言惟恐违时。前"思君令人老"之"老"是说现在，但为虚写，此四句本为正言，乃实中之虚。"将随秋草萎"之"萎"是怕将来，但为实写，此四句本为比喻，乃虚中之实。末二句突转，信而不疑，具见心思之忠厚，身份之高贵。张玉縠曰："末二代揣彼心，自安己分，结得敦厚。"谭元春曰：

古诗十九首讲录

"全不疑其薄，相思中极敦厚之言，然愁苦在此。"得之矣。张氏又曰："此自伤婚迟之诗，作不遇者之寓言亦可。"斯言最为通达。

（九）庭中有奇树

庭中有奇树，绿叶发华滋。攀条折其荣，将以遗所思。馨香盈怀袖，路远莫致之。此物何足贵，但感别经时。

此诗，孙矿曰："与《涉江采芙蓉》同格。"邵长蘅曰："与《涉江采芙蓉》首意同，而前曰'望乡'，此称'路远'，有行者、居者之别。"甚是。但前篇八句，前四句写采芳欲赠，后四句写怀远伤离，轻重均衡。此篇亦八句，但重在采芳欲赠，专就此意铺叙到底，结构略异耳。首句点出"奇树"，奇树芳草，皆物之美者，言"奇树"者，明其非常，明其可贵，故欲采之赠所思。因人之可贵，情之可贵，故折奇树之花以赠之。盖非此人此情不足以称此花，而非此奇树异花，又不足以赠此人、表此情也。显出如此珍贵，反映下"此物何足贵"，何等力量，何等变化。二三两句，专就奇树细写，不但状物之工，亦见时节之变，别离之久，遂不得不感物而思人，欲有以遗之。然离别经时，相思日积，思人在平时，感物于当前，益增其离恨耳。朱筠曰："因意中有人，然后感到树。……因物而思绪百端矣。……非因物而始思其人也。别离经时，便觉触目增怆耳。"此言得之。"馨香"二句一转，言虽欲赠而无从，空馀"馨香盈怀袖"

而已。"馨香"写物之美，即写情之深，思之切，而终"莫致之"。"此物"句更一转折，大有将上一笔抹煞之慨，而又振起下经时别感之深。上极写物之可贵，以衬情之深，此句一抑，以见无论奇树荣花如何可贵，终不足以比相思之情、离别之感也。此诗虽专就采芳而言，一意到底，而中间转折变化，层次甚多，一气读去，每易忽略也。

（十）迢迢牵牛星

迢迢牵牛星，皎皎河汉女。纤纤擢素手，札札弄机杼。终日不成章，泣涕零如雨。河汉清且浅，相去复几许？盈盈一水间，脉脉不得语。

此诗咏牛女事以托意。历来均解为臣不得于君之作，或作为夫妇别离，情人间隔者，亦无不可。总之，借牛女事以写情，见仁见智，是在读者。视其化无情为有情，何等真切，从毛诗来而更有情致。后李义山"云母屏风"一绝近之。首句"迢迢"，写其远也，非但世人眼中之"迢迢"，更为织女意中之"迢迢"。此诗咏牛女，而偏重织女说。"皎皎"不但写星光之明，亦写女心之洁。"纤纤素手"，写其质之美；"札札机杼"，写其才之美。"擢"字写其勤于所事。"终日"句，写其心有所思。"泣涕"句，写其相思相望之情无限愁苦。"河汉"二句转折，上反映"迢迢"，下反振"盈盈"二句。末二句又转，回映"迢迢"，益见其迢迢也。二句写情，有绘影摄神之妙。夫相思相望而不相亲，脉脉注视而卒不得通一语，谁能堪此邪？《行行重行行》篇，以远写远，情已难堪，此诗以近写远，尤为难堪也。一起"迢迢"，即写其远。"终日"二句，则在织女意中，益觉与牵牛相去之迢迢，似乎永无会合之期矣，极写其远。而举头一望，河汉清浅，相去无几，有相遇在即之势，忽由远而近，极写其近。末二句又由近而远，盈盈一水，虽似甚近，而"脉脉不得语"，则固极其迢迢也，应首句"迢迢"，终久是远也。写情，用笔极尽变化。此诗与《青青河畔草》均以叠字传神，而前首仅写景、写人，此则更写情也。

（十一）回车驾言迈

回车驾言迈，悠悠涉长道。四顾何茫茫，东风摇百草。所遇无故物，焉得不速老？盛衰各有时，立身苦不早。人生非金石，岂能长寿考？奄忽随物化，荣名以为宝。

首言"回车"，见所遇不合也。次句点明远征，并见跋涉辛苦，即伏下四句长道中所见、所感。"四顾"二句，上言中心有感，而极其望，由内而至外；下言目中有见，而感于心，由外而至内。"所遇"二句，感物及人，物犹如此，人何以堪？四句先由己之感慨茫茫四顾，而见百草摇动于东风之中，又换一番春色。由于所遇非故物，遂感世事之无常，人生之易老，往者既无所成，来者又苦无多，遂启下意。凡写悲苦衰老之感，往往借秋日景物之摇落以比兴，此独写春日景物之荣盛以作比，益见神妙。且秋景凋零，犹剩有憔悴枯萎者在，此则所遇非故，有东风换世之意，其可悲益深。故王孝伯以古诗"所遇"二句为最佳也。"盛衰"二句，感物之盛衰，叹立身之不早。上句应"东风百草"、"所遇非故"，下句应"回车"、"长道"。"人生"三句，承"焉得不速老"来，更由老说到死，逼出"荣名以为宝"来。夫既感盛衰之有时，又苦立身之不早，老之易至，倏随物化，四顾茫茫，将何所托乎？于是，于无可奈何之中，百无聊赖之际，不得已托之身后之名，身且不存，名足为宝乎？其情益可伤矣！刘履、方东树谓为乃"君子疾没世而名不称"之意；谭元春谓"'宝'字，向往何如郑重"，似皆未得作者之意。陈祚明言之曰："慨得志之无时，河清难俟，不得已而托之身后之名，名与身孰亲？悲夫！"又曰："古今唯此失志之感，不得已而托之名，托之神仙，托之饮酒，惟知道者可以冥忘，有所托以自解者，其不解弥深。"则真得作者之心矣。此盖与上之"极宴娱心意，戚戚何所迫"、"无为守穷贱，轗轲长苦辛"，下之"不如饮美酒，被服纨与素"同，而有正反轻重之异耳。

（十二）东城高且长

东城高且长，逶迤自相属。回风动地起，秋草萋已绿。四时更变化，岁暮一何速。晨风怀苦心，蟋蟀伤局促。荡涤放情志，何为自结束？燕赵多佳人，美者颜如玉。被服罗裳衣，当户理清曲。音响一何悲，弦急知柱促。驰情整中带，沉吟聊踟蹰。思为双飞燕，衔泥巢君屋。

首二句，方廷珪曰"就所历之地起兴"，是也。"回风"二句，写时写景。秋草萋绿，言不可久也。"四时"二句，感季节之变，叹岁暮之速，于是由岁月之易逝，感人生之短促，转入"放情志"来。"晨风"二句，心中有怀，感物起兴，似觉晨风之鸣亦怀苦心，蟋蟀之吟自伤局促，物情人意，所感者同。"回风动地"，"秋草萋绿"，所见也；"晨风苦心"，"蟋蟀局促"，所闻也。所见所闻莫不可感、可伤，则惟有"荡涤放情志"，何为拘束自苦哉？按：此诗因两用促韵，前人颇疑为二首。张凤翼曰："此以上是一首，'燕赵'另一首，因韵同，故误为一耳。"纪昀曰："此下乃无聊而托之游冶，即所谓'荡涤放情志'也。陆士衡所拟可以互证。张本以臆变乱，不足为据。""燕赵"以下，即承"放情志"言。夫求"放情志"，莫如美色新声娱人耳目，燕赵本多佳人，况其尤美者颜色如玉，更当户理曲，无所掩蔽。美色当前，清商感人，尚不足以"放情志"哉？然弦急柱促，音响转悲，当夫驰情放志，整衣欲往，似将沉溺声色，乐以忘忧，以遣此短促之人生，而一念之来，又复沉吟而踯躅，仍有所未忘、有所不忍也，故仍思返至君边。然君屋不可到，能至者，其惟双燕乎？则痴心欲为双飞之燕，衔泥巢于君之屋也。结得缠绵忠厚之至。此诗旧有二派解释，一派张庚、朱筠，以为伤岁月迫促，而欲放情娱乐，结句乃对"燕赵佳人"而言。一派张玉榖等以为伤年华易逝，未得事君之诗，"佳人"乃作者自比，结句又借燕为比。今释本意，以"燕赵佳人"为直赋，承"放情志"而言。结二句，指所思之人间阻难通，故思为双燕巢其屋也，"君"当系所欢。

（十三）驱车上东门

　　驱车上东门，遥望郭北墓。白杨何萧萧，松柏夹广路。下有陈死人，杳杳即长暮。潜寐黄泉下，千载永不寤。浩浩阴阳移，年命如朝露。人生忽如寄，寿无金石固。万岁更相送，圣贤莫能度。服食求神仙，多为药所误。不如饮美酒，被服纨与素。

　　此诗首八句一气直下，写驱车出城，遥望坟墓，见坟上树木，念及地下死人，千载长往。"浩浩"六句承上，感叹死者，又念及四时流转，年命不长，生者亦不能久，转瞬即为死人。千秋万岁，只是生者送死，生者复为后生所送，即圣贤亦莫能逃。至此将一切一扫而空，如有能超脱者，其惟神仙乎？故接下"服食求仙"句。而下句又转言求仙"多为药所误"，神仙又不可求，逼出结二句，不如享乐目前。夫生死之感，年命朝露，一推之圣贤，再推之神仙，三推之酒食纨素，一步紧一步，以见无可奈何之心情，岂真以美酒纨素为足乐乎？前人论此，如陈祚明曰："此诗感慨激切甚矣，然通篇不露正意一字。盖其意所愿，据要路，树功名，光旗常，颂竹帛，而度不可得。年命甚促，今生已矣，转瞬与泉下人等耳。神仙不可至，不如放意娱乐，勿复念此。其无复念此者，正不能不念也。夫饮酒被纨素，果遂足乐乎？与'极宴娱心意'、'荣名以为宝'同一旨。妙在全不出正意，故佳。愈淋漓，愈含蓄。"王元美尝云：" '奄忽随物化，荣名以为宝'，不得已而托之名；'千秋万岁后，荣名安所之'，名亦无归矣。又不得已而归之酒，曰'不如饮美酒，被服纨与素'。至于'被服纨素'，其趣愈卑，而其情益可悯矣。"皆能得作者之意。

（十四）去者日已疏

　　去者日已疏，生者日已亲。出郭门直视，但见丘与坟。古墓犁为田，松柏摧为薪。白杨多悲风，萧萧愁杀人。思还故里闾，欲归道无因。

　　此首与前篇大意相同，而更进一层。前言寿命不长，此则并坟墓亦不保。前乃出郭见墓，而生感触；此则先有感触，而以墓田作为印证。起二句即上"下有陈死人"十句之意，"去"、"生"、"亲"、"疏"四字，包括一切。"古墓"四句，即上"遥望"三句，但并古墓、松柏均不复保存，白杨复多悲风，益使人愁。比前篇更觉可悲，系更深一层写法。末二句结出本意，念岁月之易逝，悲人生之不长，故思早归故里耳。李因笃曰："与上篇所触正同，彼欲聊遣，此则思归，又换出一意也。"陆时雍曰："失意悠悠，不觉百感俱集。羁旅廓落，怀此首丘。若富贵而思故乡，不若是之语悴而情悲也。"皆能得之。

（十五）生年不满百

　　生年不满百，常怀千岁忧。昼短苦夜长，何不秉烛游？为乐当及时，何能待来兹？愚者爱惜费，但为后世嗤。仙人王子乔，难可与等期。

此亦与上"回车"、"驱车"二首意略同，皆伤年命之不长，求精神之所寄，或托身后之名，或极眼前之乐。邵长蘅曰："'多为药所误'，为一种人言之；'惜费'又为一种人言之。"起二句奇警，包括世间一切贤愚营营逐逐。"昼短"二句，求解脱之方；"为乐"二句，点出诗旨，四句所以适己。"愚者"二句，说出一种人不能解脱之故；"仙人"二句，又说明另一种方法解脱之无用。四句叹世，总说当及时行乐之意。夫惟"常怀千岁忧"者，始感"为乐当及时"，真能及时行乐者，根本无此感觉与需要也。求为乐者，其原先不乐可知；思及时者，其往日虚度可知。盖有志之士，慨世事之不可为，伤道义之不可行，于失望厌世之馀，始产生享乐目前之思想，以求自解，以求有托。故思及时行乐者，果真能及时而行乐乎？即及时行乐矣，又果真能中心感觉其可乐乎？信乎，陈祚明曰："有所托以自解者，其不解弥深。"三首均同此意。

（十六）凛凛岁云暮

凛凛岁云暮，蝼蛄夕鸣悲。凉风率已厉，游子寒无衣。锦衾遗洛浦，同袍与我违。独宿累长夜，梦想见容辉。良人惟古欢，枉驾惠前绥。愿得常巧笑，携手同车归。既来不须臾，又不处重闱。亮无晨风翼，焉能凌风飞？眄睐以适意，引领遥相睎。徙倚怀感伤，垂涕沾双扉。

此思妇之辞。首从时节景物写起。因凉风已厉，而念及游子之寒,而念及寒衣未寄,盖游子已久出未归矣。夫寒衣之未寄,非我之不念游子,乃游子之去我也。遂念及游子之所以久出不归,并无音信者,得无外有所遇,角枕锦衾以同梦之好移赠洛浦之美人,而致同袍之情与我相违乎?独宿增夜之长,相思之极,则由梦想以见容辉。"良人"六句写梦境。盖因游子久出不归,虽有"锦衾洛浦"之疑,由于过去欢爱之深,终不能信也。今果证明良人非弃旧怜新者,仍思念昔之欢爱,枉驾来迎。"惟古欢",所以成梦中之信,祛醒时之疑。忠厚缠绵,至此已极。"愿得"二句,愿常保其颜色,即常保其欢爱也。有多少得意自负,又有多少担心忧惧。所以如此者,惟恐失此良人之古欢耳。"既来"二句,又从得意转到失望。盖长夜独宿,一心一念所思所盼良人之来,既来之后,而不作须臾之留,则此情何堪?"既来"二字,用笔极重,而况即此"须臾",又不处于重闱之中邪?"亮无"二句,从梦到醒,乍醒朦胧,犹在疑似之间。醒后细思,绝无凌风而至之理,始知其为梦也。"眄睐"二句,留恋梦中之情,玩味梦中之境,犹觉恍有所遇,而冀因梦成真也。结二句,清醒已极,知梦境既幻,真归无望,故惟有徙倚门扉,感伤垂涕而已。由末二句,知"眄睐"句纵目缓步,由房至户;"引领"句则倚门远望矣。方东树曰:"'亮无'六句,因梦而思念深,杜公梦李白诗所从出。'眄睐',寻梦也,即'落月照屋梁'意。"李因笃曰:"空闺思妇,曲尽其情。"陈祚明曰:"此诗言之尽矣。但良人之寡情,于言外见之,曾未斥言也。"

（十七）孟冬寒气至

孟冬寒气至，北风何惨栗！愁多知夜长，仰观众星列。三五明月满，四五蟾兔缺。客从远方来，遗我一书札。上言长相思，下言久离别。置书怀袖中，三岁字不灭。一心抱区区，惧君不识察。

此亦居者念远之辞。首二句言节序天气，写得阴森悲惨，并伏下"愁多夜长"之根。"愁多知夜长"，非亲历不能道。"多"字，"知"字，"长"字，均极其妙。因夜长，因愁多，故辗转反侧，坐卧不宁，遂出户徘徊，仰观众星；又追念明月之几经圆缺，不知经遇几许多愁长夜，感离别之久，相思之苦；又以月之圆缺，兴人之合离，昔之欢爱，今之愁苦，均在其中。"客从"四句，念及远人遗我以书，久别长思亦当与我同。"置书"四句，言己之珍重书札，珍重旧情，而恐区区之诚不蒙君之识察耳。"三岁"点明上四句乃是追忆往事，一书之遗，已是三年前事矣。而于书，则宝之重之，一字未损；于人，则思之念之，未曾或忘也。张玉穀曰："'三岁'句用笔最妙，盖置书怀袖，至三岁之久，而字犹不灭，既可以作'区区'之证，而书来三岁，人终不归，又何能不起不能察识之惧？"其说甚精。此诗写别离之久，相思之深，一心区区，始终不渝，而于对方之久无音信毫无怨言，仅惟恐其不察区区之诚耳。忠厚缠绵，无有逾此者矣。

(十八)客从远方来

客从远方来,遗我一端绮。相去万馀里,故人心尚尔。文彩双鸳鸯,裁为合欢被。著以长相思,缘以结不解。以胶投漆中,谁能别离此?

此亦与前篇相似,而单就遗绮一事说。前则一书之遗,旷邈三年,一心区区,惧君不察;此则一绮之遗,鸳鸯寄意,相去万里,君心犹昔,其不同在此。首从客来遗绮写起。离别经时,相去万里,有弃捐之可能;相去日疏,弃捐亦在分中。而不料万里之外有所馈赠,以寄情爱。"故人心尚尔",极写意外之惊喜,如闻其声,如见其心。盖此事此情,虽所盼所想,而终非所敢希望者也。感激涕零,见故人之情,亦见己对故人之情,及所希望于故人者也。"文彩"就绮上写,"裁为"就绮上想。"著以"二句,以表彼此之情爱。"长相思"、"结不解",借物喻情,结出正意。而仍借物为喻,胶漆之投,无人能间之矣。写缠绵恩爱,深信不疑之情,以此为最。陆时雍曰:"极缠绵之致。"李因笃曰:"从'永以为好'意,写出如许浓至。"皆是也。

(十九)明月何皎皎

明月何皎皎,照我罗床帏。忧愁不能寐,揽衣起徘徊。客行虽云乐,不如早旋归。出户独彷徨,愁思当告谁?引领还入房,泪下沾裳衣。

此久客思归之辞。首句从景写起，本是愁难入睡，何堪月照床帏，更何堪明月之皎皎乎？故益使人愁不能寐，辗转反侧，不能不揽衣而起，徘徊室内。作客虽乐，尚不如归，况不乐乎？言念及此，益觉烦忧，遂不得不出户一散。而出户之后，仍是独自彷徨，愁思无可告者，不得不还入房中。愁苦万端，其惟付之一哭乎？至此，泪下沾裳。已解无可解，忍无可忍，泪不得不下矣。从不寐见月，至揽衣而起，而徘徊室内，而出户彷徨，而还入房中，而泪下沾衣。前后经过多少动作，内心经过多少感情变化、感情挣扎，多少彷徨无主、烦躁不安！非身历者不能道也。前人论者，如刘履、张玉榖等，均以为思妇之诗，望其夫客行早归也。张庚则以为写离居之情，以客行之乐对照独居之愁。皆非是。

阮嗣宗《咏怀》诗初论

一 小引

嗣宗《咏怀》，千古绝唱，而文多隐避，义存比兴。故在昔颜公作注，已谓其"百代之下，难以情测"。钟氏品诗，亦叹为"厥旨渊放，归趣难求"。考二君与嗣宗相距未遥，所言已复如此，虽由矜慎使然，而《咏怀》之不易索解，固可概见矣。逮及胜清，陈沆著《诗比兴笺》，尝选其三十八首，援据史事，加之疏释，虽颇有善言，亦间蹈穿凿。览读之者，犹有憾焉。窃谓微言幽旨，世远难征，固未可逐篇以史事相附会；至若古今之迹虽殊，哀乐之情不异，持此例彼，主旨所在，未尝不可贯通，是在善会之而已。余往在成都，偶为华西大学诸生说八代诗，尝就《文选》所载十七篇，敷陈大义。近者，东归鄂渚，养疴珞珈山，端忧多暇，因更取八十二章，寻绎旨趣，阐扬旧说，隐附新知，以成斯篇，聊供初学论世知人之助。夫嗣宗遭时不造，孤愤难任，其心至苦，其言至慎，犹有不得已于言者，乃始托之于诗。今余异代同悲，读而哀其情，伤其遇，以发为兹论，又岂得已哉！

二　嗣宗之时代

欲识《咏怀》之诗，当先明嗣宗之为人；欲明嗣宗之为人，当先知嗣宗所处之时代。今姑就当时之政治局势与思想潮流两端，加之申述。盖斯二者，于《咏怀》诗与其作者之了解，所关尤巨也。

就政治局势言，则嗣宗生于汉献帝建安十五年，卒于魏常道乡公景元四年（《晋书》卷四十九本传）。魏文代汉，嗣宗方十一岁。故其所处时会，适当曹魏由隆盛而衰微之期。司马懿始虽受知于魏武，而慑于雄主之才略，常以恪勤自晦（《晋书》卷一《宣帝纪》及卷三十一《宣穆张皇后传》）。及文帝时，渐露头角。及后受遗诏以辅明帝，始握重权（《魏志》卷二《文帝纪》）。旋复受明帝托孤之重（《魏志》卷三《明帝纪》及注引《魏氏春秋》）。魏室之政，遂由司马氏出矣。懿死后，其子师、昭递掌威柄，卒以篡位。嘉平元年，懿始芟除同受顾命之宗臣曹爽；嘉平六年，其子师乃废齐王芳；景元元年，昭复弑高贵乡公髦。其事皆魏、晋易代之枢纽，而嗣宗所亲见者也。兹略引旧史以著其概。《魏志》卷九《曹爽传》云：

> （爽）少以宗室谨重。明帝在东宫，甚亲爱之。及即位，……宠待有殊。帝寝疾，乃引爽入卧内，……与太尉司马宣王并受遗诏，辅少主。……齐王即位，……丁谧画策，使爽白天子发诏，转宣王为太傅，外以名号尊之，内欲令尚书奏事先来由己，得制其轻重也。……宣王遂称疾避爽。……密

为之备。……（正始）十年（案即嘉平元年也。斯年以四月乙丑改元，见《魏志》卷四《齐王芳纪》）正月，车驾朝高平陵，爽兄弟皆从。宣王部勒兵马，先据武库，遂出屯洛水浮桥。……于是收爽、……等，皆伏诛，夷三族。

同书卷四《齐王芳纪》注引《魏略》云：

景王将废帝，遣郭芝入白太后。太后与帝对坐。芝谓帝曰："大将军欲废陛下。……"帝乃起去。太后不悦。芝曰："太后有子不能教。今大将军意已成，又勒兵于外以备非常。但当顺旨，将复何言？"太后曰："我欲见大将军，口有所说。"芝曰："何可见邪？但当速取玺绶。"太后意折，乃遣傍侍御取玺绶著坐侧。芝出报景王。景王甚欢，又遣使者授齐王印绶，当出就西宫。帝受命，遂载王车，与太后别，垂涕，始从太极殿南出。群臣送者数十人。太尉司马孚悲不自胜，馀多流涕。

又《高贵乡公髦纪》注引《汉晋春秋》云：

帝见威权日去，不胜其忿，乃召侍中王沈、尚书王经、散骑常侍王业，谓曰："司马昭之心，路人所知也。吾不能坐受废辱，今日当与卿自出讨之。"王经曰："……今权在其门，为日久矣。朝廷四方，皆为之致死，不顾顺逆之理，非一日也。且宿卫空阙，兵甲寡弱，陛下何所资用？而一旦如此，无乃欲除疾而更深之邪？祸殆不测，宜更重详。"帝乃出怀中版令投地曰："行之决矣。正使死何所惧，况不必死邪？"于是入白太后。沈、业走告文王。文王为之备。帝遂率僮仆数百，鼓噪而出。文王弟屯骑校尉伷入，遇帝于东止车门。左右呵之，伷众奔走。中护军贾充又逆帝战于南阙下。帝自用剑。众欲退。太子舍人成济问充曰："事急矣，当云何？"充曰："畜养汝等，正谓今日。今日之事，无所问也。"济即前刺帝，刃出于背。

据上所载，司马氏翦除宗室、废弑君上之阴谋，实至明显。盖自曹爽之败，而魏室覆亡，已成定局。其后王凌、毋丘俭、文钦、诸葛诞等，虽迭兴义师（《魏志》卷四《齐王芳高贵乡公髦纪》及卷二十八《王凌毋丘俭诸葛诞传》），然皆无效绩。此见不独其时守文之士，难济时艰，即握有军政实权者，亦无转旋之力。国祚之倾，殆岌岌不可终日矣。

与翦除宗室、废弑君上相辅而行者，则为排除异己、杀戮名士。盖一以夺取政权，一以禁制非议，两者固缺一不可也。自汉末曹氏擅权，已多忌才妒贤之举（参赵翼《廿二史劄记》卷七"三国之主用人各不同"条）。司马氏袭其故智，变本加厉，诛夷尤众。曹爽之难，何晏、邓飏、李胜、丁谧、毕轨、桓范等，并以与爽通谋，而遭族灭（《魏志》卷四《齐王芳纪》及卷九《曹爽传》）。同日斩戮，名士减半（《魏志》卷二十八《王凌传》注引《汉晋春秋》)。嘉平五年,司马师又诛夏侯玄、李丰。玄、丰并负重名,时人目玄朗朗如日月之入怀,丰颓唐如玉山之将崩(《世说新语·容止篇》),盖亦当时名士领袖。而史载玄不交人事,不畜华妍;丰历仕三朝,家无馀积(《魏志》卷九《夏侯玄传》及注引《魏略》),则其持操尤高。徒以尝议师无臣节,欲谋退之,遂陷大戮(《魏志》卷二十八《毋丘俭传》注引《俭表》文)。然此犹有涉于实际政治也。下逮景元三年,司马昭之杀嵇康,则更进至以腹诽而蒙显戮之情势。《魏志》卷二十一《王粲传》注引《康传》云:

少有俊才,旷迈不群,高亮任性,不修名誉,宽简有大量,学不师授,博洽多闻。长而好《老》、《庄》之业,……善属文论,弹琴咏诗,自足于怀抱之中。

又引《魏氏春秋》云:

康寓居河内之山阳县,与陈留阮籍、河内山涛、河南向秀、籍兄子咸、琅琊王戎、沛人刘伶相与友善。游于竹林,号为七贤。……大将军尝欲辟康。康既有绝世之言,又从子不善,避之河东,或云"避世"。及山涛为选曹郎,举康自代。康答书拒绝,因自说不堪流俗,而非薄汤、武。大将军闻而怒焉。初,康与东平吕昭子巽及巽弟安亲善。会巽淫安妻徐氏,而诬安不孝,囚之。安引康为证。

康义不负心，保明其事。安亦至烈，有济世志力。钟会劝大将军因此除之，遂杀安及康。康临刑自若，援琴而鼓，既而叹曰："雅音于是绝矣。"时人莫不哀之。

案康既旷迈自足，无有宦情，则非薄汤、武，充其量不过为表示消极之不合作，及对于时政之讽刺与鄙视，自与晏、飏、玄、丰等之有反对司马氏实迹者异科，而受祸之酷不二，则当时士流之栗栗自危可知。出处之际，既多嫌疑，故名士之欲全身远害者，遂不得不降心相从，以图苟安。此可以李喜、向秀二人之言为例。《世说新语·言语篇》云：

> 司马景王东征，取上党李喜以为从事中郎，因问喜曰："昔先公辟君，不就。今孤召君，何以来？"喜对曰："先公以礼见待，故得以礼进退。明公以法见绳，喜畏法而至耳。"

同篇"嵇中散既被诛"条注引《向秀别传》云：

> 秀少为同郡山涛所知，又与谯国嵇康、东平吕安友善，并有拔俗之韵。其进止无不同，而造事营生亦不异。尝与嵇康偶锻于洛邑，与吕安灌园于山阳，不虑家之有无。外物不足怵其心。……后康被诛，秀遂失图，乃应岁举，到京师，诣大将军司马文王。文王问曰："闻君有箕山之志，何能

阮嗣宗《咏怀》诗初论　271

自屈？"秀曰："尝谓彼人不达尧意，本非所慕也。"一坐皆悦。随次转至黄门侍郎散骑常侍。

览二人所对，虽一直切，一宛曲，而以求全生，遂至失节，则较然可见，初无两致。若其党附司马，以博利禄，如何曾、钟会之流，则又在绳检之外，非此所论矣。

次就思想潮流言：西汉以来，处于独尊状态之儒学，久成利禄之途。其本身停滞于章句训诂及家法宗派诸琐屑问题，已渐不足维系人心，统治社会。及东京之末，外戚擅权，宦官害政，异族入侵，群雄蜂起，天灾流行，民生涂炭，社会秩序既大为紊乱，人生观念、学术思想亦因之变迁，而传统儒学遂以涂地。《魏志》卷十三《王肃传》注引《魏略·儒宗传序》云：

> 从初平之元，至建安之末，天下分崩，人怀苟且，纲纪既衰，儒道尤甚。

盖当时之实录。而其时有志之士，懔于局势之危迫，乃思假言论对政治作实际褒贬，以代替旧日以儒学对政治作原则指导之方式。此种褒贬，即所谓清议者是。《后汉书》卷九十七《党锢传序》云：

> 桓、灵之间，主荒政谬，国命委于阉寺，士子羞与为伍。故匹夫抗愤，处士横议，遂乃激扬名声，互相题拂，品核公卿，裁量执政。婞直之风，于斯行矣。

夫清议之兴，其动机乃谋改善当时之政治，其思想固无悖于传统之儒学，特以别一方式出之而已。不幸此革新运动遭受宦官之压制，天下善士悉受党祸，因之终无补于汉室之危亡。及至曹操掌握政权，乃另起炉灶，以法术之学替代儒学，重能力，重法律，轻道德，轻名节，举以前清议家所标人伦模楷之条件，一扫而空之，而旧来传统遂彻底毁弃。今传建安十五年、十九年、二十二年诸令，均可概见。兹举《魏志》卷一《武帝纪》注引《魏书》所载二十二年八月令于次：

> 昔伊挚、傅说，出于贱人。管仲，桓公贼也。皆用之以兴。萧何、曹参，县吏也。韩信、陈平，负污辱之名，有见笑之耻，卒能成就王业，声著千载。吴起贪将，杀妻自信，散金求官，母死不归；然在魏，秦人不敢东向；在楚，则三晋不敢南谋。今天下得无有至德之人放在民间，及果勇不顾，临敌力战，若文俗之吏，高才异质，或堪为将守，负污辱之名，见笑之行，或不仁、不孝，而有治国用兵之术者。其各举所知，勿有所遗。

此操以法术之学为治之显证也。然儒学在社会上自有其悠久之历史，其所用以维系人心之名教礼法自有其潜在之势力。此点操固知之，故亦尝加以利用，俾遂其私。如其杀孔融，即利用名教礼法之一例。《后汉书》卷一百《孔融传》云：

> 曹操既积嫌忌，……遂令丞相军谋祭酒路粹枉

状奏融曰:"少府孔融,昔在北海,见王室不静,而招合徒众,欲规不轨,云:'我大圣之后,而见灭于宋。有天下者,何必卯金刀?'及与孙权使语,谤讪朝廷。又融为九列,不遵朝仪,秃巾微行,唐突宫掖。又前与白衣祢衡跌荡放言,云:'父之于子,当有何亲?论其本意,实为情欲发耳。子之于母,亦复奚为?譬如寄物瓶中,出则离矣。'既而与衡更相赞扬。衡谓融曰:'仲尼不死。'融答曰:'颜回复生。'大逆不道,宜极重诛。"书奏,下狱弃市。

案即令融言皆真,亦不过如操令所谓不仁、不孝而已,何为必欲杀之?可见操之治道,虽以法术为核心,亦复缘饰儒学,以收拾人心,减少阻力,而儒学遂以变质。故降及其子丕下令求贤,乃一则曰:"牧守申政事,缙绅考六艺。"(《魏志》卷二《文帝纪》建安二十五年令)再则曰:"儒通经术,吏达文法。"(同上黄初三年令)皆以儒、法并举。晋傅玄谓:"魏武好法术而天下贵刑名,魏文慕通达而天下贱守节。"(《晋书》卷四十七《傅玄传》)所论盖犹仅得其一偏也。在此形势之下,法术之学原本以代替儒学者,乃转而与儒学结合,依然假借名教礼法,使之再度成为新统治集团控制社会之工具。而当时士大夫原本在不背儒学之前提下,以从事于时政之善意批评者,反失其依据,至不得不另觅精神上之寄托。《老》、《庄》之学,遂以此进为时代思潮之主流。而所有言论,因亦渐次脱离现实,变为清谈。盖自党锢之祸以迄曹氏秉政,清议已屡遭打击,且政治之黑暗,社会之堕落，与名士之诛戮，更足令人增加消极之心，以图苟全。始马融已以大儒而兼重《老》、《庄》（《后汉书》卷九十《马融传》），及乎汉、魏易代之际，儒学严肃之精神，乃逐渐为道家放达之观念所代。至魏、晋间，司马氏主政，其苛刻猜忌，视曹氏殆尤过之。阳儒阴法之新传统既继续保持，不满现实之士大夫乃更沉溺玄虚，主张自然，以资逃避。流风转盛，差别亦显，故其维护名教礼法亦即拥戴当时政权之人，与崇尚自然亦即反对当时政权之人，思想行为遂各不同。陈寅恪丈尝于《陶渊明之思想与清谈之关系》文中论之云：

> 名教者，依魏、晋人解释，以名为教，即以官长君臣之义为教，亦即入世求仕者所宜奉行者也。其主张与崇尚自然即避世不仕者适相违反。……在当时主张自然与名教互异之士大夫中，其崇尚名教一派之首领如王祥、何曾、荀顗等三大孝，即佐司马氏欺人孤儿寡妇，而致位魏末晋初之三公者也。其眷怀魏室，不趋赴典午者，皆标榜《老》、《庄》之学，以自然为宗。"七贤"之义既从《论语》"作者七人"而来，则"避世"、"避地"固其初旨也。然则当时诸人名教与自然主张之互异，即是自身政治立场之不同，乃实际问题，非止玄想而已。观嵇叔夜《与山巨源绝交书》，声明其不仕当世，即不与司马氏合作之宗旨，宜其为司马氏以其党于不孝之吕安，即坐以违反名教之大罪杀之也。

阮嗣宗《咏怀》诗初论

据此，知当时士大夫由清议变为清谈，盖即由儒学而变为道家，由尊重传统而变为反对传统，由改善政治而变为脱离政治，由正视现实而变为逃避现实。用是，其人生活亦皆蔑视礼法，放浪形骸。旧籍所载，不遑悉举。前史论魏、晋诸公究心《老》、《庄》之故，以为："贤者恃以成德，不肖者恃以免身。"（《晋书》卷四十三《王衍传》）所言固是，而于其藉以寄托其反抗精神，与表示其不合作态度之深衷，犹未审谛，则论世之难也。此汉末以迄嗣宗之世思潮变迁之大略也。

三　嗣宗之思想生活

以上略述嗣宗所处之时代。兹请进言嗣宗个人之思想与生活。

嗣宗父元瑜以文学受知曹操，颇见优礼（《魏志》卷二十一《王粲传》）。元瑜虽卒于汉末，嗣宗则长于魏朝。其出仕已在易代之后，忠于曹氏，乃属当然。及司马氏威权日甚，嗣宗远识，已知事不可为，故遂韬晦市朝，苟全性命。《晋书》本传云：

> 籍本有济世志。属魏、晋之际，天下多故，名士少有全者。籍由是不与世事，遂酣饮为常。

此明言其行迹之变易也。《传》又云：

> 尝登广武，观楚、汉战处，叹曰："时无英

雄，使竖子成名。"登武牢山，望京邑而叹，于是赋《豪杰诗》。

则其本志亦时或显露，有未能完全消除者。时无英雄之叹，实深宗国之哀。徒以当时法网之严，迫害之酷，终不得不变坦率为玄远，代慷慨以谨慎。《传》称其"发言玄远，口不臧否人物"。司马昭亦谓为"天下之至慎"（《魏志》卷十八《李通传》注引王隐《晋书》）。殆尤足窥见其抑郁难堪之情。酣饮为常，正由胸中块垒须以酒浇之耳（《世说新语·任诞篇》语）。《传》又云：

　　文帝初欲为武帝求婚于籍。籍醉六十日，不得言而止。

则酒不独用以浇愁，且资之以避免与司马氏发生密切关系。此种消极态度，实嗣宗当时所可能采取之惟一态度，亦即崇尚自然诸人所共同采取之不合作态度也。《传》又云：

　　会帝让九锡，公卿将劝进，使籍为其辞。籍沉醉忘作。临诣府，使取之，见籍方据案醉眠。使者以告籍，便书案使写之，无所改窜，辞甚清壮。

案连姻权门，在利禄之徒，固惟恐弗得；劝进九锡，则忠义之士，实非所忍为。两事诚截然相反。而嗣宗于前者，虽以沉醉获免，于后者则欲以沉醉为藉口亦不可得，终不能不勉为操觚。原心略迹，盖又无不同焉。

在此种依违两可之情势下，嗣宗内心冲突之痛苦，自可想见。其恃以排遣之法，由今观之，不外二端。其一，则对《老》、《庄》思想之接受；其二，则对名教礼法之鄙夷。此亦诸贤之所同也。《老》、《庄》之学，自汉、魏易代以来，以政治之推移，乃成为对时政不合作者安身立命之地，已如前述。《传》称其"博览群籍，尤好《庄》、《老》"，"著《达庄论》，叙无为之贵"。此外其作品之流传于今者，尚有《通老论》、《大人先生传》诸篇（《全三国文》卷四十五），亦皆发抒道家自然之旨。斯浸润于《老》、《庄》之证也。至若鄙夷名教礼法，则可于史载下列事迹数则见之。《传》云：

> 性至孝。母终，正与人围棋，对者求止，籍留与决赌。既而饮酒二斗，举声一号，吐血数升。及将葬，食一蒸肫，饮二斗酒，然后临诀，直言穷矣，举声一号，因又吐血数升。毁瘠骨立，殆至灭性。裴楷往吊之。籍散发箕踞，醉而直视。……籍又能为青白眼，见礼俗之士，以白眼对之。及嵇喜来吊，籍作白眼，喜不怿而退。喜弟康闻之，乃赍酒挟琴造焉。籍大悦，乃见青眼。由是礼法之士疾之若仇。……籍嫂尝归宁，籍见与别。或讥之。籍曰："礼岂为我设邪？"

盖接受《老》、《庄》思想，乃其精神上之安慰；鄙夷名教礼法，则其精神上之反抗，皆所以消释其内心之苦闷者。而何曾、钟会之徒，缘政治立场之不同，屡欲假此致之于罪，卒以戒慎得免（《晋书》本传、《魏志》卷十八《李通传》注引王隐《晋书》及《世说新语·任诞篇》等），可谓厚幸。《太平御览》卷四百四十七引袁宏《七贤序》云：

> 阮公瑰杰之量，不移于俗，然获免者，岂不以虚中莘节，动无过则乎？中散遣外之情，最为高绝，不免世祸，将举体秀异，直致自高，故伤之者至也。山公中怀体默，易可因任，平施不挠，在众乐同，游刃一世，不亦宜乎！

考山涛本司马氏之姻娅（《晋书》卷四十三《山涛传》），其出处去就，本与嵇、阮不同，游刃当时，固为必然之事。若叔夜、嗣宗，其与司马氏不合作一也，而或遭横死，或获善终，固全由个性不同，斯行为亦异。袁氏之论，诚不可易矣。

嗣宗此种放纵之行，本由迫于时势，有托而逃，有激而然。及年世少后，情实已迁，或乃转有以此为嗣宗罪者，斯亦不可不辨也。如《世说新语·德行篇》"王平子、胡毋彦国诸人以任放为达"条注引王隐《晋书》云：

> 魏末阮籍，嗜酒荒放，露头散发，裸袒箕踞。其后贵游子弟阮瞻、王澄、谢鲲、胡毋辅之之徒，皆祖述之，谓得大道之本，故去巾帻，脱衣服，露丑恶，同禽兽。甚者名之为通，次者名之为达也。

同书《任诞篇》"阮籍遭母丧"条注引干宝《晋纪》云：

> 故魏、晋之间，有被发夷傲之事，背死忘生之人，反谓行礼者，籍为之也。

皆诋諆甚至。然案同篇又云：

> 阮浑长成，风气韵度似父，亦欲作达。步兵曰："仲容（阮咸字）已预之，卿不得复尔。"

注引《竹林七贤论》云：

> 籍之抑浑，盖以浑未识己之所以为达也。

由此观之，嗣宗实寓其沉痛之怀于放纵之迹，不特讥之者不得其意，即效之者亦未审其情。惟戴逵著论，谓竹林诸贤之放，乃有疾而为颦，与后来则效者异趣（《晋书》卷九十四《戴逵传》），可谓通识。善乎！近人黄节《〈阮步兵咏怀诗注〉自序》之言曰：

> 古之人有自绝于富贵者矣。若自绝于礼法，则以礼法已为奸人假窃，不如绝之。其视富贵，有同盗贼。志在济世，而迹落穷途；情伤一时，而心存百代；如嗣宗岂徒自绝于富贵而已邪？……钟嵘有言：嗣宗之诗源于《小雅》。夫《雅》废国微，谓

无人服《雅》而国将绝尔。国积人而成者。人之所以为人之道既废，国焉得而不绝，非今之世邪？

其言绝精，其意绝痛。嗣宗有灵，固当惊知己于千古，而影响攻伐之说，亦更无庸置论焉。

四 《咏怀》诗之特征

兹更进论嗣宗之诗。

嗣宗诗四言及五言今传者皆以《咏怀》为名。四言残佚已多，难为深论；而五言八十二首具存。其旨深远，其辞繁博，故吴汝纶以为"决非一时之作，疑其总集平生所为诗题之为《咏怀》"（黄节《集注》引）。所言甚是。嗣宗平生志业，既悉备于此数十篇中，辞旨自非仓卒所能觇缕。今为《初论》，但就愚管所及，略述其特征三事。三事者，一曰：情之急迫而辞之隐约也；二曰：思想感情之矛盾也；三曰：题材之严肃也。合三事而《咏怀》诗之面目大致可知。今分别举例并引成说以明之。

嗣宗之时，司马专横，魏祚已不可终日，而法网严密，人命尤危，故其发之于诗，情则急迫，而辞归隐约。此李善《选》注所谓"志在刺讥，而文多隐避"也。如第二十首云：

杨朱泣歧路，墨子悲染丝。揖让长离别，飘飖难与期。岂徒燕婉情，存亡诚有之。萧索人所悲，祸衅不可辞。赵女媚中山，谦柔愈见欺。嗟嗟涂上士，何用自保持？

陈祚明《采菽堂古诗选》云:

> 歧路、素丝,无定者也,以比患至之无方。典午窃国深心,初似诚谨。信用之后,权在难除。丧亡孰不悲,而祸衅已成,乌能自保。将述赵女之喻,先以燕婉比之,存亡旨甚显矣。寻省用意,深切如斯。辞愈曲而情愈明。

黄节云:

> 嗣宗诗意,盖谓后王取天下,藉口于汤、武用师。揖让之风相离既远,让王处此,求如《诗》所云"予室……漂摇"者(按《诗·鸱鸮》:"予室翘翘,风雨所漂摇。"),亦不可复期矣。彼篡夺之人貌为安顺,让王徒见其燕婉之情而已,岂知诚有关于国之存亡乎?故天下萧然,人皆知祸衅不可免。不见赵之图代,以谦柔而行其欺,亦犹篡夺者以燕婉而亡人之国也。杀夺之机,自上启之,可叹如此。世途之人何以自保乎?

案二说皆得作者之意。惟三四两句似指司马氏虽将藉口尧、舜禅代,而去真正之揖让实远;非谓后王藉口汤、武之用师。全诗言典午阴谋,祸衅未已。宗国且将沦亡,世人如何自保?虽中心怛恻,而无径直之辞。又第八十首云:

> 出门望佳人，佳人岂在兹？三山招松乔，万世谁与期？存亡有长短，慷慨将焉知？忽忽朝日隤，行行将何之？不见季秋草，摧折在今时。

黄节云：

> 《三国志·曹爽传》裴松之注引《魏氏春秋》曰："爽既罢兵，曰：'我不失作富家翁。'桓范哭曰：'曹子丹佳人，生汝兄弟，犊耳。何图今日坐汝等族灭矣。'"子丹，曹真字也。《晋书·阮籍本传》曰："曹爽辅政，召为参军。籍因以疾辞，屏于田里。岁馀而爽诛。"此诗盖悲曹爽之见诛。己虽屏居，而不能与松、乔逃世也。"存亡有长短，慷慨将焉知？"长短，谓长短术也。……《曹爽传》曰："范说爽使车驾幸许昌，招外兵。爽兄弟犹豫未决。范重谓羲曰：'当今日，卿门户求贫贱，复可得乎？且匹夫持质一人，尚欲望活。今卿与天子相随，令于天下，谁敢不应者？'羲犹不能纳。"此诗所谓长短也。言图存于亡，自有策在。惜范之慷慨陈辞，而爽不足以知之耳。

此注穿穴史传，极为精审。结语以秋草立枯为喻，危苦之情，殆不可言。陈祚明云：

> 嗣宗《咏怀诗》如白首狂夫，歌哭道中，辄向

黄河，乱流欲渡。彼自有所以伤心之故，不可为他人言。

陆时雍《诗镜》云：

> 嗣宗慎言，诗中语都与世远。缱绻情深，忧危虑切，以此当穷途之哭矣。

二家之论，证以前举两诗，则情之急迫，辞之隐约，灼然可见。此则其特征之一也。

情动于中而形于言，故古今作者，莫不在理与情、爱与恨、积极与消极、入世与出世之各种不平衡状态中，宣泄其内心，产生其作品。屈原以其思想感情无法保持平衡，苦闷之极，终于自杀，此众所熟知。嗣宗个性与屈子有狂狷之别，然其作品中所表见之矛盾心理，则无不同。盖其蒿目时艰，未克匡救，乃思远引全身；同时复以不能忘情家国，绝意存亡，又疑神仙之无稽，知世累之难脱，故陷于极端之徘徊与惶惑。此虽魏、晋间人生活上所共具之问题，而宣之于诗，则以嗣宗最为强烈，而形成其作品之另一特征。如第十五首云：

> 昔年十四五，志尚好诗书。被褐怀珠玉，颜闵相与期。开轩临四野，登高望所思。丘墓蔽山冈，万代同一时。千秋万岁后，荣名将安之？乃悟羡门子，噭噭今自嗤。

陆时雍云：

> "被褐怀珠玉，颜闵相与期。"此志殊自不小。志之不就而思名，名之无成而思仙，知古人善于托言也。

何焯《义门读书记》云：

> 此言少时敦味《诗》、《书》，期追颜、闵。及见世不可为，乃蔑礼法以自废。志在逃死，何暇顾身后之荣名哉？因悟安期、羡门亦遭暴秦之代，诡托神仙耳。

盖此篇写由积极之入世心情转为消极之出世心情者，最为显豁。第四十一首云：

> 天网弥四野，六翮掩不舒。随波纷纶客，泛泛若凫鹥。生命无期度，朝夕有不虞。列仙停修龄，养志在冲虚。飘飘云日间，邈与世路殊。荣名非己宝，声色焉足娱。采药无旋反，神仙志不符。逼此良可惑，令我久踟蹰。

陈祚明云：

> 起句言世途逼窄，无可自展，随俗俯仰，可以

苟容。然生命难期，颇欲遐举。末言荣名声色，既不足耽，而采药神仙，又非实事，不几进退失据乎！

方东树《昭昧詹言》云：

> 此即屈子《远游》所谓心烦意乱也（按"心烦意乱"，语出《卜居》，方氏误记）。

此则又举前首所构成之理想世界而粉碎之，仍使一己陷入虚空之境矣。元好问《遗山乐府》卷下〔鹧鸪天〕云：

> 只近浮名不近情，且看不饮竟何成。三杯渐觉纷华近，一斗都浇块垒平。　醒复醉，醉还醒，灵均憔悴可怜生。离骚读杀浑无味，好个诗家阮步兵！

元氏此作，自属别有用意，然其于屈、阮二公，但着眼于狷、狂之异，而未审其思想感情之矛盾，所谓"醒复醉，醉还醒"者，正复相同，似不及方氏所见矣。斯乃《咏怀诗》特征之二也。

由民间歌谣进化为五言诗，东汉已趋成熟。故建安之初，五言腾踊。而其题材，亦远较旧传无主名诸作为广阔。《文心雕龙·明诗篇》云：其时篇什，"并怜风月，狎池苑，述恩荣，叙酣宴"。此类皆扩充之范围，而前人屡齿所不及者。嗣宗诗风，虽或上承建安诸子，而选择题材，则悉取屈原下逮《十九首》诸篇所写逐臣弃友、死生契阔、忠义慷慨、忧愁幽思之情。凡所谓风月、池苑、恩荣、酣宴者，皆不暇一道。盖缘时值艰难，心存危苦，一以其无可奈何之境，万不得已之情，托之《咏怀》。故皆属有为而言，绝无游枝之语。此则题材之严肃，殆尤非一般作者所能企及。今寻绎八十二篇，主题所关，大体不外六类：或为忧国，或为刺时，或为思贤，或为惧祸，或为避世。此五点者，皆缘时世而发。五点而外，时亦虑及生命无常，为人类超时世之永恒悲哀而咏叹。如第十六首云：

　　徘徊蓬池上，还顾望大梁。绿水扬洪波，旷野莽茫茫。走兽交横驰，飞鸟相随翔。是时鹑火中，日月正相望。朔风厉严寒，阴气下微霜。羁旅无俦匹，俯仰怀哀伤。小人计其功，君子道其常。岂惜终憔悴？咏言著斯章。

何焯云：

　　嘉平六年二月，司马师杀李丰、夏侯泰初等。三月，废皇后张氏。九月甲戌，遂废帝为齐王，乃十九日。是月，丙辰朔。十月庚寅，立高贵乡公，乃初六日。是月，乙酉朔。师既定谋而后白于太后，则正日月相望之时。末言后之诵者，考是岁月，所以咏怀者见矣。初，齐王芳正始元年改用夏正。则此诗正指司马师废齐王事也。

案阮诗属辞隐约，其有关国政者，尤不易知。此篇用意，经何氏从历法考定，斯较然可据。此忧国之例也。第二首云：

> 二妃游江滨，逍遥顺风翔。交甫怀环佩，婉娈有芬芳。猗靡情欢爱，千载不相忘。倾城迷下蔡，容好结中肠。感激生忧思，萱草树兰房。膏沐为谁施，其雨怨朝阳。如何金石交，一旦更离伤？

刘履《选诗补注》云：

> 初，司马昭以魏氏托任之重，亦自谓能尽忠于国。至是，专横僭窃，欲行篡逆，故嗣宗婉其词以讽刺之。言交甫能念二妃解佩于一遇之顷，犹且情爱猗靡，久而不忘。佳人以容好结欢，犹能感激思望，专心靡他，甚而至于忧且怨。如何股肱大臣视同腹心者，一旦更变，而有乖背之伤也。君臣、朋友，皆以义合，故借金石之交为喻，所谓"文多隐避"者如此，亦不失古人谲谏之义矣。

案此诗是否确指司马昭，所不敢必，而金石交乃喻曹魏及世为曹魏重臣之司马氏，则可断言。又第六十七首云：

> 洪生资制度，被服正有常。尊卑设次序，事物齐纪纲。饰容整颜色，磬折执圭璋。堂上置玄酒，室中盛稻粱。外厉贞素谈，户内灭芬芳。放口从衷出，复说道义方。委曲周旋仪，姿态愁我肠。

陈祚明云：

> 礼固人生所资，岂可废乎？自有托礼以文其伪，售其奸者，而礼乃为天下患。观此诗，知嗣宗之荡轶绳检，有激使然，非其本意也。

先师黄季刚先生《咏怀诗补注》云：

> 此与《大人先生传》同旨，言礼法之士深为可憎，委曲周旋，令人愁损。盖不待世士嫉阮公，阮公已先恶世士矣。

是兹作乃以刺当时维护名教礼法之辈如何曾、钟会等甚明。此二篇皆刺时之例也。第十九首云：

> 西方有佳人，皎若白日光。被服纤罗衣，左右佩双璜。修容耀姿美，顺风振微芳。登高眺所思，举袂当朝阳。寄颜云霄间，挥袖凌虚翔。飘飖恍惚中，流盼顾我傍。悦怿未交接，晤言用感伤。

刘履云：

> 西方佳人，托言圣贤，如西周之王者。犹《诗》言"云谁之思，西方美人"之意。此嗣宗思见贤圣之君，而不可得，中心切至，若有其人于云

霄间，恍惚顾眄，而未获际遇，故特为之感伤焉。

是其意盖与《诗序》之"哀窈窕，思贤才"同，则思贤之例也。第三十三首云：

> 一日复一夕，一夕复一朝。颜色改平常，精神自损消。胸中怀汤火，变化故相招。万事无穷极，知谋苦不饶。但恐须臾间，魂气随风飘。终身履薄冰，谁知我心焦？

陈沆《诗比兴笺》云：

> 此遁世自修之辞也。人谓嗣宗放达士耳，然少年颜、闵之志，终身薄冰之思，此岂粗豪浅陋轶荡形骸者哉！

此则惧祸之例也。第十四首云：

> 开秋兆凉气，蟋蟀鸣床帷。感物怀殷忧，悄悄令心悲。多言焉所告，繁辞将诉谁？微风吹罗袂，明月耀清晖。晨鸡鸣高树，命驾起旋归。

吴淇《选诗定论》云：

> 《月令》："孟秋蟋蟀在壁。"故《豳风》：

"十月蟋蟀,入我床下。"此诗"开秋兆凉气",乃七月也。"蟋蟀鸣床帷",则是先时而鸣。鸡本司晨,明月之夜多早鸣。则是未晨而鸣,起而命驾,所谓见几而作也。

曾国藩《十八家诗钞》云:

> 旧说:晨鸡,知时者。旋归,将返山林以避世也。

自馀诸作或杂仙心者,多与此类同旨。斯避世之例也。以上五类,大抵皆以时世之感寄之于诗,虽其文情掩抑零乱,难得端倪,而主旨所存,要堪循省。此沈德潜《说诗晬语》所谓"遭阮公之时,自应有阮公之诗"也。然凡古之伟大诗人,其作品不仅反映时世之痛苦而已,亦或表见超时世之悲哀。盖自古人观之,人类以其短促与渺小之生命,而追求永恒与伟大之宇宙,自无法获得满意之答案,其结果终必陷入悲哀也。嗣宗于此,固深有会心。先师黄先生说阮诗,亦特重此点。其《〈咏怀诗补注〉自序》曰:

> 阮公深通玄理,妙达物情。《咏怀》之作,固将包罗万态,岂仅厝心曹、马兴衰之际乎!迹其痛哭穷路,沉醉连旬,盖等南郭之仰天,类子舆之鉴井。大哀在怀,非恒言所能尽,故一发之于诗歌。

今即其诗征之,如第五十二首云:

> 十日出旸谷,弭节驰万里。经天耀四海,倏忽潜蒙汜。谁言焱焱久,游没行可俟。逝者岂长生,亦云荆与杞。千岁犹崇朝,一餐聊自已。是非得失间,焉足相讥理。计利知术穷,哀情遽能止!

黄君云:

> 理无久存,人无不死。正当顺时待尽,忘情毁誉。而争是非于短期之中,竞得失于崇朝之内,计利虽善,未有不穷。以此思哀,哀能止乎?

盖即庄生"以有涯随无涯,殆矣"之说,哲人所见,固无不同。此又阮氏题材之一类,而与前五点略异者。然合此六条,皆足见其性质之严肃。是为特征之三。

以上就《咏怀》全部,粗加探究。语其特征,略可三端;析其题材,大分六类。学者循此经纬以为隅反之资,则于八十二篇之作,亦差得其崟较矣。若夫穷竟原委,辨析异同,抉评者之从违,订注家之得失,则犹有馀义,请俟来日。

附记

　　此文祖棻一九四八年二月作于武昌,尝写呈其本师汪寄庵先生乞正。先生复书嘉许,仍为题词云:"地坼天崩竟见之,阮公犹遇太平时。汉皋环佩托微辞。　逃谤从来须止酒,咏怀今日并无诗。穷途相忆泪连丝。"今编次其遗集,附记于后,以志人琴之感。千帆。

关于苏词评价的几个问题

如文学史实所昭示，凡一个伟大的或杰出的作家在文坛上出现，总是用他的创作实践带来了或多或少比以前的作品更新鲜、更美好的东西。这些东西也就成为文学史的新的构成部分，并且作为一种动力，有力地推动了整个文学继续向前发展。因此，当对这样一类作家进行研究时，就不止是对某一个人的思想和艺术加以具体分析和评价的问题；同时，也必然要联系到整个文学史在这位作家出现以后所形成的新面貌、所产生的新情况，以及他所给与后代的影响如何等等问题。

苏轼是人们公认的这类作家之一。他以多面手的姿态出现于北宋的文坛和艺坛。他的创作实践，无论是在散文、诗、词、书法乃至于绘画方面，都带来了使人耳目一新的情况。在词这一方面，三百多首《东坡乐府》一向被公认是词坛上的一座高峰。在词的创作上，他是一个新的流派的创始者；在词的发展史上，他更是一个新的历史阶段的揭幕人。其为历来评论家和文学史研究工作者所重视，并对之付出较多的精力来加以探究，那完全是应当的。

解放以后，在马克思列宁主义、毛泽东思想的指引下，古典文学的研究工作已经取得了可喜成绩,对苏词的研究也不例外,但其中也还存在一些须要继续深入讨论的问题。限于水平,我没有在这里对苏词进行全面研究的企图,而只准备就自己所认为对其评价较为重要的三个问题略抒浅见。

一

一个大作家总是以自己的创作特色将他自己和其他作家区别开来。同时,创作特色显然并不是什么单一的东西,它们往往以自己丰富复杂的呈现,反映了作家的精神面貌和艺术手段的丰富复杂。但是,在一个作家身上所具备的许多创作特色之中,其中又必然有一种是主要的,对这个作家来说是具有代表性的。那么,苏词最主要的创作特色是什么呢?历来的作家和批评家都异口同声地回答说,是以诗为词。《苕溪渔隐丛话》前集卷四十二引《王直方诗话》载晁补之、张耒云:

(东坡)先生小词似诗。

陈师道《后山诗话》云:

子瞻以诗为词,如教坊雷大使之舞,虽极天下之工,要非本色。

《苕溪渔隐丛话》后集卷三十三引李清照云:

> 晏元献、欧阳永叔、苏子瞻，学际天人，作为小歌词，直如酌蠡水于大海，然皆句读不葺之诗耳。又往往不协音律。

王灼《碧鸡漫志》卷二云：

> 东坡先生以文章馀事作诗，溢而作词曲，高处出神入天，平处尚临镜笑春，不顾侪辈。或曰："长短句中诗也。"为此论者，乃是遭柳永野狐涎之毒。诗与乐府同出，岂当分异？

> 东坡先生非心醉于音律者，偶尔作歌，指出向上一路，新天下耳目，弄笔者始知自振。今少年妄谓东坡移诗律作长短句，十有八九不学柳耆卿则学曹元宠，虽可笑，亦毋用笑也。

刘熙载《艺概》卷四云：

> 东坡词颇似老杜诗，以其无意不可入，无事不可言也。若其豪放之致，则时与太白为近。

上举这些大家所熟知的材料提供了一个值得注意的事实，那就是：无论他们对于苏轼以诗为词所采取的态度是赞成还是反对，但意识到这一点是苏词主要的创作特色，却是共同的。

肯定了这一点，我们就很自然地要提出两个问题。其一，人们根据什么理由在苏词的许多创作特色之中,突出这一点来加以注意和褒贬呢?其二,所谓以诗为词,又包含了一些什么具体涵义呢?关于前者,可以从对于词史的洄溯上得到解释。关于后者,苏词本身就可以给人们作出确切的说明。

词,本来是唐代人民群众所创造的一种新的音乐歌词。和其他样式的民歌一样,它必然地会广泛地从各种不同的角度,反映当时人民在政治、经济、社会生活各方面的情况和愿望,当然其中也包括了男女爱情方面。现存敦煌卷子中的作品,虽然为数不多,但是大体上也可以看出其中消息。作家们,无论他们是自觉还是不自觉,总是要向民间的新兴文学样式学习,并在其中吸取养料的。这,实质上也就是由民间词上升为文人词的历史过程。这种学习,虽始于中唐,但到晚唐、五代才获得较大的发展。由于当时政治混乱,社会黑暗,农民阶级与地主阶级之间以及统治者内部之间的斗争都日趋激化,多数作家们的精神状态都陷入颓废空虚;加以某些地区(如黄巢起义以前的长安以及十国中的西蜀、南唐)暂时苟安的政治局面和畸形发展的都市繁荣,又为这些作家(特别是一些上层的贵族,如《花间集》中某些词人和南唐二主、冯延巳等)提供了享乐的条件,因而在他们通过其创作实践来发展和提高这种音乐歌词的时候,就不可避免地按照他们自己的生活方式和美学趣味片面地突出了其中有关男欢女爱、别恨离愁的部分。这就使得这种样式,本来和其他样式一样,可以反映广阔的生活面的,变得反映的范围相当狭窄,似乎词只能是剪红刻翠的"艳科",或者旖旎温柔的"情语"了。从温庭筠到柳永,这种"艳科"、"情语",在词中,竟成为普遍的和最有势力的题材和主题。作家们在填词的时候,几乎完全排斥了,甚而至于认为应当排斥广阔的生活画面和比较重大、严肃的内容，否则就要被认为不合色，不当行。在这一段时期中，如李珣、孙光宪对风土的歌咏，鹿虔扆、李煜对故国的哀思，范仲淹写塞上风光，柳永写都市繁华，对多数词人们所拘守的狭窄范围有所突破，并取得了优异的成绩，但没有能够改变它总的倾向。直到苏轼，以诗为词，才比较彻底地打破了这个相当悠久的，但并非健康和合理的传统，使读者、歌者和其他作者一新耳目。这自然不能不算是一项重大的革新，而且，在某种程度上，它还意味着恢复了民间词无论从思想内容和艺术手段上都能够比较广阔地反映生活的那种古老而优良的传统。试想，这怎么能够不成为词坛上令人十分重视和关切的事态呢？

现在，可以进一步探索一下以诗为词的具体涵义究竟是什么。

我认为，以诗为词，首先指的是词所反映的生活内容的扩大。苏词中所描写的情事，当然有许多是和其以前的词人相同的。但是，许多被别人认为不适宜于用词来描写的情事，苏轼也毫无顾忌地将其写入词中来，诸如人生的感慨、仕途的升沉、交游的聚散、州邑的去留、自然景物的欣赏、农村生活的写照，甚至打猎、参禅等等，都是前人词中反映较少或完全没有涉及的。另外，在少数篇章中，他还隐约其辞地表现了自己的社会政治观点和对于时政的看法，虽然这一方面还发展得不够充分。总的说来，苏词中一些题材和主题，是从温庭筠以来的词人的作品中所找不到的，但却是前代诗人的作品中所常见的。刘熙载说，苏词"无意不可入，无事不可言"，可能还不能完全落实，然而这位批评家所指出的苏轼以诗为词的具体涵义的一个方面，显然是正确的。

被苏轼所扩大了的词的内容，必然要求与之相适应的艺术手段，首先是语言。因此，以诗为词的具体涵义，就不能不将以诗的语言来写词这个概念包含在内。如果我们细加辨别，就可以发现，这还不止是一般地以诗的语言来写词的问题，而且在某些情况下，还是以有别于唐诗语言的宋诗语言来写词的问题。宋代诗人如欧阳修、王安石等已有意识地从唐代大师杜甫、韩愈等的语言宝库中吸取了自己所需要的营养，从而形成了宋诗语言的特色。苏轼也正是积极参预了这一艺术活动的人。这样，在他从事词的革新的时候，就不可避免地，或者说很自然地将诗的语言，特别是宋诗的语言带进了词里，从而形成了绚烂多彩的风格。例如，雄壮超脱的则有〔念奴娇〕（"大江东去"）、〔水调歌头〕（"明月几时有"）等，清新明快的则有〔贺新郎〕（"乳燕飞华屋"）、〔洞仙歌〕（"冰肌玉骨"）等，奔放流转的则有〔八声甘州〕（"有情风万里卷潮来"）、〔水调歌头〕（"落日绣帘卷"）等，沉挚深永的则有〔江城子〕（"十年生死两茫茫"）、〔永遇乐〕（"明月如霜"）等。此外，如〔哨遍〕（"为米折腰"）、〔满庭芳〕（"归去来兮"）等，则已经高度散文化；〔减字木兰花〕（"贤哉令尹"）、〔无愁可解〕（"光景百年"）等，更出之以议论；〔如梦令〕（"水垢何曾相受"、"自净方能净彼"）、〔南歌子〕（"师唱谁家曲"）等，又加之以俗语、禅语。这一切，都是由于适应词的内容的扩大而形成的语言特色，并从而直接构造了苏词的独特风格。将这些作品和前人的诗和词分别加以比较，就可以发现，它的语言和风格，是更其接近于前人的诗（和苏轼自己的诗）而远于前人的词的。在《文说》中，苏轼将自己的文章描写为："如万斛泉源，不择地而出，在平地滔滔汩汩，虽一日千里无难，及其与山石曲折，随物赋形而不可知也。"这位艺术巨匠以水之能"随物赋形"来比喻他运用语言的本领，是合适的。他创造性地使用诗的语言来写词，为他所扩大的词的内容找到与之十分相适应的形式，也足以证明他自我评价的正确。

勇敢地将词写成如李清照所讥讽的"不协音律"的"句读不葺之诗"，乃是苏轼以诗为词的又一具体涵义。前人曾将这一点归咎于苏轼不通词乐，不善唱曲。但根据有关这个问题的现存全部材料看来，陆游在其《老学庵笔记》卷五中所说的"公非不能歌，但豪放，不喜裁剪以就声律"这个结论还是下得对的。由于苏轼在其创作实践中并不十分严格地拘守声律成规，就使得词从他开始，更其明确地不仅以音乐歌词的身份存在于艺苑，而且以抒情诗的身份出现于诗坛。在其后词乐逐渐消亡的过程中，词终于脱离了音乐，成为一种独立的抒情诗样式，而依然存在下去。从元、明以来，直到现在，还有人用这种样式来进行创作。所以苏词不剪裁以就声律，从音乐和歌唱的角度看来，在当时也许是不怎么妥当的；但从文学创作的角度来说，则是一种当内容与形式发生矛盾的时候，宁肯使内容突破形式，而不肯使形式束缚内容的正确方法。这不仅对当时的创作风气起了良好的推动作用，而且对于词之成为一种独立的抒情诗样式也起了不可抹杀的支持作用。我们在估计苏词的历史功绩时，似乎不应当把这一点除外。

综上所说，苏轼以诗为词的积极意义就在于改变了词的传统，扩大了词的内容，丰富了词的语言和风格，并且为词发展成为独立的抒情诗样式准备了条件。

苏轼写的词为数不少,但是,关于词的意见,在他卷帙浩繁的著作中,却并不多。尽管如此,我们还是可以找到一些材料来证明:苏轼的以诗为词,正是他自己的理论的实践。他在《祭张子野文》中云:

> 清诗绝俗,甚典而丽,搜研物情,刮发幽翳。微词宛转,盖诗之裔。

《与蔡景繁简》云:

> 颁示新词,此古人长短句诗也。得之惊喜,试勉继之。

《答陈季常简》云:

> 又惠新词,句句警拔。诗人之雄,非小词也。但豪放太过,恐造物者不容人如此快活。

这些极其简略的意见,至少告诉了我们两点:首先,苏轼认为词是诗的后裔;其次,因此好词就是好诗,或者说,词应当向诗看齐。这正是他的词体革新的理论纲领,也就是以诗为词的出发点。这种新的意见和新的实践,在最初是不容易被人认识到它们的意义和价值的。所以即使是和他私交极笃、关系很深的人如陈师道,具有高度文学修养而又对他很尊敬的后辈如李清照,都曾经对他的词加以非笑。直到南宋以来,才逐渐有人从理论上肯定了它,在创作中继承和发扬了它。这正证明了,新事物总是在和旧事物的斗争过程中成长起来的。

以上我们探索了苏轼以诗为词这一创作特色的积极意义。但为了更加全面地理解它和估价它,同时指出以下各点也是必要的。

第一,以诗为词虽然是苏词主要的、有代表性的创作特色,但这一特色却不能够反映其全部面貌。我们都知道,苏轼是祖国文学史上为人们公认的大家,而大家的创作,无论在内容或形式上,总是丰富复杂、兼容并包的。因而苏轼虽然以诗为词,并以此比其前辈提供了新的东西,但决不掩盖他在以词为词那一方面所达到的造诣。在《东坡乐府》中,婉约绮丽、细腻温柔,近于晏、欧、秦、柳的作品,仍然占有相当大的比重,如〔浣溪沙〕("道字娇讹语未成")、〔点绛唇〕("月转乌啼"),完全是秦观的风致;〔蝶恋花〕("蝶懒莺慵春过半")、〔木兰花令〕("经旬未识东君信"),则神似大晏、欧阳;〔定风波〕("莫怪鸳鸯绣带长")、〔减字木兰花〕("晓来风细"),则逼真小晏;至如〔雨中花慢〕("邃院重帘何处"、"嫩脸羞蛾因甚"),则简直近于他所鄙薄的柳词的情调了。不考虑到这一点,我们就无从全面地认识苏词,也难于体会苏轼在词史上作为一个大家的意义。

第二,我们推重苏轼以诗为词,但决不可以导致苏词可以胜过、代表或包括苏诗那种概念。从词的发展史上看,苏轼的成就显然在某些方面跨越了前辈词人,但就他本人的创作而言,则很难说他在词一方面的成就,超过了他在诗一方面的成就。

根据不很完全因而不很精确的统计，这位作家的编年诗起于1059年，讫于1101年，一共有二千四百五十四首诗（据王文诰《苏文忠公诗编注集成》）；编年词起于1072年，讫于1100年，一共有三百四十四首词（据朱孝臧《彊村丛书》本《东坡乐府》）。这就是说，他词的创作时期只有诗的创作时期的三分之二，而词的数量只有诗的数量的七分之一弱。由于苏轼写词的年限较短，词的数量较少，也就不能不对表现他内心世界的全貌有所影响。他的政治社会观点在词中反映得固然很少，就是在诗中占有大量篇幅的其他方面，在词中写得也不太多。这也就说明了苏轼以诗为词，虽然较之以前的词人，已经大大地扩张了这一新的抒情诗样式的内容，可是，在非常广阔的生活里，仍然有某些极其重要的领域是他所没有想到要用，或者不准备用词去反映的。这，另一方面当然也是由于词这种样式本身的局限性所导致的，并非完全由于苏轼的"以诗为词"还不够彻底。

第三，苏轼的以诗为词虽然兼赅内容与形式两方面的变化，但这种变化并没有超出下列范围，即由比较狭窄地反映士大夫的有关男女关系方面的生活，扩大到比较广泛地反映士大夫的其他许多方面的生活；或者说，由专门反映比较放浪的生活，扩大到也同时反映比较高雅的生活而已。和这种内在要求相适应，其艺术语言和风格就不能不依旧处于士大夫的美学观点支配之下。这样，才可以在除了绮罗香泽、绸缪宛转之外，还"寓以诗人句法"，而不至于发生不可调和的矛盾。苏轼以诗为词，作为一种重大的革新手段，本来是可以，而且应当继承《诗经》、《楚辞》以及汉、唐诗歌的优良传统，而使词的成就更高一些的，但由于他受到自己世界观中保守落后部分的制约，却没有能做到这一点。这是苏轼全部创作中带有根本性的弱点,在词中也显得很突出。这,也同样有待于他的继承者来加以弥补。

二

在词史上,人们都知道,婉约和豪放是两个长期对峙着的流派。苏轼是豪放派的开拓者,又是这个流派中有代表性的大作家之一。在对苏词进行评价的时候,就必然要涉及到他的豪放词风这个问题。

前面曾经说到,从温庭筠以下的多数词人,是将词作为"艳科"、"情语"来创作的,因而在用意遣辞方面,就很自然地走上了委婉、曲折、含蓄的道路,从而形成婉约的风格。与此相反,苏轼有些词却是豪迈奔放、雄浑开阔,放笔直书,更无拘束。这就使得词的面目一新,打破了旧有婉约派的统一局面,形成与之对立的豪放派。俞文豹《吹剑续录》所载下列佚事是这两个流派的很形象的说明:

> 东坡在玉堂,有幕士善讴,因问:"我词比柳词何如?"对曰:"柳郎中词,只好十七八女孩儿,执红牙拍板,唱'杨柳岸晓风残月';学士词,须关西大汉,执铁板,唱'大江东去'。"公为之绝倒。

豪放作为苏词在风格上的主要特征,是和他的以诗为词紧密地联系着的。以诗为词扩大了词的内容,也就要求多样化的、与那些内容相适应的语言，并由此形成多彩多姿的风格，而豪放则是苏词诸风格中最为人所注目的。在诗中，豪放的风格比较常见，而在词里却很稀少。苏轼在这一方面所作出的贡献（包括其历史影响在内），受到后世的尊重，是应当的。

由于苏轼的老师欧阳修等人所主持的诗文革新运动，打击了沿袭晚唐馀风如石介《石守道先生文集》卷二《怪说》中所攻击的以"穷风月，弄花草"为特色的西昆派，使整个文坛走上了比较健康的道路。这就为苏词的创新准备了条件。另外，就词的本身来说，苏词豪放风格的形成，也有其历史根源。如晏、欧词，本是继承五代馀风的，其一般特色是雍容华贵、缠绵悱恻。但晏殊也偶尔有〔喜迁莺〕（"花不尽"）之类的作品；欧阳修的〔朝中措〕（"平山栏槛倚晴空"）、〔玉楼春〕（"两翁相遇逢佳节"）、〔渔家傲〕（"十二月严凝天地闭"）等作，都具有豪放的倾向。还有范仲淹，他现存的词虽然只有五首，但仍可以看出，其沉雄豪健却俨然是苏轼的先驱。范仲淹是苏轼虽然没有见过却非常推重的老一辈政治家，欧阳修是苏轼终身敬爱的老师。苏在词风上受到范、欧的影响是完全可能的。

当然，苏词豪放风格的形成，和他本人的个性以及他的个性与时代的矛盾的关系更为密切。一般地说，宋朝为了缓和统治阶级的内部矛盾，以巩固其对人民的统治，对士大夫是相当宽厚的。但是，它的专制主义种种措施，又在很大的程度上，抑制了士大夫的才能，堵塞了他们为国为民尽力的机会。苏轼就是生活在这样一种环境之中。他旷达的性格、开朗的胸襟，和当时那种容易使人变得非常庸俗的社会现实存在着深刻的矛盾。作为一个作家，他必然要以一吐为快的心情在作品中将这种矛盾反映出来。在他的个性支配之下，他习惯于用旷达不羁，甚至以玩世不恭的态度来表示自己的不满。这是形成他作品中豪放风格的一个很主要的原因。在《答陈季常简》中，他赞美陈词豪放，又说"但豪放太过，恐造物者不容人如此快活"，可见在苏轼看来，豪放乃是突破当时封建社会的某些既成秩序和庸俗生活的束缚的表现，而这种突破则是可以使人感到精神上的解放和快活的。从这些角度来说明苏词豪放风格产生的原因，或许与事实相差不会太远。

胡寅《向子諲〈酒边词〉序》云：

> 词曲者，古乐府之末造也。……唐人为之最工者。柳耆卿后出，掩众制而尽其妙，好之者以为不可复加。及眉山苏氏，一洗绮罗香泽之态，摆脱绸缪宛转之度，使人登高望远，举首高歌，而逸怀浩气，超然乎尘垢之外，于是《花间》为皂隶，而柳氏为舆台矣。

这段话是对苏词豪放风格相当精确的描绘和评价。但是，和苏轼以诗为词并不排斥以文为词相关联，苏词的豪放的风格也并不排斥婉约的风格。豪放，对于他说来，虽然是有代表性的，可并不是惟一的风格。所以王士禛《花草蒙拾》说：

> "枝上柳绵"，恐屯田缘情绮靡，未必能过。孰谓坡但解作"大江东去"耶？髯直是轶伦绝群。

贺裳《皱水轩词筌》说：

> 苏子瞻有铜琶铁板之讥，然其〔浣溪沙〕《春闺》曰："彩索身轻常趁燕，红窗睡重不闻莺。"令十七八女郎歌之，岂在"晓风残月"之下？

又谭莹《论词绝句》有云：

> 海雨天风极壮观，教坊本色复谁看？杨花点点离人泪，却恐周秦下笔难。

诸家所论，对于苏轼词风的多样化及其具有异量之美，作了恰当的说明，对于我们全面地认识苏词，是重要的。

在这里，可以顺便解释一个误会。那就是，大家都知道，苏轼是反对当时风靡一世的柳词的。曾慥《高斋诗话》曾记载他讥讽秦观〔满庭芳〕中"消魂，当此际"之语为"学柳七作词"。在《与鲜于子骏简》中，他说："近却颇作小词，虽无柳七郎风味，亦自是一家。呵呵！数日前，猎于郊外，所获颇多，作得一阕，令东州壮士抵掌顿足而歌之，吹笛击鼓以为节，颇壮观也。"这首词就是指的〔江城子〕（"老夫聊发少年狂"），它是一篇很豪放的作品。这些原始材料每每被人利用来作为苏轼反对婉约词风的证明。可是，事实上，不仅苏词本身就兼具豪放、婉约之长，而且他还非常推重在婉约含蓄的风格方面造诣极高的秦观。如《苕溪渔隐丛话》后集卷三十三引严有翼《艺苑雌黄》载苏轼极其赞赏秦观同一首〔满庭芳〕，并取词中首句称之为

"山抹微云君";同书前集卷五十引释惠洪《冷斋夜话》也载有苏轼在秦观死后,还曾将其〔踏莎行〕中为自己所"绝爱"的"郴江幸自绕郴山,为谁流下潇湘去"两句,写在扇子上面,并发出"少游已矣,虽万人何赎"的叹息。这又如何解释呢?我们认为:苏轼所反对的,并非柳词中婉约的风格,而是其中不符合封建士大夫清高雅正的美学观点的市民情调,即冯煦在其《〈宋六十家词选〉例言》中所谓"好为俳体,词多媟黩,有不仅如《提要》所云'以俗为病'者"。即以秦观此词"消魂,当此际,香囊暗解,罗带轻分"诸句而论,它写的是男女的幽欢,与贺铸《薄幸》的"向睡鸭炉边,翔鸾屏里,羞把香罗暗解"诸句同意,显然是媟黩而非雅正,所以苏轼认为这是在"学柳七作词"。苏轼赞美秦观而鄙薄柳永,其秘密正在这里;而他对于〔满庭芳〕一词,既推重其全篇的造诣,激赏"山抹微云"之句,又对于"消魂,当此际"诸语加以否定,其理由也在这里(叶梦得《避暑录话》卷三云:"苏子瞻于四学士中最善少游,故他文未尝不极口称善,岂特乐府?然犹以气格为病。故尝戏云:'山抹微云秦学士,露花倒影柳屯田。''露花倒影',柳永〔破阵子〕语也。"似乎苏轼又不以"山抹微云"这种婉约的名句为然,嫌它气格不高,与柳词同病。这或是苏轼在偏重豪放风格的感情支配之下,一时的"过言"。但苏轼论词,扬秦抑柳,而秦、柳的差别,并不在于婉约与豪放;这两家词风都偏于婉约,但秦较雅正,而柳涉媟黩,则历来论家所见略同)。这和张舜民《画墁录》载晏殊反驳柳永讥讽他也同样作曲子的话:"殊虽作曲子,不曾道'彩线慵拈伴伊坐'。"正一脉相通。这个误会的消除,有助于我们全面地认识苏词的风格。

在一定的政治和文学的历史条件之下，根源于自己的个性和这种个性与时代的矛盾而形成的苏词的豪放风格，打破了在其前的一个相当长的时期中婉约风格几乎独占词坛的局面。被扩大了的词的内容，提供了产生这种风格的有利条件；同时，成功的具有豪放风格的作品出现，也有利于词的内容的继续扩大。从苏轼开始，作家们通过长期的创作实践，被视为小道的词，终于在人们的心目中，在思想价值和艺术价值上，逐步接近或达到和诗同等的地位。这是以诗为词的结果，也是词的风格多样化的结果。另外，自从词中出现了豪放的风格，我们才在这一新兴文学样式中具备了阳刚之美及阴柔之美的对立和统一。金代的元好问和清末的朱孝臧等人，都在其词中创造了一种如苏轼《和子由论书》诗中形容书法的"端庄杂流丽，刚健含婀娜"，即融铸婉约、豪放于一炉，兼有阴柔、阳刚之美的新风格。这都应当包括在王灼所说的苏词"指出向上一路，新天下耳目，弄笔者始知自振"的含义之内。

至于就苏词本身而论，我们今天之所以肯定他这种豪放的风格，首先是因为具有这样一种风格的某些作品，反映了作者对于人生的积极态度和乐观精神，例如〔江城子〕（"老夫聊发少年狂"）、〔水调歌头〕（"明月几时有"）、〔浣溪沙〕（"山下兰芽短浸溪"）、〔念奴娇〕（"凭高眺远"）等篇。但苏词中这种富有积极浪漫主义精神的作品，并不太多，即使是被人推为豪放词风的代表作的〔念奴娇〕（"大江东去"），也还流露出了"人间如梦"的那种消极情绪，虽然它被整个词的横放杰出的气氛冲淡了，因而并不显得十分突出。较多的具有豪放风格的词，则往往反映了作者开朗超脱、旷达不羁的个性，体现了这种个性与封建社会中庸俗风习或不合理的社会秩序的游离。这些作品间接地起了支持正直的知识分子反抗封建社会黑暗统治的作用，使得人们产生了诸如洁身自好、不肯同流合污的念头以及鄙薄功名富贵的感情，例如〔定风波〕（"莫听穿林打叶声"）、〔哨遍〕（"为米折腰"）、〔临江仙〕（"夜饮东坡醒复醉"）、〔卜算子〕（"缺月挂疏桐"）等都是。这一类的词，在旧中国漫长的封建社会中，也还是起过某种程度的积极作用的。当然，在今天，由于社会性质及人与人之间的关系的彻底改变，它们已经完全丧失其作为生活教科书的作用了。

我们并不忽视苏轼世界观的复杂性。在他的作品中，积极的入世精神、严肃的人生态度，还是有所反映的。但也不能不承认，在他的思想中，消极的因素占有很大的比重；而且由于在政治生活中曾经遭受过两次很沉重的打击，就使得他和光同尘、挫锐解纷的思想更其占了上风。在老、庄哲学的支配之下，他所采用的反抗方式，往往只能是自我解嘲，逃避现实。从下面这两封南迁后所写的书信中，我们不难看出，他在累遭打击以后，对待社会人生所采取的是什么样的一种态度。《答参寥简》云：

> 某到贬所半年，凡百粗遣，更不能细说。大略只似灵隐天竺和尚退院后，却在一个小村院子，折足铛中，罨糙米饭吃，便过一生也得。其馀瘴疠病人，北方何尝不病？是病皆死得人，何必瘴气？但苦无医药，京师国医手里，死汉尤多。参寥闻此一笑，当不复忧我也。

又《与程正辅提刑简》云：

> 某睹近事，已绝北归之望，然中心甚安之。未话妙理达观，但譬如元是惠州秀才，累举不第，有何不可？知之，免忧。

这种人生态度反映在创作上，就使得他的某些作品，风格虽然豪放，感情却不够深挚，因而使读者感到开朗的多，感到激动的少。清代著名的词论家周济在《介存斋论词杂著》中，曾经将辛弃疾和姜夔作过一个比较，非常深刻地指出："稼轩郁勃，故情深；白石放旷，故情浅。"这也同样可以说明辛、苏两家的异同。正如谢章铤《赌棋山庄词话》卷九所说："苏风格自高，而性情颇歉。辛却缠绵悱恻。"放旷情浅，也就是感情的深度不够。这正是苏轼对生活往往不够严肃，玩世不恭，随遇而安的人生态度所决定的。这乃是苏词带有根本性的弱点，即使出之以豪放的风格，也难以弥补它的缺陷，如〔减字木兰花〕（"玉觞无味"）、〔定风波〕（"月满苕溪照夜堂"）、〔木兰花令〕（"知君仙骨无寒暑"）等，都是显明的例子，而〔满庭芳〕（"蜗角虚名"）一首，尤其有典型性。值得注意的是，这一类的作品往往和另外一些与封建社会游离的作品有些近似，很容易混同起来。但对两者仔细加以区分，对于评价苏词的优缺点却很重要。

　　风格即人。一个作家的风格乃是他的精神面貌的显示，也就是他的世界观、个性和他对现实生活态度的表现，而语言体现风格，则如行走的步调、写字的笔迹、面部的表情。这些概念是我们所熟悉的。苏轼通过以诗为词的方法，突出了他以豪放为主的风格，就使得他的世界观、个性和对现实生活的态度，都比他以前的词人表现得更加直接和鲜明。我们读他的词，常常觉得容易把握住他的思想感情，有如闻其声、如见其人之乐。这也是苏词在风格上的特殊成就，我们所不应当忽略的。

三

以上，从以诗为词和豪放风格两方面论述了苏词的思想价值和艺术价值、其所达到了的和还没有达到的成就。我们认为，还必须就苏词对后代词人，尤其是对南宋辛弃疾等人的影响，即苏词的历史作用和功绩，进行一些探索，才能够对它作出较为全面的评价。

作为词史上一个流派的开拓者、一个新的历史阶段的揭幕人，苏轼的创作所产生的影响当然是巨大而深远的。但其中最主要的则是为词这种文学样式中的思想性的提高开辟了道路，准备了条件。从艺术角度来看，由晚唐的温庭筠、韦庄到晚宋的张炎、王沂孙等，各有其独特的成就，正如秋菊春兰，各极一时之秀，这是历来所公认的；而从思想角度来看，则以辛弃疾为首的南宋诸民族词人的作品，与由花间派到柳永诸人的作品比较，却判若天渊，也是无可争辩的。正是苏轼，他在使词的思想性发生质变的过程中，起了枢纽作用。上面曾经说过，和出现在其以前的诸词人相比，苏词的思想性较高，但仍然存在着相当大的弱点和局限性。可是，我们也很难想象，如果没有苏轼作为先驱，辛弃疾和其他辛派词人能取得如今天所看到的这样光辉的成就。

当然，这样的提法，决不包含任何低估辛弃疾等人所作的自我努力的意思在内。问题是在于任何一个有成就的作家，特别是比较伟大和杰出的作家，虽然他所进行的劳动总是具有创造性的，但也同时必然是对前代的遗产有所继承、有所扬弃，也就是从事于批判地继承的。苏轼以诗为词，在很大的程度上，扩大了词的内容，但由于时代的局限和自己世界观的制约，却没有能够在其作品中反映出当时社会政治方面的任何重大问题以及民生疾苦的生活画面。而辛弃疾却在经过苏轼的努力已经建立的基础上，进一步在词的领域内开疆拓土，真实地描绘了在尖锐的民族斗争和阶级斗争中各阶级阶层人物的精神风貌，特别着重地表现了广大人民群众对女真贵族统治阶级的民族压迫的反抗精神。苏轼在词中创造了豪放的风格，有效地表达了自己积极乐观的思想感情和与封建社会某些既成秩序及庸俗风习不相容的人生态度，但同时也无可避免地显示了自己性格中消极的一面。辛弃疾却以自己的比较先进的世界观和沉挚热烈的个性来学习和继承苏轼，从而发扬了苏词中的豪放风格与积极精神相结合的传统，使自己攀登上了一座更高的山峰。虽然在辛词中，消极情绪仍然不时出现，但相对地说，却有所减弱。再如苏词的语言，比起其前辈来，已经是大大地解放了。然而这种解放也只是在他有了像辛弃疾这样杰出的继承人之后，才得到完成。陈模《怀古录》引潘牥云："东坡为词诗，稼轩为词论。"这两句话虽然不能说明苏、辛两家在艺术语言上的传承关系的全部内容，仍然不失为一个简明的概括。而刘辰翁《辛稼轩词序》中的一段议论，则更为精辟，很有助于我们对这个问题的理解。《序》云：

> 词至东坡，倾荡磊落，如诗，如文，如天地奇观，岂与群儿雌声学语较工拙？然犹未至用经，用史，牵《雅》、《颂》入《郑》、《卫》也。自辛稼轩前，用一语如此者，必且掩口。及稼轩横竖烂漫，乃如禅宗棒喝，头头皆是；又如悲笳万鼓，平生不平事并尽厄酒，但觉宾主酣畅，误不暇顾。词至此亦足矣。……嗟乎！以稼轩为坡公少子，岂不痛快灵杰可爱哉？而愁罄龋齿作折腰步者阁然笑之。《敕勒》之歌拙矣，"风吹草低"之句，与"大风起"句高下相应，知音者少顾。稼轩胸中今古，止用资为词，非不能诗，不事此耳。

凡此种种，都说明了：只有联系辛弃疾及其他辛派词人在思想上和艺术上的成就，并恰如其分地肯定苏轼对于他们的"导夫先路"的作用，才能如实地估计苏词的历史功绩。

当然，谈到苏词的历史功绩时，除了他对于辛弃疾等所起的先驱作用应当首先加以肯定之外，上文已经分别论及的有：他的创作敢于对音律进行突破，因而对词成为一种独立的抒情诗样式起了支持作用；豪放风格的创立带来它与婉约风格由对立而融合，从而产生了美学效果等。这些也是应当一并估计在内的。

另外一方面，我们也必须正视苏词本身的弱点和缺点及其所产生的不良影响。在思想内容方面，他那种以非常高妙的艺术手段所描写出来的不严肃的人生态度、随缘作计、委心任运的处世哲学，在旧社会的历史条件下，的确很能迷惑人。这往往使得许多没有勇气正视现实人生的人，在他的作品中，找到了平衡内心苦闷和矛盾的方法。或者说，将他的作品当作了精神上的避难所。这肯定是有害的、应当批判的。这还不止是苏词中的问题，而是这位大作家全部创作中的重大问题。就是在今天，读他的作品时，也不应当对于这种在思想上导致我们走上岔路的可能性有所忽略。

在艺术形式方面，我们都知道，辛弃疾是喜欢"掉书袋"的，这是一种毛病（上引刘辰翁的意见，只能理解为肯定辛词用语突破常规，而不能理解为肯定"掉书袋"。刘自己的创作实践可以证明这一点）。这种毛病，追溯渊源，则是从苏轼开始的，如他檃括《穆天子传》的〔戚氏〕一词，就颇有"掉书袋"的意味。至于在作品中过多地发议论，甚至于说理谈禅，自然不能不有损于艺术的形象性。苏轼这类的词，也曾被后来的某些词人所效法，但实在是不值得效法的。

在创作态度方面，苏轼在自己的世界观与个性的支配之下，往往有"以文为戏"的倾向，特别是在作词的时候。因此，其词就有如周济在《〈宋四家词选〉序论》中所说的"天趣独到处，殆成绝诣，而苦不经意，完璧甚少"的情况。不过，对于苏轼本人来说，虽然有时缺乏惨淡经营的意匠，他很高的才能和很深的学力却在一定程度上掩盖了这种缺点，因而就使读者面对着既成的良好艺术效果，而忽略了他在创作时没有认真和不够用力这些事实。周济在《介存斋论词杂著》中指出："东坡每事俱不十分用力，古文、书、画皆尔，词亦尔。"这实在是一个很敏锐的观察。同时，苏轼也还没有完全摆脱当时文士那种以文为戏的习惯，因而在他的作品中，就出现了一些游戏文字，甚至于很无聊的东西，如〔减字木兰花〕"以'郑容落籍，高莹从良'为句首"的藏头格、〔菩萨蛮〕回文七首及〔南乡子〕集句三首,严格说来,都是不登大雅之堂的;再如〔减字木兰花〕("维熊佳梦")之轻薄、〔菩萨蛮〕("涂香莫惜莲承步")之嫖黩,则更是词中恶道。我们拿辛派词人刘过的某些作品如〔沁园春〕《咏美人足》之类,和这些苏词对照一下,就可以看出,苏轼不严肃的创作态度是怎样给后人提供了坏榜样。

苏词的影响,从南宋到晚清,一直是很显著的。在历代著名的词集中,多少总有一些学苏的作品,主要是继承了他豪放的风格。但辛弃疾所受到的苏轼的影响,却是最亲切、最健康的,而辛对于苏的遗产批判地继承也是最成功的。正由于此,我们在论述苏词的影响时,就很自然地要首先考虑到他和辛弃疾以及其他辛派词人之间的传承关系,并将这种对于苏词的影响说来是具有代表性的关系重点地加以阐述。除此而外,我们从北宋末年的叶梦得,南、北宋之交的陈与义、朱敦儒,南宋末年的刘辰翁,金代的赵秉文、元好问,明末的陈子龙,清初的陈其年,清末的文廷式、朱孝臧等有成就的词人作品中,都看得出苏词所给与他们的巨大影响,而这种影响和他们的成就又往往是不可分的。从这样的历史事实中,也可以看出,苏词对于后世的影响,诚然也有其消极的一面,但积极的一面还是主要的。

总的说来,根据对于有关苏词评价的三个比较重要的问题进行初步探索的结果,我们认为:苏轼是一位伟大的词人。在词的艺术上,他的贡献是巨大的、具有创造性的。他的复杂而充满矛盾的世界观和独特的个性反映在词里,产生了瑕瑜不掩的后果,只要善于区别对待,我们还是能够从其中汲取某些有益的养分的。他的创作开辟了词史上一个新的时代,并且为下一个更重要的时代的出现准备了良好的条件。我们今天还可能从苏轼的词及其全部创作中学习到一些对于我们今天的文学创作说来是有益的东西，但在学习的同时，也必须对其作品中不利于今天的文学创作和美感教育的那一部分糟粕加以批评和扬弃。

苏轼与词乐

在词乐尚未消亡，词还传唱人口的时候，它是以两种身份而存在着的：从音乐的角度来说，是一种歌词；从文学的角度来说，则是一种抒情诗和格律诗。这两种身份，在当时原来是被人们同等重视的。所以宋人对于词，并不像我们今天一样，只是将它当成一种具有比较谨严格律的抒情诗来看待。他们对于"句读不葺之诗"（胡仔《苕溪渔隐丛话》后集卷三十三引李清照评晏殊等语）或"着腔子唱"的"好诗"（吴曾《能改斋漫录》卷十六引晁补之语），也就是缺乏词那种独特风格的作品，固然表示不满；同时，也不赞成那种"往往不协律腔，所以无人唱"（沈义父《乐府指迷》）的作品。这就是说，必须既擅文词，又精音律，才算得上一个词人。在当时的具体情况下，这种要求也还是很合理的。

苏轼，作为一个伟大的作家、一个词的流派的创造者，在这两方面，都显得有与众不同的地方。他曾既被人指摘为"以诗为词"（陈师道《后山诗话》），又被人指摘为"多不谐音律"（晁补之述人语，引见同上）和"往往不协音律"（李清照语，引见同上）。苏轼以诗为词，确系事实，不过这并不是一种缺陷，反之，却是苏词的巨大特色和优点。这，我已在另文《关于苏词评价的几个问题》中有详细的说明。至于说苏词往往不和音律协谐，即使仅从我们今天所能见到的材料看来，也可以证明，这竟是一种误会。本文的用意就在于将这位词人与词乐有关的记载，辑录排比，加以疏通证明，来说明这一事实的真相，从而肯定苏词在它出现以后，就有其巨大的、积极的影响，一方面固然是由于它新颖的、独特的、反传统的风格，吸引了人们的注意力，另一方面也由于它的词还是广泛地在社会中传唱的，虽然不一定像柳永的作品那样，有井水处皆能歌唱，但也决非只是作为一种脱离了音乐的抒情诗而存在着的。如果苏词在当时就不能通过音乐获得广泛的传播，苏、辛词派的出现和流行，将是不可想象的。以诗为词，导致了其后词脱离音乐而独立，但当初，这种以诗为词的作品，却仍然依赖音乐而流传，所以这两者看起来好像是相反，而实则相成。

将苏词不协律、不入腔当作一个问题提出来是很早的。《能改斋漫录》卷十六载苏轼的门下士晁补之评本朝乐章云：

> 苏东坡词，人谓多不谐音律，然居士词横放杰出，自是曲子中缚不住者。

赵德麟《侯鲭录》卷八也有类似的记载，但以为是黄庭坚的话。不论是谁说的，反正是与苏轼同时的人。这似乎是从苏词的豪放风格和词体固有的比较谨严的声律之间的矛盾来立论的，所以《乐府指迷》就作出了如下的推论：

> 近世作词者，不晓音律，乃故为豪放不羁之语，遂借东坡、稼轩诸贤自诿。诸贤之词，固豪放矣，不豪放处未尝不协律也。如东坡之〔哨遍〕、《杨花》〔水龙吟〕，稼轩之〔摸鱼儿〕之类，则知诸贤非不能也。

近人蔡嵩云为《乐府指迷》作《笺释》，更其明确地肯定了这一点：

> 按：《指迷》此则，谓东坡、稼轩词未尝无协律者，但须于不豪放处求之。则二公之作，豪放处多不协律可知。

另一种说法是苏词之不协律入腔，是由于作者自己不能唱曲。其说最早见于彭乘《墨客挥犀》卷四：

> 子瞻尝自言平生有三不如人，谓着棋、吃酒、唱曲也。然三者亦何用如人？子瞻之词虽工，而不入腔，正以不能唱曲耳。

其后在陆游《老学庵笔记》卷五、胡仔《苕溪渔隐丛话》后集卷二十六中，也都载有此说。

宋人认为苏轼不通词乐的记载，大概如此。然而大量文献所揭示出来的事实，却证明这些说法都不可信。

我们知道，在古代封建社会里，声伎之乐乃是上层人士、士大夫日常生活里的一个组成部分。词的发展就和这种现象有关。欧阳炯《〈花间集〉序》对这一点说得很明白。因此，在词与词乐盛行的时代，一个有较高文化修养的人，如果不通此道，那倒真是有些奇怪。苏轼的生活虽然不以风流浪荡出名，但他也并非是一个不近声色的道学家。吕居仁《轩渠录》载：

> 东坡有歌妓数人，每留客饮酒，必云："有数个搽粉虞候，欲出来祗应也。"

又苏轼自己在《〈朝云诗〉序》中说"余家有数妾"，其中之一就是会唱词的朝云。朱弁《曲洧旧闻》卷五也载苏轼说家中曾有侍婢，善弹琵琶曲〔道调·梁州〕，"音节皆妙"（按：见《与蔡景繁简》）。可见苏轼在居官得意的时候，还是颇以声伎之乐自奉的，对于当时流行的词乐也是很爱好的。

此外，在《与杨元素简》中，有他赞助友人搜集曲子的记载：

> 近一相识录得公明所编《本事曲子》，足广奇闻，以为闲居之鼓吹也。然窃谓宜更广之。但嘱知识间，令各记所闻，即所载日益广矣。辄献三事，更乞拣择。传到百四十许曲，不知传得足否？

在释惠洪《冷斋夜话》中，有他看到秦观的新词而恨不得其腔的记载（据《苕溪渔隐丛话》前集卷五十引，《津逮秘书》及《学津讨原》本《夜话》均无此条）：

> 少游在黄州，饮于海桥。桥南北多海棠。有老书生家于海棠丛间。少游醉，宿于此，明日，题其柱云："唤起一声人悄，衾暖梦寒窗晓。瘴雨过，海棠晴，春色又添多少？　社瓮酿成微笑，半破瘿瓢共舀，觉健倒，急投床，醉乡广大人间小。"东坡爱其句，恨不得其腔，当有知者（按：《夜话》文多脱误。据《山堂肆考》宫集卷二十七，"黄州"当作"横州"，"海桥"当作"海棠桥"。据《花草粹编》卷四，"海棠晴"当作"海棠开"，"觉健倒"当作"觉倾倒"。此词调名〔醉乡春〕，亦见《粹编》）。

《侯鲭录》卷三还有关于他珍惜新词，要朋友勿妄传人的记载：

> 东坡云：琴曲有〔瑶池燕〕，其词不协，而声亦怨咽。变其词作《闺怨》，寄陈季常云"此曲奇妙，勿妄传与人"云。

都可以证明他对于词乐的关心和注意。

一个词人，假若他同时又是一个歌唱家，当然其声乐修养会有助于创作，特别是在求其作品的合律方面。可是，精通音律的人也不见得就善于歌唱。周邦彦"好音乐，能自度曲"（《宋史·文苑传》），姜夔、张炎都以词律名家，并且有关于这一方面的专门著作，我们却没有看到他们善于唱曲的文献。这就足以说明将苏词之不协律入腔，归咎于他不善唱曲，并不是怎样妥当的论断。同时，我们又还找得出一些关于苏轼也能够唱曲的记载。他的《书〈彭城观月诗〉》云：

> 余十八年前，中秋与子由观月彭城，作此诗，以〔阳关〕歌之。今复此夜，宿于赣上，独歌此曲，聊复书之。

这是他自己说会唱〔阳关曲〕（苏轼能唱〔阳关〕，又见于《老学庵笔记》卷五）。又《〔江城子〕序》："乃作长短句，以〔江城子〕歌之。"《〔水龙吟〕序》："乃作〔水龙吟〕一曲，记子微、太白之事，倚其声而歌之。"叶梦得《避暑录话》卷二载其在黄州谪居的时候，在江边饮酒，作〔临江仙〕，"与客大歌数过而散"。《历代诗馀》卷一百一十五引《坡仙集外纪》说他在儋耳，"常负大瓢，行歌田间，所歌皆〔哨遍〕也"。这又证明苏轼除了古老的〔阳关曲〕以外，还会唱一些其他的词，其中包括音律比较复杂的慢词。这些记载并不能证明他在声乐方面有较高的修养，但证明他不至于因为不会唱曲而使得作品不谐音律，却足够了。

苏词在当时就能够广泛地在社会上流传，固然和他的政治生活、社会地位、文学造诣都分不开，但他的词并非只是作为一种书面语言而存在，应当也是重要原因之一。许多流传的佚事都证明苏词在当时不仅是为人所传诵，而且是被人所传唱的。如蔡绦《铁围山丛谈》卷三云：

> 歌者袁绚，乃天宝之李龟年也。宣和间，供奉

九重。尝为吾言：东坡公昔与客游金山，适中秋夕，天宇四垂，一碧无际，加江流澒涌，俄月色如昼，遂共登金山山顶之妙高台，命绹歌其〔水调歌头〕曰："明月几时有？把酒问青天。"歌罢，坡为起舞而顾问曰："此便是神仙矣！"

俞文豹《吹剑续录》云：

东坡在玉堂，有幕士善讴，因问："我词比柳词何如？"对曰："柳郎中词，只好十七八女孩儿，执红牙拍板，唱'杨柳岸晓风残月'；学士词，须关西大汉，执铁板，唱'大江东去'。"公为之绝倒。

《能改斋漫录》卷十七云：

东坡元祐末自礼部尚书帅定州日，官妓因宴，索公为〔戚氏〕词。公方与坐客论穆天子事，颇讶其虚诞，遂资以应之。随声随写，歌竟篇就，才点定五六字。坐中随声击节，终席不问它词，亦不容别进一语。且曰："足为中山一时盛事。"

吴子良《林下偶谈》（据丁传靖《宋人轶事汇编》[1]卷十二引，

---

[1] 以下引文可见于《词林纪事》卷五、《说郛》卷八十四，暂未于通行《宋人轶事汇编》版本中见引文完全相同者。

《宝颜堂秘笈》所收四卷本《偶谈》无此条）云：

> 子瞻在惠州，与朝云闲坐，时青女初至，落木萧萧，凄然有悲秋之意，命朝云把大白，唱"花褪残红"。朝云歌喉将啭，泪满衣襟。子瞻诘其故。答曰："奴所不能歌者，'枝上柳绵吹又少，天涯何处无芳草'也。"子瞻翻然大笑曰："是吾政悲秋，而汝又伤春矣。"遂罢。朝云不久抱疾而亡。子瞻终身不复听此词。

以上是他人著作中关于其词能唱的记载，而《与鲜于子骏简》说他行猎后作〔江城子〕，"令东州壮士抵掌顿足而歌之，吹笛击鼓以为节，颇壮观"，则是本人著作中关于其词能唱的记载。这些尽人皆知的事实，不是正好证明了这一点吗？在周煇《清波杂志》卷五中，还载有"东坡在黄冈，每用官妓侑觞。群姬持纸乞歌词，不违其意而与之"的事。可以想象，如果苏轼的词唱起来不易入腔，它就不会被那些姑娘们所乞求了。

诗歌和音乐是两种关系极其密切的姊妹艺术。它们互相结合起来，就会相得益彰，显得珠联璧合。其结合的基本方式，则不外下列三种：长于音乐的人，每每依词制谱；长于诗歌的人，每每按谱填词；若是对这两种艺术都不外行，就可以同时运用诗歌的语言和音乐的语言进行酝酿、构思和创作，从而产生自度曲，即歌词与曲谱出自一手的作品。这种作品，其声词配合的情况浑然天成，其艺术上的表现，当然可能更为完美。在词史上，周邦彦、姜夔等人正是以此驰名艺坛的（姜夔《〔长亭怨慢〕小序》

云:"余颇喜自制曲,初率意为长短句,然后协以律。"这是说歌词和乐谱的成形有先后,并不排斥他将诗歌和音乐这两种姊妹艺术在创作过程中同时进行统一的构思)。可是,人们却往往忽略了,被认为对于词乐缺少研究的苏轼,也曾经创作过一些自度曲。

在今传苏词中,有四调可以肯定为自度曲。其一是〔渔父〕(应当正名为〔渔父破子〕),一共有四首。《彊村丛书》本《东坡乐府》卷二本调下注云:"按:张志和、戴复古皆有〔渔父〕词,字句各异。恭按:《三希堂帖》公书此词前二首,题作〔渔父破子〕,是确为长短句,而《词律》未收,前人亦无之。或公自度曲也。"考金元好问,元王恽、赵孟頫集中均有〔后庭花破子〕,《词律》认为是北曲小令,也未收入。唐圭璋先生告知:毛滂及洪适的〔调笑〕转踏最后两首均标曰破子;又《钦定曲谱》卷二收王恽〔后庭花破子〕,注云:"《太平乐府》注仙吕调。《唐书·礼乐志》:'夷则羽,俗呼仙吕调。'此金、元小令,与唐词〔后庭花〕、宋词〔玉树后庭花〕异。此谓破子者,以其繁声入破也。"据此,知破子系指曲调上的某种变化。故词中〔渔父〕可有〔渔父破子〕,〔调笑〕可有〔调笑破子〕,其法由金、元散曲沿用,故也有仙吕宫的〔后庭花破子〕。变〔渔父〕为〔渔父破子〕可能自苏轼始。它被认为"或公自度曲",是说得过去的。其二是〔无愁可解〕。这首词是反花日新作曲、刘几作词的〔越调·解愁〕之意而作,故以此命名。万树《词律》卷十九云:"此坡公自度曲。"其三是〔皂罗特髻〕。《词律》卷十二云:"叠用'采菱拾翠'字,凡七句,或此调格应如此,或是坡仙游戏为之,未可考也。"又引《〈词谱〉注》云："此调无别词可按，想其体例应然。"我们认为，它反复重叠地用"采菱拾翠"四字，是特别值得注意的。这分明是民歌在音乐语言和诗歌语言中所常用的手法，和〔采莲子〕的"举棹"、"年少"，〔竹枝〕的"竹枝"、"女儿"，正可以类比。它应当是苏轼根据当时的民歌而加工的自度曲。如大家所知道的，这位作家对于民间诗歌和音乐，并不是很生疏的。其四是〔翻香令〕。龙榆生《〈东坡乐府〉笺》卷二引傅榦注云："此词苏次言传于伯固家，云：'老人自制腔名。'"苏伯固名坚，是苏轼的好友。傅榦则是南宋初年的人。这一记载，可以说是流传有自，相当可靠的。由此也证明了苏轼的确能够自己度曲。又集中〔占春芳〕、〔荷花媚〕两调，据《词律》卷四和卷九，除苏轼外，都别无作者，也非常可能是自度曲。

也还有这样一种情形，一方面存在着比较好的乐曲，另一方面又存在着比较好的文词，但由于彼此之间的艺术形式不相适应，又使得这两者无从配合。这就必须要经过一番加工，或改乐以就词，或改词以就乐，才能够使之兼具声词之美。如汤显祖的《牡丹亭》，有许多地方是不合曲律的，可是由于文词写得太好了，他本人和另外一些对于文学有欣赏力的人，都不愿意随便去改动它。所以钮少雅作《格正〈还魂〉》，就只将不合律处"改作集曲，使通本皆被管弦，而原文仍不易一字"（吴瞿安师《霜厓曲跋》卷二语）。这是改乐以就词的例子。至于苏轼，由于他主要的是一位文学家，对于文学语言的剪裁更其熟练，所以他遇到这种情况，就采用了改词以就乐的方式。这，用作者自己的话来说，就叫做檃括。通过作者的这种努力，就使得好些著名的作品，获得了文学生命以外的音乐生命。

苏轼与词乐　　327

在这方面,今天看得到的,有他檃括陶潜《归去来辞》的〔哨遍〕,檃括韩愈《听颖师弹琴》的〔水调歌头〕,檃括杜牧《九日齐安登高》的〔定风波〕,还有檃括自己《红梅》的〔定风波〕等作品。

在这些作品中,有一篇苏轼曾经对之作过自我评价,值得我们注意。他在《与朱康叔简》中云:

旧好诵陶潜《归去来》,尝患其不入音律,近辄微加增损,作〔般涉调·哨遍〕,虽微改其词,而不改其意。请以《文选》及本传考之,方知字字皆非创入也。

这一记载证明了,苏轼在保存原不入乐的诗篇的固有精神风貌的前提下,赋予它们以音乐生命这一方面,是有其成就的。而从另外一个角度看,又证明了,苏轼对于词乐绝不外行,所以才能够运用自如,一再地用这种檃括的方式进行创作。郑文焯批〔哨遍〕云:"读此词,髯苏之深于律可知。"这一推断是有根据的、可信的。

另外,还有一些个别事实,也可以作为苏轼通词乐、知音律的证明。俞樾《湖楼笔谈》卷六云:

东坡集有〔阳关曲〕三首,一《赠张继愿》,一《答李公择》,一《中秋月》(按:集作《中秋作》)。翁覃溪先生《石洲诗话》谓与右丞《渭城》之作若合符节。首句平起,次句仄起,三句又平起，四句又仄起；而第三句与第四句之第五字各以平仄互易，第二句之第五字、第三句之第七字，皆用上声，若填词然。余细按之，翁说诚然矣。惟取四诗逐字排比之，他字无小出入，惟第二句之第一字，右丞作是"客"字，苏《赠张继愿》用"戏"字，《答李公择》用"行"字，《中秋月》用"银"字，似乎平仄不拘。然填词家每以入声字作平声用。右丞作"客"字，正是入声，或"客"字宜读作平也。盖此调第一句、第三句以仄平起，第二句、第四句以平仄起。若"客"字读仄声，便不合律。东坡《答李公择》及《中秋月》两首，次句均以平仄起，可证也。惟《赠张继愿》用"戏"字，则是去声，于律失谐，或坡公于此小疏。又《玉篇》戏字有忻义、虐奇二切。此字借作平声读，或亦无害也。……精于音律者审之。

这是论证苏词严守平仄的。张德瀛《词徵》卷一云：

苏子瞻〔水调歌头〕前阕云"我欲乘风归去，又恐琼楼玉宇"，后阕云"月有阴晴圆缺，人有悲欢离合"（按：二句误倒），"宇"、"去"、"缺"、"合"均叶短韵。人皆以为偶合。然检韩无咎词赋此调云"放目苍崖万仞，云护晓霜成阵"，"仞"、"阵"是韵；后阕云"落日平原西望，鼓角秋声悲壮"，"望"、"壮"是韵。蔡伯坚词赋此调云"灯火春城咫尺，晓梦梅花消息"，"尺"、"息"是韵；后阕云"翠竹江村月上，但要纶巾鹤氅"，"上"、"氅"是韵。乃知〔水调歌头〕实有此一体也。

这是论证苏词严守暗韵的。虽然声韵只是使语言符合音律的手段之一，而远非音律的全部，但由此可知，当苏轼愿意严守这些方面的规律的时候，他是完全知道怎么去做的。再如杨元素曾有自度曲〔劝金船〕，原词失传，但张先和苏轼都有和作。取张、苏两词相较，句度却有出入，有人认为这可能是自度曲"可随意偷声减字"的缘故（见《〈东坡乐府〉笺》卷一），是有道理的。但这也只有作者对于音律相当熟悉，才可能这样做。

以上论述，大致可以说明苏轼对于词乐具有一定程度的修养。可是，作为一个伟大的作家，他对于文艺的内容与形式的关系，是具有相当深刻的理解的。所以他虽然通词乐，明音律，但却不肯受那样一些规律的绝对束缚，假若那些规律对于内容的充分表达确有妨碍的话。这也就是当时人认为他的词往往有些地方不协律、不入腔的由来。关于苏词某些地方不便歌唱的实际情况，因为词乐失传，今天已无从知道。但他为了更好地表现自己的思想感情，在词的创作中，有时不大顾及音乐的句度，却是班班可考的。谢章铤《赌棋山庄词话》卷四云：

东坡〔念奴娇〕（"大江东去"阕）、〔水龙吟〕（"似花还似非花"阕），稼轩〔摸鱼儿〕（"更能消几番风雨"阕）、〔永遇乐〕（"如此江山"阕）等篇，其句法连属处，按之律谱，率多参差。即谨严雅饬如白石，亦时有出入，若〔齐天乐〕（咏蟋蟀阕）末句可见。细校之，不止一二数也。盖词人笔兴所至，不能不变化。

又王又华《古今词论》引毛稚黄云：

> 东坡"大江东去"词"故垒西边人道是三国周郎赤壁"，论调则当于"是"字读断，论意则当于"边"字读断。"小乔初嫁了雄姿英发"，论调则"了"字当属下句，论意则"了"字当属上句。"多情应笑我早生华发"，"我"字亦然。又〔水龙吟〕"细看来不是杨花点点是离人泪"，调则当是"点"字断句，意则当是"花"字断句。文自为文，歌自为歌，然歌不碍文，文不碍歌，是坡公雄才自放处。他家间亦有之。亦词家一法。

关于这个问题，论者较多，上举两说是比较正确的。陆游《老学庵笔记》卷五曾举晁以道亲闻苏轼歌〔古阳关〕，以驳世俗流传"东坡不能歌，故所作乐府词多不协律"之说，而认为："公非不能歌，但豪放，不喜裁剪以就声律耳。"此乃一语破的之论。王灼《碧鸡漫志》卷二说："东坡先生非心醉于音律者。"其说也与陆游略同。

正由于此，所以苏词在当时就被一些人认为是"往往不协音律"的"句读不葺之诗"，从而在某种程度上只拿它们作为抒情诗和格律诗来看待。这在当时算是外道，可是到了词已不能歌唱的时代，却又成为普遍的现象了。词乐既亡，词与乐分，却仍然作为一种诗体而长期存在着，直到今天。苏词在这一点上，可以说是起了一种暗示性的"导夫先路"的作用。

谈到这里，我们还应当讨论一下豪放这种风格与音律的关系的问题。豪放是诗人的气质，同时是词的风格。具有这样一种气质和风格的人和作品，诚然有时不屑于拘守音律，因而对之每有突破的地方，但是否可以像沈义父之流那样，认为豪放的词就一定不合音律呢？不能。即以沈氏所举〔水龙吟〕一词为例，这是他认为并不豪放，故合音律的作品。然而《曲洧旧闻》卷五却说：

> 章楶（质夫）作〔水龙吟〕，咏杨花，其命意用事，清丽可喜。东坡和之，若豪放不入律吕，徐而视之，声韵谐婉，便觉质夫词有织绣工夫。

可见朱弁对于这首词是否豪放、是否合律，看法就颇不尽同。在我们看来，它在苏词中是婉约的，但并不软媚，也可以说是一种苏轼式的婉约。这和苏词以豪放为主要特色仍然有其内在联系，而它有的句法不合词律也非常明显。那么，怎么可以得出婉约之词就必然合律，而豪放之词就必然不合律的结论来呢？这就暴露了《乐府指迷》及其《笺释》那些意见的片面性。

根据对于有关苏轼与词乐的现存资料的初步分析，我们得出了三点结论。第一，苏轼对词乐具有相当修养，他的词在当时是传唱人口的。这对于苏词的广泛传布，关系很大。只有这样，苏、辛词派的出现和流行才是可能的。第二，苏轼在词的创作中，每有根据内容的需要而突破格律的地方。这在当时虽然曾经引起不协律、不入腔的非议，但却使得词作为一种抒情诗和格律诗较之作为一种歌词的比重有所增加，虽然对当时歌唱或有不甚谐调的缺点，但对于它在脱离音乐以后，仍然以一种诗歌样式的身份继续存在下去，也有一定的积极影响。第三，说苏词豪放，所以不协律；苏轼不会唱曲，所以填词不入腔；其说虽出自宋人，却都是错误的。

白石词〔暗香〕、〔疏影〕说

暗香

　　旧时月色,算几番照我,梅边吹笛。唤起玉人,不管清寒与攀摘。何逊而今渐老,都忘却、春风词笔。但怪得、竹外疏花,香冷入瑶席。　　江国正寂寂,叹寄与路遥,夜雪初积。翠尊易泣,红萼无言耿相忆。长记曾携手处,千树压、西湖寒碧。又片片、吹尽也,几时见得?

疏影

　　苔枝缀玉,有翠禽小小,枝上同宿。客里相逢,篱角黄昏,无言自倚修竹。昭君不惯胡沙远,但暗忆、江南江北。想佩环、月夜归来,化作此花幽独。　　犹记深宫旧事,那人正睡里,飞近蛾绿。莫似春风,不管盈盈,早与安排金屋。还教一片随波去,又却怨、玉龙哀曲。等恁时、重觅幽香,已入小窗横幅。

白石词为有宋一大宗。〔暗香〕、〔疏影〕二阕尤推杰构。古今论者，颇极纷纭。往与诸生讲说及此，尝就旧闻，加之疏释。比来小暇，聊复诠次，藉便初学云尔。

词为白石自度曲，小序云："辛亥之冬，予载雪诣石湖。止既月，授简索句，且征新声。作此两曲。石湖把玩不已，使工妓隶习之，音节谐婉。乃名之曰〔暗香〕、〔疏影〕。"辛亥，光宗绍熙二年。石湖，吴郡范成大致能所居，因以自号。〔暗香〕、〔疏影〕则取义于林逋梅花诗，即世所盛传"疏影横斜水清浅，暗香浮动月黄昏"之句也。陆友仁《研北杂志》卷下亦纪其事云："小红，顺阳公青衣也（按：《晋书·地理志》："顺阳郡，太康中置。"石湖已为吴郡人，此仍就旧望以称之也），有色艺。顺阳公之请老，姜尧章诣之。一日，授简征新声。尧章制〔暗香〕、〔疏影〕两曲。公使二妓肄习之，音节清婉。尧章归吴兴，公寻以小红赠之。其夕大雪。过垂虹赋诗曰：'自琢新词韵最娇，小红低唱我吹箫。曲终过尽松林路，回首烟波十四桥。'尧章每喜自度曲，小红辄唱而和之。尧章后以疾没，故苏石（夏瞿禅先生《白石道人歌曲考证》卷三引此文，校云："当作苏泂。"下引夏说，均出此）挽之云：'幸是小红方嫁了，不然啼损马塍花。'宋时花药皆出东西马塍。西马塍皆名人葬处。白石没后，葬此。"所言尤为详备（沈雄《古今词话》卷上，又《御选历代诗馀》卷一百十八引《古今词话》所载均较略，不具录）。据《宋史》卷三百八十六范传："（成大）以病请闲，进资政殿学士，再领洞霄宫。绍熙（"熙"，殿本宋史误"兴"）三年加大学士，四年薨。"（按：《石湖诗集》卷二十二《〈种竹叹〉序》云："向在成都，种竹满西园，偶苦寒疾。揭来金陵，复种满池，未几以眩卧。"又卷二十三《谢范老问病》云："三椽一席度秋冬，造化儿嬉困此翁。帖有王书难治眩，文如陈橄不驱风。"《癸卯除夜聊复尔斋偶题》云："雪悭衣未纩，春早句多梅。寂历罗门亚，温䯩药鼎煨。老嫌新岁换，病喜旧星回。"诸诗皆孝宗淳熙十年癸卯作。又卷二十四有《十月朝开炉偶书余病归二年未能扫松楸……》之作，又《立春》云："彩胜金幡梦里，茶槽药杵声中。索莫两年春事，小窗卧听东风。"诸诗皆次年甲辰作。以此推之，则石湖晚帅金陵，癸卯秋冬之间，以患风眩，请闲归吴，其后即未再出。虽授官，皆闲曹也。史不载其退休之年，因考之如此。）则二词之作，距石湖之逝仅二年，适当其晚岁优游故园，故得与白石极盘桓之乐。周密《齐东野语》卷十云："文穆范公成大晚岁卜筑于吴郡盘门外十里，盖因阖闾所筑越来溪故城之基，随地高下而为亭榭。所植皆名花，而梅尤多。别筑农圃。堂对楞伽山，临石湖。——盖太湖之一派，范蠡所从入五湖也。"又石湖《〈梅谱〉序》云："余于石湖玉雪坡既有梅数百本，比年又于舍南买王氏僦舍七十楹，尽拆除之，治为范村，以其地三分之一与梅。吴下栽梅特盛，其品不一，今始尽得之。"（墨海金壶本）此则石湖所居，风物既美，梅花尤盛；故白石得以感物兴怀，引词表旨，而成此后绝前超之作。《白石诗集》卷下悼石湖诗亦有"雪里评诗句，梅边按乐章"之句，于二年前事，殊不能忘，则当时贤主佳宾，逸兴遄飞，更可想见矣。此作词缘由与其时其地皆可考知者也。

二词虽咏梅之作，而寻绎其旨，则实别有寄托，特借梅以寓意。历来论者有是有非，兹为分别折中，庶明究竟。〔暗香〕一阕，张惠言《词选》卷二云："题曰《石湖咏梅》，此为石湖作也。时石湖有隐遁之志，故作此二词以沮之。白石〔石湖仙〕云：'须信石湖仙，似鸱夷飘然引去。'末云：'闻好语，明年定在槐府。'此与同意。"又云："首章言己尝有用世之志，今老无能，但望之石湖也。"考《白石词》诸旧本，二阕皆有序无题。张选略序，而题曰《石湖咏梅》，殆从朱彝尊《词综》，此则檃括序意为之，非其本始。其谓此词为石湖作，是也；而谓时石湖有退志，是乃所以沮之，则非。盖《石湖诗集》卷十四有一诗题云："乙未元日，用前韵书怀，今年五十矣。"乙未为淳熙二年，据此上推，石湖实生于钦宗靖康元年。白石为此词时，石湖已六十有六岁，距癸卯请闲，亦已九年，非其时始萌退志。此其不合一也。又白石少于石湖约二十馀岁（夏瞿禅说），安得以白石为老，而反属望石湖？此其不合二也。再则细玩〔暗香〕本文，初无张氏所云之意。至〔石湖仙〕之为寿范而作，词意极为显豁，与此未可并论。如"似鸱夷飘然引去"句，郑文焯曰："《齐东野语》云：'周益公于乾道壬辰上巳以春官去国，过吴，范公招饮园中，夜分题壁云：吴台越垒，距门才十里，而陆沉于荒烟蔓草者千七百年，紫微舍人始创别墅，登临得要，甲于东南。岂鸱夷子成功于此，扁舟去之，天閟绝景，留之贤者，然后享其乐耶？'（按：此即前引一条之后半。石湖为范蠡所从入五湖处，故益公以比之也。）此白石以鸱夷喻范功成身退之微旨，非无本也。"（郑校《白石道人歌曲》，引见陈柱《白石道人词笺平》卷六，下引郑说同。按：石湖使金不屈，为政之美，具载《宋史》本传。）"明年定在槐府"句，虽用《周礼》三槐事，祝其入相，然此特寿词之体，例以颂祷作结耳，岂真冀年垂七十之石湖再出哉？此其不合三也。窃谓此词乃白石生当南渡，伤国势日衰，自身渐老，而深哀恢复之无望也。如"何逊而今渐老"句，以杜诗"东阁官梅动诗兴，还如何逊在扬州"意，与梅关合，而亦以逊自况。盖逊为南朝词客，时值偏安，与白石遭际，颇为相类。又"千树压西湖寒碧"句，在吴郡赋梅而及西湖，则以西湖在临安，临安南宋所都，因以寄其君国之思也。举此二端，较然可见。

至若〔疏影〕一阕，论者较众，而均着意于"昭君不惯胡沙远"句。刘体仁《七颂堂词绎》云："咏物至词，更难于诗。即'昭君不惯胡沙远，但暗忆、江南江北'，亦费解。"（谢章铤《赌棋山庄词话》卷一更引刘说而申之曰："此词音节固佳，至其文则多有欠解处。白石极纯正娴雅，然此阕及〔暗香〕则尚可议。盖白石字雕句炼，雕炼太过，故气时不免滞，意时不免晦。"）则以昭君之事，与梅无关，此二语殆无从索解也。张惠言云："此章更以二帝之愤发之，故有'昭君'之句。"则以昭君出塞为喻二帝北狩也。邓廷桢《双砚斋词话》云："〔疏影〕前阕之'昭君不惯胡沙远，但暗忆、江南江北。想佩环、月夜归来，化作此花幽独'，后阕之'还教一片随波去，又却怨、玉龙哀曲'……乃为北庭后宫言之。"则以昭君乃以比宋之后宫没入北庭也。郑文焯则曰："此盖伤心二帝蒙尘，诸后妃相从北辕，沦落胡地，故以昭君托喻，发言哀断。考唐王建《塞上咏梅》诗曰：'天山路边一株梅，年年花发黄云下。昭君已没汉使回，前后征人谁系马？'白石词意当本此。近世读者多以意疏解，或有嫌其举典拟于不伦者，殆不自知其浅暗矣。"此举王诗以证昭君之有关梅花，藉解体仁之惑，可谓得间。然惜其犹有不达者，则尚未注意及宋徽宗之〔眼儿媚〕词也。旧题辛弃疾撰《南烬纪闻》云："番人吹筘笛声呜咽如泣，帝与太上、太后闻之，曰：'与成化乐何如？'时太上口占一词曰：'玉京曾忆旧京华，万里帝皇家。金殿琼楼，朝吟凤管，暮弄龙琶。化成人去今萧索，春梦绕胡沙。向晚不堪，回首坡头，吹彻梅花。'（彊村丛书本《宋徽宗词》载此颇有异文，今校录如下："京华"作"繁华"，"帝皇"作"帝王"，"金殿琼楼"作"琼楼玉殿"，"吟凤管"作"喧弦管"，"弄龙琶"作"列笙琶"，"化成"作"花城"，"向晚不堪回首坡头"作"家山何处忍听羌管"。按：彊村本字句于声律为合，词义亦佳，当从。）少帝唱其词，复和之曰：'宸传百战旧京华，仁孝自名家。一旦奸邪，天倾地坼，忍听琵琶！如今塞外多萧索，迤逦绕胡沙。万里邦家，伶仃父子，向晓霜花。'歌不成曲，三人大哭而止。"是徽宗北行之词，分明有胡沙、梅花之语，及其传唱江表，必重增臣民故国之思，白石有感于中，因以发咏，固亦理之当然。由是言之，则词乃指二帝蒙尘，更无疑矣。此说发之新宁刘弘度丈。丈有〔鹧鸪天〕《咏梅》云："香冷红罗梦欲阑，石湖旧月影珊珊。可怜笛里梅花语，哀怨分明索解难。"即为此意作也。兹事既明，则惠言"以二帝之愤发之"之说乃得确证，馀可勿论矣。此外若蒋敦复《芬陀利室词话》以为盖指南北议和事（引见后），嫌无确据，今所不取。宋翔凤《乐府馀论》云："〔暗香〕、〔疏影〕，恨偏安也。"陈廷焯《白雨斋词话》卷二云："南渡以后，国势日非。白石目击心伤，多于词中寄慨，不独〔暗香〕、〔疏影〕二章发二帝之幽愤，伤在位之无人也。"均合两阕为言，虽有详略之殊，而皆明其底蕴矣。

至于昔贤评品之语，散见尤多，优劣所及，不外四事：一者用事，二者体物，三者立意，四者托喻，辄赓前例，录而辨之。首以用事言，其诋之者，如王闿运《湘绮楼词选》云："此二词最有名，然语高品下，以其贪用典故也。"誉之者，如张炎《词源》卷下云："词用事最难，要体认着题，融化不涩。如……白石〔疏影〕云：'犹记深宫旧事，那人正睡里，飞近蛾绿。'用寿阳事。又云：'昭君不惯胡沙远，但暗忆、江南江北。想佩环、月夜归来，化作此花幽独。'用少陵诗。此皆用事不为事所使。"周尔墉《〈绝妙好词〉评》云："何逊、昭君皆属隶事，但运气空灵，变化虚实，不同獭祭钝机耳。"郑文焯评〔疏影〕云："词中数语纯从少陵咏明妃诗檃括，而出以清健之笔，如闻空中笙鹤，飘飘欲仙。觉草窗、碧山所作《吊雪香亭梅》诸词，皆人间语，视此如隔一尘。宜当时传播吟口，为千古绝唱也。至下阕藉《宋书》寿阳公主故事引申前意，寄情遥远，所谓怨深文绮，得风人温厚之旨已。"谨按：文学之所以贵用事者，一则以简驭繁，而情事愈显；二则即彼知此，而义旨益明。故辞人操翰，虽殊众体，而自古迄今，不废兹术。然以简驭繁，非僻涩之谓也；即彼知此，非牵合之谓也。若炫博矜奇，堆砌故实，驯至失其初意，翻同类书，则适足累害文辞矣。彭孙遹《金粟词话》云："作词必先选料，大约用古人之事，则取其新颖，而去其陈因。"又云："咏物词极不易工，……即间一使事，亦必脱化无迹乃妙。"刘熙载《艺概》卷四云："词中用事，贵无事障。晦也，肤也，多也，板也，此类皆障也。姜白石词用事入妙，其要诀所在，可于其《诗说》见之，曰：'僻事实用，熟事虚用。''学有馀而约以用之，善用事者也。''乍叙事而间以理言，得活法者也。'"凡此可谓知言，持以衡是二词，则所用典故，皆脱化生动，使览者油然有会于心，知诸家称许，未为溢美。闿运独加弹射，岂于两作言外之意未能尽明，故施以抹杀乎？

次以体物言，其诋之者，如王闿运评〔暗香〕云："如此起法，即不是咏梅矣。"王国维《人间词话》卷上云："白石〔暗香〕、〔疏影〕格调虽高，然无一语道着，视古人'江边一树垂垂发'等句何如耶？"誉之者，如张炎又云："诗难于咏物，词为尤难。体认稍真，则拘而不畅；模写差远，则晦而不明。要须收纵联密，用事合题，一段意思，全在结句，斯为绝妙。如……白石〔暗香〕、〔疏影〕咏梅……全章精粹，所咏了然在目，且不留滞于物。"毛先舒云："沈伯时《乐府指迷》论填词咏物不宜说出题字。余谓此说虽是，然作哑谜亦可憎，须令神情在离即间乃佳。如姜夔〔暗香〕咏梅云：'算几番照我，梅边吹笛。'岂害其佳？"（王又华《古今词论》引）邓廷桢云："评梅花诗者，以庾子山之'枝高出手寒'，苏子瞻之'竹外一枝斜更好'，林君复之'疏影横斜水清浅，暗香浮动月黄昏'为千古绝调。余谓词亦有之。朱希真之'引魂枝消瘦一如无，但空里疏花数点'，姜石帚之'长记曾携手处，千树压西湖寒碧'，一状梅之少，一状梅之多，皆神情超越，不可思议，写生独步也。"谨按：闿运语意不可确知。加之推测，恐不外两端：或则惑于沈伯时《乐府指迷》咏物不宜说出题字之论，以谓此词起笔即有"梅边"字样，故不佳也。此点，毛先舒已纠《指迷》之偏，兹不更及。或则以词一起过泛，未能切题，然咏物贵在传神，不脱不黏，尤须具题外远致，斯为合作。此词从题前说起，即所以取远致。用"月色"字，本之林逋诗，盖调名所自；用"旧时月色"

句,又出自刘禹锡诗（禹锡《金陵五题·石头城》云："山围故国周遭在,潮打空城寂寞回。淮水东边旧时月,夜深还过女墙来。"),盖寄托所存。斯固切题之至,亦不得谓其"如此起即不是咏梅"也。至于国维之论,实以其所持隔与不隔之说为权衡,故极推直抒胸臆,如在目前之作。此二词使事托意,比兴深微,遂以为隔,以为无一语道着,不知文学使事,古今所不废,已如前论,而表现之道,或隐或显,或曲或直,亦但视情事而施,难以成见轩轾。《诗》之六义,其用有三,赋则直抒,比兴曲达,固同列而并行者也。《诗》、《骚》以还,借物托喻,触兴致情之作,虑难具举,例以国维之言,则均无一语道着,岂其然乎？夫赋诗言志,方法既殊,感物造端,情境各异。明月积雪,固状眼前之景；斜阳烟柳,尤深言外之意,固不得胶柱鼓瑟,是丹非素,以为同一咏梅之作,杜陵远胜于白石也。明乎此,则知二王之言,殆难从信；而两作体物之工,亦于张炎以次诸说得觇其概焉。

复次,以立意、托喻二端言之,则自来评论,皆极推崇。如张炎云："词之赋梅,惟姜白石〔暗香〕、〔疏影〕二曲,前无古人,后无来者,自立新意,真为绝唱。"又云："词以意趣为主,要不蹈袭前人语……姜白石〔暗香〕、〔疏影〕……清空中有意趣,无笔力者不易到。"又云："白石词如〔疏影〕、〔暗香〕……等曲,不惟清空,且又骚雅,读之使人神观飞越。"先著、程洪同辑《词洁》卷四评〔暗香〕云："落笔得'旧时月色'四字,便欲使千古作者皆出其下。"又云："咏梅嫌纯是素色,故用红萼字。此之谓破色笔。又恐突然,故先出翠尊字配之。说来甚浅,然大家亦不外此。用意之妙,总使人不觉,则烹锻之工也。"此皆美其立意之新也。周济《介存斋论词杂著》云："〔暗香〕、〔疏影〕二词，寄意题外，包蕴无穷。"谭献《〈词辨〉评》云："《石湖咏梅》是尧章独到处。'翠尊'一句，深美有《骚》、《辨》意。"郑文焯云："此二词为千古词人咏梅绝调，以托喻遥深，自成馨逸。"此则美其托喻之深也。是就后二事言，诸家之论，有褒无贬，无劳复赞一辞。总而言之，二词用事之妙，体物之工，立意之新，托喻之深，信为千古绝唱。自来推重，良有以也。

昔贤优劣之词，已如上述，若其章法结构，虽间有涉及，而未暇致详，兹更就管窥，申论如次。〔暗香〕，首三句从题前说起，写旧时月色之佳，情境之美。"唤起"二句承上，仍是旧时情事。月色、笛声、花光、人影，盛极一时。"何逊"一句，笔锋陡落，折入现状，又极衰飒。此周济所谓"盛时如此，衰时如此"（见《宋四家词选》，下引同）。周尔墉所谓"以'旧时'、'而今'作开合"也。旧梦诗心，都归遗忘，而竹外疏花，冷香入席，又复引人幽思。未免有情，谁能遣此，伤老忧时，中情惓惓，于此见之矣。下阕寄家国之思，仍以盛衰为脉络。周济所谓"想其盛时，感其衰时"也。换头"江国"句，见时世之衰。"叹寄与"二句，言欲寄相思，则路遥雪积，末由致之，极尽低徊往复，忠爱缠绵之情。"翠尊"二句，明言此情欲寄无从，但馀悲泣。"红萼无言耿相忆"，则谓已至说无可说之境地，而终耿耿不忘。其言凄厉，其情沉痛。盖喻国事虽不可为，而已固不能付之不问也。谭献以为"深美有《骚》、《辨》意"者，以此。"长记"二句，复苦忆当时之盛。"西湖"点出寄慨所在。结二语再折回陡转，落梅片片，吹之不已，终至于尽，"几时见得"，斩截之言，实由万转千回而出，如瓶落井，一去不回，语尽而情不尽，愈决绝，愈缠绵。此伤国运之日衰，恢复之无期，固微而显矣。

〔疏影〕，首三句写梅花之姿色，翠禽之安适，点景，亦以喻南渡之偏安。"客里"三句，言"客里"则有播迁意，"篱角"则有半壁江山意，"倚修竹"则有翠袖天寒，伶俜可怜意。此谓偏安之局已成，非仅叙事也。"昭君"句，发二帝之愤，以"胡沙"及"江南江北"点明。用"暗忆"字，尤见去国之悲。故国难归，惟有"环佩空归月下魂"耳。四句已极伤感。换头出"深宫旧事"，以明微旨所存。"那人"二句，以前沉酣睡梦之情。"莫似"三句，惜花之心，亦即忠君爱国之意。"还教"二句，谭献所谓"跌宕昭彰"处，言虽有护花之意，而事与愿违，暗指二帝及后宫之北行，无从匡救。此周济所谓"不能挽留，听其自为盛衰"也。花随波去，无计挽留，惜花之情，亦付东流，然于笛中哀曲，又不能不怨，殆极吞吐难言之苦。"等恁时"二句，喻盛时不再，但空馀陈迹，以供凭吊而已。此词善以虚字传神，转折翻腾。不但周济所谓"以'相逢'、'化作'、'莫似'六字作骨"，即"还教"、"又却"、"已入"等亦莫不入妙。此其章法之大略也。古人有言，诗无达诂。今兹臆测，恐无解颐之乐，徒贻词费之讥，大方之家宜无取焉。

此作之源流影响，犹不无可言者。考之传世之作，咏物之词殆始于《花间集》牛峤之〔梦江南〕二阕，一咏燕，一咏鸳鸯。辞意质直，体制未纯。迨苏轼以〔水龙吟〕咏杨花，周邦彦以〔兰陵王〕咏柳，始尽其妙。诸作虽极体物之工，然于本题之外固别无寄托也。至白石此两词，乃进而寄其家国之哀，托意既远，结体尤高，后有作者，遂多被其流风焉。夏瞿禅先生尝举刘克庄《后村别调》〔沁园春〕《梦中作梅词》："天造梅花，有许孤高，有许芬芳。似湘娥凝望，敛君山黛，明妃远嫁，作汉宫妆。"及高观国《竹屋痴语》〔金人捧露盘〕《梅花》："楚宫间，金成屋，玉为阑，断云梦容易惊残。骊歌几叠，至今愁思怯阳关。"以为"殆亦谓北行后妃，与姜词同意"。按：观国又有〔花心动〕《梅意》云："梦忆旧家，春与新恩，曾映寿阳妆额。"语意取之白石。石孝友《金谷遗音》〔满庭芳〕《次范倅忆洛阳梅》云："勾引天涯旧恨，双眉锁，九曲肠回。空销黯，故园何在？风月浸长淮。"又次阕云："一从攀折后，汉皋珮失，铜雀春空。想桃根桃叶，此恨应同！"托梅发愤，亦至明显。馀如吴文英《梦窗词》〔高阳台〕之咏《落梅》，蒋捷《竹山词》〔水龙吟〕之《效稼轩体招落梅魂》，皆二词嗣响之彰著者，不仅如夏氏所举已也。自白石标此宗风，后来作者遂推梅而及于他物。玉田、碧山，尤擅胜场。至《乐府补题》诸社作，言在耳目之内，情寄八方之表，遂为一代词史焉。蒋敦复《芬陀利室词话》卷三云："词源于诗，即小小咏物，亦贵得风人之旨。唐、五代、北宋词人不甚咏物；南渡诸公有之，皆有寄托。白石《石湖咏梅》暗指南北议和事。及碧山、草窗、玉潜、仁近诸遗民《乐府补遗》（按："遗"当作"题"）中之龙涎香、白莲、莼、蟹、蝉诸咏，皆寓其家国无穷之感，非区区赋物而已。"（按：夏瞿禅《乐府补题考》论之甚详。惟王沂孙〔天香〕《咏龙涎香》一阕，詹安泰谓指厓山事，于义为胜。当从。）是知后世论咏物之词，必推南宋；语南宋尤精之作，必首二词者，实缘其体既尊，故其风世笃，夫岂偶然哉！

读《遗山乐府》

在十三世纪上半期北中国寂寞的文坛上，元好问是一位活跃的、有成就的作家。他的创作实践和学术活动对当时和后世都产生了一定的积极影响。但在当代学者们所编撰的有关古典文学的一些著作里，谈到这位作家的时候，却几乎都只论述了他的诗作，对于他的词则很少或完全没有涉及。近来重读《遗山乐府》，感到他的词，无论在题材或风格方面，都具有一些特色。从空间来说，元好问固然不失为金元一朝首屈一指的词人；从时间来说，在辛弃疾、姜夔以后，王沂孙、张炎以前，他也不失为有代表性的词人之一，和与他约略同时的吴文英、刘克庄相比，也是有他独特的面貌和成就的。

首先，我们认为，元好问对于祖国北方雄伟的山川景色的成功描绘就是值得肯定的。从南朝的谢灵运起，诗人开始注意"雕镌风云、模范山水"，经过唐代王、李、杜、韩等人的努力，就通过他们诗歌中的形象更其普遍和深刻地增强了人们对于祖国锦绣河山的热爱。但自从晚唐、五代以来，词这种形式就被一种并不合理的传统所规定，因而题材也就不免陷于狭窄的境地，用词来写山水，非常少见。苏轼和辛弃疾都曾大刀阔斧地给词开疆拓土，扩大了题材，也改变了风格，这就为词这一文学样式奠定了与五七言诗同样可以从事山水描写的可能性。但在为数并不算少的苏、辛词里，有意识地从事这方面描写的作品还是很有限。另外，由于作家们都受着自己的生活方式、思想感情的制约，他们对于自然景物的爱好也就各不相同。意气飞扬，心胸开扩，富于积极进取精神的作者，很自然地会摄取雄伟博大的图景作为自己描写的对象；反之，为消极意识所牢笼的，则往往只关心和注意一些轻柔琐细的事物，而有意无意地排斥和回避那些可以使其纤弱的灵魂感到不安的东西。元好问则不但写了一些描绘山水的词，他所写的还是祖国黄河流域那种壮伟奇丽，足以代表我们民族伟大崇高的精神气魄的自然风物；而且，这些作品，又是通过他精湛的艺术手段来完成的。这就不能不使得他在词坛上占有一个令人注目的地位。

在《遗山乐府》中，如〔水调歌头〕《与李长源游龙门》、《缑山夜饮》、《赋德新王丈玉溪……》、《赋三门津》，〔水龙吟〕《同德秀游盘谷》都是这方面很优秀的作品。试举《赋三门津》为例：

> 黄河九天上，人鬼瞰重关。长风怒卷高浪，飞洒日光寒。峻似吕梁千仞，壮似钱塘八月，直下洗尘寰。万象入横溃，依旧一峰闲。　仰危巢，双鹄过，杳难攀。人间此险何用？万古秘神奸。不用然犀下照，未必侬飞强射，有力障狂澜。唤取骑鲸客，挝鼓过银山。

读《遗山乐府》　347

三门峡在古代并不是像今天这样为人所注意的。我个人见闻很陋,不知道在元好问之外,还有多少诗人词客歌咏过它。但元好问发现了它,被它吸引住了,因而成功地刻画出了这个地区波涛汹涌、崖岸嶔奇的面貌。上片的描绘和比喻,固然使我们有惊心动魄之感,而更值得我们重视的,则是词人在下片中所体现的思想。他发出了"人间此险何用"的疑问,而终以"唤取骑鲸客,挝鼓过银山"的希望来结束全篇。那就是说,他并没有被大自然这种奇险的陵谷、狂暴的河流所吓倒,而是想"障狂澜"或"过银山",即控制它或跨越它。正是在这种地方,表现了词人浩荡开朗的精神面貌,从而鼓舞了读者战胜自然的斗志。

从《遗山乐府》来看,元好问虽然在词中开辟了描写山川景色的境界,但他以整个篇幅来从事于山水描写的作品也还是不多,更其普遍的则是一些藉景抒情,景中带情,终于达到情景交融的作品。这原是祖国古典抒情诗人所最擅长的一种手法。只是元好问能以自己开阔豪迈的胸襟来摄取与这种胸襟相适应的景物写入词中,就使人读了以后,更有面目一新之感。这是苏、辛两大家以外的词人中所少见的。例如:

塞上秋风鼓角,城头落日旌旗,少年鞍马适相宜。从军乐,莫问所从谁。 候骑才通蓟北,先声已动辽西。归期犹及柳依依。春闺月,红袖不须啼。

——〔江月晃重山〕《初到嵩山时作》

江山残照，落落舒清眺。涧壑风来号万窍，尽入长松悲啸。　　井蛙瀚海云涛，醯鸡日远天高。醉眼千峰顶上，世间多少秋毫。

——〔清平乐〕《泰山上作》

在这两篇小令里，前者反映了一个意气风发的侠少的气概，后者却展示了一个遗世独立的隐士的心情。在全篇中，都具有或少或多的景物描写，而这些描写，又正恰如其分地烘托、陪衬了这两个形象的精神面貌和内心活动。由于景物的安排得宜，选色配声都很恰当，才使得这两个形象更加丰满而完整。虽然这两个形象都不是值得我们今天效法的，但是这并不排斥我们承认元好问塑造他们在艺术上所获得的成功。在《遗山乐府》的长调中，这一特色是更其显著的，如〔水调歌头〕《汜水故城登眺》、〔木兰花慢〕《游三台》二首、〔念奴娇〕《钦叔、钦用避兵太华绝顶，以书见招，因为赋此》、〔八声甘州〕《同张古人观许由冢……》等都是很好的例子。但长调在体制上比小令容易铺排，在一篇小令中，要使得所写之景和所抒之情密合无间，达到水乳交融，就需要更多的匠心，要求作家具备更高妙的技巧，而从上面所举的两个例子看来，元好问是做到了这一点的。

爱情自来是词这种文学样式的最普遍的题材，在元好问以前，已经有不少词人为了反映人类的爱情生活而付出过难以估计的心思才力。《遗山乐府》在这一方面也具有自己的特色。谈到这点，我们很自然地就会记起下面这篇著名的〔摸鱼儿〕：

问莲根有丝多少,莲心知为谁苦?双花脉脉娇相向,只是旧家儿女。天已许,甚不教、白头生死鸳鸯浦。夕阳无语。算谢客烟中,湘妃江上,未是断肠处。　　香奁梦,好在灵芝瑞露。人间俯仰今古。海枯石烂情缘在,幽恨不埋黄土。相思树,流年度,无端又被西风误。兰舟少住,怕载酒归来,红衣半落,狼藉卧风雨。

这篇词前面的小序简略地记载了这个悲剧的本事:"泰和中,大名民家小儿女有以私情不如意赴水者。官为踪迹之,无见也。其后踏藕者得二尸水中,衣服仍可验,其事乃白。是岁,此陂荷花开,无不并蒂者。"元好问对于这个爱情悲剧的咏叹,说明了他对这一对以生命来捍卫婚姻自由的反封建的普通百姓的深刻同情和哀悼。汉、魏时代的民间歌手不愿意兰芝和仲卿的悲剧湮没无闻,唱出了伟大的《孔雀东南飞》。在这一点上,元好问这篇〔摸鱼儿〕正是它的后继者。虽然从技巧上说,这个作品中的个别词句还值得斟酌(如"香奁梦,好在灵芝瑞露",就有些"隔"),但总的说来,它还是非常富于魅力的。类似的作品,我们还可以举出〔江梅引〕所写的"西州士人家女阿金"和"同郡某郎"互相爱悦,却因为男的"从兄官陕右,女家不能待,乃许他姓",以致阿金抑郁而死的悲剧。再如〔江城子〕《观别》一篇,从词意上看,应当是元好问中年以后的作品了。可是这位久历沧桑、饱经忧患的词人,却对于他看到的那对他并不认识的男女的离别场面,产生了那么炽热的激情,写出了"万古垂杨,都是折残枝。旧见青山青似染,缘底事,淡无姿?"以及"为问世间离别泪,何日是,滴休时?"这些动人心弦的名句。从这些作品看来,元好问对于受压抑的纯洁的爱情,自来是肯定的,是从不吝惜自己的笔墨去加以歌颂的。愿意而且善于歌颂普通人民真挚、纯洁的爱情,不把作品中的爱情描写局限在个人的私生活范围之内,正是元好问在这类题材上所表现的特色。

另一篇同样著名的〔摸鱼儿〕也有力地证明了这一点。小序说:"乙丑岁赴试并州,道逢捕雁者云:'今旦获一雁,杀之矣。其脱网者,悲鸣不能去,竟自投于地而死。'予因买得之,葬之汾水之上,累石为识,号曰雁丘。时同行者多为赋诗,予亦有《雁丘词》。旧所作无宫商,今改定之。"乙丑是1205年,那时元好问才十六岁,对于世界上许多美好的事物,却已经有了深刻的感情。在若干年以后,他还不能忘记青年时代所偶然遇到的小小悲剧,对于在民间传说中一向被认为具有坚贞爱情的禽鸟,发出沉痛的哀悼,将自己的作品重写了一遍。

> 问人间情是何物,直教生死相许。天南地北双飞客,老翅几回寒暑。欢乐趣,离别苦,是中更有痴儿女。君应有语,渺万里层云,千山暮景,只影为谁去。　　横汾路,寂寞当年箫鼓。荒烟依旧平楚。招魂楚些何嗟及,山鬼自啼风雨。天也妒,未信与、莺儿燕子俱黄土。千秋万古,为留待骚人,狂歌痛饮,来访雁丘处。

对于并蒂的荷花、殉情的孤雁,看得这样的郑重,写得这样的缠绵,显然只有具有了深厚的思想感情的基础才能做到。而且,从在多少年以后还对《雁丘词》加以改定看来,元好问这种优美的思想感情又是历久不衰,甚至于是"老而弥笃"的。这两篇〔摸鱼儿〕从宋末以来,就被人认为是元词的代表作。张炎《词源》卷下《杂论》就曾经称道过它们。但张氏只说它们"妙在模写情态,立意高远",并没有接触到本质问题。倒是清人许昂霄的《〈词综〉偶评》所说:"二阕绵至之思,一往而深,读之令人低徊欲绝。"比较地能搔着痒处。

元好问的词,对于现实政治社会的情况,远不及其诗文反映得那么丰富和明显。在《遗山乐府》中,我们固然也可以读到"初闻古寺多伥鬼,又说层冰有热官"和"旁人错比扬雄宅,笑杀韩家昼锦堂"(〔鹧鸪天〕)这类讽刺时政的句子,但更多的则是以男女之情来写家国之恨、身世之感的作品。这种一般称之为比兴的表现方式,原是从《诗》、《骚》以来就出现了的。

说到这一方面,我们不能不涉及到虽然在这篇短文中无法详加考论的元好问的政治社会观点问题。极其概括地说,这位作家是效忠女真贵族建立的金朝的,但他一方面又是同情在当时动乱年代里遭受苦难的人民的。因此,他悲悼金朝政权的崩溃,反对蒙古军队的侵略和破坏,同情各阶层人民在战乱中的辛苦流离的思想感情,在作品中往往同时并存。他对女真王朝的愚忠显然是一种封建道德观念,而对苦难人民的同情则有其进步意义。这两种存在着矛盾的观点,交织在元好问的思想意识中,在其诗文中是表现得较为清楚的,因而是比较容易区别对待的。可是在他的词中,因为大量普遍地采用了以男女之情喻家国之感的寄托手法,就往往使读者几乎无从进行"定性分析"。在这种具体条件下,对待这类作品,就不能一味赞扬,或者完全抹杀了。下面所举的〔鹧鸪天〕，便流露有他对于金朝覆灭的哀悼情绪。

> 玉立芙蓉镜里看，铅红无地着边鸾。半衾幽梦香初散，满纸春心墨未干。　　深院落，曲阑干。旧愁新恨纻衣宽。几时忘得分携处，黄叶疏云渭水寒。

从这首词中，我们大致可以看出元好问是怎样通过爱情的题材来寄托故国之思的。它上片描绘了词中的主人公——一位少妇的美好以及她和情人初别的悲哀。下片写她在所处的环境中日益累积起来的旧愁新恨以及对于当时的离别场面的念念不忘的深情。这样，就藉离别相思的儿女之情，写出了缠绵忠爱的君国之感。在这方面，调寄〔鹧鸪天〕的《宫体》八篇、《妾薄命辞》三篇，也同样具备着况周颐在《蕙风词话》卷三中所说的"其词缠绵而婉曲，若有难言之隐，而又不得已于言"的特征。元好问以爱情，王沂孙等《乐府补题》诸作者以咏物来寄托家国之感，对于后来的词人，特别是晚清词人产生过较大的影响。

元词在风格方面的特点，概括地说，是不但能够兼备前代已经形成的婉约、豪放两派作风，而且还能够加以适当的融合，使他的某些作品达到苏轼形容书法艺术所谓"刚健含婀娜"（《和子由论书》）的境界。在苏轼出现以前的词坛，大体上是婉约派的统一帝国。苏的别开生面，辛的力征经营，才为豪放派争得了一席地位，虽然还是要被许多人斥为"别调"，不算"正宗"。自从具备了这两种词风之后，作家们就不仅各有偏长，也能够兼收并蓄，如被《宋史·文苑传》称其作风"深婉丽密，如次组绣"的贺铸，就曾写出了〔行路难〕（"缚虎手"）、〔六州歌头〕（"少年侠气"）；而被刘克庄在《〈稼轩集〉序》称其作风"横绝六合，扫空万古"的辛弃疾，也有"不在小晏、秦郎之下"的〔祝英台近〕（"宝钗分"）等名作。但是，一位作家的风格兼备婉约、豪放之长，并不等于能够融二者于一炉。要在一个作品里做到刚柔相济，将婉约、豪放两种对立的风格统一在一个有机体之中，还有待于进一步的创作实践。从《遗山乐府》中的一些词来看，元好问是朝这方面努力进行了试探，并且取得了较好的成绩的。上面所举的一篇〔鹧鸪天〕就是一个很典型的例子。"黄叶疏云渭水寒"，是多么开阔萧疏的气象，而"满纸春心墨未干"，又是多么温柔绮艳的感情。可是当词人巧妙地将这两个形象放在一处的时候，我们并不感到它们之间的矛盾，而只感到和谐。再如《宫体》和《妾薄命辞》两组著名作品，也都具有这种风格，试举前者之七，后者之二如次：

　　八茧吴蚕剩欲眠，东西荷叶两相怜。一江春水何年尽，万古清光此夜圆。　　花烂锦，柳烘烟，韶华满意与欢缘。不应寂寞求凰意，长对秋风泣断弦。

　　颜色如花画不成，命如叶薄可怜生。浮萍自合无根蒂，杨柳谁教管送迎。　　云聚散，月亏盈，海枯石烂古今情。鸳鸯只影江南岸，肠断枯荷夜雨声。

在这类作品中，元好问是以比兴的手法，突出地寄托了他一往情深的家国兴亡之感，然而又出之以悲壮的情怀，激越的声调，因此使人读起来有一种新鲜的感觉，这正是他成功的地方。

元人徐世隆在《〈遗山先生文集〉序》中说元词"清雄顿挫，闲婉浏亮，体制最备"。清刘熙载《艺概》卷四也赞美其"疏快之中，自饶深婉，亦可谓集两宋之大成"。虽然他们所用的语言不同，但就认识到元好问兼有婉约、豪放二派作风之长来说，都很有见地。至于刘说元词是"集两宋之大成"，那就显然是一种无根据的夸大了。

1234年，蒙古灭金。那时，元好问是四十五岁。他在那年第一次编定了自己的词集。在自序中，他写道："予所录《遗山新乐府》成，客有谓予者云：'子故言宋人诗大概不及唐，而乐府歌词过之。此论殊然。乐府以来，东坡为第一，以后便到辛稼轩。此论亦然。东坡、稼轩即不论，且问遗山得意时，自视秦、晁、贺、晏诸人为何如？'予大笑，拊客背云：'那知许事，且啖蛤蜊。'客亦笑而去。"

据此，我们可以知道，元好问直到中年，还是羡慕和效法豪放派的苏、辛的。兼取婉约一派之长，并进而追求其既刚健而又婀娜的风格，乃是金亡以后的事。这种风格上的改变，当然和艺术实践有关，但更主要的、根本的原因还是应当从作家生活环境的变迁中得到解释。所以我们可以说，元好问的词，由中年以前的豪放，转变而为中年以后的兼具婉约之风，或者说，在豪放的基础上济之以婉约，正是他的生活、思想、感情发生变化的结果。

略谈《窦娥冤》

关汉卿是元代最杰出的杂剧作家之一,也是中国最伟大的古典戏曲作家之一。他号己斋叟,原籍祁州(今河北省安国县),住在大都(今北京)很久,在汴梁(今河南省开封县)也住过,在南宋灭亡以后,还到过杭州。他生活的时代,一向存在着不同的说法。据孙子书先生的考证:他大约生于十三世纪四十年代,卒于十四世纪二十年代。据说,他曾做过太医院尹。元代虽有太医院,但没有院尹这个职位名称,可能他只是一个普通的医士,或者在太医院里当过一些杂差。

关汉卿生活在一个异族统治整个中国,汉族人民受到最残酷的种族歧视和政治压迫的时代。这同时也是人民不断地向黑暗统治势力进行英勇的斗争的时代,当时一般读书人因科举废止而断绝了进身的阶梯的政治命运和沦为"娼之下,丐之上"(二语见谢枋得《送方伯载归三山序》)的社会地位,使他在那个黑暗的历史时期里,保持了清醒的头脑和严肃的态度,用锐利的眼光观察周围的生活,以及这些生活所显示的社会意义。于是,在剧作中,他广泛而深刻地反映了当时的历史社会面貌。

同时,他一生中的大部分时间,是在行院、勾阑里和妓女、艺人们一起度过的。这不但使他更深入地理解了当时部分下层社会的人民及其生活，理解了她们或他们被压迫的痛苦、优美的心灵和反抗的意志，并且使他有"躬践排场，面敷粉墨，以为我家生活，偶倡优而不辞"（臧晋叔《〈元曲选〉序》）的机会，终于成为"驱梨园领袖，总编修帅首，捻杂剧班头"（贾仲名《续录鬼簿》），也就是成为一个合编剧、导演、演员于一身的大戏剧家。他的剧作所表现的强烈的人民性和卓越的艺术技巧，是和他的生活分不开的。

关汉卿一共写了六十多个剧本，现在流传的还有《窦娥冤》、《鲁斋郎》、《救风尘》、《望江亭》、《单刀会》、《拜月亭》等十几种。

它们中间的多数都能够通过其所塑造的人物形象，真实地反映出在异族统治下的政治社会的黑暗和人民的痛苦，抨击统治阶级的种种罪恶，同时，也歌颂人民坚决而英勇的斗争，从而深刻地表现了尖锐的阶级矛盾和种族矛盾。

《窦娥冤》是关汉卿的代表作之一，也是中国戏曲史上著名的悲剧之一。

剧本的故事是：穷秀才窦天章，借了寡妇蔡婆二十两银子，因为是高利贷，一年之后就翻倍变成四十两，无法偿还，只好把自己七岁的女儿窦娥抵给她做童养媳。窦娥长大成亲，不到两年，蔡婆的儿子又死了。有一次，蔡婆去向赛卢医讨债，赛卢医还不出钱，就要勒死蔡婆，恰巧被张驴儿父子救了。这父子两个本是流氓，就乘机住进蔡婆家里，要挟蔡婆婆媳招他们父子做女婿，意图霸占蔡家财产，但被窦娥坚决地拒绝了。张驴儿趁蔡婆有病想吃羊肚汤，下了毒药，想将蔡婆毒死，强占窦娥。不料那汤误被张驴儿的父亲吃了，中毒身死。张驴儿借此威逼窦娥，仍未如愿，就告到官府，说窦娥毒死公公。楚州太守桃杌将窦娥毒打，窦娥起初坚不招认，后来因为不忍蔡婆受酷刑，才屈招了。临刑时窦娥发下三大誓愿，要求天地显灵，证明她的冤枉，都一一应验。最后她的父亲窦天章做了两淮廉访使，来到楚州审查旧案，由于窦娥的鬼魂控诉，终于平反了这场冤狱，使一些贪官、流氓都受到应得的惩罚。

剧本通过一个普通女子遭受冤屈，丧失生命的故事，控诉了当时吏治的黑暗，人民在恶势力下告诉无门的痛苦。

官吏贪污是元代政治特征之一。因为蒙古统治者是以征服者的姿态来对待中国人民的，所以掳掠贪污，无恶不作。元朝初年，军官和地方官吏都是无给职，就更将这种掳掠贪污看做当然。后来虽然规定了俸钱，但这种风气并不曾有所改变。据史籍记载，大德七年（1303），一次就发觉赃污官吏一万八千四百七十三人，赃钞四万五千八百六十五锭，冤狱五千一百七十六件。这只是下级官吏所为，有势力的赃官还不在数内。当时有人作诗讽刺所谓"掌纠察贪暴，救护冤苦"的肃政廉访使说："解贼一金并一鼓，迎官两鼓一声锣。金鼓看来都一样，官人与贼不争多。"（见范文澜《中国通史简编》）可见元代官吏的贪污，已到了怎样可惊的程度。

官吏们只知贪污，不问是非，必然会形成对事的昏聩糊涂。这在一些杂剧里有广泛而真实的反映。例如李行道的《灰阑记》里的郑州太守苏顺，上场自己介绍说："虽则居官，律令不晓；但要白银，官事便了。"他听了马员外的妻子的告诉说："这妇人会说话，想是个久惯打官司的，口里必力不剌说上许多，我一些也不懂的,快去请外郎出来。"王仲文的《救孝子》里的巩推官在第二折上场时说:"小官姓巩,诸般不懂,虽然做官,吸利打哄。"在第三折里又说"我做官人只爱钞,再不问他原被告",都说明了这点。在这种贪污糊涂的吏治之下,人民负屈含冤,家破人亡的不知有多少,在这方面,《窦娥冤》是具有典型意义的。《窦娥冤》里的楚州太守桃杌也是作为典型人物出现的。窦娥这件案子,如果详情察理,很容易弄明白。但由于当时的官吏只知道要钱,不问是非曲直,更不管百姓的死活,就自然会糊涂断结了事。剧本中虽然没有明写太守桃杌的受贿,但当时官吏索钱,名目繁多。勒索犯人称赍发钱,诉讼索贿称公事钱。蔡家有钱,张驴儿狡恶,一面勒索,一面行贿,是完全可以想象得到的。

贪污的另一方面必然是残暴,不问是非,严刑拷打,糊涂结案。这反映在一些杂剧里,就往往出现非刑逼供,屈打成招的场面。例如上引的《灰阑记》里,赵令史审问张海棠时说:"这顽皮贼骨,不打不招。左右,与我采下去,着实打呀!"结果,张海棠受不起严刑,只好胡乱招承。同样的情形也出现于其他的剧本中。在《窦娥冤》中,窦娥不肯承认毒死张驴儿的父亲时,楚州太守桃杌说:"人是贱虫,不打不招。左右,与我选大棍子打着!"将窦娥打得血肉淋漓,几次昏迷。见窦娥坚决不招,就又要将这种酷刑加到蔡婆身上。可见这些贪官污吏是怎样地滥用残酷的刑罚来逼使人民招供的。

剧本通过窦娥的遭受冤屈,主要地反映了当时政治的黑暗,有力地揭露了官吏们的丑恶的面目和本质。但剧本所暴露的还不止于此,它也广泛地触及了另外一些方面的矛盾和罪恶。

黑暗腐败的政治必然会包庇社会黑暗势力。一些流氓恶霸就依附于这种政权之下，活动于这种社会之中，横行霸道，与贪污残暴的官吏们互相勾结，互相利用，欺压善良的人民。张驴儿是流氓恶霸，他就可以要挟老百姓，强占寡妇婆媳，搬进人家，下毒杀人，反而陷害别人。碰上不问是非曲直的糊涂官，也就将善良的人民屈打成招，使杀人的流氓恶霸反而逍遥法外，并且达到了他害人解恨的目的。赛卢医是强恶的，他就不但可以赖债，反而准备杀死债主，而当他遇上更强恶的张驴儿，又只好和他勾结，给他毒药去杀人。这些流氓恶霸正是依存于这种贪污腐败的吏治下，才能够得意横行，而这种昏聩残暴的官吏，则正好庇护、纵容了这些流氓恶霸。他们互相依存、勾结来压迫善良的人民。人民生活在这种黑暗的政治社会之中，不能不被逼得告诉无门，走投无路。

元代统治阶级对于人民除了政治压迫之外，同时进行经济的掠夺。除了随意掠夺人民的财物外，一些西域大贾还勾结了官府，向穷苦的人民放高利贷，年年加倍地利上滚利，称为羊羔儿利。人民借贷了这种钱，就卖田地妻子都偿不完。官府代人民向他们借贷来偿官府的征赋，又代他们向人民索债，用绷扒吊拷追征。放高利贷为官府承认并且为之撑腰，愈加盛行，因此一般普通的商贾富人，也纷纷地放高利贷来剥削穷人了。高利贷的流行，更加深了人民的苦难，造成种种不幸和罪恶。这种情形，在史籍里有很多记载，在许多杂剧里更有具体的反映。《窦娥冤》中的蔡婆，死了丈夫，儿子还小，又不能经营生计，家中有些钱，在当时的社会风气影响下，就走上放高利贷这一条谋生的捷径。窦娥的父亲窦天章就是因为受蔡婆的高利贷的压迫，没有办法偿还，而用女儿来作抵押的。所以楔子中窦天章送女儿与蔡婆做童养媳时，叹道："嗨！这那里是做媳妇，分明是卖与他一般，就准了他那先借的四十两银子。"窦娥就是在这种高利贷的剥削、压迫之下，七岁就陷入了童养媳的悲惨境遇，十七岁成亲，不久又做了青年寡妇。后来又因为蔡婆向赛卢医索取高利贷，引来了张驴儿的逼迫和陷害。当然，这个剧本主要的是反映当时黑暗政治下人民受迫害的痛苦及其反抗精神，并不是批判高利贷的罪恶，但作者笔触所及，也揭发了高利贷给予人民正常生活的毒害。

窦娥这样一个善良的女子，就在这样官吏的残暴糊涂，流氓恶霸的横行无忌，高利贷给人们带来的不幸之下，冤枉地丧失了她的年青的生命。而这一切，正是异族统治阶级和汉奸大地主相勾结所建立的政权之下的必然的产物。从窦娥的死，暴露了这种政权的黑暗和腐朽，也就暴露了元代尖锐的阶级矛盾和种族矛盾。

当然，剧本真实地反映了当时社会的黑暗面。但剧作家关汉卿并不是采取客观主义来对待他的创作的。他通过窦娥在统治阶级的严刑逼迫之下，毫不屈服以及她临刑前所发的三大誓愿，指出了广大人民对于黑暗统治势力的反抗到底的决心和正义必然胜利的信心。作家的浪漫主义的表现手法，激起了人民顽强的生活意志和对一切压迫的反抗心，以及改变现实的愿望。

《窦娥冤》这个剧本形象地揭发了当时社会中的最主要的本质的矛盾和斗争，是和它的卓越的艺术技巧，特别是人物塑造，分不开的。

首先，它塑造了窦娥这个典型的性格。她是一个善良正直，刚强不屈，反抗到底的女性。作者对这个人物的描写，并不是静止的，概念化的，而是从人物之间的复杂的关系和尖锐的矛盾中突出和发展了她的性格的。窦娥在和蔡婆的关系与矛盾中显出了她的善良和正直。她在七岁的时候就被迫抵给蔡婆做童养媳。虽然作者将她从童养媳到做了寡妇中间的一段生活从舞台上略去了，但从剧本中所显示的和蔡婆的关系看来，窦娥并不是一个受虐待的童养媳，蔡婆也不是一个恶婆婆。她们维持着一般封建家庭中正常的婆媳关系。并且由于两代寡妇处在那样黑暗的社会，随时有受欺侮、受迫害的情势下，反而滋长了她们一种相依为命的感情。因此，无宁说她们是互相同情，互相扶持的。在窦娥这方面尤其是如此。她平日侍奉婆婆（第三折〔鲍老儿〕："念窦娥伏侍婆婆这几年"），料理家事（第三折〔快活三〕："念窦娥从前以往干家缘"），在孤寂的生活中安分守己地过日子。可是在张驴儿父子闯入了她们的生活以后，她和婆婆的矛盾发生了。在恶势力的压迫下，蔡婆显得软弱无能，采取了妥协、屈服的态度，而窦娥则采取了抵抗的手段。她不但不听从婆婆的劝告，并且用讥讽来阻止她屈辱的行为。可见窦娥的性格虽然善良，对她的婆婆是尊敬的，温顺的，但又是正直不屈的。后来，她遇到了冤枉。尽管这件事是由蔡婆引出来的，当她看到年老的婆婆要受严酷的刑罚时，却宁愿自己牺牲生命去救她。她说："情愿认药死公公，与了招罪。婆婆也，我若是不死呵，如何救得你？"（第二折〔黄钟尾〕）当她由监狱押赴刑场时，怕婆婆见了伤心，央求刽子手说："前街里去心怀恨，后街里去死无冤。"（第三折〔倘秀才〕）"怕则怕前街里被我婆婆见。"（第三折〔叨叨令〕）从这些地方，我们又可以看出，窦娥是多么善良,多么富于同情心,怎样地舍己救人。剧作者在舞台上,将一个普通人民的伟大的、优美的心灵向观众揭示了。

窦娥性格的另一方面,她的刚强不屈,反抗到底的精神,则随着剧情的进展,在和张驴儿及桃杌太守的冲突中更其突出地显示了出来,而在第三折整个悲剧达到高潮时发展到了顶点。

当蔡婆害怕恶势力,将流氓恶霸张驴儿父子领进家里以后,窦娥一再坚决地拒绝了婆婆的劝告和张驴儿的威逼。在张驴儿的父亲误吃毒药身死时,她对惊慌啼哭着的婆婆说:"不如听咱劝你,认个自家悔气。割舍的一具棺材,停置几件布帛,收拾出了咱家门里,送入他家坟地。……我其实不关亲,无半点恓惶泪。"(第二折〔斗虾蟆〕)对张驴儿的要挟则表示不受威胁,她理直气壮地说:"这厮搬调咱老母收留你,自药死亲爷待要唬吓谁?"(第二折〔隔尾〕)张驴儿告了官,桃杌太守将窦娥毒打逼供,窦娥虽然被打得"恰消停,才苏醒,又昏迷。捱千般拷打,万种凌逼。一杖下,一道血,一层皮"(第二折〔感皇恩〕),但是她仍然坚决不招认。后来因为救婆婆,才屈招了。她对张驴儿说:"我做了个衔冤负屈没头鬼,怎肯便放了你好色荒淫漏面贼!"(第二折〔黄钟尾〕)从这些地方,看出窦娥在牵连到人命案件的突然事变中,依然能够保持镇静,无所畏惧,适当地处理事件,理直气壮地反抗流氓恶霸的要挟、威吓。等到她从和张驴儿的冲突进展到和桃杌太守的冲突,也就是和黑暗政治所包庇的恶势力的斗争进展为直接对统治阶级的斗争时,她表现得更坚强。她忍受残酷的考验,但决不屈服。在她对张驴儿的仇恨中,表现了她死后还要继续和恶势力斗争到底的决心。窦娥坚刚反抗的性格,在这一系列的尖锐的冲突中,完整地体现了。

在剧本的第三折里，窦娥被问成斩罪，到法场受刑，悲剧达到高潮，对于窦娥反抗性格的描写也达到了顶点。临刑以前，她发出冤屈的呼号，愤怒的攻击，矛头指向了整个封建统治阶级。她"叫声屈动地惊天。顷刻间游魂先赴森罗殿，怎不将天地也生埋怨？"（〔端正好〕）她接着埋怨地说："有日月朝暮悬，有鬼神掌着生死权。天地也只合把清浊分辨，可怎生糊突了盗跖颜渊？为善的受贫穷、更命短，造恶的享富贵、又寿延。天地也做得个怕硬欺软，却元来也这般顺水推船。地也，你不分好歹何为地？天也，你错勘贤愚枉做天！哎！只落得两泪涟涟。"（〔滚绣球〕）这些唱词，表现了窦娥的冤愤达到了顶点，对于封建统治阶级利用来麻醉、禁锢人民思想的天地鬼神都发生怀疑，发生怨恨。她控诉天地的不公平，贫富寿夭的不合理，实际上也就是控诉整个封建社会的不合理。

窦娥的百折不回，反抗到底的性格更鲜明地体现在她的三大誓愿中。她为了要证明她的冤屈，要求鬼神显灵，第一，颈血不沾地，都飞上挂在旗枪的白练上；第二，三伏天气下雪；第三，楚州亢旱三年。她坚信，"若是我窦娥委实冤枉"（第三折说白），"若果有一腔怨气喷如火"（〔二煞〕），这些誓愿一定会实现的。她认为"这都是官吏每无心正法，使百姓有口难言"（〔一煞〕），则由埋怨天地进一步对统治阶级发出直接的控诉，揭发了封建统治阶级及其黑暗统治的本质和罪恶，表现了自己至死不屈的反抗精神和对恶势力必归失败、正义必然伸张的信心。在那个黑暗的封建社会中的受欺压的小小的童养媳身上，体现了普通人民的多么顽强的精神和不可摧毁的力量！在这个悲剧的高潮中，作者完成了主人公的光辉的形象。从她的身上，我们看见了封建社会中许许多多的女性身上或多或少地具有的善良、正直、刚强、反抗的性格，以及她们的悲惨的命运。

其次，作者写蔡婆这个人物性格，也是真实可信的。蔡婆是一个有钱的女人，但同时又是一个无权无势、无依无靠的寡妇。在那个被整个黑暗势力所包围，不吞噬人就被人所吞噬的社会中，在恶劣的社会风气的影响下，她很自然地走上放高利贷来维持生活的捷径。因为她是有钱的人，又是放高利贷为生，自然就要盘剥穷人，压迫欠债者。窦秀才还不起债，她就强要他的女儿做童养媳。但她又是一个随时可以被恶霸流氓欺侮的老寡妇，因此她和窦娥相依为命，并不虐待她，强迫她，终至因为媳妇被害而哭哭啼啼。当她以债主的身份对待软弱的窦秀才时，似乎是强有力的，压迫人的，而当她受到赛卢医和张驴儿的强暴的欺凌时，就显得软弱无力，受人压迫了。作者没有将蔡婆单纯地处理成为一个凶恶的高利贷者，或一个虐待媳妇的恶婆婆，而将她写成一个伶仃孤苦，放债为生，两代寡妇相依为命，为着自己的生活利益剥削穷人而又受尽恶霸昏官欺压的老妇人，这才是当时环境中产生的、真实可信的人物。也正因为这样，才使得窦娥的自愿舍己救她更近于人情。

窦天章是一个穷读书人，因为穷，所以受高利贷的剥削和压迫；因为是读书人，性情比较软弱，所以他虽然明知将女儿给蔡婆做媳妇，等于卖给她，但为了抵债，并想另外得些盘缠上京应考，取得功名，还是采取了妥协的办法，自动地将女儿送去。

作者更以漫画式的笔墨，描绘了楚州太守桃杌的可笑可憎的面貌。

（净扮孤引祗候上，诗云）我做官人胜别人，告状来的要金银；若是上司当刷卷，在家推病不出门。下官楚州太守桃杌是也。今早升厅坐衙，左右，喝撺厢。（祗候吆喝科）（张驴儿拖正旦、卜儿上，云）告状，告状。（祗候云）拿过来。（做跪见，孤亦跪科，云）请起。（祗候云）相公，他是告状的，怎生跪着他？（孤云）你不知道，但来告状的，就是我衣食父母。

在当时的社会中，这种官吏也正是最具有普遍性的形象。

　　张驴儿这种流氓恶霸，横行不法，欺压良善，也是当时社会中随时可以碰到的人物。作者对于他的描写是不多的，但把他的贪婪、无赖、阴险、狠毒都表现出来了。

　　作者的才能不但表现在人物塑造上，也表现在语言的运用方面。他写的唱辞是那样的精炼、生动、朴素自然，有的简直使人忘记它是韵文，而只是生动自然的口语，像上面所引的第二折中〔斗虾蟆〕就是一例。说白也是非常生动自然，简要紧凑，和曲辞紧紧地结合为一体，不可分割。而这些曲辞和说白又是紧紧地扣合剧中人物的身份、地位的。它们使得这些人物的性格更加鲜明。每一特定的唱辞和说白出于某一人物的嘴里，就表现出某一人物的性格，而决不能移到另一个人物的嘴里。例如第三折〔正宫・端正好〕、〔滚绣球〕两支曲辞，表现了窦娥冤屈悲愤的抗议，〔耍孩儿〕、〔二煞〕、〔一煞〕、〔煞尾〕四支曲辞表现了窦娥反抗的决心和胜利的信心。这些坚决明确的语言从窦娥嘴里说出来，就将她的反抗到底的刚强性格完全表达出来了。楔子中窦天章送窦娥给蔡婆做媳妇，临别时窦天章对蔡婆说："婆婆，女孩儿早晚呆痴，看小生薄面，看觑女孩儿咱！"蔡婆说："亲家，这不消你嘱咐，令爱到我家，就做亲女儿一般看承他，你只管放心的去。"窦天章说："婆婆，端云孩儿该打呵，看小生面则骂几句；当骂呵，则处分几句。孩儿，你也不比在我跟前，我是你亲爷，将就的你，你如今在这里，早晚若顽劣呵，你只讨那打骂吃。儿哝！我也是出于无奈。"这些说白，是多么合乎他们的处境和心理。上引的桃杌太守的三两句扼要的说白，也就完全显露出他的丑恶的灵魂。

另外，元杂剧的结构，一向为人所不满，因为它的限制太严，一剧四折，对于情节和人物性格的发展都有某种程度的妨碍。每一本戏限于四折，往往使得结构方面不是迫促就是松懈，或是公式化。但一些好的剧本，由于作家艺术的高超，仍然达到了结构紧凑严密，巧妙完整的程度。关汉卿是一个富有舞台经验的剧作家，因此他的剧本是很注重结构的。拿本剧来说，上来的楔子，就表现出蔡婆和窦天章、窦娥三个人的关系，蔡婆和窦天章的生活和性格，以及被高利贷剥削所决定的窦娥的悲惨的命运。

第一折，作者借蔡婆向赛卢医讨债，赛卢医要勒死她，被张驴儿父子所救，但趁此要挟，搬到蔡家，强迫她们婆媳嫁给他们，这件偶然的意外事件引起了纠葛，使剧情有了新的发展，是一种很巧妙的手法。但蔡婆向赛卢医讨债，是高利贷者必然的行动，张驴儿无意中救了人，趁此要挟，想图谋人财两得，这也同样是那个社会中流氓恶霸的必然行动。这个偶然是在这些必然的交叉点上出现的，不单纯是作者对于戏剧性巧合的追求。这对于结构来说,是非常巧妙的,但同时也是生活的真实。本折以张驴儿拉窦娥拜堂,被窦娥推倒,向蔡婆发怒赌咒威吓作结,表现出了当时的矛盾,同时伏下了下折的情节发展。

第二折紧接着上折的矛盾发展,张驴儿因所谋不遂,起心杀人,向赛卢医讨毒药,也很合乎生活的逻辑。蔡婆的偶然生病,偶然想吃羊肚汤,偶然又作呕不能吃,以致误将张老毒死,这似乎也是偶然巧合。但是我们知道,流氓恶霸所谋不遂,必然要设法害人,既然讨了毒药,蔡婆不生病,也要下毒,不想吃羊肚汤,也要下在旁的饮食里。如无法下毒,也会用其他方法来害人,将蔡婆害死。如窦娥仍坚决不从,流氓恶霸也仍然要设法陷害她的。这些都是必然的。而蔡婆的生病,病中想吃些羊肚汤,等到汤做来,又作呕不想吃,让给旁人吃,不也是日常生活中常有的事吗?不也是人情之常吗?所以一方面很巧,一方面仍然合情合理。后来张驴儿诬告窦娥,楚州太守桃杌的那样判断,在我们今天看起来,似乎是不在情理之中,但如联系了那个时代,那时社会来看,却是真实地反映了当时的社会现实。这一折使矛盾愈加发展,一步步地走向高潮。

第三折是悲剧的顶点。一上来,监斩官的上场白就制造了一种紧张的气氛,接着刽子的提刀磨旗、窦娥的带枷都给人一种悲惨紧张的感觉。更由刽子的催促到刑场而引出窦娥的冤屈悲愤的呼号。由刽子的问她有什么话说而引起她要求走后街,然后引出蔡婆,情节的开展自然而紧凑。由刽子问她有无亲眷要看,引出窦娥对他的诉说和对蔡婆的嘱咐,补叙了她的孤苦身世,更增加了现场的悲剧的气氛。三大誓愿更正面地写出了窦娥的"一腔怨气喷如火"的悲愤和反抗。临刑时刽子做磨旗科,内做风科,以及刽子说的"天色阴了","好冷风也",窦娥唱的"浮云为我阴,悲风为我旋",及窦娥死后监斩官说的"真个下雪了",都制造了一种悲惨阴暗的气氛,增加了悲剧的成分。

第四折窦天章的做官回来,窦娥的鬼魂出现,昭雪了冤枉,使正义伸张,恶人就法,这样作结,反映了广大人民的反抗的决心和胜利的信心,符合了人民的愿望,也就符合了观众的要求。

从以上对结构的粗略分析,可以看出,这个剧本在这方面也是值得称道的。

总的说来,《窦娥冤》无论就思想内容或艺术技巧来说,都不失为古典戏剧中的杰作。它给我们的感受是深切的,值得我们学习的地方也是很多的。当然,这一切,在本文中还没有能够给与足够的阐述。

一九四四年二月,成都

读马致远的〔天净沙〕

枯藤老树昏鸦，小桥流水人家，古道西风瘦马。夕阳西下，断肠人在天涯。

马致远的〔天净沙〕向来被认为是散曲小令中的杰作。现在，让我们来简单地谈谈这个作品。

这一支曲子很简短，一共只有五句，二十八个字。前三句每句只有六字，却都写了三样不同的事物，在语言结构上是很特殊的。这种特殊性正说明了文学的语言不同于科学的语言，而诗的语言和散文的语言又有区别。散文无论是叙述或描写，一般要由作者将所要表现的内容，用明确的语言，按照逻辑的次序，先为读者联系起来，而诗则往往由作者将要表现的事物艺术地安排在一起，让读者自己驰骋更多的想象。

像这支曲子的前三句，虽然每句将三样事物合成一组，三组共写了九样事物，它们之间好像没有什么必然的联系；但是，通过后二句，即通过一个旅人的眼睛，通过他的思想感情，就将这些事物全部有机地联系起来了。

这支曲子是写一个远行的人在旅途上的感受。作者要写出一个旅人的思想感情,却先着力写出他的环境。他并不是在他乡作客,寄居旅舍,而是正在旅途上奔走着。地点是野外,季节是深秋,时间是黄昏。他所接触到的正是秋郊黄昏时的景物。这九样事物搁在一起,就组成一幅鲜明的画面,恰好表现出秋郊黄昏时的景色。就写景来说,是非常真实而优美的。但是好的作品中的景物描写,并不是为写景而写景,它所描写的景物并不是孤立的、多余的,而是能够造成一种气氛,更好地表达出人物或作者的内心活动,成为作品中必不可缺少的描写,是整个作品中的有机组成部分。就古典文学的作家和批评家对于作品中写景的传统看法来说,他们所要求达到的艺术表现手法的最高标准,也正是"情景交融"。

像这支曲子的第一句"枯藤老树昏鸦",就写出一片萧飒的秋景,造成了一种黯淡凄凉的气氛,衬出了这个旅人内心的悲哀。由枯藤老树感到秋深岁暮,感到秋深岁暮还不能回家,说不定还有"迟暮之感"。由昏鸦的归林,更感到自己的漂泊无依,有家归不得,引起更多的感慨。

小桥流水,风景幽静,而人家安居其间,是显得非常安逸、悠闲,比起自己的奔波不定来,更引起羁旅之苦。而别人的一家团聚,也更引起自己的思家。自己不是也有一家老小吗?故居或故乡不也是有这样的小桥流水吗?然而对于这个旅人来说,这却是旅途,是天涯。

"古道西风瘦马",既不是"冠盖满京华"的长安道上,也不是"轻裘肥马"的得意气象,而只是在西风中冷落的古道上,独自骑着一匹瘦马旅行。这不但写出景色的萧条,感情的凄楚,也同时暗示了这个旅人的生活状况和他为什么在这黄昏的秋郊还在奔走着的原因。由古道更想到古往今来的许多的旅人们的生活和感情，由自己推想到古人，由个人推想到许多同样情况的人，感情就更深刻，更扩大，感慨也更多了。

"夕阳西下"，写时间愈来愈晚了。结句"断肠人在天涯"点明旅人的感情，他的悲愁和所以悲愁的缘故。这一句使得全篇都生动起来。

马致远就是用这样一支极其简短的曲子，来表达了极其丰富的内容，形象地写出了一个旅人的环境和他的内心活动。它给予读者的感染力，自然也就很强烈了。

清代词论家的比兴说

一

比兴这一种艺术表现方法及其意义，是一向被诗人及诗论家所运用着、讨论着的。至于将它扩展到词的方面，那是比较迟的事。因为词自晚唐以来上升到文人手中之后，就如欧阳炯在《〈花间集〉序》中所说"自南朝之宫体，扇北里之倡风"，不过是当时社会上流行的一种艳曲罢了。这种艳曲，是被多数具有正统观念的文人认为体格卑下的，当然高攀不上从被尊为经典的《诗经》中产生和发展出来的比兴。到了宋代，特别是从南宋以来，许多词人把家国兴亡之感寄托在词里，这一种文学样式因而也就逐渐沿用比兴的方法来表现，变成和诗一样地"言近而旨远，辞浅而义深"（借用《史通·叙事篇》语）了。到了清代，张惠言有意识地提倡用比兴说词，才更使人认识到这一方法对于词的欣赏和创作的重要性。他的《〈词选〉序》说：

《传》曰："意内而言外，谓之词。"其缘情造端，兴于微言，以相感动，极命风谣里巷男女哀乐，以道贤人君子幽约怨悱不能自言之情，低徊要眇，以喻其致。盖《诗》之比兴，变《风》之义，《骚》人之歌，则近之矣。

从这段话来看，显然地，他的用意是要利用前人解释《诗经》、《楚辞》的方法来解释词，从而显得词和一向被人认为非常崇高的文学经典著作有着这么一个共同点，借此来提高它的地位。其后，周济、陈廷焯、谭献等都更进一层地发挥了这种理论。于是，在这种后出而又被认为是卑下的文体中，比兴方法也广泛地渗入了。

不过，在谈到词的比兴时，有两点是应当先加注意的。第一，比兴本来只是艺术表现方法之一，但是在词人或词论家的思想中，与其说是着重在这种方法的本身，无宁说是着重在它所代表的意义，即讽谕或者美刺的作用。这是继承儒家诗教的理论而发展的。第二，比和兴原来是有分别的，但屡经变迁，这两个字习惯上已成为一个词组。后来的词论家如陈廷焯，虽然还在努力地寻求它们的差异与高下，但是他所指出的，已经不是原始的区别，而是使用程度的深浅问题（这一层，下文还要论及）。简单地说：比兴在后来实际上已经是譬喻的代词。但这种譬喻，大体上乃是以一首词中形象的全体或部分来暗喻作者所要寄托的意思的，和一般简单明显的譬喻，例如白居易《长恨歌》中的"芙蓉如面柳如眉"，或李煜〔虞美人〕中的"问君能有几多愁？恰似一江春水向东流"等，有所不同。

词论家用比兴说词，就其发展的步骤来说，则是从赏析古代作品开始，而归结到指导当时及后来的创作。前者为张惠言所着

重,其《〈词选〉序》说:

> 义有幽隐,并为指发。

就是对古代的作品的理解而言。在这个选本里,他评温庭筠的〔菩萨蛮〕和〔更漏子〕、冯延巳的〔蝶恋花〕、晏殊的〔踏莎行〕、欧阳修的〔蝶恋花〕、苏轼的〔卜算子〕、陈克的〔菩萨蛮〕、辛弃疾的〔祝英台近〕、姜夔的〔疏影〕以及王沂孙的诸篇,都一贯地用这种观点和方法。他之所以要这样地做,是因为要推尊词体,而借重这些杰作来证成自己的说法,乃是一种容易使人信服的手段。所以说,他着重在赏析古代作品。后者为周济及陈廷焯所着重。周济在《〈宋四家词选〉序论》中说:

> 夫词非寄托不入,专寄托不出。一物一事,引而伸之,触类多通,驱心若游丝之罥飞英,含毫如郢斤之斫蝇翼,以无厚入有间。既习已,意感偶生,假类毕达,阅载千百,謦欬弗违,斯入矣。赋情独深,逐境必寤,酝酿日久,冥发妄中,虽铺叙平淡,摹缋浅近,而万感横集,五中无主。读其篇者,临渊窥鱼,意为鲂鲤,中宵惊电,周识东西;赤子随母笑啼,乡人缘剧喜怒,抑可谓能出矣。

又在《介存斋论词杂著》中说:

> 初学词求有寄托。有寄托,则表里相宜,斐然

成章。既成格调，求无寄托。无寄托，则指事类
情，仁者见仁，智者见智。

所谓寄托，就是比兴的更其具体的说法。陈廷焯《白雨斋词话》
卷一云：

> 所谓沉郁者，意在笔先，神馀言外，写怨夫思
> 妇之怀，寓孽子孤臣之感。凡交情之冷淡、身世之
> 飘零，皆可于一草一木发之。而发之又必若隐若
> 现，欲露不露，反复缠绵，终不许一语道破。匪独
> 体格之高，亦见性情之厚。

又同书卷二云：

> 感慨时事，发为诗歌，便已力据上游。特不宜
> 说破，只可用比兴体。即比兴中亦须含蓄不露，斯
> 为沉郁，斯为忠厚。

这里所说的沉郁，也就是他认为通过比兴的方法才能够形成的某
种风格。这些，都可以视为是《〈词选〉序》论点的补充和发
展。张惠言只说："盖《诗》之比兴，……则近之矣。"陈廷焯
就说"只可用比兴体。即比兴中亦须含蓄不露"。周济则主张寄
托不仅要能入，而且要能出，要从有寄托达到无寄托。周、陈两
家对于用比兴方法作词——由平时的修养到临文的运用，都有细
密扼要的说明。所以说他们着重在指导当时及后来的创作。但不

论其所注意的是在赏析方面，还是在创作方面，用意在于提高词的地位，却是一致的。这两方面，原是相异而又相通。所以谭献就迈进一步，加以综合。他的《〈复堂词录〉序》说：

> 愚谓词不必无《颂》，而大旨近《雅》。于《雅》不能大，然亦非小，殆《雅》之变者欤！其感人也尤捷，无有远近幽深，风之使来。是故比兴之义，升降之故，视诗较著。夫亦在于为之者矣。上之言志永言，次之志絜行芳，而后洋洋乎会于《风》、《雅》。雕琢曼辞，荡而不反，文焉而不物者，过矣！靡矣！又岂词之本然也哉？……又其为体，固不必与庄语也，而后侧出其言，旁通其情，触类以感，充类以尽。甚且作者之用心未必然，而读者之用心何必不然。言思拟议之穷，而喜怒哀乐之相发，向之未有得于诗者，今遂有得于词。

这些话就是就创作和赏析两方面立言，两面兼顾而又互相沟通的。它既指出词通于《诗》，以抬高词的地位；又指出词异于诗，以显示词的特色。比之在其以前的诸家，发挥得更为完整。

二

现在可以从这两个方面来分别地考察一下人们对这种理论的反应。先就读者的赏析而言，如温庭筠的〔菩萨蛮〕：

小山重叠金明灭,鬓云欲度香腮雪。懒起画蛾眉,弄妆梳洗迟。　照花前后镜,花面交相映。新贴绣罗襦,双双金鹧鸪。

张惠言《词选》对它的解释是:

　　此《感士不遇》也。……"照花"四句,《离骚》初服之意。

周济《词辨》附和张说,也认为:

　　以《士不遇》读之,最确。

《白雨斋词话》卷一则有更广泛的推论,它说:

　　飞卿词全祖《离骚》,所以独绝千古。〔菩萨蛮〕、〔更漏子〕诸阕,已臻绝诣,后来无能为继。

这些说法,都是一脉相承的。又如苏轼的〔卜算子〕(《黄州定惠院寓居作》):

　　缺月挂疏桐,漏断人初静。时有幽人独往来,缥缈孤鸿影。　惊起却回头,有恨无人省。拣尽寒枝不肯栖,寂寞沙洲冷。

《类编草堂诗馀》卷一载宋人鲖阳居士云：

> "缺月"，刺明微也。"漏断"，暗时也。"幽人"，不得志也。"独往来"，无助也。"惊鸿"，贤人不安也。"回头"，爱君不忘也。"无人省"，君不察也。"拣尽寒枝不肯栖"，不偷安于高位也。"寂寞沙洲冷"，非所安也。此词与《考槃》诗极相似。

《词选》全录此评，更无补充，表示完全同意其论点。所以谭献在《复堂词话》中，也就以为：

> 皋文《词选》以《考槃》为比，其言非河汉也。此亦鄙人所谓：作者未必然，读者何必不然。

这种方法，固然有时可以发明词意，但其弊病也很大。因为对古代作品求之过深，就不免穿凿附会，甚至捕风捉影，曲解前作，厚诬古人，结果自然不免引起异议。如《栩庄漫记》说：

> 张氏《词选》欲推尊词体，故奉飞卿为大师，而谓其接迹《风》、《骚》，悬为极轨。以说经家法，深解温词。实则知人论世，全不相符。温词精丽处，自足千古，不赖托庇于《风》、《骚》而始尊。

这是就其推尊词体的动机来批评的。又谢章铤《赌棋山庄词话》续编卷一论〔卜算子〕云：

> 时东坡在黄州，固不无沦落天涯之感，而铜阳居士释之，……字笺句解，果谁语而谁知之？虽作者未必无此意，而作者亦未必定有此意。可神会而不可言传。断章取义，则是刻舟求剑，则大非矣。

这是就运用比兴的方法解释作品来批评的。这些批评，相当中肯。即使是赞成用比兴说词的人，也不见得敢于承认他们所说全部正确。正由于此，谭献才用"作者之用心未必然，而读者之用心何必不然"这样的话来自圆其说。

如上所述，可以知道，用比兴方法赏析古代作品，在词论家中间，有人赞同，也有人反对。至于就作者方面说，则运用这种方法从事创作，只见有人提倡，不闻有人菲薄。推究起来，大概有几层理由：一是这种方法的主要用意是在提高词的地位，增加词的价值，这自然是作词的人所乐于接受的；其次，这种"言近而旨远，辞浅而义深"的表现方法，如用得适当，的确能够使词的本身更加充实丰富，也没有招人反对的理由；三则温柔敦厚的诗教，一向被前人认为是文学的最高标准（这里暂且不论它的是非），而比兴却是达到这个标准的一种方便的手段，词人也不愿意反对它。所以，张惠言以后，在词的创作方面，别人依旧在补充和发挥他提出的理论，使其更为详尽。

三

现在,让我们再从作者与读者的关系上,就比兴方法的运用,比较详细地进行分析,从而辨明清代词论家对于这一方法运用的得失。在作者与读者之间,关于这点,一般地只有四种可能的关系发生。第一种是作者创作时,本来没有采用比兴方法。词中所表现的,除了本身情景之外,别无寄托。读者看了,也是一目了然,用不着拿这种方法去解释。普通所谓赋体的词,都属于这一类。例如皇甫松的〔梦江南〕:

> 兰烬落,屏上暗红蕉。闲梦江南梅熟日,画船吹笛雨潇潇,人语驿边桥。

如众所周知,初期的词,调名同时往往也就是主题。这首词很清楚地是表现作者离开江南以后,对于旧游之地的怀念。除开这点,没有另外的意思。欣赏起来,自然无须也不至于发生其他的联想。

第二种是作者创作时,本来就采用了比兴方法。词中所表现的,除了本身情景之外,别有寄托。读者也能够看出这种情形,所以欣赏起来,除开了解它的本身意义,还得进一步去追寻它本身以外的意义。例如王沂孙的〔齐天乐〕(《蝉》):

> 一襟馀恨宫魂断,年年翠阴庭树。乍咽凉柯,还移暗叶,重把离愁深诉。西窗过雨。怪瑶佩流空,玉筝调柱。镜暗妆残,为谁娇鬓尚如许? 铜

仙铅泪似洗,叹移盘去远,难贮零露。病翼惊秋,枯形阅世,消得斜阳几度?馀音更苦。甚独抱清商,顿成凄楚?漫想薰风,柳丝千万缕。

这首词,如题所示,是咏蝉的。它句句切着蝉说,不但描写蝉的形状,并且揣摹蝉的神情。单就这些而论,已经是一篇很完美的作品。但作者的用意却在拿他当时亲身领略的家国兴亡之感,通过蝉的生活情态来表现。题目虽是咏蝉,主旨却在抒感。作者既然着重后者,读者也就不能专看表面,因为在这种情形之下,言外之旨常常比题中之义更其深挚动人。《宋四家词选》对这首词的评语是:

此家国之恨。

《词辨》也说:

此家国之感。

这都是就寄托所在而言。又王鹏运四印斋本《〈花外集〉跋》引端木埰云:

详味词意,殆亦《黍离》之感。"宫魂"字点出命意。"乍咽"、"还移",慨播迁也。"西窗"三句,伤敌骑暂退,燕安如故。"镜暗"二句,残破满眼,而修容饰貌,侧媚依然。衰世臣主，全无心肝，千古一辙也。"铜仙"三句，宗器重宝，均被迁敚，泽不下究也。"病翼"二句，更是痛哭流涕，大声疾呼，言海岛栖流，断不能久也。"馀音"三句，遗臣孤愤，哀怨难论也。"漫想"二句，责诸臣到此，尚安危利灾，视若全盛也。

则更是逐句推测作者的用心了。夏承焘先生撰《〈乐府补题〉考》，从本事、作者、年代各方面证明《补题》诸词都是为了元朝江南释教总统杨琏真伽发掘宋帝陵寝而作。这首《蝉》也在其内。夏先生和以前各家的说法虽然不同，但认为这首词别有用意，却是一样。我们就南宋亡国前后的时势、遗民悲愤抑郁的心理、《补题》各家倡和的动机、王沂孙本人惯用的表现手法等等角度去研究，都可以证明：这些说法之间虽有差异，也不见得其所论到的每一细节都确实可据，但评论诸家一致认为这首词寄托了家国兴亡之感，则是有见地的、可信的。这类词，只要是对我国文学这种传统表现方法比较习惯的读者，欣赏的时候，就决不会让它们的重点从眼中滑过去。

第三种是作者并未用比兴方法创作，读者却还是用这种方法欣赏。前举张惠言对温庭筠〔菩萨蛮〕的解释，就是这一类的例子。我们知道，温庭筠同时是一个诗人，他的诗也有用比兴方法写的。但词在他的时代，还是一种从民间上升到文人手中为时不久的文体，主要是用来在酒筵之前供妓女们歌唱的，温庭筠作词的目的也不外乎此，所以《旧唐书》本传说他"能逐弦吹之音，为侧艳之词"。他似乎还没有自觉地以比兴这种一向被人认为尊严的传统方法来写〔菩萨蛮〕的可能。就这首词本身来看，仅是描写闺情，也很明显，找不出什么其他的意义。不过，文学创作中的形象是可以大于思想，而且往往是大于思想的。这首词由于它情真意厚，有馀不尽，在那些爱用比兴方法说词的人们看来，似乎言中有物，弦外有音，所以除了表面文章而外，还可以拿另外一种意义附会上去，自成一套说法。前人以比兴解释的词，除了确有本事的，或有足供推断的资料的一小部分而外，大都是属于这种情形。当然，这种附会只是对比兴方法的一种不正确的运用。

第四种是作者原是用比兴方法创作，除了表面所显示的情、景外，本来还有寄托，但词中所寄托的情事，或因文辞深婉，难以揣测，或因年代久远，又无记录，没有流传，而其所赖以寄托的艺术形象，却是极其完整的。在这种情况之下，读者也就往往只就它本身情景，加以欣赏，不再深求；而且对它的言外之意，也觉得若有若无，可有可无。即使敏感的读者认为它确有寓意，然而究竟无从指实。例如黄孝迈的〔湘春夜月〕：

> 近清明，翠禽枝上消魂。可惜一片清歌，都付与黄昏。欲共柳花低诉，怕柳花轻薄，不解伤春。念楚乡旅宿，柔情别绪，谁与温存？　空尊夜泣，青山不语，残月当门。翠玉楼前，惟是有、一波湘水，摇荡湘云。天长梦短，问甚时、重见桃根？这次第，算人间没个并刀，剪断心上愁痕。

梁令娴《艺蘅馆词选》引麦孺博云：

时事日非，无可与语，感喟遥深。

即认为此词是有寄托的。我们读到"可惜"二句，觉得有沉痛的惋惜、深挚的悲哀；"欲共"二句，有无穷的幽怨、无限的抑郁、无边的寂寞、无尽的凄凉。显然地，这都发自作者万不得已之情。"空尊"三句，情景凄苦，真是无可奈何之境。看来似乎必有所指。作者是晚宋人，对于当时政治局势，不会毫无感触，词中有所寄托，自然是可能的。但即使知道它确有寄托，却也无从指实其所寄托的是一些什么事情。如"可惜"二句，可以认为他说的是可惜一片江山都付与暗淡的局势；也可以认为他说的是可惜一腔忠愤都付与昏乱的现实，这一腔忠愤，可以属于当时的贤臣，也可以属于作者自己；还可以认为是慨叹才华限于遭际，或者是惋惜爱情掷向空虚。又如"欲共"三句，可以认为他说的是"时事日非，无可与语"；也可以认为他说的是"君门九重，叩阍无路"；还可以认为是知己难逢的叹息，或者是情人薄幸的烦忧。读者不能，而且也不必去指实他的托意是我们所推想的哪一种。可惜江山固然使人痛心疾首，可惜清歌也一样使人荡气回肠。情人薄幸固然使人哀伤，柳花无赖也一样使人烦恼。即使单就清歌、柳花设想，已经令人低徊往复，不能为怀。所以对于作者原有的托意，就觉得可有可无，若有若无，乃至于不必有了。在这里有一点特别需要声明的，就是：我们举黄孝迈这首词为例，以说明作者与读者之间存在着这种关系，只是一个便于解释的假设而已。事实上决无从知道作者是否有这些意思。因为，照逻辑上说，设若原词的寄托，读者已经看不出来，或竟认为不必有，那在今天就也绝对无法断其必有。反之，如能考定其确有寄托，那么，读者又不会以为它没有，或竟认为无须追寻。所以，根据我们自己的习作经验和对朋友们作品的欣赏经验而论，虽然确实知道存在着这种情形，而要从后来读者的观点，在古代作品中寻出一个确切可信的例子，却是根本不可能的。

　　以上四种方式，除了第一种是赋体，不属于本文讨论范围外，其馀三种，已经包括了以比兴方法从事赏析及创作的基本情况以及它们之间的相互关系。但也还存在这样一种情况：作者在进行艺术构思时，本没有企图运用比兴方法来寄托某种另外的意义，而只准备描绘眼前的景物。但在创作过程中，当某一部分景物触及了他平日所最关心的某些事件、所念念不忘的某些思想感情，而这种景物和那些事件、思想感情又相类、相通，使得情和景可以融会，而且事实上已经融会在一起的时候，作者的笔下就自然地流露出一向盘踞在他胸中的对那些事物的看法，流露出他的思想感情，因而在景物描写之外，不期而然地有了寄托。虽就全词来说，仍然是描绘眼前景物的，但其中某几句，却在原来的情景之外，又自别具意义。例如陈亮的〔水龙吟〕（《春恨》）：

　　闹花深处层楼，画帘半卷东风软。春归翠陌，平莎茸嫩，垂杨金浅。迟日催花，淡云阁雨，轻寒轻暖。恨芳菲世界，游人未赏，都付与，莺和燕。　　寂寞凭高念远，向南楼、一声归雁。金钗斗草，青丝勒马，风流云散。罗绶分香，翠绡封泪，几多幽怨！正销魂又是，疏烟淡月，子规声断。

刘熙载《艺概》卷四云：

> 同甫〔水龙吟〕云："恨芳菲世界，游人未赏，都付与，莺和燕。"言近指远，直有宗留守大呼渡河之意。

这首词全篇本是描绘春景，抒写春恨。"恨芳菲世界"等几句的意思是说：像这般美好的时光、景色和地方，本来是应当让游人们好好地玩赏的，可恨的是游人们没有赏玩，却被一些莺、燕占断了。言下充满了愤恨与惋惜的意思。这是反常的，因为一般地说，莺、燕也包括在各色景物之中，而非在它们之外。芳菲世界，既有繁花嫩柳，也有语燕啼莺，思妇触景伤情，倍添春恨，也完全可以说得过去，何至于将人禽对立，恨莺、燕占断了春光；而且所透漏的这种感情，还如此沉重？这就使人不能不感到，它显然不限于题中所说的春恨了。所以刘熙载就敏感地指出它"言近指远"，是借思妇的春恨以寄托诗人对于国事之恨的，简直像北宋末年的民族英雄宗泽要求打过黄河，收复失地的呼声一样。我们结合了当时的政治局势、作者的生平志业及其创作倾向来考察，觉得刘熙载的说法确有见地。陈亮在写本词时，很可能本来只准备描写当前春景和一般的春恨，而当他看到这个芳菲世界，觉得应该让游人们去好好地玩赏时，就不由地联系到壮丽的山河和热爱生活的人民，想到平日念念不忘的被女真贵族侵占了的土地，引起对于进犯的敌人和苟安的朝廷的憎恨来，而将这些情事有意无意地通过对莺、燕占断春光的不满而流露出来了。

对于这一类的作品，读者欣赏的时候，可以"知人论世"，对于一首词中某几句的言外之意，别有会心，如我们上面所说的第二种情况。如果读时对某几句，虽然感到似有言外之意，而对于作者的时代、身世、思想与那些言外之意的关联，还无法确定，又无其他作品可以互相印证时，那就宁可仅就其全词所写情景来赏析，不必深求，如我们上面所说的第四种情况。可是却绝对不可以因为感到词中有几句是有所寄托，就扩大地将全词逐字逐句加以比附；否则，就将陷于穿凿附会而不能自拔，如我们上面所说的第三种情况了。

根据以上的分析，可以知道，清代词论家对于比兴方法的理解和运用，有得有失。当他们运用得正确的时候，就可以加深对于原作的认识；运用得不正确的时候，就必然对原作有所歪曲。因此，必须将这些论点仔细地区分开来，予以肯定或否定。

四

清人很具体地谈到词中比兴的区别的是陈廷焯。他认为：这一表现方法在程度上是有深浅之分的。他称运用这种艺术方法表现得最深刻的为兴，其次为比，有的则连比也够不上。《白雨斋词话》卷六云：

> 或问比与兴之别。余曰："宋德祐太学生〔百字令〕、〔祝英台近〕两篇，字字譬喻，然不得谓之比也。以词太浅露，未合风人之旨。如王碧山咏萤、咏蝉诸篇，低徊深婉，托讽于有意无意之间，可谓精于比意。若兴，则难言之矣。托喻不深，树

义不厚，不足以言兴。深矣，厚矣，而喻可专指，义可强附，亦不足以言兴。所谓兴者，意在笔先，神馀言外，极虚极活，极沉极郁，若远若近，可喻不可喻，反复缠绵，都归忠厚。求之两宋，如东坡〔水调歌头〕、〔卜算子〕（《雁》），白石〔暗香〕、〔疏影〕，碧山〔眉妩〕（《新月》）、〔庆清朝〕（《榴花》）、〔高阳台〕（"残雪庭阴"一篇）等篇，亦庶乎近之矣。"

在前引周济的《〈宋四家词选〉序论》中，实际上也已经触及到这个问题，不过用的术语不同。周济所说的有寄托入，可是还不能无寄托出，就是陈廷焯所说的比。周济所说的有寄托入，无寄托出，则是陈廷焯所说的兴。周济说："非寄托不入，专寄托不出。"陈廷焯也认为兴高于比。意思是一样的，意见也是一致的。这也就是说，凡是一些作者主观上企图用比兴方法来创作的词，其所赖以寄托内容的艺术形象，还不够完整，显得与其所寄托的内容之间的关系有些牵强，那么便是所谓"不得谓之比"。而在另外一些作品中，其所赖以寄托内容的艺术形象，已经够完整，但其与内容的关系还不能达到融洽无间的程度，寄托的痕迹比较明显，这就算是比。至于一些最好的作品，其所赖以寄托内容的艺术形象，本身既极为完整，而其与内容的关系又极密切、极和谐，使人感到它们之间的区别已经达到了无迹可寻的程度，这才可以称为兴。陈、周两家所说的比兴之别，大致如此。

为了比较详细地说明他们的意见，无妨就陈廷焯所举的某些例子，按照他们的理论加以分析。如德祐太学生的〔百字令〕：

半堤花雨，对芳辰消遣，无奈情绪。春色尚堪描画在，万紫千红尘土。鹃促归期，莺收佞舌，燕作留人语。绕阑红药，韶华留此孤主。　　真个恨杀东风，几番过了，不似今番苦。乐事赏心磨灭尽，忽见飞书传羽。湖水湖烟，峰南峰北，总是堪伤处。新塘杨柳，小腰犹自歌舞。

朱彝尊《词综》卷二十四的解释是：

三、四谓众宫女行，五谓朝士去，六谓台官默，七指太学上书，八、九谓只陈宜中在。"东风"谓贾似道。"飞书传羽"，北军至也。"新塘杨柳"，谓贾妾。

这种解释，我们就词的本身和它所流传的本事及其时代背景来研究，都可以认为基本上是对的。所以陈廷焯也认为它是"字字譬喻"。但是，为什么还说它"不得谓之比"呢？这是因为这首词虽然企图用比兴方法以寄托作者所着重的内容，但其所赖以寄托的艺术形象，却不够完整。如它全篇以春事阑珊比国家衰亡，而中间忽然插入"忽见飞书传羽"这种直赋时事的句子，就显得情景既不协调，意思也不连贯。再如"莺收佞舌"一句，与其上文所写促归的鹃，下文所写留人的燕，情致各别，放在一处，有些不伦不类，很清楚地只是单纯地用来作为所寄托的时事的一个譬喻。"小腰"是指贾妾的，但在词中，说的却是杨柳，而杨柳是只能舞，不能歌的。总之，这首词在许多地方只是句譬字喻，多少有些破碎,不能给人以春事阑珊的完整印象;而与其所企图寄托的国家衰亡的内容之间的关系,又很浅露,甚至牵强,很不和谐。因此,陈廷焯才有"字字譬喻,然不得谓之比"及"词太浅露,未合风人之旨"的评价。

至如王沂孙的〔齐天乐〕咏蝉,则是处处切着蝉讲,将蝉人格化了,不但描摹其形态神情,并且写出了它的身世之感。情词宛转,一气贯穿,构成了一个很完整的艺术形象。但是,这首词还是明显地使人看得出,它是别有寄托。因为蝉本来不过是一种小动物,到了秋天,渐近死亡,也是自然现象。若非作者别有用意,是不会以这样深沉的悲哀和巨大的痛苦来咏叹它的。同时,如果不是涉及君国之感,词中也就不会使用"宫魂"、"铜仙"等词和发出"消得斜阳几度"、"馀音更苦"这种哀音。这,也就构成了其所要寄托的内容与其所赖以寄托的艺术形象之间的某种距离。正因存在着这种距离,所以陈廷焯才一方面说它是"可谓精于比意",另一方面又说它"不足以言兴"。这也就是说,它仅仅做到了周济所说的"表里相宜,斐然成章","意感偶生,假类毕达"的程度,但还只停留在"专寄托不出"的阶段,而没有达到所谓"指事类情,仁者见仁,智者见智"的境界。

再如前举苏轼的〔卜算子〕和黄孝迈的〔湘春夜月〕,则其所寄托的内容与其所赖以寄托的艺术形象,已经密合无间。〔湘春夜月〕前已加以分析,我们现在可以再来看一看〔卜算子〕(《黄州定惠院寓居作》)。据王文诰《苏文忠公诗编注集成总案》卷二十一,它是元丰五年(1082)十二月,即作者谪居黄州已近两年的时候写的。从苏轼这一时期的生活和创作中,我们可以知道,他的思想感情正存在着深刻的矛盾。他有投闲置散之哀，又有遁世无闷之乐；有忧谗畏讥之心，也有愤世嫉俗之意。因此，当在深夜的月光之下，一只孤鸿忽然闯入了他的视线的时候，他就自觉地或不自觉地寄与了它以深挚的同情，并且赋予了它以自己的感情和性格。于是，在这首小词里，孤鸿和幽人便形成可分而又不可分的关系，终于达到情与景会，人与物合，成为一个和谐的整体了。这样一来，词中的孤鸿，便可以既是指当前的景物，也可以是暗比作者自己，又可以是泛喻不得其位的贤人君子。所以这首词才引起了读者的不同看法，如我们前面所已举出的。这种情形，就从词中一句的异文也可以看出来。"时有幽人独往来"一句，"时有"别作"时见"、"唯有"、"谁见"。这些异文的产生，或者是由于作者自己更定，先后不同，或者是长期流传，被人改易。作"谁见"，则幽人是指词人；作"时有"、"时见"和"唯有"，则幽人可以是指孤鸿了。这些异文之所以出现，正因为所写的孤鸿，可以是咏物，也可以是比人。惊起回头之恨，可以与受谤遭贬、忧谗畏讥之意相通；拣枝不栖，沙洲寂冷，又与一般贤人君子出处的节操相类似。而即使是仅从这首词的表面上来看，它本身仍自是一个完整的、独立的艺术形象，也很显然。因此，陈廷焯才称美它已经达到了"极虚极活，极沉极郁，若远若近，可喻不可喻"的程度，而对这种词，周济也赞叹说："赋情独深，逐境必寤，酝酿日久，冥发妄中，……抑可谓能出矣。"这乃是他们所标举的用比兴方法作词的最高境界。

  由上可见，陈廷焯将比兴的高下分为三层，周济将寄托的有无和出入分为两种，都是就其运用程度的深浅而言的。

五

比兴这一创作方法和欣赏方法可能形成的主要原因,是生活虽然千变万化,而由于人类思维的联想作用,许多事物可以类比,感情可以相通。如自然景物可以与社会现象类比,男女之情可以与君臣之义或人民对国家的感情相通等。周济说:"一物一事,引而伸之,触类多通。"刘熙载《艺概》卷四《词曲概》也说:

> 词深于兴,则觉事异而情同。

说的都是这个道理。而基于某些政治上或艺术上的原因,这种方法又往往比直抒其事的赋体要方便一些,有时还更丰富一些、更有魅力一些。如南宋遗民的词多用比兴,对于避免政治迫害,争取公开流传,就很有帮助。而婉约的风格、含蓄的意境,又自来是词这一文学样式具有普遍性的特色,比兴的方法则很有助于突出这些特色。正如朱彝尊《〈红盐词〉序》所说:

> 诗所难言者,委曲倚之于声,其辞愈微,而其旨益远。善言词者,假闺房儿女子之言,通之于《离骚》、变《雅》之义。

陆以谦《〈词林纪事〉序》也说:

> 昔京山郝氏论诗曰:"诗多男女之咏,何也?

曰：夫妇，人道之始也。故情欲莫甚于男女，廉耻莫大于中闺。礼义养于闺门者最深，而声音发于男女者易感。故凡托兴男女者，和动之音，性情之始，非尽男女之事也。"得此意以读是书，则闺房琐屑之事，皆可作忠孝节义之事观，又岂特偎红倚翠，滴粉搓酥，供酒边花下之低唱也哉？

当然，在陆以谦的序文中有一些我们所坚决反对的封建思想，但他和朱彝尊都对词人们所以要用男女之情来寄托家国之感，作了扼要的说明，却是值得重视的。前引陈廷焯的意见则还指出了，词人们创作时，不仅可以用男女之情来寄托家国之感，并且可以用草木之微来抒写身世之感。他认为：这样才容易表现性情之厚，形成所谓沉郁的风格。对词人们何以要用比兴方法作词，他们都作了很仔细的，虽然并不是完全正确的解释。作者既然用这种方法在词中寄托了他的主要的意思，那么，读者赏析时自然可以，而且也应当循用这种方法去了解词中的寄托所在，并进而获知作者的主旨。这都是容易理解的。

但是，我们要问：何以在作者所作，除了词中所显示的情景而外并无寄托的情况之下，这些词论家及其追随者却还是要用比兴方法去欣赏、分析，加以附会，而得出另外一套说法呢？这主要是由于他们为了推尊词体，就总是将只是艺术表现方法之一的比兴肯定为唯一的或最高的方法，认为最好的作品是必须要，也必然会用这一方法来表现。在这种提倡和影响之下，大家就对于本来并无寄托的词，也一概习惯于用比兴方法去加以探索了。而这种方法之所以能够被几乎漫无限制地运用，则一方面是由于某些词论家不适当地利用了人们所共有的联想和类比的思维能力，另一方面也由于某些词本身所具有的意境含蓄的特色，为读者留下了更多的驰骋想象的馀地，从而助长了这种方法被人们随意运用的可能性。这样，就往往使得不同的读者对于同一作品可以，而且喜欢各凭自己的主观，得出不同的看法。这种现象，《白雨斋词话》卷六称之为：

仁者见之谓之仁，智者见之谓之智。

和周济"仁者见仁，智者见智"的说法，完全相同。谭献也提出了"作者之用心未必然，而读者之用心何必不然"的说法，作为读者在不论原词有无寄托的情况之下，都可以用比兴方法去对之加以赏析的理论根据。

　　这种说法，显然是抹杀了作品中客观存在的意义，而且引导读者各凭主观去穿凿附会，将文学批评变成猜谜了。如我们所熟知，这种曲解的结果，必然会使作品的真正面目受到歪曲，自己也走入迷途，当然是既不利于欣赏和批评，也会间接地给创作带来不良影响。上面举出过的鲖阳居士对苏轼〔卜算子〕的解释，就是一个典型的无中生有、乱说一通的例子。它遭到许多人的非议，并不是偶然的。端木埰认为王沂孙的〔齐天乐〕别有寄托，虽然是可取的，但他的解释，却采取了逐字逐句比附的方法，则仍然不免近于臆造，显然不足为训（端木埰论王词的这一番话，可能是有感于清末的局势，借此来讽刺当时朝政的。前人论词，也有这种借古喻今的方法。但其对这首词本身所作的解释，则还是陷于穿凿附会）。

六

清代词论家关于词的比兴这一表现方法的一些基本看法，略如上述。本文用意主要在于介绍和阐明他们的论点，至于根据马克思主义的美学观点，对于这一学说进行历史分析和全面评价，则属于本文作者力所不及因而暂时无法详细讨论的范围。但在这里，也应当简略地指出：这些词论家，对于比兴这种艺术方法及其意义的意见，是功过不相掩的。在某些方面，例如要我们更多地注意词人对于比兴方法的运用，注意"知人论世"，注意"以意逆志"，认为词同样可以表现重大的政治社会感情，认为词的价值也可以上比《风》、《骚》，认为词也可以而且应当和诗一样具有沉郁的风格，这些见解都是值得肯定的。但在另外一些方面，例如过分地强调了这种方法，把它由艺术表现方法之一夸大成为几乎是唯一的或最好的方法，把沉郁夸大成为最美好的风格，又进一步狭隘地认为只有用比兴的方法写出的词，才能够具备沉郁的风格，才是最有价值的；此外，他们还认为一些作品的含义可以"仁者见之谓之仁，智者见之谓之智"，因而无法，甚至于无需作出客观的、为人所公认的解释，并且认为只有这样的作品才算是达到了最高境界，这些又都是片面的和错误的。

我们认为：比兴只是历史悠久的和经常被使用的艺术表现方法之一，而决不是唯一的方法；沉郁也只是美好的风格之一，而决不是唯一的美好风格。而且比兴的方法和沉郁的风格之间也没有必然的、不可分割的关联。在词史上，可以看到，有很多的杰作是用赋体写的，它们的风格也是多种多样的。在这种大量存在的事实面前，陈廷焯等的看法就无法掩盖其片面性。再则，我们也认为：一切客观存在的事物都是可以认识的，虽然其认识过程有时是艰巨而曲折的。词的赏析不在例外。固然有一些词，如上面举出的黄孝迈的〔湘春夜月〕和苏轼的〔卜算子〕等，作者只是在描写景物的同时，有意无意地暗示了自己的性格和感情。这也仍然是可以认识的。只是由于生活实践、文艺修养等方面的差异，读者才对于它们的体会可以或多或少，有深有浅，可以单纯地欣赏它们的景物描写，也可以连带地了解它们所暗示的思想感情。但无论如何，它们本身决不是没有一定的客观含义。这些词所暗示的或寄托的思想感情和其所赖以暗示或寄托的艺术形象之间，也并不是没有内在的关联，人们的联想也并不是没有一定的线索和范围，可以漫无边际地加以任意的附会。此其一。在某些个别情况之下，例如〔湘春夜月〕不明本事，〔卜算子〕具有异文，因而也构成了认识的不同，即所谓见仁见智的可能性。我们承认这种情况也是存在的。但是，它一般地只存在于有待深化的认识过程中，而过程不可以代替所要达到的目的，即获得对一首词的真实意义的理解。此其二。然而周济、陈廷焯、谭献等人，却忽视了这些具体的复杂情况，孤立地认为凡属可以认为是用比兴方法写的词，都应当这样来理解，并把比兴作为最好的方法，沉郁作为最高的境界；错误地推崇作品本身的"可喻不可喻"，欣赏作品的见仁见智。这事实上就是，在创作上，鼓励人们写作那些叫人难以正确理解的东西；在批评上，引导读者走入迷宫。这正是一种唯心主义的不可知论的表现。

　　从张惠言以下的清代词论家，在词的创作和批评中，运用了、推广了比兴这一方法，是不无益处的；但他们不适当地夸大了这一方法的作用，也给词坛带来了一些不好的影响。这种影响，在清末特别显著。

后记

这是沈祖棻的论文集。作为一位灵心慧性的作家,她在古典文学研究方面的兴趣,更多的是在于对作品本身进行艺术结构的分析,所以她的论文数量有限。《古诗十九首讲录》是侥幸在"文革"中保留下来的手稿,现经整理,收入本书。除该篇外,其余八篇均已发表过,但一直未曾结集出版。

张春晓
一九九八年春